EINSIEDELN

Silvia Götschi, geboren 1958 in Stans, lebte und arbeitete während vieler Jahre im Kanton Schwyz. Seit der Jugend widmet sie sich dem literarischen Schaffen und der Psychologie. Seit 1998 ist sie freischaffende Schriftstellerin und Mitarbeiterin in einer Werbeagentur. Sie hat drei Söhne und zwei Töchter und lebt heute mit ihrem Mann in der Nähe von Luzern. Mit Valérie Lehmann schuf sie eine weltoffene Ermittlerin, die durch Hartnäckigkeit ihr Ziel erreicht.
www.silvia-goetschi.ch

Dieses Buch ist ein Roman. Handlungen und Personen sind frei erfunden. Ähnlichkeiten mit lebenden oder toten Personen sind nicht gewollt und rein zufällig.
Auf Seite 359 befindet sich ein Glossar.

SILVIA GÖTSCHI

EINSIEDELN

Kriminalroman

emons:

Bibliografische Information der Deutschen Nationalbibliothek
Die Deutsche Nationalbibliothek verzeichnet diese Publikation in der Deutschen Nationalbibliografie; detaillierte bibliografische Daten sind im Internet über http://dnb.d-nb.de abrufbar.

MIX
Papier aus verantwortungsvollen Quellen
FSC® C083411
FSC
www.fsc.org

Umschlagmotiv: fotolia.com/Evelyne
Umschlaggestaltung: Nina Schäfer, nach einem Konzept von Leonardo Magrelli und Nina Schäfer
Umsetzung: Tobias Doetsch
Gestaltung Innenteil: César Satz & Grafik GmbH, Köln
Lektorat: Irène Kost, Biel/Bienne (CH)
Druck und Bindung: CPI – Clausen & Bosse, Leck
Printed in Germany 2018
ISBN 978-3-7408-0318-6
Originalausgabe

Das Gewissen ist die Wunde,
die nie heilt und an der keiner stirbt.
Friedrich Hebbel (1813–1863)

Sie sah nicht mehr gut. Ihr Gedächtnis hatte Lücken. Am Kühlschrank klebten Zettel, die ihr bei der Orientierung halfen. Sie war jetzt zweiundachtzig, ging ein wenig gebückt. Seit Jahren litt sie an Arthrose, die sich vor allem in ihren Knien bemerkbar machte.

Sie trat vor die Tür ihres Hauses, das in der Eisenbahnstrasse lag. Es war Mitte April. Allmählich schälte sich der Frühling aus dem kalten Gewand des Winters. Im Garten blühten Forsythien und gelbe Narzissen. Über die Landschaft hallten die Glocken der Klosterkirche. Gertrud schloss die Tür hinter sich. Sie hatte trotz des schönen Wetters ihren Wollmantel angezogen. Sie fror nicht gern, und in der Kirche war es um diese Jahreszeit bitterkalt.

«Ja nu?» Sie liess den Schlüssel in ihrer Handtasche verschwinden, blieb unschlüssig stehen und blickte in Richtung ihres Briefkastens, der an der Strasse lag. Das Tor dort stand offen. Sie hatte wohl wieder vergessen, es zu schliessen.

Hinter einem blühenden Forsythienstrauch, in der Nähe des Gartentors, trat ein Mann mit Sonnenbrille hervor. Er winkte ihr zu, derweil sie vor Schreck fast die Tasche fallen liess. Was will denn der hier? Gertrud erinnerte sich nicht, ihn jemals gesehen zu haben. Sicher ein Anhänger dieser Freikirchen, die um Neumitglieder warben. Der hatte ihr gerade noch gefehlt. Sie wusste von ihren Freundinnen, wie dreist diese vorgingen.

Er schritt auf sie zu. «Grosi, schön, dich nach all den Jahren wiederzusehen.» Er hatte eine tiefe Stimme und mit einem Timbre, das sie an den jungen Verkäufer im «Goldapfel» erinnerte, wo sie jeweils einkaufte. Er war gross gewachsen, hatte dunkles Haar und eine Hautfarbe wie Milchkaffee. Ein hübscher Kerl und im Minimum einen Kopf grösser als sie. «Ich bin es, erinnerst du dich?»

«Pascal?» Sie bestaunte seine Schmachtlocke, die sie an

Elvis Presley erinnerte. «Oh, du bist gewachsen. Fast hätte ich dich nicht wiedererkannt.» Gertrud versuchte, vor ihrem geistigen Auge Bilder von früher abzurufen. Ihre Tochter hatte einen Sohn. Doch sie hatte Maria eine Ewigkeit nicht mehr gesehen, geschweige denn deren Kind.

«Hey, Grosi ... wie geht es dir?»

Gertrud warf einen Blick auf ihre Armbanduhr. Bald elf. Wenn sie sich beeilte, würde sie in der Kirche pünktlich ankommen und es bis zum Beginn der Messe schaffen. Trotzdem überlegte sie sich, ob sie sich auf ein Gespräch mit dem jungen Mann einlassen sollte. Er versperrte ihr den Weg zur Strasse. Wohl war ihr nicht. Immerhin gehörte er nicht zu diesen Andersgläubigen, für die sie ausser Abscheu nichts übrig hatte.

«Wohin denn so eilig?» Er nahm sie sachte beim Arm. «Ich weiss, ich habe dich schon eine Ewigkeit nicht mehr besucht. Es müssen Jahre her sein. Aber ich war lange Zeit im Ausland. Hat Mama dir nichts erzählt? Wollen wir ins Haus?»

«Ich gehe in die Kirche.» Gertrud blieb stehen. Warum hatte Maria sie nicht angerufen und ihr von Pascals Besuch berichtet? Das sah ihr ähnlich.

«Können wir uns in deine Stube setzen, wenn ich schon mal hier bin?»

Wünsche hatte er. Und eine komische Aussprache. Aber das hatten die jungen Leute heutzutage alle. Das Schweizerdeutsch wurde längst von fremden Sprachen beeinflusst, fand sie. Gertrud sah sich in ihrem sonntäglichen Rhythmus gestört. Aber wenn sie hier stehen blieb, würde sie den letzten Glockenschlag verpassen und ... zu spät kam sie nicht gern. Schweren Herzens ging sie zurück zur Tür und schloss diese wieder auf. «Na, dann komm rein ... Pascal.»

Drinnen tischte sie kalten Tee und Süssgebäck auf. Erst noch hatte sie eine Tüte «Schafböcke» gekauft, zu viele für sich selbst. Besucher kamen bei ihr selten vorbei. Sie war es sich gewohnt, allein zu sein. Einmal im Monat machte sie bei einer Jassrunde mit, und jede zweite Woche traf sie sich mit ein paar Freundinnen zum Kaffeetrinken. Seit ihr Mann gestorben war, hatte sie sich zurückgezogen. Manchmal unternahm sie eine Werbebusfahrt und erwarb das, was ihr auf der Tour aufgeschwatzt wurde. Sie besass genug orientalische Teppiche, indische Salben und Heizkissen. All das stapelte sich im Keller, noch eingepackt, und wenn sie die Kartons und Plastiksäcke ansah, wusste sie nicht mehr, was sie damit wollte.

Pascal liess sich auf das Sofa nieder. «Häkelst du noch immer, Grosi?» Er zeigte auf die Häkeldecke auf dem Tisch.

Gertrud lächelte in sich hinein. Kaum jemand hatte sie je auf ihre Handarbeit angesprochen. «Ja, wie du siehst, vertreibe ich mir damit die Zeit.» Sie griff zögernd nach einem Fotorahmen auf dem Buffet, wusste nicht, was sagen. «Sieh, das bist du, als du etwa sechs warst. Wie die Zeit vergeht.» Sie reichte den Rahmen über den Tisch.

Pascal griff danach. «Ich kann mich nicht mehr so genau erinnern. In welchem Jahr war das?»

Gertrud drehte den Rahmen um und las. «1998. Am Geburtstag deiner Mutter.» Sie kniff die Augen zusammen. Auch mit Brille sah sie nicht besonders gut. Das lag am grauen Star, den sie auf Anraten ihres Augenarztes hätte operieren können. Doch sie fürchtete sich vor einer solchen Operation. «Gehst du noch zur Schule?»

«Nein, nein, die habe ich längst abgeschlossen.» Pascal überlegte. «Ich bin doch schon fünfundzwanzig.»

«Ach ja, natürlich. Wie konnte ich das vergessen?» Gertrud musterte ihr Gegenüber skeptisch. Sie hatte keine Ahnung, worüber man mit jungen Leuten sprach. «Was tust du denn so?»

Pascal griff nach einem Schafbock. «Ich gründe jetzt eine Firma und werde in Zukunft einen Internethandel betreiben.»

«Internet …» Für Gertrud ein Teufelswort. Ihre Generation tangiere das nicht mehr, war sie der Ansicht. Maria hatte ihr vor Jahren einen Computer gekauft. Der stand jetzt im Keller und verstaubte neben den orientalischen Teppichen und war einer der Gründe, weshalb sich die Wege zwischen Mutter und Tochter nur noch selten kreuzten. «Mama, du lebst doch nicht hinter dem Mond», hatte Maria gesagt, was Gertrud in den falschen Hals geraten war und es mit einer Schimpftirade quittierte. Sie wolle keine technischen Errungenschaften und schon gar nicht einen Computer mit gefährlicher Strahlung.

«Und weisst du, Grosi …», fuhr Pascal fort, «… um mein Geschäft zu gründen, brauche ich Eigenkapital … das ich im Moment nicht habe. Aber wenn der Handel gut läuft, könnte ich natürlich …» Er räusperte sich verlegen. «Ich würde einen Vorschuss so schnell wie möglich zurückbezahlen … mit Zins und Zinseszins. Das Problem ist, dass mir die Banken keinen Kredit gewähren. Ich sei zu jung, heisst es.»

Gertrud setzte sich. Diese jungen Leute! Manchmal bewunderte sie sie für ihre Unverfrorenheit. Und für ihren Mut. Auch für ihre Ungeduld. Sollte sie ihn darauf ansprechen, womit er handelte? Schliesslich hatte sie ziemlich viel Geld auf der Seite. Jetzt begriff sie auch, weshalb Pascal hier war. Nicht wegen der Häkeldecken. Sein Charme galt seinem Eigennutz.

Pascal nahm endlich die Brille ab. «Grosi», sagte er und bezirzte sie mit seinen dunklen Augen, «ich dachte, dass du mir helfen könntest …»

Gertrud sah den jungen Mann an. Er hatte sich verändert, seit sie ihn zum letzten Mal gesehen hatte. Einen Moment lang musste sie in sich gehen. Vielleicht böte sich jetzt die Gelegenheit, all das, was sie im Leben Schlechtes getan hatte, wiedergutzumachen. Sie hatte beim Herrgott noch eine Rechnung offen. Gut möglich, dass er ihr Pascal vorbeigeschickt hatte. Er wollte sie auf den Prüfstand stellen. An diesem Sonntag, an dem sie zum ersten Mal der Messe fernblieb.

«Ich könnte dir schon etwas geben …»

Pascal streckte seinen Rücken durch, setzte die Brille wieder auf. Über sein Gesicht huschte ein Lächeln. «Ich kann auf deine Hilfe zählen, Grosi?» Er schien es plötzlich eilig zu haben. «Würdest du für mich Geld abheben?»

Gertrud seufzte: «So Gott mir helfe. Wie viel brauchst du?»

«Zwanzigtausend Franken.»

EINS

Ein Maler hätte das Bild, das sich Jeremias Kälin bot, nicht perfekter einfangen können. Wie ein Spiegel lag der Sihlsee eingebettet in die weich gezeichneten Hügel, die sich hinter dem Ufer mit dem Himmel zu vereinen schienen. Lilafarbene Pinselstriche übertünchten das rosa schimmernde Firmament, über das sich ein silberner Punkt bewegte – ein Flugzeug im Anflug nach Zürich-Kloten.

Kälin dümpelte mit seinem Aussenborder über die glatte Fläche. Er hatte die Angel ausgeworfen und liess seinen Blick über das Wasser bis zum Horizont schweifen. Er mochte den frühen Tag, von dem sich die Nacht erst verabschiedet hatte. Über allem lag etwas Erhabenes. Kälin seufzte ergriffen. Er hatte zeit seines Lebens in Einsiedeln verbracht. In diesem Dorf am Fusse des Etzels und am Ende der Ausläufer der beiden Mythen. In den siebzig Jahren war er kaum über die Kantonsgrenze hinaus gekommen. Reisen mochte er nicht besonders, dafür kannte er Einsiedeln und die Umgebung wie kein anderer. Als junger Bursche hatte er bei den Benediktinermönchen als Ministrant gedient und in der Freizeit deren Pferde gepflegt. Später war er Kirchensigrist gewesen, bis ein Hüftleiden ihn zum Halbinvaliden machte. Wenn er wie heute auf dem See seinem Hobby frönte, fühlte er sich zufrieden. Und ging ihm ein besonders schönes Exemplar von einem Fisch an die Angel, dachte er, dass er es wohl verdient hatte. Erst gestern hatte er einen Hecht gefangen, der knappe hundert Zentimeter mass. Die Bewunderung am abendlichen Stammtisch war ihm gewiss gewesen. Sein Freund, der Kobiboden-Röbi, hatte sogar eine Runde ausgegeben und der Walhalla-Wirt den Hecht grilliert, bevor die Männerrunde ihn genüsslich verspeiste. Ob Kälin heute wieder so viel Erfolg haben würde, war nicht so wichtig. Er würde noch lange am gestrigen Fang zehren können. Fischen war für ihn wie Meditation.

Er tuckerte langsam in Richtung Ufer vor der Birchlimatt. Dort wohnte er in einem einfachen Häuschen. Seine Frau war bestimmt schon auf und richtete das Frühstück her. Er hatte ihr versprochen, mit ihr zu essen, bevor sie zu ihrer betagten Mutter fuhr, die sie zweimal pro Woche pflegte. Er wollte es am späten Vormittag noch einmal versuchen. Er griff nach der Fischerrute, die er in die Halterung am Bootsrand gesteckt hatte, und rollte die Schnur langsam auf.

Etwas verhinderte plötzlich den freien Lauf, klemmte sogar so fest, dass Kälin befürchtete, es würde die Schnur zerreissen. Er lockerte die Rolle, liess die Schnur zurückgleiten. Einen Meter, zwei. Dann zog er wieder an. Der farbige Schwimmer war schon längst unter dem Wasserspiegel verschwunden. «Was zum Kuckuck!» Kälin äugte über den See. Die Schnur musste sich irgendwo verfangen haben. Der Köder war gewiss schon im Rachen eines Riesenfisches gelandet. Oder was war es? Kälin versuchte erneut, das Fischgarn bis zum Anschlag einzuziehen. Etwas blitzte vor ihm auf, ganz nah unter der Oberfläche. Er liess die Rute fahren, zog wieder an und erschrak. Er fiel rückwärts ins Boot. Der Griff rutschte ihm aus der Hand. Der Haken fuhr in hohem Bogen gegen seine Brust.

«Jesses Maria und Josef!» Kälin rappelte sich auf, während er sich bekreuzigte.

***

Valérie Lehmann freute sich auf die kommenden Tage. Der Wetterbericht hatte ein Hoch gemeldet. Nach dem eher durchzogenen Winter würde sie sich endlich aufs Bike schwingen und eine Tour rund um den Zugersee unternehmen. Dass sie sich so fit fühlte, verdankte sie Emilio Zanetti. Seit Valérie mit ihm liiert war, ging es auch mit ihrer Moral bergauf. Ihr Ex-Mann Willy Lehmann war nur noch sporadisch ein Thema. Colin, ihr gemeinsamer Sohn, absolvierte eine Lehre in der IT-Branche und wohnte in einer Wohngemeinschaft in Zug. Gegen Valéries einstige Bedenken funktionierte das ganz gut.

Einzig mit der Tatsache, dass Colin einen Beistand hatte, war sie nicht einverstanden; dies degradierte sie zu einer unfähigen Erzieherin. Und die Gewissensbisse blieben, dass sie ihrem Sohn nie die Mutter hatte sein können, wie er es verdient hätte, wie es ihre Pflicht gewesen wäre. Ihr Beruf hatte ihr alles abverlangt. Sie war heute Oberleutnant bei der Schwyzer Polizei, als Mutter hatte sie ihrer Meinung nach versagt.

Zanetti wollte heute Mittag hier sein. Dann würden sie die Tage von Donnerstag bis Sonntag miteinander verbringen. Valérie hatte für ein Candle-Light-Dinner eingekauft. Bresaola mit Parmesan und Toast, dazu würde es einen Löwengang geben und zum Hauptgericht ein Saltimbocca mit Polenta. Zanetti mochte die italienische Küche. Als gebürtiger Tessiner hatte er einst in Lugano gelebt und gearbeitet und so seine kulinarischen Vorlieben, die sie ihm gerne erfüllte.

Die beiden Mythen schimmerten noch in der aufgehenden Sonne. Ihre Flanken umwaberte feiner Nebel. Ein selten schöner Anblick. Valérie hatte sich an Schwyz gewöhnt, an die Mentalität der Bevölkerung und die Begebenheit, dass sich die Berge hier quasi vor ihrer Haustür befanden. Trotzdem träumte sie manchmal von einer Villa mit Umschwung. Das waren die Momente, wo sie an ihre Vergangenheit dachte, an den Luxus und die damit verbundenen Annehmlichkeiten. Doch auch an die Schläge und falschen Anschuldigungen. Beides würde immer ein Teil von ihr bleiben.

Auf dem Weg zur Dusche hielt sie abrupt inne. Im Flur klingelte das Telefon. Es kam selten vor, dass jemand sie über das Festnetz anrief. Sie erinnerte sich, dass sie am vergangenen Abend das iPhone im Auto liegen gelassen hatte. Valérie nahm den Hörer von der Station und meldete sich.

«Dominik am Apparat.»

Valérie seufzte. Fischbacher, der Chef der Kriminalpolizei. Wenn er sie suchte, hatte das kaum mit etwas Positivem zu tun. Seit sie und Zanetti zusammen waren, hatte er sich von ihr zurückgezogen. Früher hatten sie sich ab und zu auf einen Drink getroffen und auch über private Dinge gesprochen.

«Ich weiss, du hast eigentlich keinen Dienst», sagte Fischbacher. «Tut mir leid. Aber wir haben eine schrecklich zugerichtete Leiche im Sihlsee. Das heisst, wir suchen noch nach ihr …»

«Habt ihr sie oder sucht ihr noch nach ihr? Du gibst mir ein Rätsel auf.»

«Es ist nicht so einfach.»

«Mensch, Dominik. Ich habe mich mit Emilio verabredet. Wir wollten morgen mit dem Bike eine grössere Fahrt machen.»

«Ich weiss. Das hat er mir erzählt. Er ist bereits vor Ort.»

Letzte Nacht hatte Zanetti in seiner Wohnung verbracht. Valérie war noch nicht dazu bereit, mit ihrem neuen Lebenspartner, dem Staatsanwalt, zusammenzuziehen. Sie müsse diese Freiheit haben, hatte sie ihren Standpunkt verteidigt, was Zanetti nicht nachzuvollziehen vermochte. Sie fand die Dreizimmerwohnung zu klein, um, wenn Colin bei ihr war, drei Personen Platz zu bieten. Nach der ersten Euphorie war das Erwachen gekommen, die Endorphine der ersten Verliebtheit hatten sich neutralisiert. Ihre Gefühle glichen einem Wellengang. Manchmal waren sie dem Himmel nah, dann wieder im tiefsten Tal.

Im Grunde genommen mochte sie diese Art von Beziehung, was eine gewisse Spannung aufrechterhielt. Und es gab Tage, da fühlte sie sich allein sehr wohl. Vielleicht hatte sie verlernt, mit einem Mann auf engstem Raum zu leben. Irgendeinmal, suggerierte sie sich ein, würde sie so weit sein, um mit Zanetti eine Lebensgemeinschaft einzugehen, von der er träumte. Er hatte sogar schon von Heirat gesprochen. Valérie hatte es sich nicht anmerken lassen, wie genau das sie erschreckte.

Fischbacher riss sie aus ihren Gedanken. «Ich befinde mich in der Birchlimatt ausserhalb Einsiedeln. Kennst du dich dort aus?»

«Nicht besonders. Aber ich habe zum Glück ein Navi.»

Er teilte ihr die Adresse mit. «Wenn du dich beeilst, kannst du in einer halben Stunde vor Ort sein. Dann können wir gleich das weitere Vorgehen besprechen.»

«Und was ist mit der Leiche?» Valérie stiess heftig Atem aus.
«Sieh dir die aktuelle Situation zuerst an.»

Valérie mochte diese Art von Geheimniskrämerei nicht. Oder wollte Fischbacher sie aus der Ferne nicht damit konfrontieren?

Er erteilte ihr unter Ausschluss ihrer Kollegen die klaren Direktiven, die Ermittlungen zu leiten. Die Überstunden konnte sie sich gleich an den Hut stecken.

«Hast du den Technischen Dienst schon aufgeboten?»

«Ja, habe ich. Louis und Fabia müssten auch unterwegs sein. Der Gerichtsmediziner hat bereits seinen Assistenten geschickt.»

Valérie spürte Wut im Bauch. Eine Leiche, und man suchte noch nach ihr. «Kannst du mich wenigstens darüber informieren, was mich konkret erwartet?»

Zu spät. Fischbacher hatte aufgelegt.

Verdammt! Valérie hatte einige Fähigkeiten, doch Hellsehen gehörte nicht dazu. Anstatt einer ausgiebigen Dusche mit der Musik von Richard Wagner entschied sie sich für einen Schnelldurchlauf. Sogar der erste Kaffee des Tages lag zeitlich nicht drin. Sie steckte die Notiz mit der Adresse ein.

Ihr Audi TT Cabrio stand auf dem Besucherparkplatz, was die Nachbarin Frau Annen dazu veranlasst hatte, ihr einen Zettel unter den Scheibenwischer zu klemmen mit der Aufforderung, bitte schön den Wagen in Zukunft in der Tiefgarage zu parken. Frau Annen mit der Igelfrisur, die an einen missratenen Irokesenschnitt erinnerte, war das Sperberauge des Quartiers. Nach Valéries Gutdünken die Biederkeit in Person. Den lieben langen Tag hatte sie offenbar nichts anderes zu tun, als Polizistin zu spielen. Valérie zerriss den Zettel und liess die Fetzen über den Parkplatz regnen. Bei Frau Annen vergass sie sogar ihre guten Manieren.

Als Valérie die Rubiswilstrasse verliess, war es halb zehn. Die Mythen hatten ihr Gesicht verändert. Schneereste kontrastierten mit den Felsenkonturen. In Schwyz allerdings war der Frühling eingekehrt. Gelbe und rote Blütenblätter verliehen den Gärten bunte Farbtupfer. An den Hängen der Schlagstrasse mähten Bauern das erste Gras. Valérie hatte das Dach heruntergelassen. Der Fahrwind blies kalt in ihr Gesicht und liess die halblangen Haare um ihre Schultern tanzen. Aus dem Autoradio erklang ein Stück aus «La Traviata» von Giuseppe Verdi. *«Dammi Tu Forza, O Cielo!»* Gib mir Kraft, oh Himmel. Wie sie nebst Wagner diese Musik liebte. Sie widerspiegelte die Leidenschaft, nach der sich Valérie gesehnt hatte und die mit Emilio wieder Realität geworden war. Manchmal ertappte sie sich dabei, wie sie sich an den Erinnerungen an die gemeinsamen Nächte festkrallte, als würden diese nie mehr zurückkommen. Emilio! Dieser Mann verkörperte all das, was sie sich von einem Mann je gewünscht hatte. Er war der zärtliche Liebhaber, intelligente Gesprächspartner und gesellige Unterhalter. An seine Schulter durfte sie sich anlehnen, das wusste sie. Manchmal bedingte es ihrerseits, es annehmen zu können. Schwach sein. Frau sein. Es waren die Momente, in denen sich alles in ihr dagegen sträubte. Sie hatte gelernt, ihr eigener Herr und Meister zu sein. Die starke Frau in Gegenwart einer männerdominanten Arbeitsgruppe; die Polizistin, die analytisch und trotzdem instinktiv ermittelte, wenn es einen Fall zu lösen galt.

Nachdem sie nach Schwyzerbrugg getankt hatte, zweigte sie in Biberbrugg rechts ab und nahm die Ausfahrt nach Einsiedeln. Hinter ihr tauchte ein Wagen auf, den sie allzu gut kannte: ein dunkler Kombi, der aus dem Parkplatz bei der Kantonspolizei fuhr. Valérie entdeckte im Rückspiegel zwei Köpfe, der von Louis, der andere von Fabia. Hatte Fischbacher nicht gesagt, dass sie bereits unterwegs seien? Was hatten sie so lange auf dem Stützpunkt getan? Louis gab ihr eine Lichthupe. Fabia winkte ihr zu. Bis in die Birchlimatt fuhren sie hintereinanderher.

Im leichten Wind flatterten die Absperrbänder. Schaulustige hatten sich eingefunden, als hätte sie das Unheil unwillkürlich angezogen. Valérie parkte neben Zanettis Audi. Sie stieg aus und schlug die Richtung zum See ein. Auf einer Bank sass ein Mann, eingewickelt in eine Wolldecke. Der Polizeipsychologe Henry Vischer kauerte neben ihm. Franz Schuler, der Leiter des Kriminaltechnischen Dienstes, und seine Leute suchten das Gelände nach Spuren ab. Dies registrierte Valérie mit einem Blick, während sie auf Zanetti zuschritt. Er wandte sich sofort zu ihr um. Über sein Gesicht huschte ein Lächeln, das eindeutig ihr galt. Er schien die gestrige Enttäuschung, ohne sie ihr nachzutragen, eingesteckt zu haben. Valérie wusste, dass sie nicht darum herumkamen, über ihre Wohnsituation zu diskutieren. Schnell hauchte sie ihm einen Kuss auf die Wange, obwohl sie sich vorgenommen hatte, dies niemals öffentlich zu tun. Er drückte sie kurz, aber heftig an sich, was ihren Puls beschleunigte. Wie sie diesen Mann begehrte.

«Was haben wir?», fragte sie und suchte vergebens nach einem Leichentuch, geschweige denn nach einer Leiche. Am Ufer bewegten sich Schulers Leute. Auf dem See waren welche mit Booten unterwegs.

«Franz hat zwei Taucher aufgeboten», sagte Zanetti. «Die sollten bald eintreffen.» Er zeigte auf den Mann in der Wolldecke. «Der Fischer dort hat heute Morgen einen makabren Fang gemacht, der jetzt in der Eisbox liegt.»

Valérie entdeckte einen länglichen Behälter neben dem Camion des KTD. Wortlos machte sie sich auf den Weg dorthin. Sie wandte sich an den jungen Mann, der die Box zu bewachen schien. Stieffels Assistent, nahm sie an. «Darf ich?»

Er musterte sie misstrauisch.

Valérie holte ihren Ausweis hervor, bewegte ihren Kopf Richtung Box. «Ist der Fund dort drin?»

«Ich muss Sie nicht fragen, ob es Ihnen an starken Nerven mangelt, nach allem, was Sie schon erlebt und durchgemacht haben.»

«Kennen wir uns?» Solche Kommentare verachtete sie. «Ich bin nicht abgebrüht, wenn Sie das meinen.»

«Sorry, das wollte ich so nicht sagen. Mir kam nur gerade

eben der Fall von letztem Sommer in den Sinn – in Muotathal.»

«Wenn Sie mich sehen?» Sie verkniff sich eine Grimasse. «Stieffel hat Sie geschickt, nicht wahr?»

Er nickte, und Valérie zeigte auf den Behälter. «Was ist drin? Muss ich mir Handschuhe und Mundschutz anziehen?»

«Ist schon luftdicht verpackt.» Der Assistent hob den Deckel an. Ein Schwall aus Kälte und Nebel hüllte sein Gesicht ein. Es verschwand im weissen Dunst, als hätte etwas Unheilvolles es soeben verschluckt.

Valérie unterdrückte einen Laut, während der Nebel sich verflüchtigte und die Sicht auf den Inhalt freigab. In einem durchsichtigen Plastikbeutel lag ein abgetrennter Arm auf Eis. Ein Stich durchfuhr ihre Brust. Ohne es wirklich zu wollen, rasten Valéries Gedanken zu einem Körper, dem die Extremität fehlte. Zum Körper eines Erwachsenen; alles andere hätte sie nicht ertragen. Sie schätzte seine Länge. Sechzig bis fünfundsechzig Zentimeter. Durch den Kunststoff wirkte der Arm wie mumifiziert.

Manchmal waren die Umstände nur auszuhalten, wenn man sie ihrer Bedeutung entfremdete.

«Nach ersten Ermittlungen handelt es sich um einen linken Frauenarm», sagte der Assistent.

«Frauenarm? Und woraus lesen Sie das?»

«Beinahe haarlos, gepflegte Nägel, ein Ring ...»

«Der Ring ist noch dran?» Durch das Plastik schimmerte es goldfarben, der Stein blau. «Könnte auch ein Männerring sein.»

«Ich konnte ihn nicht abnehmen. Die Finger sind aufgeschwollen.»

Valérie trat näher, beugte sich vornüber und begutachtete den obersten Teil. Sie hatte wenig Erfahrung mit solchen Verstümmelungen. Noch nie hatte sie etwas Ähnliches real gesehen. Sie erinnerte sich an Bilder von zerteilten Leichen, die sie während der Polizeischule angesehen hatte. In Wirklichkeit fühlte es sich anders an. Und krank. «Der Arm sollte so schnell wie möglich in die Rechtsmedizin. Kommt Dr. Stieffel auch noch hierher?»

«Nein. Ihre Leute suchen nach weiteren Körperteilen. Sollten die in der nächsten halben Stunde nicht gefunden werden, werde ich mit dem hier», er zeigte auf den Behälter, «nach Zürich fahren.»

Valérie bedankte sich. Der Blick über den Sihlsee liess sie schaudern. Irgendwo dort draussen lag vielleicht ein toter Körper, von dem man einen Arm abgetrennt hatte. Es war sogar möglich, dass sie bald schon mit weiteren grausigen Funden konfrontiert wurde. Wieder einmal drohte die Idylle ihres Wahlkantons zu zerfallen. Doch es war nicht der Ort, der seine Unschuld verlor, sondern der Mensch, der in ihm lebte. Ein einziger Psychopath war in der Lage, ein Dorf oder eine Stadt zu verseuchen. Um die Auswüchse seiner kranken Seele zu stoppen, dafür sah sich Valérie verpflichtet. Was war der Grund gewesen, dass ein Mensch auf so bestialische Weise verstümmelt wurde? Dass die Frau, der der Arm fehlte, noch lebte, war fast nicht vorstellbar, und es bestand eine schwindend kleine Hoffnung.

In Gedanken versunken näherte sich Valérie Henry Vischer. Er überreichte dem Mann in der Wolldecke eine Wasserflasche.

«Guten Morgen, Valérie.» Vischer drückte ihre Hand und wies mit dem Kopf auf den Mann an seiner Seite. «Das ist Jeremias Kälin. Er hatte den Arm an der Angel.»

Valérie begrüsste ihn und stellte sich vor. Kälin übte einen gefassten Eindruck auf sie aus.

«Können Sie mir erzählen, was heute Morgen geschehen ist?» Sie entnahm ihrer Jackentasche Notizblock und Schreibstift, während sie Kälin nicht aus den Augen liess. Seinen grauen Haaren und der von Sonne und Wetter gegerbten Haut nach zu urteilen, zählte er nicht mehr zu den Jüngsten. Seine Augen waren gerötet, als hätte er eben noch geweint. Ein buschiges schwarzes Brauenpaar dominierte das Gesicht und hinterliess den Verdacht, er hätte sie gefärbt. Die Spannkraft, war denn je einmal welche vorhanden gewesen, war aus seinem Körper gewichen. «Sind Sie in der Lage, mir ein paar Fragen zu beantworten?»

Kälin nickte. Seine Augen waren auf den See gerichtet, als fände er dort, auf der sich kräuselnden Fläche, die Antworten. «Das ist mir meiner Lebtage noch nie passiert», begann er leise und sichtlich nervös. «Wer denkt denn an so etwas. Die Fischerrute klemmte. Ich zog sie fast mit Gewalt ein. Da schleuderte es den Arm gegen meine Brust. Ich dachte, jetzt geht die Welt unter, und der Herrgott schüttet Furchtbares über mich aus.» Kälin schluckte ein paarmal leer. «Gott gütiger, das war ein richtiger Schock.»

«Sie waren mit Ihrem Boot auf dem See?»

«Ich fahre jeden Morgen hinaus, sofern es nicht Katzen hagelt.»

«Um welche Zeit verliessen Sie heute Morgen das Ufer?»

«Um ungefähr halb sechs.»

«Ist Ihnen etwas aufgefallen?»

Kälin schüttelte den Kopf.

«Haben Sie jemanden beobachtet?»

«Nein.»

«Ist Ihnen in letzter Zeit etwas verdächtig vorgekommen?»

«Viele Fragen auf einmal», sagte Kälin. «Aber ich kann sie alle mit Nein beantworten. Glauben Sie mir, ich kenne die Gegend hier wie kaum jemand. Ich bin hier aufgewachsen. Fremde würden mir sofort auffallen oder solche, die nicht hierhergehören.»

«Haben Sie ausser dem Arm sonst noch etwas aus dem See gefischt?»

«Mir reichte ein Arm …» Kälin liess den Kopf auf seine Brust fallen.

«Was haben Sie dann gemacht?»

«Ich fuhr zurück. Meine Frau wartete auf mich. Ich weiss zwar nicht mehr, wie ich ins Haus kam. Aber mein erster Gedanke galt der Polizei.»

«Und das Boot mit dem Fund haben Sie am Ufer gelassen?»

«Ich habe es vertäut, wie immer. Den Arm liess ich liegen, nachdem ich ihn draussen von meiner Brust ge… gestossen hatte … Es schaudert mich noch immer, wenn ich daran denke. Stellen Sie sich das einmal vor … ein abgetrennter Arm … Erst gestern hatte ich einen Hecht gefangen … und heute das …»

«Können Sie mir sagen, wo genau Sie den Arm aus dem Wasser gezogen haben?»

Kälin schaute auf. In seine Augen trat ein Flackern. «Klar doch, ich habe am Bootsrand ein Zeichen eingraviert.»

Valérie warf Vischer einen Brauen hebenden Blick zu.

Dieser erwiderte ihn auf die gleiche Weise. «Die Frage habe ich ihm auch schon gestellt. Er hat den ungefähren Fundort angegeben. Fünfzig Meter vom Ufer entfernt.» Trotz Kälins Witz gab es nichts zu lachen.

«Und die Taucher werden bald eintreffen.» Valérie seufzte. Sie sah Fabia auf sich zukommen. Auf gleicher Höhe drehte sie sich ganz nach ihrer Kollegin um. Sie reichte ihr den Notizblock samt Schreibstift. «Nimmst du bitte die Personalien auf?», und an Kälin gewandt: «Frau Ulrich wird morgen auf dem Posten der Kriminalpolizei mit Ihnen ein ausführliches Protokoll erstellen. Bitte seien Sie so gut, und kommen Sie um zehn Uhr nach Biberbrugg. Ich gehe davon aus, Sie sind mobil.» Sie sah Fabia an. «Wir sehen uns heute Nachmittag zur ersten Teamsitzung. Ich denke, um zwei Uhr. Und bitte informiere Louis darüber – wo ist er überhaupt?» Nachdem er aus dem Wagen gestiegen war und sie knapp begrüsst hatte, war er verschwunden.

«Er befragt gerade die Frau des Fischers.»

«Okay, dann nehmt euch die Leute vor, die hier herumstehen. Vielleicht hat einer etwas gesehen oder gehört.» Valérie zögerte. «Ich wurde damit beauftragt, die Ermittlungen zu leiten.»

«Hast du ein Problem damit?», fragte Fabia kokett. «Aha, ich verstehe. Du wolltest an diesem Wochenende um den Zugersee fahren. Dann fein ausgehen und ein Nachtessen im ‹Adelboden›. Ich würde dir den Job gern abnehmen. Dazu fehlen mir jedoch die Ambitionen.» Sie verzog ihre Mundwinkel zu einem schnellen Lachen.

«Wohl auch die Ausbildung», konterte Valérie, die Fabias Bemerkung nicht stehen lassen wollte. Es ging sie nichts an, wie sie ihre Freizeit gestaltete. Sie mochte Fabia. Aber manchmal kam sie ihr zu burschikos vor. Und innerlich schien sie mit jedem Tag mehr an Härte zuzulegen. In letzter Zeit wirkte sie zudem fahrig. Das lag aber nicht an ihrem Beruf. Zu Hause musste etwas vorgefallen sein.

Das Wasser des Sihlsees glitzerte im Sonnenlicht. Entlang des Ufers fuhren Motorboote, eines davon lag vor Anker. Mittlerweile waren die Taucher eingetroffen. Sie durchforsteten den Grund und suchten nach weiteren Leichenteilen.

Valérie hatte ein paar Aufgabenblöcke bereits verteilt, als sie sich vornahm, in ihr Büro nach Biberbrugg zu fahren. Sie hielt Ausschau nach Zanetti, der sich, ohne ihr ein Wort zu sagen, verdünnisiert hatte. Wieder einmal würden sie eng miteinander zusammenarbeiten müssen. Nicht das, worauf Valérie erpicht war. Sie würden nie eine normale Beziehung haben können, wenn solche Verbrechen ihr Leben bestimmten.

Ein Frauenarm. Alter nicht bekannt. Und wie lange er im Wasser gelegen hatte, auch nicht. Sie müsste sich die Vermisstenmeldungen der letzten Tage vornehmen. Worauf sollte sie sich stützen? Bevor der erste Bericht aus der Rechtsmedizin nicht da war, würde Valérie den Radius der Ermittlungen nicht einschränken können. Zudem konnte ein abgetrennter Arm vieles bedeuten.

Der Weg zurück nach Biberbrugg führte sie über den Dorfplatz von Einsiedeln. Sie hätte auch die direkte Route einschlagen können, doch sie hatte die Ausfahrt verpasst. Die Klosterkirche zu ihrer Linken überragte das Dorf. Ein barocker Bau aus dem frühen 18. Jahrhundert, was Valérie von einer Broschüre wusste. Sie beobachtete eine Gruppe von Leuten, die sich um den Marienbrunnen versammelt hatte und nun aus den Hahnen das Wasser trank. Gesegnetes Wasser aus der Bakterienschleuder, durchfuhr es sie.

Einsiedeln hatte für sie an Bedeutung gewonnen, als sie vor zwei Jahren nach Schwyz gezogen war. Dass der Ort nicht nur mit der Hochburg der katholischen Schweiz triumphieren konnte, sondern auch mit einer der bedeutendsten Büchersammlungen weltweit, hatte Valérie erst im letzten Monat erfahren, als sie mit Zanetti die Bibliothek der Stiftung des Kunst- und Architekturhistorikers Professor Dr. Werner Oechslin besucht hatte. Das futuristisch anmutende Gebäude nach Plänen des Stararchitekten Mario Botta beherbergt Werke von Aristoteles bis Platon. Zanetti hatte sich allerdings interessierter gezeigt als Valérie, der die Kopie der antiken Laokoon-Gruppe ins Auge gestochen war. Sie stellte den Todeskampf von Laokoon und seinen Söhnen dar, die sich allesamt des Würgegriffs einer Riesenschlange erwehrten. Nach dem Besuch dort hatten sie sich in der nahen Bäckerei Tulipan mit «Schafböcken» eingedeckt und sie während einer Woche jeden Morgen zum Kaffee gegessen. Nicht gerade das, was Valérie sich unter einem erbaulichen Frühstück vorstellte. Das gerühmte Gebäck war für ihre Begriffe zu trocken. Und den Hype, der seinetwegen gemacht wurde, verstand sie auch nicht. Aber, das hatte man ihr gesagt, man müsse es probieren, sollte man Einsiedeln besuchen. Mit der jährlichen Produktion könne man Zighunderte Fussballfelder decken. Im Gegensatz zur Bäckerei hatte sie die Klosterkirche nicht von innen gesehen.

Jetzt war sie hier, fern von Schriften über Architekturtheorien und lebkuchenähnlichen Backwaren. Der Abstecher zu den Pferdekoppeln auf dem Klosterareal war verblasst und hatte einem abgetrennten Arm Platz gemacht. Einer menschlichen Extremität, die nicht in das friedliche, gottesfürchtige Dorf passte und noch weniger in einen See, der den einheimischen Hobbyfischern zum Angeln diente.

Sie passierte die Hauptstrasse, auf die Leben eingekehrt war. Kaum hatte sie in der Nähe des Bahnhofs den Kreisel auf die Zürichstrasse verlassen, meldete sich Louis über die Freisprechanlage.

«Schade, dass wir uns verpasst haben», sagte er. «Ich wollte mir zuerst ein Bild von der Umgebung machen. Zufällig bin ich auf die Frau des Fischers gestossen.» Er räusperte sich. «Zudem wirst du die Ermittlungen leiten.»

War das wieder eine von Louis' Anspielungen auf ihren Dienstgrad? «Ich habe es mir nicht ausgesucht.» Sie ertappte sich dabei, wie sie einmal mehr gereizt auf Louis reagierte. Er hatte eine Art an sich, die ihr nicht immer behagte. Nachdem ihm seine letzte Freundin nach nur drei Wochen Beziehung den Laufpass gegeben hatte, war er fast nicht mehr auszuhalten.

«Das ist dein freies Wochenende, oder täusche ich mich?»

«Nein, tust du nicht.» Valérie fuhr jetzt Richtung Biberbrugg, vorbei an ehemaligen Festungswerken, die aussahen, als wären sie in der Form einer Toblerone aufs Feld geworfen worden.

«Ich würde auch gern einmal einen Fall anführen.»

Das also war es, was ihn beschäftigte. «Hattest du den nicht bereits?»

«Eine Messerstecherei in einem Asylzentrum. Ich rede von einem richtig schlimmen Fall –»

«Immerhin hast du keine zwei Tage benötigt, um den Täter zu fassen.» Sie fuhr einem silbergrauen BMW auf, der mit sechzig in der achtziger Zone unterwegs war. «Was möchtest du mir wirklich mitteilen, Louis?» Sie setzte zum Überholen an.

«Die Taucher haben weitere Leichenteile aus dem See gefischt.»

Valérie schaltete einen Gang herunter, gab Vollgas und preschte links des BMWs vorbei.

«Kaum warst du weg», sagte Louis. «Das linke Bein, den rechten Arm und den Torso. Fabia hat sich bei dessen Anblick sonderbar aufgeführt. Sie rannte davon. Später sagte sie, dass sie sich sträube, an diesem Fall zu arbeiten.»

Valérie überlegte sich, dass Fabia ansonsten starke Nerven besass, was das Betrachten von Leichen anging. Das passte nicht zu ihrer momentanen Art. Aussen und innen widersprachen sich offensichtlich. Andererseits schockierte eine zerstückelte Leiche auch den hartgesottenen Polizisten. Nur schon die Vorstellung davon liess Valéries Haare zu Berge stehen.

«Es braucht viel Kraft, jemanden zu köpfen», sagte Louis.

«Und einen grossen Hass.» Valérie hatte sich einen solch bestialischen Mord nie vorstellen können. Ein kalter Schauer lief über ihren Rücken.

«Die sterblichen Überreste sind jetzt unterwegs in die Rechtsmedizin», sagte Louis. «Hörst du mir zu?» Seine Stimme war lauter geworden.

«Natürlich höre ich dir zu.» Valérie sah in den Rückspiegel. Im BMW entdeckte sie einen älteren Herrn mit Tabakpfeife, der mit seiner Frau wohl eine gemütliche Fahrt unternahm. Ein Sonntagsfahrer an einem ganz normalen Werktag. Ihre Kollegen von der Verkehrspolizei müssten auch mal die notorischen Langsamfahrer von der Strasse holen, überlegte sie. Sie bemühte sich, ihre Nerven zu beruhigen.

Ihre Gedanken schweiften ab zu der Toten im Sihlsee. Vielleicht war sie das Opfer eines aggressiven Verhaltens eines Täters geworden. Ausgelöst durch eine perfide Bemerkung zum Beispiel. Valérie wusste, wie wenig es brauchte. Erst kürzlich war sie zu einer Familie gerufen worden, in der ein Ehepaar aufeinander losging. Vor den Augen seiner minderjährigen Kinder hatte der Mann seine Frau krankenhausreif geschlagen. Als Valérie den Täter nach dem Grund gefragt hatte, sagte er, dass er die stete Nörgelei seiner Frau sattgehabt habe.

«Res Stieffel habe ich auch schon kontaktiert», sagte Louis. «Im Verlaufe des Tages sollten die ersten Resultate bei uns eintreffen. Ich sagte ihm, dass dieser Fall Priorität hat.»

«Das weiss er», konterte Valérie eine Spur zu laut und merkte zu spät, dass sie Louis damit nur wieder Nährboden für weitere Sticheleien gab. Einstweilen musste sie höllisch aufpassen, welchen Ton sie wählte. Ihr Kollege fühlte sich oft betroffen. «Wir sehen uns bei der Teamsitzung.»

«Alles klar bei dir?», fragte Louis. «Du hörst dich gereizt an. Ich wette, du fährst hinter einem Bummler her.»

Valérie konnte sich ein Lachen nicht verkneifen. Auch das war Louis, mit seinem trockenen Humor nicht immer fassbar. «Er fährt jetzt hinter mir.»

***

Über die Biber breitete sich Dunst aus, durch den die Sonnenstrahlen schmale Striche zogen. Die Gestade schimmerten in einem silbermonochromen Licht. Valérie schloss die Fenster, nachdem sie dem Vogelkonzert in den Baumkronen eine Weile gelauscht hatte. Das friedliche Bild wollte so gar nicht zu diesem Tag passen.

Nachdem sie einen starken Kaffee getrunken hatte, machte sie sich auf den Weg von ihrem Büro ins Sitzungszimmer. Noch wusste sie nicht, was sie erwarten würde. Sie hatte sich den neuen Fall zigmal durch den Kopf gehen lassen. Sie fand keinen Zugang, er blieb ihr fremd.

Ausser Dominik Fischbacher waren alle anwesend, die Valérie zum ersten Briefing eingeladen hatte.

Sie stellte sich am Ende der Tische an die Pinnwand und heftete erste Bilder an von zwei Beinen, zwei Armen und dem Rumpf. Sie wartete, bis sie der Aufmerksamkeit aller gewiss war. «Ihr habt gute Arbeit geleistet», lobte sie und wandte sich danach an Schuler. «Bis vor einer Stunde hat man auch das zweite Bein aus dem Wasser gezogen.»

«Und was ist mit dem Kopf?», wollte Fabia wissen, der man ansah, dass sie noch immer schwer an dem grausamen Fund zu nagen hatte. Ihr ansonsten rosiges Gesicht wirkte blass.

Valérie hätte sie gern gefragt, was ihr fehlte. «Der Kopf wurde nicht gefunden.»

«Meinst du, der wird noch zum Vorschein kommen?» Louis drehte sich zu seinen Kollegen um.

«Man müsste sich fragen, was das zu bedeuten hat.» Fabia tippte sich an die Stirn. «Jemand, der so etwas tut, ist eine Bestie.»

«Die widerspiegelt unsere heutige Gesellschaft», sagte Louis. «Die Gewaltspirale dreht sich immer schneller. Erinnern wir uns an das Scheusal aus Muotathal. Nichts Schreckliches ist mehr fremd. Und warum? Wir haben verlernt, Respekt gegenüber den andern zu zollen. Wer nicht ins Schema passt, wird eliminiert –»

«Louis!» Valérie hob die Hand. Was war denn in den gefahren? «Ich glaube nicht, dass eine solche Diskussion hierhin passt. Jeder gewaltsam verursachte Tod ist schrecklich.» Sie hielt kurz inne. «Wir sollten möglichst emotionslos ermitteln, nur so können wir strategisch vorgehen.»

«Und wo, bitte, siehst du hier eine Strategie?», fragte Fabia offensichtlich genervt und zwinkerte Louis zu, als müsste sie von ihm eine Bestätigung erhalten.

Valérie schluckte leer. Sie wollte dies nicht kommentieren. Die Stimmung unter den Ermittlern war schlecht, auch deshalb, weil das Wochenende bevorstand und einige viel Überzeit hatten. Sie wandte sich an Schuler. Er und seine Leute hatten bis vor Kurzem am Sihlsee Spuren gesichert, sodass er nicht einmal dazu gekommen war, sich in einen seiner legendären Anzüge zu werfen. Ihn heute in Jeans und Shirt zu sehen war ungewohnt. Valérie wusste nicht viel von ihm. Sein Privatleben war ein absolutes Tabuthema. Er war verheiratet und hatte zwei Kinder. Seine Frau hatte sie noch nicht kennengelernt. Beim jährlichen Team-Essen erschien er immer alleine.

Valérie fragte: «Kannst du uns zur Spurensicherung etwas Konkretes sagen?»

«Möglicherweise wurden die Leichenteile in der Nähe der Birchlimatt zwischen der Viaduktstrasse und dem Erlenmoosweg ins Wasser geworfen. Der See ist in dieser Gegend relativ ruhig. Zudem gibt es dort fast keine Strömung. Wir müssen aber davon ausgehen, dass die Leiche in einem Boot hinaustransportiert wurde. – Gemäss unseren Kollegen von der Taucherequipe fanden sie die Teile in einer Reichweite von ungefähr hundert Metern. Jedes Teil war an einem Stein befestigt worden. Der Täter wollte wahrscheinlich nicht, dass man sie findet.» Schuler legte Fotos auf den Tisch. «Die Steine befinden sich im forensischen Labor. Wir dürfen davon ausgehen, dass sie anhand der Beschaffenheit einer Gesteinsformation zugeteilt werden können. Wenn wir in Erfahrung bringen, woher sie stammen, können wir vielleicht den Tatort bestimmen.»

Wenigstens bestand Hoffnung, doch Valérie ahnte, wie schwindend klein sie war.

«Der Kopf müsste doch auch irgendwo im See sein», meldete sich Louis.

«Die Taucher sind noch dort und suchen weiter», sagte Schuler. «Aber ich denke, dass wir unser Augenmerk in erster Linie auf die Boote richten sollten ...»

«Das wäre dann die nächste Aufgabe, die Besitzer ausfindig zu machen, die auf dem Sihlsee ein Boot haben», sagte Valérie und brachte auf dem Flipchart die erste Notiz an.

«Im Erlenmoos gibt es einen kleinen Hafen, wo ein paar Boote vor Anker liegen», sagte Schuler.

«Was nicht heisst, dass die Leiche in einem dieser Boote transportiert wurde», sagte Fabia, die sich trotz Valéries Befürchtung, sie sei in Gedanken anderswo, auf Schulers Ausführungen konzentriert hatte. «Es existieren sicher auch ein paar Bootshäuser entlang des Ufers. Wir sollten die Suche ausdehnen.»

Valérie notierte. Sie wandte sich erneut an Schuler. «Gibt es Blutspuren?»

«Keine bis anhin.»

«Kein Blut? Aber da müsste doch welches sein», sagte Louis. «Oder glaubst du, das Opfer wurde im zerstückelten Zustand auf den See hinausgefahren?»

«Das nehme ich an.» Auf Schulers Gesicht zeigte sich keine Regung, während er Valérie einen Blick zuwarf.

Valérie bedankte sich für die Ausführungen. «Alles Weitere werden wir von Dr. Stieffel erfahren. Bis es so weit ist, würde ich gern unser Vorgehen besprechen. Und bitte, auch wenn das Wochenende bevorsteht, verlange ich von allen, ausnahmslos», sie musterte Louis, der amüsiert die Augen verdrehte, «den vollen Einsatz. Für die Ermittler gilt in erster Linie eine lückenlose Befragung von den Bewohnern im Gebiet Birchli. Protokolliert vor Ort und rapportiert mir alles bis spätestens morgen Nachmittag zur gleichen Zeit. Wir wissen lediglich, dass es sich bei der Toten um eine Frau handelt. Was hat es mit dem Ring auf sich, der an einem ihrer Finger klemmte? Woher stammt er? Fabia, schliesse dich mit dem Fahndungsdienst kurz. Sie sollen dir die Neuzugänge der Vermisstenmeldungen aushändigen.»

«Aber diese sind doch im System», motzte Fabia leicht beleidigt.

«Es könnte ja sein, dass es neue Meldungen gibt, die man noch nicht erfasst hat», sagte Louis.

Valérie entliess ihr Team. Bis auf Henry Vischer leerte sich der Sitzungsraum, worauf sich Valérie an den Polizeipsychologen wandte. «Was hältst du davon?»

«Wovon?»

«Von diesem Fund.»

«Warum hast du die Frage nicht vorhin gestellt?»

«Weil ich keine unnötigen Diskussionen und vor allem keine Spekulationen darüber wollte.» Valérie sammelte die übrig gebliebenen Fotos ein und steckte sie in ihre Mappe. «Ich habe ein ungutes Gefühl. Dass so etwas hier passiert, in diesem Klosterdorf. Was ist dein Fazit?»

«Wir sollten nach ähnlichen Fällen in der Vergangenheit suchen», sagte Vischer. «Auch über die Grenzen hinaus. Sonderbar ist, dass der Kopf nicht zum Vorschein gekommen ist. Womöglich befindet er sich ganz woanders, oder der mutmassliche Täter hat ihn als Trophäe mitgenommen.»

«Meinst du, er könnte das hier wiederholen?» Valérie zeigte auf das Bild mit dem Torso. Dieser musste total ausgeblutet sein, was seine bläulich weisse Farbe verriet. Die Bein- und Armstümpfe waren schwindend klein. Der Täter musste eine Axt, wenn nicht eine Fräse dazu verwendet haben, um die Extremitäten vom Rest des Körpers zu trennen.

«Ich glaube, es ist zu früh für solche Schlüsse.»

«Was sagt dein Verstand? Was treibt einen Psychopathen um, der das hier mit einer solchen Akribie ausführt? Ich meine, das macht er nicht einfach so …»

«Von einem Affekt können wir mit Sicherheit nicht ausgehen, da gebe ich dir recht.» Vischer schnalzte mit der Zunge. «Ich werde mich ein wenig in diese gestörte Psyche vertiefen. Zuerst aber gehe ich zum Italiener. Ich habe seit dem Frühstück nichts mehr gegessen. Kommst du mit?»

Valérie winkte ab. «Ich habe vorsorglich ein Sandwich eingepackt. Das lachte mich heute Morgen auf der Fahrt hierher bei der Tankstelle an. Schinken mit Ei und ganz viel Mayonnaise.»

«Seit wann isst du so ungesund?»

«Zwischendurch brauche ich das.» Valérie verliess den Raum.

Auf dem Weg zu ihrem Büro rief Res Stieffel sie an. Die Wogen zwischen Valérie und dem Gerichtsmediziner hatten sich ein wenig geglättet. Er duzte sie wieder. Das war ein Fortschritt, fand sie. Nachdem sie ihn bei einem Essen in einem sündhaft teuren Restaurant hatte abblitzen lassen, hatte er lange Zeit geschmollt und sie wieder gesiezt. Und als er erfahren hatte, dass seine platonisch Angebetete mit dem Staatsanwalt eine Beziehung pflegte, hatte er eine Weile unanständige Bemerkungen fallen lassen, wenn er sie sah. Valérie war nicht darauf eingegangen, was ihn schliesslich fast handzahm machte. Oder, das war eher möglich, er hatte sich eine andere Frau angelacht.

Valérie nahm das Gespräch entgegen.

«Ist der Kopf noch immer nicht zum Vorschein gekommen?», fragte Stieffel anstelle einer Begrüssung.

Valérie erreichte die Tür zum Büro. «Ich hätte mich sonst gemeldet.»

«Ich stehe gerade im Sektionssaal. Die Legalinspektion ist durch. Ich werde mich jetzt den Innereien widmen. Nachher möchte ich dir zeigen, was mir aufgefallen ist.»

«Kannst du mir das nicht am Telefon erklären?» Valérie sah ihre Zeit, die sie dem Internet widmen wollte, bachab gehen. «Oder kannst du es fotografieren und schicken?»

«Du hast den Torso noch nicht gesehen, oder?»

«Nein. Worum geht es überhaupt?» Valerie wurde ungeduldig. «Was ist mit dem Rumpf?»

Stieffel zögerte. «Ich kann mir absolut keinen Reim darauf machen.»

Das tat er extra. Wollte sich wichtigmachen. Sie kannte es von früheren Obduktionen.

«Das heisst, dass ich heute noch nach Zürich fahre …», hörte sich Valérie laut ihre Gedanken äussern.

«Exakt. Ich wäre froh, wenn wir das so bald als möglich hinter uns bringen.»

Davor graute ihr. Wenn sie es umgehen konnte, so mied sie den Besuch in der Pathologie. Nicht, dass ihr der Anblick von Leichen viel ausgemacht hätte; sie hatte sich während Jahren einen Panzer zugelegt. Es war der Geruch, der ihr jedes Mal fast die Kehle zuschnürte. «Also», sagte sie, «wenn ich mich auf den Weg mache, könnte ich in einer knappen Stunde bei dir sein.»

ZWEI

Bereits im Vorraum überkam Valérie leichter Schwindel. Nur widerwillig zog sie sich den bereitgelegten sterilen Anzug an. Die Haare band sie zusammen und steckte sie unter eine Haube.

Das kalte Neon hüllte alles in ein gespenstisch blasses Licht. Ein anonymer Ort, der nichts Freundliches ausstrahlte. Hier zu arbeiten erforderte eine gewisse Abgebrühtheit. Andererseits waren die Toten, wenn sie hierhergebracht wurden, seelenlose Materie, von der keine Energie mehr ausging. Trotzdem fröstelte es Valérie jedes Mal aufs Neue. Der Raum glich einer Katakombe mit weissen Kachelwänden und einem ebensolchen Boden, auf dem Rinnen eingefügt waren, die unter jeder Arbeitsfläche in einen Abflussschacht führten. In akkuratem Abstand waren fahrbare Alutische aufgestellt, auf denen zugedeckte Körper lagen. Valérie warf schnell einen Blick darauf, bevor sie ihre Aufmerksamkeit dem Gerichtsmediziner widmete.

«Zwei Opfer einer Messerstecherei in Zürich», sagte Stieffel, «ein Toter mit Verdacht auf Vergiftung und eure zerstückelte Wasserleiche. Gestern muss der Wurm drin gewesen sein. Die Leute spielten verrückt.»

Valérie hatte Stieffels trockenen Humor noch nie verstanden.

Er ging zum Alutisch mit den grünen Tüchern, unter denen Valérie anhand der Formen die Leichenteile aus dem Sihlsee vermutete. Sie hatte absolut kein Verlangen, diese zu begutachten. Sie würde jedoch nicht darum herumkommen. Daran, dass Stieffel sie aus andern Gründen als die der Leichenschau hatte kommen lassen, wollte sie nicht glauben. Obwohl alles dafür sprach. Er schien sie mit seinem Blick geradezu ausziehen zu wollen, aber das regte sie nicht mehr auf. Vielmehr musste sie sich wieder gegen diesen Geruch wehren. Formaldehyd – trotzdem besser zu ertragen als der Gestank nach Verwesung.

«Danke, dass du gekommen bist.» Stieffels ernste Mimik veränderte sich nicht. Zwischen Nase und Mundwinkel hatten sich tiefe Falten eingekerbt. Die waren neu. Valérie erinnerte sich nicht daran, die schon einmal gesehen zu haben. «Wie erwähnt, habe ich die Legalinspektion vorgenommen. Der Bericht ist bereits unterwegs zu Fischbacher. Aber es gibt etwas, das konnte ich so nicht beschreiben.»

«Ich bin gespannt.» Valérie blieb zwei Schritte vom Tisch entfernt stehen. In Wahrheit war sie nervös. Stieffels Bemerkung hatte sie auf dem Weg hierher nicht mehr losgelassen. Was konnte so furchtbar sein, dass selbst er die Worte dafür nicht fand?

«Es handelt sich um die sterblichen Überreste einer Frau von ungefähr achtzig Jahren», sagte Stieffel und brachte die Zwischenbemerkung an, wie schwierig die Analyse der Wasserleiche gewesen sei. «Aufgrund der tiefen Wassertemperatur und des damit verbundenen verminderten Bakterienbestands konnte ich zumindest die Fingerabdrücke ohne Probleme entnehmen. Mein Kollege hatte die Leichenteile vor Ort fixiert und sie mittels Injektion konserviert, was meine Arbeit hier etwas vereinfachte. Aber das Alter des Opfers machte die ganze Sache auch nicht besser. – Sie war nicht übergewichtig, ihr Körper weist den normalen Zerfall auf. Sie litt unter Arthrose und Gicht, was primär die deformierten Fingerkuppen beweisen.»

«Eine achtzigjährige Frau? Warum wurde sie Opfer einer solch brutalen Tat?»

«Um das herauszufinden, bin ich nicht da. Ich kann dir aber sagen, was sie vor ihrem Ableben zu sich genommen hat.»

«Ich gehe davon aus, das steht auch im Bericht.» Valérie hatte kein Verlangen, den detailgetreuen Mageninhalt zu erfahren.

Stieffel ignorierte es. «Sie muss ziemlich viel Wein getrunken haben –»

«Aber», unterbrach Valérie, «wie konntest du das herausfinden, wenn das Blut fast komplett fehlt?»

«Richtig. Sie war ausgeblutet. Das heisst auch, dass ihr Arme und Beine abgetrennt wurden, während sie bei Bewusstsein war – möglicherweise war sie ohnmächtig. Ich hätte es ihr gewünscht.»

«Grosser Gott!» Valérie suchte Halt an einem Aluschrank. «Eine Hinrichtung ...» Anders konnte sie diesen bestialischen Mord nicht benennen. Da hatte jemand mit einer grossen Aggression gehandelt. Vorsätzlich. Dem Täter war es wichtig gewesen, das Opfer leiden zu sehen, Macht über es auszuüben bis zum schrecklichen Ende.

«Kennst du den ungefähren Todeszeitpunkt?»

«In der Nacht von Montag auf Dienstag. Zwischen Mitternacht und vier Uhr. Steht auch im Bericht.» Stieffel schniefte laut. «Der Alkohol befand sich noch im Magen. Sie muss ihn unmittelbar vor ihrem Tod zu sich genommen haben. Die Verdauung hatte noch nicht vollständig eingesetzt. Die Magensäure war hochkonzentriert.»

Valérie überlegte. «Eine Frau im Alter von achtzig Jahren, die so spät am Abend Alkohol konsumiert. – Ich war immer der Meinung, dass alte Menschen früh zu Bett gehen. Und jetzt sagst du mir, dass sie sich womöglich betrunken hat.»

«Ausnahmen bestätigen die Regel.» Er räusperte sich. «Vielleicht hat man ihr den Alkohol gewaltsam zugeführt. Hätte ich den Kopf, wäre es einfacher, dies herauszufinden.»

«Deinen Job möchte ich nicht haben.»

«Glaube mir, bei diesem Fall brauche auch ich Überwindung.»

Das allerdings nahm sie ihm schwerlich ab. Valérie kannte ihn nicht von dieser Seite. Sie dachte immer, nichts könne diesen Mann umwerfen. Alles, was er tat, sei Routine. Hatte sie sich getäuscht? Stieffel schien zu leiden. Oder er machte ihr etwas vor. Nur wusste sie nichts über den Grund.

Er fuhr fort. «Ich habe ihr einen Ring abgenommen. Er wurde ihr mit Kraftanstrengung über den rechten Daumen gesteckt. Die Hautaufschürfungen waren frischeren Datums.» Er überreichte ihr eine Schale, worin der Ring lag. «Erinnert mich an einen Papstring.»

«Papstring?» Valérie zögerte. «Ein solcher würde anders aussehen.» Sie wollte nicht belehrend wirken und dennoch Stieffels Vermutung korrigieren. «Ist nebst dem Papstnamen auf der Ringplatte nicht der Apostel Petrus dargestellt?»

«War nur so ein Gedanke. Vergoldet mit einem blauen Stein, Saphir, nehme ich an. Muss auf jeden Fall ein Vermögen gekostet haben.»

Valérie sah sich den Ring näher an. «Könnte auch ein Lapislazuli sein.» Sie erinnerte sich an ihren Grossvater mütterlicherseits, der einen solchen getragen hatte. «Warum steckt man ihr einen Herrenring an den Finger?» Sie stellte die Schale auf einen separaten Tisch zurück, auf dem Operationsbesteck lag. Auf der Innenfläche des Ringes entdeckte sie einen Namen: «Ferdi». Valérie zog die Brauen zusammen. «Die Abkürzung von Ferdinand. Ein eher alter Name. Könnte vielleicht doch ein Frauenring sein. Eine gröbere Ausführung als üblich. Könnte Ferdi auch die Abkürzung für einen weiblichen Namen sein?»

«Ferdinanda», sagte Stieffel. «Ich kenne ein Restaurant in Prag mit diesem Namen. Die schenken hervorragendes Bier aus. Meine Kollegen nennen das Lokal ‹Ferdi›.»

Valérie hob ihre Schultern und packte den Ring in einen Asservatenbeutel, während sie Stieffel nicht aus den Augen liess. «War es das, was du mir zeigen wolltest? Den Ring?»

«Nicht nur …» Er schluckte leer. «Es gibt etwas auf ihrem Oberkörper, das mich rätseln lässt. Bist du bereit?»

Für das hier war Valérie noch nie bereit gewesen. Es brauchte Überwindung, zumal sie auf etwas komplett Neues stossen würde. Auf einen Torso mit abgetrennten Armen und Beinen. Allein der Gedanke an den fehlenden Kopf erforderte starke Nerven. Stieffel war jedoch so rücksichtsvoll, dass er nur den Körperteil frei machte, auf dem er das Seltsame entdeckt hatte und das der Grund für Valéries Anwesenheit war, was er noch einmal betonte.

Widerwillig beugte sich Valérie über die farblose Stelle, die sie an zerknautschten Gummi erinnerte. Eine kleine, schrumpelige Frauenbrust.

«Siehst du das?» Stieffel kreiste mit einem Stift die Stelle ein, ohne sie zu berühren.

«Ein Tattoo?» Valérie fixierte den sichtbaren Hautausschnitt. Das Zeichen, auf den ersten Blick als Tätowierung zu erkennen, hatte die Grösse eines Einfränklers.

«Ein Brandmal», sagte Stieffel. «Sie wurde buchstäblich gebrandmarkt. Ante oder post mortem.»

«Vor oder nach ihrem Tod?»

«Richtig. Kurz davor oder danach.»

«Ein Kreis», sinnierte sie laut, «in der Mitte ein Kreuz … in den vier Kreuzwinkeln die Buchstaben C, S … die nächsten beiden Buchstaben könnten …», Valérie verengte ihre Augen, «… die wirken verschwommen.»

«Da steht noch mehr drauf. Aber selbst mit der Lupe war ich nicht fähig, es zu entziffern –»

«Lupe?» Valérie glaubte, nicht richtig gehört zu haben. «Das klingt nach Sherlock Holmes.»

Stieffel runzelte die Stirn. «Das Rasterelektronenmikroskop, mit dem wir üblicherweise arbeiten, ist im Moment in der Revision. Ein anderes steht mir heute nicht zur Verfügung. Du müsstest dich bis morgen gedulden.»

«Hast du die Lupe griffbereit?» Valérie unterdrückte den Reflex, sich über das Fehlende lustig zu machen.

Stieffel langte auf den Alutisch. «Hier, vielleicht hast du den besseren Blick.»

«Die gute alte Lupe.» Valérie hielt sie unmittelbar über das seltsame Zeichen. «Hm. Oben steht an erster Stelle ein P. Der zweite Buchstabe könnte ein A sein, der dritte ein X … PAX …»

«Friede», sagte Stieffel selbstverloren.

Valérie konzentrierte sich auf die Buchstaben auf dem Längsbalken des Kreuzes, fünf mussten es sein. Sie konnte lediglich die ersten beiden Buchstaben entziffern. C und S.

Schon wieder C und S. Sie kam auf keinen Nenner. Die restlichen drei Lettern verschwanden in den unzähligen Hautfältchen. Auch auf dem Querbalken schien eine Entzifferung unwahrscheinlich. «Hast du schon Fotos davon gemacht?»

Stieffel bejahte. «Die gebe ich dir am besten gleich mit. Sie befinden sich nicht beim Bericht an Fischbacher. Ich dachte ...»

«Ja?» Valérie legte die Lupe beiseite. «Was dachtest du?»

«Könnte heikel sein. Ich wollte, dass du es zuerst erfährst. Ich meine», er zögerte, «der sonderbare Ring, das Brandmal ... das alles sieht ziemlich nach einer mysteriösen Sache aus.»

«Seit wann machst du dir Gedanken darüber?» Valérie schüttelte den Kopf. «Oder möchtest du mit mir tauschen?»

Stieffel wandte sich verlegen ab, was sie so nicht an ihm kannte. «Es ist meine erste Leiche dieser Art.»

Wollte er sie veralbern?

«Vielleicht tröstet es dich, meine auch.» Valéries Erwiderung widerstrebte ihrem Gefühl. So kaltschnäuzig, wie sie sich gab, war sie nicht. Doch sie sah nicht ein, weshalb sie jetzt und hier ihre innere Zerrissenheit hätte präsentieren sollen. Fakt war, dass sie über ihren neuen Fall, der noch keine zwölf Stunden alt war, noch sehr wenig wusste. Und hätte es bei der Fahndung eine Vermisstenmeldung gegeben, die der Toten entsprach, hätte Fabia es sie schon längst wissen lassen. Andererseits würde sie die aktuellen Vermisstenmeldungen einschränken können, wenn Fabia das Alter der Toten erfuhr. Sie dachte darüber nach, dass in der heutigen anonymisierten Zeit ein verschwundener, gar toter Mensch tagelang unentdeckt bleiben konnte. Trotzdem: Jemand musste die Frau doch vermissen.

«Hältst du mich auf dem Laufenden?», fragte Stieffel und deckte den Rumpf wieder zu.

Valérie wunderte sich. Noch nie hatte er sich für die Ermittlungen interessiert. Er machte seinen Job, begutachtete und sezierte Leichen, bildete angehende Medizinstudenten aus und erteilte Fortbildungskurse für Notärzte. Die Autopsie, hatte er einmal gesagt, sei nur ein Teil seiner Arbeit, die in seinen Augen spannend und vielseitig sei. Er untersuchte auch lebende Verletzte: misshandelte Kinder und Frauen auf Zeichen von äusserer Gewalt. Zudem Täter auf Wunden für den Fall, dass sich das Opfer gewehrt hatte.

Valérie antwortete nicht. Sie bedankte und verabschiedete sich und ging Richtung Tür, als Stieffel sie einholte. «Du solltest eines wissen, Valérie.» Er berührte ihren Arm. «Ich bewundere dich, mit welcher Souveränität du die Fälle jeweils angehst. Und sollte ich dir in letzter Zeit auf die Füsse getreten sein, so tut es mir aufrichtig leid. Ich mag auf dich wie ein Casanova wirken, aber das bin ich nicht.»

Na ja, da hatte sie schon anderes gehört und es selbst erfahren. Irritiert ob dieses Geständnisses drückte sie die Türfalle und schob sich in den Vorraum, wo sie den sterilen Anzug und die Haube ablegte. Stieffel stand unter dem Rahmen, während sie sich ihre Jacke anzog. «Hättest du Zeit für einen Drink?», fragte er.

Sie lächelte still vor sich hin. «Gern ein andermal», sagte sie, obwohl sie ahnte, dass sie Stieffel damit für weitere Flirtattacken geradezu einlud. Dass er sich gebessert haben sollte, nahm sie ihm nicht ab. Wahrscheinlich hatte er sich gerade eine neue Masche ausgedacht, wie er sie bestenfalls doch noch rumkriegen konnte. Auf die nette, geduldige Tour.

«Auf mich wartet ein Berg Arbeit.» Valérie vergewisserte sich, dass sie den Ring und die Fotos vom Brandmal eingepackt hatte, und verliess die Rechtsmedizin.

Die Fahrt durch die Stadt erforderte Geduld. Bis Valérie die Quaibrücke erreichte, verging eine halbe Stunde. Die ersten milden Tage hatten die Leute auf die Strassen gelockt. Zürich, ihr einstiger Wohnort. Valérie konnte die Wehmut, die sie aufgrund der Vielfalt der Menschen empfand, nicht ganz von sich fernhalten. Wie gerne wäre sie wieder einmal durch die Bahnhofstrasse flaniert, hätte sich die teuren Auslagen angesehen und sich das eine oder andere geleistet. Sie hatte sich selbst ein Sparprogramm aufgezwungen, weil sie nicht wusste, wie ihre Zukunft einmal aussehen würde. Wenn sie eines aus der gescheiterten Ehe mit Willy gelernt hatte, dann dies: sich niemals mehr von einem Mann in irgendeiner Form abhängig zu machen. Dies erforderte jedoch auch Verzicht und dass sie ihre Wünsche manchmal hinten anstellen musste. Sie hatte sich mit dem Kauf des Audi TT schon zu viel erlaubt.

Über die Limmat hatte sich die blaue Stunde gelegt. Überall gingen die Lichter an und verzauberten den Blick Richtung Fraumünster. Auf der Höhe der Talstrasse überlegte Valérie sich, abzuzweigen, einen Parkplatz zu suchen und sich ins Nachtleben zu stürzen. Einmal wieder etwas komplett Verrücktes tun, die Erinnerungen an ihre jungen Jahre aufleben lassen, an den Anfang zurückkehren, als sie in einer Anwaltskanzlei ihre ersten Sporen abverdient hatte, bevor sie zur Polizei ging. Sie entsann sich der nie enden wollenden Nächte, in denen sie von Bar zu Bar lustwandelt war, um das Leben zu spüren. Immer jedoch mit einer Portion Vorsicht, denn in ihrem Beruf hatte sie sich keine Auswüchse leisten dürfen. Zudem hatte ihr Willy immer hinterherspioniert.

Jetzt war sie fünfundvierzig und in den letzten Jahren ernst und – wenn sie ehrlich mit sich selber war – verbissen geworden. Die Flugzeuge waren zwar in ihren Bauch zurückgekehrt, aber sie musste sich nichts vormachen: Sie wusste, wo das enden würde. Emilios Vorschlag, eine gemeinsame grössere Wohnung zu suchen, stand sie mit Skepsis gegenüber. Sie liebte und begehrte diesen Mann, aber sie wollte auch mehr Zeit für sich. Gegenüber einer neuen Bindung hatte sie grossen Respekt. Sie musste sich nur in ihrem Bekanntenkreis umsehen. Die Angst davor, in eine Beziehung zu rutschen, in der man nebeneinander lebte, beherrschte ihr Denken. Sie brauchte das Feuer. Doch sie fürchtete sich davor, dass es auch zwischen Emilio und ihr erlöschen könnte.

Sie fuhr weiter, ohne abgezweigt zu sein.

Ging ihr Leben im gleichen Tramp weiter? Würden weiterhin Gewalt, Mord, Totschlag und schrecklich zugerichtete Leichen ihren Weg pflastern? Auf einmal überkam sie Panik. Wie gern hätte sie ihre Freundin Katja angerufen. Sie jedoch war seit über einem Jahr auf Weltreise. Die letzte Nachricht war vom Mekong gekommen. Ein kurzer Gruss per SMS. Valérie wusste nicht einmal, ob es ihr gut ging.

Vielleicht sollte ich auch aussteigen, ging ihr durch den Kopf. Ein Jahr untertauchen. Langsam wurde ihr Sohn erwachsen, würde bald schon auf eigenen Beinen stehen, für seinen Lebensunterhalt selbst sorgen können.

Und Emilio? Er würde es nicht begreifen. Aber hatte er ihr nicht auch etwas vorgemacht? Als sie davon ausgegangen war, dass er der ewige Junggeselle war? Dann war da plötzlich eine kranke Ex-Frau aufgetaucht, die er bis zu ihrem Tod fast fürsorglich betreute. Existierten noch andere Geheimnisse, die er vor ihr verschwieg?

Sie musste ihn sprechen.

Valérie nutzte den Stau für einen Anruf über die Freisprechanlage. Die Wasserleiche wäre ein guter Vorwand, um sich langsam auf ein tiefer greifendes privates Gespräch heranzutasten. Sie wusste, dass das nicht die feine Art war, und bei anderer Gelegenheit hätte sie sich deswegen selbst als Feigling bezeichnet.

Zanetti meldete sich nicht. Valérie ging davon aus, dass er sich noch immer in der Sitzung befand, die er zwischen Tür und Angel kurz erwähnt hatte. Enttäuscht brach sie die Verbindung ab, als sich seine Combox meldete. Sie hatte kein Bedürfnis, darauf zu reden. Das musste ein Zeichen sein. Sie würde nicht darum herumkommen, ihn unter vier Augen zu sprechen.

Trotz des immensen Verkehrs kam sie früher als vorgesehen nach Hause. Nach einer ausgiebigen Dusche suchte sie im Kühlschrank nach etwas Essbarem und entschied sich für einen grünen Salat mit Pouletgeschnetzeltem. Dazu kochte sie Basmatireis. Sie pendelte zwischen den Kochtöpfen in der Küche und dem Computer im Büro. Sie wollte nicht darauf warten, bis Stieffel sein Rasterelektronenmikroskop zurückbekam, und schrieb in der Suchmaschine «Medaillon» unter der Bildsuche. X-beliebige Sujets und Formen kamen zum Vorschein, aber etwas Ähnliches, wie es der Toten auf die Brust eingebrannt war, liess sich nicht finden. Weder unter «Sakrale Medaillons» noch «Christliche Medaillons», was Valérie aus einem Instinkt heraus eingetippt hatte, gab es nicht einmal annähernd etwas, das dem Mal glich. Kein Zeichen mit dem Kreuz und der sonderbaren Beschriftung, welche auf die Abkürzung eines Wortes oder sogar eines Satzes hinwies. Anderntags würde sie eines der Fotos einscannen müssen, um im digitalen Kosmos Vergleichbares zu finden.

Valérie rannte in die Küche, als von dorther ein verdächtiger Geruch nach Angebranntem wehte. Der Reis! Er klebte am Pfannenboden und war schwarz geröstet. Valérie entsorgte die Pfanne mitsamt Inhalt im Abfallkübel, denn diese war dahin. Dass der Kehrichtsack unter der Hitze schmolz, ignorierte sie. Der Salat stellte sich als angefaulte Blätter heraus, und Valérie entsann sich, wieder einmal gross einkaufen zu müssen. Einzig das Pouletfleisch schien in Ordnung zu sein. Sie brutzelte es zu Ende, würzte nach und kippte es auf einen Teller. Mit diesem ging sie erneut ins Büro, wo sie im fliegenden Wechsel zwischen Schreiben und Essen nach weiteren Möglichkeiten suchte, um das Rätsel des Brandmals zu lösen.

Was um alles auf der Welt bedeutete die Abkürzung «CS..»? Wenn «PAX» lateinisch war, konnte es auch «CS..» sein. Welche beiden Buchstaben standen hinter dem S? Valérie betrachtete die Fotografie eingehender. Möglicherweise war der dritte Buchstabe ein D oder ein P. Sie gab die erste Variante des Kürzels in die Suchmaschine ein: CSD. Die Erklärungen ergaben keinen Sinn. Valérie versuchte es mit CSP und stiess auf einen Parteinamen. Was bedeutete ein Parteikürzel auf einer Frauenbrust? Dass dieser nicht lateinisch war, hielt sie davon ab, sich weiter darüber Gedanken zu machen. Sie nahm das Bild des Rings zur Hand. Auf ihm existierte lediglich der Name «Ferdi».

CSP oder etwa CSO? Verflixt! An ihren Augen konnte es nicht liegen. Sie hatte einen messerscharfen Blick. Sie hatte das Zeichen schon einmal gesehen, wusste jedoch nicht, in welchem Zusammenhang. Sie rätselte, welcher Buchstabe der vierte sein konnte. Bei Wikipedia gab sie mehrere Buchstabenkombinationen ein und wunderte sich, wie viele Abkürzungen im digitalen Kosmos existierten. Nach mehreren Versuchen tippte sie CSPB ein und hätte sich dafür ohrfeigen können, es nicht schon früher getan zu haben, was in erster Linie auch den Reis nicht hätte anbrennen lassen. Bei Wikipedia stiess sie auf den Benediktussegen. «*Crux Sancti Patris Benedicti*», was so viel hiess wie «Kreuz des Heiligen Vaters Benediktus». Und endlich tauchte auch das Medaillon auf, in Form von verschiedenen Bildern und den dazugehörenden Legenden. «C-S-S-M-L» auf dem Längsbalken bedeutete «*Crux Sacra Sit Mihi Lux*», zu Deutsch: «Das heilige Kreuz soll mir Licht sein.» Auch der Querbalken mit den Buchstaben «N-D-S-M-D» hatte eine Bedeutung. «*Non Draco Sit Mihi Dux* – Der Drache soll mir nicht Führer sein.» Der Drache war wohl gleichzusetzen mit dem Satan und war auf eine frühchristliche Zeit zurückzuführen. Hatte diese Symbolik etwas mit der Toten zu tun?

Valérie erfuhr, dass der Benediktusgruss, wie er auch genannt wurde, in Blei oder Zinn aus Messinglegierungen sowie Gold oder Silber gegossen oder aus Horn geprägt war. Ob er als Stempel gefertigt worden war, entnahm sie der Information nicht. Doch die Tatsache, dass das Brandmal etwas Kirchliches, gar Heiliges bedeutete, liess sie schaudern. Sie öffnete den Dateiordner und tippte ihre Erkenntnisse ein. Sie überlegte: Einer achtzigjährigen Frau wird der Benediktinersegen auf die Brust gebrannt. Fast gleichzeitig wird ihr ein Männerring gewaltsam über den Daumen gestülpt, bevor sie aufs Brutalste umgebracht wird. War es möglich, dass der- oder diejenige, die das Brandmal und den Ring angebracht hatten, nicht mit dem Mörder identisch war? Oder wollte der Täter eine falsche Fährte legen? War er überhaupt davon ausgegangen, dass man die zerteilte Leiche finden würde? Die Steine widerlegten es.

Valérie arbeitete bis Mitternacht. Nachdem sie den Tagesrapport abgespeichert hatte, erstellte sie eine Rundmail und lud ihr Team am nächsten Tag zu einer vorgezogenen Sitzung um acht Uhr in Biberbrugg ein.

Nachts spürte sie im Halbschlaf einen warmen Körper neben sich. Zanetti hatte sich leise in ihr Zimmer geschlichen, wo er sie nun zärtlich berührte. Bevor Valérie richtig erwacht war, fanden sie sich ineinander liegend in ihrem ureigenen Rhythmus wieder. In einem betäubenden Gefühl erlebte sie fast unanständig schnell einen unglaublichen Höhepunkt, worauf ihr Denken darin mündete, diesen Mann nie mehr loszulassen.

«Ich hatte solche Sehnsucht nach dir», sagte er später, als sie im schwachen Schein einer Sparlampe ihre Entspannung genossen.

«Wir sollten das öfters tun.» Valérie kuschelte sich an ihn. Es war, als hätten sich alle störenden Gedanken verflüchtigt. Es war wie Meditation. Selbst der Fall war aus ihrem Kopf verschwunden, als hätte es ihn nie gegeben. Sie seufzte zufrieden.

«Ein guter Grund, jetzt zu schlafen», sagte Zanetti und zeichnete mit seinen Fingern ihre Gesichtskonturen nach.

DREI

«Wir haben praktisch keine Hinweise auf die Identität der Toten», eröffnete Valérie am Freitagmorgen die Teamsitzung, «ausser eines beschrifteten Ringes, der ihr mutmasslich kurz vor oder nach der Tat über den rechten Daumen gesteckt wurde. Vielleicht will der Mörder in seinem kranken Wahn uns damit einen Hinweis geben. Wir müssen dem nachgehen.» Sie legte den Asservatenbeutel mit dem Ring auf den Tisch. «Der Name ‹Ferdi› ist eingraviert. Er könnte auf etwas Vergangenes im Leben der Toten hinweisen.»

«Das ist, als würde man die Nadel im Heuhaufen suchen», meldete sich Louis, der nicht den Eindruck machte, lange geschlafen zu haben. Seine eh schon schmalen Augen wirkten so, als würde er sie fast nicht aufkriegen.

«Es ist auch für mich Neuland», sagte Valérie, «einen Mord zu klären, der uns bis anhin so wenig preisgibt. Der Kopf ist noch nicht gefunden worden. Wir müssen davon ausgehen, dass er sich nicht im Sihlsee befindet –»

«Oder der Täter ist damit weiter hinausgefahren», unterbrach Fabia sie.

«Die Taucher haben den Radius ausgedehnt», sagte Schuler. «Sie beendeten die Tauchgänge erst gestern Abend, als wegen der Dunkelheit nichts mehr zu erkennen war. Heute haben sie schon frühmorgens die Suche fortgesetzt.»

«Da wir wenig für eine Personenfahndung haben», fuhr Valérie fort, «müssen wir die Sachfahndung einschalten, denn wir haben noch etwas, das mich seit gestern nicht mehr loslässt.» Sie informierte ihre Leute über den Besuch in der Rechtsmedizin und dass sie in der Folge nach dem seltsamen Brandmal im Internet gesucht hatte. «Es handelt sich um den Gebetsgruss des Benediktinerordens in Form eines eingebrannten Zeichens.» Valérie heftete davon ein Foto an die Pinnwand. «Ich möchte nicht an der Idee festhalten, dass uns der Täter eine Spur Richtung Kloster legt. Trotzdem bringe ich den Gedanken nicht los, bei den Mönchen anzusetzen. Vielleicht können sie uns erklären, was es mit diesem Symbol auf sich hat.»

«Es wurde der Toten auf die Brust gebrannt?» Fabia rutschte auf ihrem Stuhl in eine andere Position. «Wenn ihr mich fragt, hatte da wer eine Aversion gegen Frauen.»

«Das ist zu einfach», bemerkte Louis.

«Die Möglichkeit besteht», sagte dagegen Valérie, «nur will ich mich aufgrund des Alters der Toten nicht darauf behaften. Nicht gegen Frauen im Allgemeinen, sondern spezifisch gegen *diese* Frau musste der Täter etwas gehabt haben. Doch bevor wir weiter spekulieren, sollten wir die Befragungen ausdehnen.» Ihre Frustration war gross gewesen, als sie vor der Sitzung die verschiedenen bereits eingetippten Rapporte ihrer Mitarbeiter überflogen hatte. Niemandem war es gelungen, nur einen einzigen brauchbaren Zeugen ausfindig zu machen.

Sie wandte sich zum ersten Mal an diesem Morgen an Henry Vischer, der schreibend vor sich hin brütete. «Dürfte ich die Meinung unseres Experten erfahren?»

Vischer liess den Schreibstift sinken. «Ich versuche, die Psyche des Täters zu verstehen, dazu kann ich im Moment aber noch nichts sagen. In Anlehnung an den Benediktussegen bin ich auch dafür, dass wir einen Benediktinermönch befragen sollten. Möglicherweise kann er auch über die Herkunft des Herrenrings etwas sagen. Ich erinnere mich zwar nicht, ein solches Schmuckstück je einmal an der Hand eines Mönchs gesehen zu haben.»

«Haha! Bist du überhaupt schon einmal einem begegnet?», fragte Louis. «Oder kennst du nur die Geishas?»

«Ich schon!», schoss Fabia in die Runde, ohne auf Louis' Bemerkung zu reagieren. «Es gibt Mönche und andere Geistliche, die einen Ring tragen. Bedeutet der Ring an der Hand einer Nonne eine sogenannte Verlobung mit Christus – sie sehen sich ja als Bräute Christi –, muss der Ring an der Hand eines Priesters eine andere Bewandtnis haben.»

«Nun ja», frotzelte Louis, «das ist gar nicht so schwer zu erraten.»

Valérie warf ihm einen eiskalten Blick zu. Warum nur musste eine sachliche Diskussion immer an Louis' Äusserungen scheitern?

«Was meinst du damit?», fragte Fabia etwas naiv, worauf Valérie auf eine Provokation schloss.

«Bitte, bleiben wir weiterhin sachlich», sagte sie. «Henry, ich wäre froh, wenn du Fabia in ihrer Arbeit unterstützen und zusammen mit ihr jemanden aus dem Kloster in Einsiedeln sprechen würdest.»

«Da muss ich leider passen», sagte Vischer. «Unser Chef hat mich dazu verknurrt, bei einer Vernehmung dabei zu sein.»

«Aha.» Valérie überlegte. Sie wollte nicht mehr warten. «Dann werde *ich* hingehen. Louis, du klinkst dich bitte bei der Sachfahndung ein. Anhand des Rings müssen wir nach dem Hersteller suchen. Da ich mich nicht bloss auf die Schweiz beschränken möchte, soll ein Zeugenaufruf gleich auch in den europäischen Medien erfolgen.» Sie hielt inne. Dies war zu früh. «Nein, wartet noch damit. Sucht bei Eurodac und Interpol …»

***

Das Telefon klingelte, als Hildegard Bisig in der Küche stand und Kartoffeln schälte. Seit sie alleine lebte, kochte sie sich einmal am Tag eine warme Mahlzeit, und zwar in grösserer Menge, sodass es auch am Abend noch reichte und sie den Rest aufwärmen konnte. Seit ihrem fünfundachtzigsten Geburtstag hatte sich alles ein wenig verändert.

Sie liess es eine Weile läuten, während sie den Kartoffelschäler auf das Schneidebrett und die geschälte Kartoffel ins bereitgestellte Wasser legte. Umständlich rieb sie ihre Hände an der Schürze trocken und ging langsam in den Flur, wo der Festnetzanschluss in Form eines ultramodernen Geräts auf einer Kommode stand. Sie stützte sich einen Moment an der Wand ab, schaute auf das Display, kannte aber die Nummer nicht. Sie zögerte. Vor ungebetenen Telefonverkäufern war sie nicht gefeit. Diese belästigten sie einstweilen zu den unmöglichsten Tageszeiten. Trotzdem liess sie sich hin und wieder mit ihnen ein, um in ihren vier Wänden nicht ganz zu vereinsamen. Manchmal entwickelte sich sogar ein angeregtes Gespräch. Bei solchen Gelegenheiten hatte sie schon Wein von einer italienischen Firma oder ein teures Vitaminpräparat gekauft, wobei Ersteres in ihrem Keller auf Abnehmer wartete, zweites ausser Brechreiz nichts ausgelöst hatte.

Hildegard Bisig hob den Hörer ab und meldete sich.

«Hallo?», fragte jemand.

«Ja, wer ist da?» Hildegard Bisig glaubte, die Stimme nicht zu kennen. Aber das konnte auch an der schlechten Verbindung liegen. Ein sonderbares Geräusch im Hintergrund verhinderte das klare Verstehen.

«Kennst du mich nicht mehr? Ich bin's …»

«Wer denn?» Sie versuchte, sich zu konzentrieren.

«Ja, ich …»

«Erich?», fragte sie. «Bist du es, Erich?» Ihr Herz machte Sprünge. Es war schon eine Weile her, als ihr Enkel sie angerufen oder sie ihn gesehen hatte.

«Ja», kam es zurück. «Ich bin es, Erich.»

«Das ist aber eine Überraschung.» Sie ging mit dem Hörer ins Wohnzimmer und setzte sich. «Wie schön, dass du mich anrufst. Wir haben schon lange nichts mehr voneinander gehört. Wie geht es dir?» Er war immer unterwegs, geschäftlich, wie er einmal hatte durchblicken lassen.

«Nicht sehr gut.»

«Was heisst das? Hallo …?» Sie hatte wieder mehr Mühe, den Anrufer zu verstehen. Aber sie war sich jetzt ganz sicher, es konnte nur ihr Enkel sein. «Erich? Bist du noch dran?»

«Ja, ja … ich bin noch dran.»

«Was ist denn das im Hintergrund für ein Lärm? Ich verstehe dich kaum. Wo bist du?»

«Es ist kompliziert. Ich befinde mich …»

«*Wo* bist du?» Hildegard Bisig begann zu zittern. Sie vermutete, Erich könnte in argen Schwierigkeiten stecken. «Was ist passiert?»

«Ich bin im Spital in ...» Wieder wurde das Gespräch durch Geräusche übertüncht.

«In welchem Spital?» Sie erhob sich, stolperte durch das Wohnzimmer, gelangte in die Küche, ging wieder zurück. «In welchem Spital?»

«Du musst mir helfen. Ich bin ... bin schwer verletzt. Ich wurde zusammengeschlagen. Man hat mir alles abgenommen.»

«Sag mir bitte, wo du bist!»

«In Bangkok. Man hat mich in Bangkok in ein Spital gebracht. Ich sollte operiert werden. Mein Bein ist zertrümmert. Man hat mich bestohlen und zusammengeschlagen. Du musst mir helfen ...» In der Leitung knisterte und knackste es.

«Oh mein Gott!» Sie fühlte, wie ein stechender Schmerz ihre Brust durchdrang. Was hatte Erich sich da eingebrockt? Er war schon immer ein Narr gewesen. Aber dass er nach Bangkok gereist war, ohne ihr vorher etwas zu sagen, enttäuschte sie, zuweilen sie mit ihrem Enkel ein ausnehmend gutes Verhältnis pflegte. Ein wesentlich besseres als zu seinen Eltern. Sie fühlte sich verpflichtet, ihrem Enkel im Rahmen ihrer Möglichkeiten zu helfen. «Was kann ich machen?»

«Ich werde dir einen Freund vorbeischicken. Er könnte Geld bei dir abholen. Er wird es mir dann überweisen. Er kennt meine Adresse in Thailand.»

«Aber das kann ich doch auch.» Hildegard Bisig spürte, dass sie gebraucht wurde, und es machte sie glücklich.

«Es ist eben kompliziert. Mein Freund Alex weiss Bescheid. Er könnte am Montagmittag bei dir sein. Wäre es möglich, bis dahin zur Bank zu gehen?»

«Ich weiss nicht so recht.» Einem Wildfremden würde sie kein Geld geben. Einfach so. Ohne Sicherheit.

Erich schwieg. Nur im Hintergrund ratterte etwas nicht Definierbares, jedoch Bedrohliches.

«Erich? Was passiert mit dir?»

«Bitte, du musst mir helfen. Nur das eine Mal ... bitte. Ich habe schon ziemlich viel Blut ... Wenn ich nicht operiert werde, werde ich mein Bein verlieren oder sogar sterben. Ich brauche bis Montagmittag zehntausend Schweizer Franken ...»

«Aber eine Operation kann doch nicht so teuer sein?» Andererseits kannte sie die Situation in Bangkok nicht. Dort herrschten vielleicht Zustände wie im Mittelalter. Wenn Erich es sagte, musste es so sein.

«Ich sollte noch das Flugticket lösen. Wenn ich hier draussen bin, hält mich hier nichts mehr.»

«Zehntausend Franken. Erich, das ist eine Menge Geld.»

«Ich werde es dir wieder zurückzahlen, wenn ich in der Schweiz bin. Du weisst, wie gut ich verdiene. Nur eben ist mein ganzes Geld hier weg. Bitte ...»

«Sapperlot!» Hildegard Bisig stiess mit dem Fuss gegen die Kommode im Flur. Sie wusste nicht, was klug war. Erich schien am Verzweifeln. Und wenn sie jetzt nicht handelte, geschah womöglich etwas Grauenvolles. Alles nur ihretwegen. «Gut, ich werde die zehntausend Franken holen. – Alex, hast du gesagt, heisst dein Freund? Weiss er denn, wo ich wohne?»

«Ich werde es ihm mitteilen. Danke, du bist ... sehr lieb.» Eine erneute Störung unterbrach den Redefluss. Die Verbindung war weg.

«Hallo? Erich? Bist du noch dran?»

Da war nichts mehr.

Sie legte den Hörer nachdenklich auf die Station zurück. Zehntausend Franken – fast das ganze Ersparte. Nach dem Tod ihres Mannes, der nicht mit Geld gesegnet gewesen war, hatte sie sich kaum etwas geleistet. Von der Rente hatte sie jeden Monat hundert Franken zur Bank gebracht. Für den Notfall.

Jetzt war er offensichtlich eingetreten.

***

Die Ansicht der Kathedralkirche beeindruckte Valérie einmal mehr. Sie stand zusammen mit Fabia auf dem untersten Absatz der Treppe, die die ganze Breite des Eingangsbereiches einnahm, und liess die imposante Grösse auf sich wirken. Zwei Zwiebeltürme vor der Opulenz eines tiefblauen Himmels schlossen den mittleren Teil, in dem das Kirchenschiff lag, harmonisch ab. Links und rechts der Kirche erstreckten sich Gebäude, hinter dessen Sprossenfenstern man eine Vielzahl an Räumen vermutete. Dort lagen wahrscheinlich die Zimmer und Büros der Mönche und das Gymnasium.

«Die Vorderansicht gibt einen Eindruck des Ausmasses des ganzen Klosterareals preis», sagte Fabia. «Geht man rechts um das Gebäude herum, erreicht man einen weitläufigen Aussenhof, durch den man zu den Pferdekoppeln gelangt. Hinter den Mauern befinden sich vier im Rechteck angelegte Innenhöfe. Eine immense Anlage, wenn man bedenkt, dass die Gemeinschaft des Ordens heute bloss noch zwischen fünfzig und sechzig Mitglieder zählt.» Sie schwärmte von den Wallfahrten nach Einsiedeln, die sie mit ihren Eltern jeweils am zweiten Maisonntag unternommen hatte, immer am Muttertag. «Der Reichtum dieser Kirche wird erst im Innern wirklich sichtbar. Barock, wie er im Bilderbuch steht. Möchtest du dich davon überzeugen?»

Valérie stieg die Treppe hoch. Sie konnte es sich der Arbeit wegen nicht leisten, sich dem kulturellen Schatz von Einsiedeln zu widmen. Sie vermochte sich auch nicht vorzustellen, dass sie danach klüger wäre und vieles von dieser Prunkreligion, was sie als suspekt betrachtete, verstehen würde. Andererseits durfte sie Fabia nicht vor den Kopf stossen. Dass ihre Kollegin sehr katholisch war – und das nicht nur auf dem Papier –, hatte sie schon oft durchblicken lassen. «Ein kurzer Augenschein ins Innere, warum nicht?»

Fabia stand bereits bei der linken Seitentür, die automatisch aufging. «Hörst du das? Die Mönche singen.»

«Eine Messe?», fragte Valérie und war drauf und dran, den Rückzug anzutreten. Doch der Gesang gefiel ihr. Die Mönche hatten schöne Stimmen, was ihr einen Schauer über den Rücken jagte.

«Das ist die Konventmesse», sagte Fabia.

«Missa conventualis.» Valérie lächelte ob Fabias erstaunten Gesichtsausdrucks. «Ich hatte einmal Lateinunterricht.»

«Aha, ja klar, das ... das ist die tägliche heilige Messe, die für die Mitglieder der Ordensgemeinschaft gefeiert wird.»

Eiseskälte und Weihrauchgeruch wechselten sich in der Intensität ab. Hinter dem Eingang präsentierte sich die Gnadenkapelle in dunklem Marmor und mit Blumenarrangements üppig dekoriert. Auf Bänken sassen die Gläubigen und huldigten der Schwarzen Madonna, die das Jesuskind und Seidentaft trug und in einem Meer von Gold erstrahlte.

Fabia kniete sich nieder, nachdem sie sich mit Weihwasser bekreuzigt hatte. Ihr Blick war starr auf die Madonnenstatue gerichtet. Es gab Dinge, die rückten von Valéries Weltbild weit ab. Sie schritt zum Mittelschiff. Über ihr wölbte sich eine Decke, voll beladen mit Malereien, Stuckaturen, Figuren und Kitsch, dass es ihr fast schwindlig wurde. Die letzte Ecke war mit Verzierungen und Verschnörkelungen überladen. Hier war alles Gold, was glänzte. Valérie blieb stehen und beobachtete die Mönche, die ganz vorne beim Altar die Messe zelebrierten. Ein göttliches Theater, fand sie, schön anzusehen. Begleitet wurde es durch harmonische Orgelklänge.

«Himmlisch, nicht?» Fabia hatte sich zweier Kerzen bedient, von denen eine ganze Reihe parat stand. Zwei Franken für ein Gebet, eine Hoffnung, einen Wunsch. Selbst in dieser von unermesslichem Luxus gefüllten Kirche gab es anscheinend nichts gratis. Der kleine Mensch musste sich die Gunst Gottes erkaufen, in Form einer zwei Franken teuren Kerze.

«Die haben aufgeschlagen», flüsterte Fabia. «Früher kosteten die nur einen Franken.» Sie stellte die beiden angezündeten Kerzen vor einem Seitenschiff auf, in dem ein weiterer prächtiger Altar lag. «Die sind für Livi und Michael», sagte sie andächtig und bekreuzigte sich abermals.

«Wir sollten uns nun den relevanten Dingen zuwenden»,

flüsterte Valérie zurück. Ohne Fabias Gefühle zu verletzen, drängte sie zum Gehen. Mit einem Blick auf die Uhr sagte sie, dass sie um halb zwölf eine Audienz bei einem der Pater hatten. Zudem war sie froh, der Kälte zu entkommen. Ein längerer Aufenthalt hätte sie zum Schlottern gebracht. Wieder beim Ausgang angelangt, sah sie noch einmal zurück zum Seitenaltar, wo ein Mann in dunklem Anzug ein Gestell mit brennenden Kerzen wegtrug – auch die Kerzen von Fabia – und ein leeres Gestell hinstellte.

Draussen spielte das Leben. Der Menschenstrom hatte deutlich zugenommen. Den Läden entlang, die linker Hand neben der Treppe lagen, drängten sich die Leute. Das Geschäft mit der Heiligkeit blühte. Überall wurden Miniaturkopien der Schwarzen Madonna verkauft, ebenso Kerzen und sakrale Gegenstände. Aber auch Wasserpistolen und furchterregende Roboter. Die Diskrepanz zwischen Heiligenschein und Profitdenken war schwindend klein.

«Wird die Kirche renoviert?», fragte Valérie, während sie auf die mit Baugerüsten eingeschalten Galerien rechts der Treppe zeigte.

«Seit mehr als drei Jahren schon», sagte Fabia. «Sie lassen sich ein bisschen Zeit.»

Sie schlugen den Weg Richtung Pferdekoppeln ein. Durch einen Vorhof mit einem üppig bepflanzten Rondell, in dem ein Teich lag, gelangten sie in den nächsten weitläufigen Hof mit einem direkten Weg zu den Ställen. Beidseitig schmückten tiefgrüne Rasenflächen und Bäume die zweigeschossigen Gebäude. Über allem lag eine fast unwirkliche Ruhe.

Pater Bernhard, mit dem sich Valérie verabredet hatte und den sie von einem Foto kannte, kam ihnen entgegen. Er hatte den Wunsch geäussert, sich draussen zu treffen. Frauen in den Gemächern eines Männerklosters waren wohl nicht erwünscht. Auf gleicher Höhe mit ihm, glaubte Valérie, Fabia würde vor Ehrfurcht in Ohnmacht fallen. Sie verneigte sich geradezu vor dem Benediktinermönch.

«Danke, dass wir Ihnen ein paar Fragen stellen dürfen»,

leitete Valérie ein Gespräch ein, nachdem sie sich von Fabias übertriebener Begrüssung erholt hatte. «Ich habe Ihnen bereits am Telefon erzählt, worum es geht. Danke, dass Sie deshalb auf die Messe verzichtet haben.» Sie musterte den Mann diskret. Er war agil und von gross gewachsener Statur, was der schwarze Habit unterstrich. Er trug ein Kreuz auf Brusthöhe. Aus seinen dichten Haaren wuchsen Silbersträhnen, die auf einen älteren Herrn hätten schliessen lassen. Dem widersprach das straffe, faltenfreie Gesicht. Auf ihm lag ein Dauerlächeln. Offenbar war der Pater noch nie mit Problemen konfrontiert worden. Fabia hätte sein Aussehen gewiss damit interpretiert, es rühre daher, weil er Gott nahestand. Sein Blick war wach und liess Intelligenz und Empathie vermuten.

«Wenn ich Ihnen in einer Art und Weise helfen kann, werde ich es gerne tun. Dazu sind wir ja da.» Seine Stimme klang angenehm. Er artikulierte jedes Wort langsam.

Valérie packte den Ring aus und zeigte ihn Pater Bernhard. Fabia derweil hatte sich mit Schreibblock und Stift ausgerüstet.

Pater Bernhard nahm den Ring in seine Hand. Valérie entging nicht, dass er selber keinen trug. «Ein älteres Schmuckstück», stellte er fest, «vielleicht sogar von unschätzbarem Wert, wenn ich den Stein betrachte. Es könnte ein Lapislazuli sein, ein in Gold gefasster Edelstein, der schon in prähistorischer Zeit als Schmuckstein genutzt wurde. Aber nein, meine Bruderschaft trägt keine Ringe dieser Art.» Bedauernd, nicht wirklich helfen zu können, gab er Valérie das Schmuckstück zurück. «Ich nehme an, dass Sie nicht nur des Rings wegen hier sind.»

Valérie holte das Foto des Brandzeichens aus der Tasche. «Das Hauptaugenmerk richten wir vor allem auf das hier. Abgesehen davon, dass wir dieses Symbol auf einer Frauenbrust gefunden haben, wurde es auf die Haut eingebrannt.»

«Ach, ich vergesse, dass Sie von der Polizei sind.» Pater Bernhard wirkte zum ersten Mal etwas verdattert, als er das Foto betrachtete. «Das … das ist der Benediktussegen.» Er fuhr sich mit der Hand an die Stirn. «Man erkennt ihn kaum, doch er ist unverwechselbar. Er wurde offensichtlich missbraucht.»

«Davon gehen wir aus», sagte Valérie. «Die Erfahrung zeigt aber, dass ein Täter oft auch Hinweise auf eine Person oder einen Ort geben möchte, wenn er solche Verstümmelungen hinterlässt.»

«Es ist mir ein grosses Anliegen, dass unsere Bruderschaft nicht mit einer solch schrecklichen Tat in Verbindung gebracht wird», sagte er nur. Er legte seine Hände über dem Bauch ineinander. «Leidet die Frau sehr an diesem … an diesem Mal?»

Sie spürt es längst nicht mehr, dachte Valérie, wollte jedoch den Pater nicht schockieren. Noch wussten nicht einmal die Medien, was auf dem Grund des Sihlsees gefunden worden war. Eine erste Polizeinotiz war gestern Abend spät an den «Einsiedler Anzeiger» und den «Boten der Urschweiz» gelangt. Ein Dreizeiler, der darüber informierte, dass es in Einsiedeln ein Tötungsdelikt gegeben habe. Erst am Montag würde mehr preisgegeben. Auf diesen Tag hatte Fischbacher provisorisch eine Medienkonferenz einberufen. Trotzdem war sich Valérie nicht sicher, ob Kälin, der den schrecklichen Fund gemacht hatte, den Mund würde halten können und alle andern, die in der Zwischenzeit davon erfahren hatten. Möglicherweise kursierten entsprechende Bilder im Internet. Im digitalen Zeitalter waren sie nicht zu verhindern. Solche Nachrichten, waren sie einmal im Fluss, breiteten sich oft wie ein Lauffeuer aus.

Valérie gab sich nicht zufrieden und bohrte weiter. «Welche Bewandtnis hat der Benediktussegen, und wann wird er angewendet?»

«Wir alle tragen den Benediktuspfennig auf uns», sagte Pater Bernhard. Er griff sich in den Kragen und zog eine Kette hervor. «Ich trage ihn als Amulett um den Hals. Man kann ihn sich auch anstecken oder in einem Kreuz einlassen. Er dient als verbindende Komponente in unserer Bruderschaft. Er gilt zudem als Schutz gegen Alltagsgefahren.»

«Ich habe auch ein solches Medaillon», sagte Fabia und strahlte den Pater an, als hätte er ihr soeben die Absolution erteilt.

Valérie spürte, dass es eine Sprache gab, die sie nicht verstand. Pater Bernhard lächelte, und Fabia schmolz unter seinem Blick.

Valérie überlegte sich, wie sie diese Mauer zwischen der Kirche und der Welt durchbrechen könnte, ohne ihrer Abneigung gegenüber dieser katholischen Hochburg Ausdruck zu verleihen. Hier draussen, in der Nähe blühender Sträucher, Vogelgesang und Spaziergängern, einen Pater zu befragen, lag ihr nicht besonders. Sie würde ihn vorladen müssen. Doch dazu brauchte sie einen Gerichtsbeschluss.

«Ich werde mir erlauben, noch einmal auf Sie zuzukommen», sagte sie, «sollte sich etwas Neues herauskristallisieren. Ich danke Ihnen, dass Sie sich die Zeit genommen haben.» Sie reichte ihm die Hand und war sich absolut sicher, dass er ihre Fragen nicht würde im Raum stehen lassen, sondern mit seinen Ordensbrüdern diskutieren. Wenn sie es genau nahm, hatte sie hier ihr Soll erfüllt.

Fabia brauchte etwas länger, bis sie sich von ihm trennen konnte. Als sie sich nach Valérie umwandte, leuchtete ihr Gesicht wie eine überreife Tomate.

«Das hier ist ein Männerkloster», sagte Valérie später amüsiert. «Hüte dich vor anzüglichen Gedanken.»

«Wie kannst du auch?», gab sich Fabia entrüstet. «Er ist ein Gottesmann.»

***

An den Gestaden des Sihlsees war noch immer ein Aufgebot von Polizisten präsent. Taucher suchten den Seegrund nach dem vermissten Kopf ab. Einzig ein Velo war aus dem Wasser gefischt worden, das der Korrosion und des Algenbefalls wegen jedoch schon mehrere Jahre dort gelegen haben musste.

Valérie hatte sich von Fabia verabschiedet, die nun mit dem

Zug nach Biberbrugg unterwegs war. Sie selbst war hierhergefahren, um sich mit Fischbacher zu treffen. Sie stiess auf ihn, als er gedankenverloren bei seinem Wagen auf den See hinausstarrte.

«Hi, Dominik.» Valérie lehnte sich neben ihn ans Auto.

«Valérie.» Er reichte ihr die Hand. «Wir haben nichts. Absolut nichts. Das Wasser hat sämtliche Spuren zunichtegemacht, am Ufer gibt es nichts, das uns Hinweise liefert. Es ist das perfekte Verbrechen.»

«Was uns sagt, dass wir es wahrscheinlich mit einem intelligenten Täter zu tun haben.»

«Eine solche Tat mit Intelligenz in Verbindung zu bringen scheint mir etwas vermessen.»

«Intelligenz und Wahn stehen oft nahe beieinander.» Valérie sah einem Boot nach, das auf das Ufer zutuckerte. «Das sind unsere Leute. Ist Franz da?»

«Ich habe ihn bislang nicht gesehen.»

Valérie wies in die Richtung, in der das Boot nun strandete. «Das ist doch Franz ... der Mann in der gelben Weste.» Sie berührte Fischbachers Arm. «Kommst du?» Sie schritt voraus.

Franz Schuler schlüpfte aus der Weste, als Valérie und Fischbacher ihn erreichten. Er entfernte sich vom Boot, das ein anderer mit Tauen am Steg befestigte.

«Und, wie sieht es aus?», fragte Fischbacher, und Valérie glaubte, einen ungeduldigen Unterton daraus gehört zu haben.

«Nichts Neues. Der Kopf bleibt verschollen.»

«Dann müssen wir das hier vorläufig abbrechen. Wir haben das Budget nicht. Der Kopf könnte sonst wo sein. Zudem sollten wir uns den Dingen widmen, die uns in den Ermittlungen vorantreiben.» Er wandte sich an Valérie. «Bist *du* wenigstens mit den Benediktinern weitergekommen?»

Wenn er sich auf ihre Recherche stützen wollte, helfen konnte sie ihm damit nicht. «Sagen wir es einmal so: Ich habe Pater Bernhard einen Floh ins Ohr gesetzt. Er behauptete zwar, den Ring noch nie gesehen zu haben, sagte aber fast gleichzeitig, dass einige seiner Ordensbrüder einen Ring trügen. Ich bedaure, dass Henry nicht mit von der Partie war. Er hätte bestimmt in seinem Gesicht geforscht.»

«Dieser Ring und das Brandmal sind vielleicht nur Zufall.»

«Oder bewusste Irreführung», insistierte Valérie. «Aber warten wir ab. Am Montag wird das Bild des Rings in den Medien erscheinen.»

«Mach dir keine allzu grossen Hoffnungen», sagte Fischbacher.

***

Das «Kaffeehaus zu den Dreiherzen» in der Nähe der Klosterkirche drohte aus allen Nähten zu platzen. Greth Zumbühl ärgerte sich wegen des besetzten reservierten Platzes.

«Das ist unser Platz», wehrte sich die rüstige Rentnerin wiederholt und fuchtelte drohend mit ihrer Handtasche. «Seit Jahren kommen wir hierhin zum Jassen und Kaffeetrinken.» Das war zwar übertrieben, verfehlte die Wirkung jedoch nicht. «Haben Sie das Reservationskärtchen auf dem Tisch nicht bemerkt?»

Der Mann räumte den Platz und setzte sich mit seinem Kaffee und Kuchen woandershin, nachdem er ihr erklärt hatte, dass er mit dem Jodlerclub aus Schaffhausen wegen des Showröstens angereist sei.

Greth Zumbühl lud ihre Gefährtinnen zufrieden lächelnd ein, sich niederzulassen. «Manchmal muss man halt ein bisschen resolut sein», verteidigte sie ihr unzimperliches Vorgehen, während sie in die verdatterten Gesichter von Mili Minder und Lisabeth Oechslin sah. «Wo steckt eigentlich unsere Freundin Gertrud?»

«Die wird sich verspätet haben», bemerkte Mili. Sie packte die Jasskarten aus und legte sie vor sich auf den Tisch. «Wollen wir heute den Differenzler spielen?»

«Gertrud hat sich noch nie verspätet», sagte Lisabeth, die jüngste der vier Damen, die sich alle zwei Wochen zum Kaffeetrinken und – einmal im Monat – zum Jassen trafen.

«Sie ist vergesslich geworden», sagte Mili.

«Dann rufe sie doch an», schlug Greth vor. «Du hast ein Handy, nicht wahr?»

Mili kicherte. «Sie hat sogar ein iPhone, aber zwei linke Hände. Soll ich dir das abnehmen, meine Liebe?»

«Zwei linke Hände hin oder her», schimpfte Lisabeth. «Ich habe Gertruds Nummer gespeichert. Ich brauche nur auf den Buchstaben B zu drücken, dann erscheint ihr Name.»

«Drücken?», rief Greth. «Nur berühren, darum heisst es ja «Tatschgrin.»

«Touchscreen», korrigierte Mili. «Das kommt aus dem Englischen.»

Lisabeth hielt das iPhone ans linke Ohr und lauschte. «Da spricht bloss das Fräulein vom Anrufbeantworter.» Sie warf einen fragenden Blick zu ihren Freundinnen. «Gertrud hat nur einen Festnetzanschluss. Ich kann sie sonst nirgends erreichen.»

«Vielleicht ist sie krank», sagte Greth, griff nach den Karten und fing an, sie zu mischen. Dabei sah sie sich im Kaffeehaus um. Sie sass gerne hier. Auch allein. Für einen frisch gerösteten Kaffee wäre sie meilenweit gelaufen. Dass sich das Kaffeehaus keine fünfzig Meter von ihrer Wohnung entfernt befand, war mitunter ein Grund, weshalb sie hier Stammgast war. Sie war auch schon bei einer Kaffeedegustation mitgegangen und konnte seither über Kaffeeanbau und die Röstung alles erzählen, wenn man sie danach fragte. Über die Arabica-Bohne genauso wie über die Robusta. Sie liebte das unverfälschte Aroma von langsam gerösteten Kaffeebohnen, die im Geruch und Geschmack an Beeren erinnerten.

«Ich schlage vor, dass wir zu ihr nach Hause gehen», sagte Mili und weigerte sich offensichtlich, bei der Kellnerin eine Bestellung aufzugeben. «Vielleicht ist ihr etwas passiert. Gertrud ist keine dreissig mehr.»

«Das sind wir alle nicht mehr.» Lisabeth lachte überdreht. «Seit rund fünfzig Jahren. Manchmal denke ich an die gute alte Zeit zurück –»

«Papperlapapp», unterbrach Mili sie. «Die kommt nicht wieder. Und wenn ich mir die heutigen jungen Leute anschaue, möchte ich nicht tauschen. Die haben eh keine Perspektiven.»

«Und keinen Anstand», gab Greth klein bei.

«Kunststück», sagte Mili. «Sie haben auch keine Kinderstube. Vollzeitbeschäftigte Mütter und abwesende Väter sind ein Grund –»

«Wollt ihr jetzt schwarzmalen, oder gehen wir zu Gertrud?», fragte Lisabeth und erhob sich umständlich. Als Mili sie vorwurfsvoll ansah, hob sie nur ihre Schultern. «Ein Venenleiden, aber das muss ich dir nicht erklären. Mein Arzt hat mir jetzt Stützstrümpfe empfohlen.»

Greth ging voraus, nachdem sie der Kellnerin den Grund für ihr Weggehen mitgeteilt hatte. Ordnung musste sein.

Draussen streifte sie ein leichter Wind. Obwohl bereits Mitte April vorüber war, liessen die Temperaturen in Einsiedeln zu wünschen übrig. Die fast neunhundert Meter über Meer spürte man. Im Gegenzug gab es hier selten Nebel, und der Ort rühmte sich der trockenen Luft wegen.

Mili hatte heute ihre Gehhilfe zu Hause vergessen. Greth stützte sie, so gut es ging. Schnell voran kamen sie deshalb nicht.

«Du hättest den Rollator mitnehmen sollen», sagte Lisabeth, die im Schlepptau ihrer beiden Freundinnen ging.

«Das war eine Schnapsidee meiner Tochter», beklagte sich Mili. «Mir wäre lieber, sie würde sich ein bisschen mehr um mich kümmern. Aber die jungen Leute haben andere Flausen im Kopf, als einer alten Frau zu helfen. Ich bin froh, haben sie mich noch nicht in ein Altersheim abgeschoben.»

«Das blüht dir noch», sagte Lisabeth, die seit einem halben Jahr im Alters- und Pflegeheim Langrüti wohnte.

Endlich stand das Trio vor Gertrud Benzigers Haus. Mili war völlig erschöpft und musste sich an den Gartenzaun lehnen. Dann bückte sie sich mit letzter Kraft. Sie griff nach einem Schal und reichte ihn an Greth weiter.

«Das ist doch …» Greth hielt den Schal unter ihre Nase.

«Gertruds Lieblingsschal. Er riecht nach Youth Dew, nach ihrem opulenten Parfum. Ich habe ihr schon oft gesagt, dass dieses Parfum nicht zu ihr passt. Sie riecht wie eine in die Jahre gekommene Puffmutter. Den Schal hätte sie niemals einfach so liegen gelassen, geschweige denn verloren. Sie hütete ihn wie den Heiligen Gral.» Sie betrat den Garten, schritt über den Kiesweg bis zur Tür und drückte die Klingel. Als sich niemand meldete, hämmerte sie mit ihrer Faust auf das Türblatt.

«Wir sollten die Polizei rufen», schlug Mili vor.

Lisabeth gab ihr recht. «Es muss etwas geschehen sein. Das ist nicht Gertruds Art, nichts von sich hören zu lassen. Auch wenn sie krank wäre ... und der Schal ... das ist nicht normal.»

«Vielleicht leidet sie wirklich an Demenz», sagte Mili. «Sie hat sich womöglich verlaufen.»

***

Am frühen Nachmittag erreichte Valérie die Nachricht von Bruno Weber vom Fahndungsdienst. Er beteuerte, dass er bei einer Vermisstenmeldung im Normalfall nicht gleich die Kollegen von «Leib und Leben» auf den Plan rufen würde, bei dieser sei er jedoch hellhörig geworden. «Gertrud Benziger, wohnhaft in Einsiedeln. Laut ihren Freundinnen sei sie über achtzig Jahre alt und werde seit heute Mittag von ihnen vermisst.»

«Seit Mittag erst?»

«Sie sei nicht zum vereinbarten Kaffeekränzchen bei den ‹Dreiherzen› gekommen. Nachdem sie Frau Benziger in ihrem Haus haben besuchen wollen, hatten sie vor verschlossener Tür gestanden.»

«Hast du schon jemanden vorbeigeschickt?»

«Nein, ich dachte, bevor ich das tue, benachrichtige ich dich. Es könnte mit eurem Fall zu tun haben.»

Valérie überlegte. War ja klar, dass alle sensibilisiert reagierten. Jedes noch so kleine Verdachtsmoment musste aus dem Weg geräumt werden. Aber für solche Abklärungen schickte sie gerne Louis, Fabia oder sonst einen Kollegen aus ihrem Team vor Ort oder beauftragte einen Streifenpolizisten, sich der Sache anzunehmen. «Ich fahre hin», sagte sie und hörte auf ihr Bauchgefühl. Sie liess sich die genaue Adresse geben.

Die drei alten Damen warteten geduldig vor Gertrud Benzigers Haus. Sie hatten sich auf eine Bank gesetzt und atmeten sichtbar erleichtert aus, als Valérie durchs Gartentor auf sie zuging. Sie wies sich aus und verlangte die Namen der Frauen. Nur eine von ihnen redete und streckte Valérie einen Zettel mit krakelig geschriebenen Namen hin. «Wir haben uns gedacht, dass Sie unsere Namen und Adressen brauchen.»

Valérie unterdrückte ein Lächeln. Die Frauen schienen ein eingeschworenes Team zu sein, jede auf ihre Weise merkwürdig. Das musste an ihrem Alter liegen und an der Art, sich untereinander mit Handzeichen zu verständigen. Greth Zumbühl erwies sich als kompetentes Sprachrohr, derweil die andern zwei Frauen unablässig mit ihren Fingern irgendwelche Zeichen formten.

«Ich habe mit Lisabeths Handy die 117 angerufen.» Greth reckte ihren Hals, als müsste sie von ihren Freundinnen nonverbal Applaus einfordern. Sie trug die weissen Haare kurz. Eine getönte Brille verbarg ein Augenpaar, über das zwei dünne Striche zu erkennen waren, welche die fehlenden Brauen skizzierten. «Dass sich Gertrud, ohne sich bei uns abzumelden, aus dem Staub macht, ist uns fremd. Dafür ist sie viel zu anständig. Es muss ihr etwas zugestossen sein. Vielleicht ist sie hingefallen und kann nicht mehr aufstehen.»

«Sie vermuten, dass sich Frau Benziger im Haus befindet?», fragte Valérie und sah die Fassade hoch. Zweigeschossiges Landhaus mit Sprossenfenstern und Jalousien, die verwittert wirkten.

«Das wäre doch möglich», sagte Greth und verwies auf den Schal, den sie in der Nähe des Briefkastens gefunden hatten. «Der muss ihr von den Schultern gerutscht sein, als sie die Post holen wollte.»

Valérie war sich nicht sicher, ob es zwischen der Toten im Sihlsee und der vermissten Gertrud Benziger einen Zusammenhang gab. «Haben Sie den Schal berührt?»

«Greth hat sogar daran gerochen, um sicherzugehen, dass es Gertruds Schal ist», sagte Mili, die von ihrer Banknachbarin sofort einen Rüffel bekam. «Wir haben abgemacht, dass nur Greth redet.»

Valérie musterte sie. Im Gegensatz zu Greth Zumbühl und Lisabeth Oechslin hatte sie lange graue Haare, die sie zu einem Pferdeschwanz zusammengebunden hatte. Ihrer Aufmachung wegen sah sie etwas gewöhnungsbedürftig aus. Ein verspäteter Hippie, der im Alter das Versäumte nachzuholen schien. Die Schlaghose liess auf ein antikes Modell schliessen.

Valérie griff nach ihrem iPhone. Die Spurensicherung musste her. Sie wandte sich an die Frauen. «Ich muss Sie bitten, in mein Auto zu steigen.» Sie war zum Glück mit einem Streifenwagen hierhergefahren, was ihr jetzt gelegen kam. «Wir können uns im Auto weiter unterhalten.»

«Und was geschieht mit Gertrud?», fragte Greth, die sich nur widerwillig von der Bank erhob. Valérie nahm von Mili den Schal entgegen, den sie in einem Asservatenbeutel verstaute. Sie half Mili zum Wagen, öffnete die hintere Tür und forderte die Frauen auf, einzusteigen. Es dauerte eine Weile, bis sie sich gesetzt hatten. Valérie wählte Schulers Nummer, bat ihn, hierherzufahren, und gab ihm die Koordinaten durch. «Bis ihr hier seid, habe ich hoffentlich eine Hausdurchsuchungsbescheinigung vom Richter.»

Schuler lachte sie aus. «Kannst du zaubern?»

«Egal, ihr werdet ins Haus gehen können, das verspreche ich dir.» Valérie brach die Verbindung ab, nachdem sie sich verabschiedet hatte. Sie setzte sich auf den Fahrersitz, noch nicht schlüssig, wie sie es anstellen würde, ins Haus zu kommen. Süsslich-schwere Parfumdüfte streiften ihre Nase. Sie holte Notizblock und Schreibstift hervor und stellte die erste Frage. «Wann haben Sie Gertrud Benziger zum letzten Mal gesehen oder von ihr gehört?»

«Das war vor zwei Wochen», sagte Greth, die das Zepter erneut ergriffen hatte. «Wir sehen uns jeweils im ‹Kaffeehaus zu den Dreiherzen›. Auch heute hätten wir uns dort treffen wollen. Doch die liebe Gertrud kam nicht. Sie ist sonst sehr zuverlässig, obwohl sie nicht mehr so gut sieht und hört.»

«Sie ist nicht immer so zuverlässig, wie du behauptest», tönte es vom Rücksitz. «Gertrud ist manchmal vergesslich.»

Valérie nahm es zur Kenntnis. «Hat sie Angehörige?»

«Eine Tochter, ja, Maria ist ihr Name, und einen Enkel. Pascal heisst er, soviel ich weiss.»

«Wo lebt die Tochter?»

«In Trachslau. Sie ist Lehrerin und unterrichtet in Alpthal.»

Valérie wunderte sich, weshalb die Frauen die Tochter nicht angerufen hatten. «Kennen Sie die Telefonnummer von … Maria …»

«Maria Benziger. Sie war nie verheiratet. Sie hat einen unehelichen Sohn», sagte Lisabeth auf dem Rücksitz und schien die Tatsache zu geniessen, dass sie etwas hatte beitragen können. «Einen unehelichen Sohn … nicht gerade das, was Gertrud sich wünschte.»

Lisabeth teilte die Nummer mit, nachdem sie diese auf ihrem Mobiltelefon ausfindig gemacht hatte.

Valérie notierte. Vielleicht bestand die Möglichkeit, Maria Benziger zu erreichen. Damit würde sie den Beschluss des Richters umgehen können. Und weil die Zeit drängte und Schuler mit seinen Leuten hierher unterwegs war, hoffte sie, dass Maria einen Schlüssel zum Haus besass. Sie rief vergebens an. Maria meldete sich nicht. Valérie sprach eine Nachricht auf Band, bevor sie sich wieder an die Frauen wandte. «Ist Ihnen an Ihrer Freundin etwas aufgefallen? Hat sie etwas erzählt, das sie beschäftigt?»

«Sie hat nie viel von sich erzählt», sagte Greth. «Sie lebt zurückgezogen. Und so, wie sie einmal hat durchblicken lassen, hat sie auch zu ihrer Tochter wenig Kontakt.»

«Dann können Sie mir auch nichts über ihre Vergangenheit berichten?», fragte Valérie und forschte in Greths Gesicht.

«Sie war mit dem Baumogul Ernst Benziger verheiratet. Dieser hatte ihr ein grosses Vermögen hinterlassen», sagte Lisabeth. «Wie viel das war, hat Gertrud uns nicht wissen lassen. Aber wenn man bedenkt, dass sie sich ein paar teure Klunker geleistet hat, dürfen wir von viel Geld ausgehen.»

«Klunker?» Valérie sah auf. «Von was für Klunker sprechen Sie?»

«Eine Halskette, das dazu passende Bracelet, Ohrringe – in einer wirklich schweren Ausführung.»

«Einen Ring?», fragte Valérie.

«Warum einen Ring?» Greth drehte sich nach ihren Freundinnen um. «Gertrud trug keinen Ring. Oder habt ihr je einen Ring an ihren Fingern gesehen?»

«Nein», sagte Mili. «Den Ehering hat sie mit Ernst ins Grab gelegt.»

«Hat sie diese Schmuckstücke immer getragen?», fragte Valérie.

«Nicht immer», sagte Lisabeth. «Manchmal sonntags, wenn sie zur Kirche ging, selten beim Kaffeetrinken.»

«Das kannst du doch gar nicht wissen», intervenierte Greth.

«Glaubst du, ich hätte sie an den Sonntagen nicht gesehen? Sie sass immer in den vordersten Bankreihen. Ihre Frömmigkeit war offensichtlich.»

«Dann hast auch du vorne gesessen», sagte Mili, «sonst hättest du sie nicht so deutlich gesehen. Ich meine, den Schmuck.»

«Trotz aller Bescheidenheit zeigte sie gern, was sie hatte», sagte Lisabeth. «Ich sitze auch vorne, falls es dich beruhigt. Aber aus dem Grund, weil ich die Predigt dann besser verstehe.»

«Hinten versteht man die Predigt genauso gut», hielt Mili dagegen. «Die Pater sprechen ins Mikrofon.»

«Was willst du damit sagen?»

Valérie blendete das Geschwafel aus. Sie glaubte nicht daran, bei den Frauen auf neue Erkenntnisse zu stossen. Doch wie sie ohne Schlüssel und ohne richterliche Genehmigung ins

Haus kommen sollte, stand noch in den Sternen. Sie stieg aus und wählte Fischbachers Nummer. Er meldete sich. Valérie erzählte ihm in groben Zügen, was in der Zwischenzeit geschehen war, und bat ihn, er möge sich mit dem Richter kurzschliessen und für eine Durchsuchungsbescheinigung besorgt sein.

«Frau Benziger könnte im Haus sein?», fragte Fischbacher, nachdem er Valéries Ausführungen zur Kenntnis genommen hatte.

«Gefahr in Verzug», sagte Valérie, die ahnte, worauf ihr Chef hinauswollte.

«Genau das meine ich. Mach, was du für richtig hältst. Die Verantwortung dafür übernehme ich.»

Franz Schuler traf eine Viertelstunde nach Valéries Anruf ein. Seine Equipe von sieben Männern war diesmal nicht vollständig. Valérie fand vier Leute dennoch übertrieben und dachte bereits an den Rüffel, den sie der Kosten wegen von Fischbacher erhalten würde. Andererseits hatte er soeben grünes Licht für eine uneingeschränkte Überprüfung eines möglichen Tatorts gegeben. Nichts sprach jedoch dafür, ausser einem Schal, den die vermisste Gertrud Benziger niemals aus den Händen gegeben hätte, und drei beinahe hysterischen Frauen, die behaupteten, ihrer Freundin müsse etwas zugestossen sein.

Schuler trat mit seinem Koffer, in dem er alle erforderlichen Instrumente für eine Tatortsicherung untergebracht hatte, vor den Hauseingang. Nummernkärtchen, Daktyloskopische Folien zur Dokumentation von Schuhabdrücken, Röhrchen für DNA-Spuren, Marabupinsel und Russpulver, eine Transferpistole und Einweghandschuhe.

Valérie hatte den Wagen im Blick, in dem die drei Frauen vor Neugier die Hälse reckten. Greth rief durch das geöffnete Fenster auf der Beifahrerseite. «Was wollen alle diese Astronauten hier?» Sie zeigte auf die Männer in den weissen sterilen Anzügen, die sich im Garten verteilt hatten.

Valérie gebot ihr, sich still zu halten. Sie hätte sie auch gehen lassen können. Doch die Vermutung, die Frauen in der nächsten Stunde eingehender befragen zu müssen, hielt sie davon ab.

Schuler brauchte nicht lange, um das Schloss mit einem Dietrich zu knacken. Valérie fand seine Handfertigkeit filmreif. Sie zog sich einen sterilen Anzug über, den ihr ein Kollege gereicht hatte. Unter dem Gespött der alten Damen streifte sie Füsslinge über ihre Schuhe.

«Voilà.» Schuler blieb unter dem Türrahmen stehen.

Valérie atmete tief ein. Ausser einem modrigen Geruch, der auf einen ungelüfteten Flur schliessen liess, roch sie kaum etwas. Sie gelangte in ein Entrée, das mit barock angehauchten Möbeln bestückt war. Ein Intarsienschrank, eine verschnörkelte Kommode, darüber ein Spiegel mit Puttenornamenten. Die Einrichtung erschlug sie fast. Auf dem Boden lag ein Seidenteppich von unschätzbarem Wert. Valérie stiess eine Relieftür auf, die ihr einen Blick in die Küche ermöglichte. Auch hier hatte man mit kostspieligen Apparaturen nicht gespart. Allein die Armaturen zeugten von einer teuren Anschaffung. Im Wohnzimmer sah es kaum anders aus. Prunk und Protz auch hier. Die Bescheidenheit, die Gertrud Benziger angeblich nach aussen gelebt hatte, widersprach ihrer anspruchsvollen Art zu wohnen. Die Möbel schienen von einem luxuriösen Einrichtungshaus zu stammen, auf Hochglanz poliert und gepflegt. Kein Stäubchen war zu sehen. Jedes Dekorationselement stand am passenden Ort, als hätte man eine Harmonie in die vier Wände bringen wollen. Selbst die Wolldecke auf dem Sofa hatte man nicht achtlos dorthin geworfen, sondern bewusst so drapiert. Weder im angrenzenden Zimmer noch in der oberen Etage stiess Valérie auf etwas, das Gertrud Benzigers Anwesenheit signalisierte. Die Betten waren gemacht, das Badezimmer aufgeräumt. Es deutete alles darauf hin, dass die Frau ihr Haus überlegt verlassen hatte.

Valérie ging zurück zum Eingang und zu Schuler, der dort auf sie wartete. «Es sieht nicht danach aus, als wäre hier etwas geschehen. Sollte es ein Fehlalarm sein, muss ich unseren Einsatz rechtfertigen.»

«Das heisst, dass wir für die Füchse hergekommen sind?» Schuler griff nach seinem Koffer. «Ist das dein Ernst?»

Valérie überlegte. Noch konnte sie die Übung abbrechen. Das geknackte Schloss würde sie begründen können, nicht aber das Aufgebot des Technischen Dienstes. Andererseits hatte Fischbacher ihren Entscheid unterstützt. Sie gab sich entschlossen. «Komm, gehen wir rein. Ich möchte mich genauer umsehen.» Sie kehrte mit Schuler zurück ins Haus.

«Glanz und Gloria», sagte er, als er die Tür ins Wohnzimmer aufgestossen hatte. «Wie ist es möglich, dass eine alleinstehende Dame in solch einem Luxus lebt?»

«Sie soll sehr vermögend sein.» Valérie näherte sich dem Salontisch. Darauf stand einzig eine Kristallvase mit einem Bouquet unechter Rosen, was sie mit einem Griff in die Kunststoffblätter feststellte. Beim Buffet verweilte sie länger, während Schuler sich jede Ecke genauer ansah. Valérie zog die unterste Schublade eines Sekretärs auf. Ihr entfuhr ein Ausruf der Überraschung. «Sieh dir das an.» Sie langte hinein. «Ein Bündel Tausendernoten. Neu und ungefalzt. Entweder sammelt Frau Benziger solche Noten», sagte sie in sarkastischem Unterton, «oder sie hat sie frisch von der Bank geholt.» Valérie zählte sie. «Zwanzigtausend Franken. Ein hübsches Sümmchen, um es in einer Schublade zu horten.»

Schuler blickte ihr über die Schultern. «Oder sie traut den Banken nicht. Unter dem Strich zahlt man ja drauf, wenn man heute Geld anlegt. Die Dame wird sich gedacht haben, dass es in ihrem Haus sicherer aufgehoben ist.»

«Oder sie hat es für einen bestimmten Zweck abgehoben.» Valérie hielt eine Quittung in der Hand. «Sie hat sich das Geld am Montag, 16. April, von der Credit Suisse bar auszahlen lassen.» Plötzlich bekam der Aufenthalt in diesem Haus eine ganz andere Bedeutung. Und vor allem eine Rechtfertigung. Auch wenn bislang kaum etwas darauf hinwies, dass Gertrud Benziger einem Verbrechen zum Opfer gefallen war, verstärkte sich bei Valérie die Vermutung, dass sie auf dem richtigen Weg war. Die Wasserleiche im Sihlsee, die vermisste

Frau hier – ihr Instinkt sagte ihr, dass das eine mit dem andern zu tun hatte.

«Wir müssen Maria Benziger finden», sagte sie, während sie in der Kommode nach weiteren verdächtigen Sachen suchte. Als hätte sie es geahnt, dass noch etwas zum Vorschein kommen würde, hielt sie eine Notiz in der Hand, die beim Entwenden der Tausendernoten auf die Seite gerutscht war. «Für Pascal.» War das Geld für Pascal bestimmt? Und warum? Sie packte den Zettel in einen Asservatenbeutel und liess diesen in ihrer Jackentasche verschwinden. Dann griff sie nach ihrem iPhone und stellte Fabias Nummer ein.

Fabia klang gereizt. «Nein, ich habe noch keine Vermisste gefunden, die auf die kopflose Tote hindeutet», sagte sie, bevor Valérie auf ihr Anliegen zu sprechen kam.

«Die Vermisstenmeldungen kannst du vorläufig ad acta legen», sagte Valérie besänftigend. «Ich glaube, wir haben ihre Identität geknackt. Gertrud Benziger …» Sie vervollständigte die Angaben der Toten, die sie mit Hilfe der drei Freundinnen hatte personifizieren können. «Die Verstorbene hinterlässt eine Tochter mit Namen Maria Benziger. Sie wohnt in Trachslau und unterrichtet als Lehrerin in Alpthal. Bis anhin konnte ich sie nicht erreichen.»

«Ich verstehe», sagte Fabia gemässigt. «Das ist *mein* Job.»

«Für dich habe ich etwas anderes.» Nachdem sich Valérie vergewissert hatte, dass sich Fabia auf der Kantonspolizei in Schwyz aufhielt, überlegte sie sich, die Befragung der drei Frauen an ihre Kollegin zu delegieren. «Ich werde dir Gertrud Benzigers Freundinnen vorbeischicken. Ich möchte eine lückenlose Befragung der drei Frauen.»

«Einzelbefragung?» Fabia murmelte etwas vor sich hin.

«Das wirst du leider nicht umgehen können.»

«Wo steckt eigentlich Louis?»

Valérie konnte darauf keine Auskunft geben. Gut möglich, dass er noch einmal zum Sihlsee zurückgekehrt war, wo er mit der Befragung der Anwohner begonnen hatte. «Muss ich davon ausgehen, dass du überfordert bist?»

Fabia schniefte. «Nein, aber ich dachte …»
«Was?»
«Ich … vergiss es!»
Valérie wollte nicht auflegen, bevor sie nicht in Erfahrung gebracht hatte, was mit ihrer Kollegin los war. Fabia mache ihm Sorgen, hatte Vischer letzthin durchblicken lassen.
«Fabia? Alles in Ordnung bei dir?»
«Alles in Ordnung.» Dann räusperte sie sich. «Nein, nichts ist in Ordnung.»
«Willst du darüber reden?»
«Ein andermal.»
«Ist es etwas Privates?», bohrte Valérie weiter.
Fabia brach die Verbindung abrupt ab.

VIER

Alpthal war ihr fremd. Das kleine Dorf zwischen Einsiedeln und der Talstation Brunni erinnerte sie an einen entrückten Ort. Es schien, als wäre die Zeit in der Mitte des letzten Jahrhunderts stehen geblieben. Verstreut lagen ein paar Häuser an der Hauptstrasse, wo die Moderne offensichtlich noch nicht Einzug gehalten hatte. Valérie fuhr auf den Parkplatz vor dem Schulhaus, das wie ein Zuckerbäckerhaus auf sie wirkte. Mit seinen Sprossenfenstern und Mansarden, dem Türmchen und den Sprüchen und Flaggen auf der Fassade erinnerte es an eine Epoche, in der man für die Erstellung schöner Dinge Zeit und Musse gehabt hatte.

Valérie stieg aus. Sie sah zum Kirchenturm in unmittelbarer Nähe und vergewisserte sich, wie spät es war. Kurz nach vier. Die Kinder hatten das Schulhaus bereits verlassen. Zwei Lehrerinnen erschienen unter der Tür. Valérie schritt zielstrebig auf sie zu, als sie über die Stufen kamen. Sie holte ihren Ausweis hervor und nannte ihren Namen.

Eine der Lehrerinnen, eine junge Frau mit dunkelblonden Zöpfen, zeigte sich interessiert, derweil ihre Kollegin sich von ihnen mit den Worten verabschiedete, dass sie sich beeilen müsse.

«Könnte ich eine Auskunft haben?», fragte Valérie und sah der zweiten Frau nach, die nun auf die Busstation zulief, wo soeben der Bus angehalten hatte. «Oder müssen Sie auch auf den Bus?»

«Nein, ich wohne gleich dort drüben.» Die Frau lächelte und zeigte auf ein Haus, das einem englischen Cottage ähnlich sah. «Hallo, ich bin Adrienne und unterrichte die erste und zweite Klasse.»

Alternativ, dachte Valérie, als sie die Frau diskret beobachtete. Sie trug einen kniekurzen Rock und Leggings in der Art, wie sie bereits in den 1980er Jahren eine Zumutung gewesen waren. Darüber einen sicher selbst gestrickten Pullover, der an den Ärmeln verfilzt aussah.

«Was treibt Sie in unsere Gegend? Polizei, sagten Sie? Hier kommt selten ein Ordnungshüter vorbei, schon gar nicht in Zivil. In Alpthal ist der Mief der Grossstädte noch nicht angekommen. Die Menschen wissen sich zu benehmen.»

Valérie schmunzelte ob dieser Aussage, die in ihren Augen gar übertrieben klang. «Ich suche Maria Benziger. Man sagte mir, dass sie hier in Alpthal unterrichtet.»

«Maria.» Adrienne nickte. «Was wollen Sie von Maria?»

Die Dame war neugierig. Valérie schwieg und wartete.

«Ach, ich verstehe. Das geht mich nichts an.» Sie seufzte. «Maria war bereits um drei mit dem Unterricht fertig. Sie sagte mir, dass ihr Sohn heute vorbeikomme. Für ihn wollte sie kochen.» Verflogen schien ihr Ärger und machte einer Redseligkeit Platz, die Valérie ihr nicht zugetraut hatte. Adrienne zauberte einen Notizblock und einen Schreibstift aus einer verborgenen Tasche in ihrem Pullover. «Ich notiere schon mal die Adresse und die Telefonnummer für Sie. Ich kenne sie auswendig. Sie müsste jetzt zu Hause sein –»

«Das trifft sich gut», unterbrach Valérie sie. «Ihr Sohn ist also auch dort?»

«Pascal, ja. Er ist in meinem Alter, fünfundzwanzig, und arbeitet, soviel ich weiss, in einem Reisebüro in Pfäffikon. Darf ich trotzdem wissen, worum es geht?» Adrienne griff nach ihren Zöpfen, an dessen Enden sie nun nervös herumzupfte.

Valérie war nicht gewillt, eine Antwort darauf zu geben. Sie nahm die Notiz entgegen und faltete sie zusammen.

«Bitte, gern geschehen», sagte Adrienne leicht pikiert.

Valérie bedankte sich. Gedankenverloren schritt sie auf ihren Wagen zu. Die Grossmutter hatte also zwanzigtausend Franken für ihren Enkel abgehoben, war aber nicht mehr dazu gekommen, dieses Geld ihm auszuhändigen. Ob Maria davon wusste? Und Pascal?

Valérie öffnete die Autotür, setzte sich hinter das Lenkrad

und startete den Motor. Im Blickfeld von Adrienne brauste sie auf die Dorfstrasse.

Trachslau bestand aus dem Kieswerk und einer beachtlichen Anzahl von Ein- und Zweifamilienhäusern, die man auf einer Nebenstrasse erreichte. Valérie fand Marias Adresse in der Nähe der Kirche Sankt Stefan, die durch ihren puristischen Bau schon von Weitem auffiel. Sie parkte, stieg aus und näherte sich dem Eingang. Bevor Valérie die Klingel betätigte, ging die Tür auf, und eine mittelgrosse Frau baute sich vor ihr auf. Sie sah anders aus, als Valérie es erwartet hatte. Grazil, modisch gekleidet und geschminkt – das pure Gegenteil von Adrienne und nach ihrer Einschätzung fast doppelt so alt.

«Frau Lehmann?» Sie hielt die Tür weit auf. «Man hat mich bereits kontaktiert. Hier hinten funktioniert das Buschtelefon noch.» Maria Benziger lachte, was unweigerlich ein paar Falten auf dem Gesicht tanzen liess.

Trotz der gelobten Kommunikation hatte sie offenbar noch nichts über das Verschwinden ihrer Mutter erfahren. Valérie kam es sonderbar vor. Einsiedeln war keine drei Kilometer Luftlinie von hier entfernt. Trotzdem schienen Welten dazwischenzuliegen.

«Tut mir leid, wenn ich Sie störe. Haben Sie meine Nachricht, die ich auf Ihre Combox gesprochen habe, nicht abgehört?»

Maria Benziger zupfte an ihren raspelkurzen Haaren. «Nein. Ich habe das Handy meistens ausgeschaltet. Was ich von meinen Schülern verlange, lebe ich gern vor.» Sie versuchte ein Lächeln. «Möchten Sie etwas trinken?» Sie wies Valérie den Weg in die Küche. «Wir sind gerade beim Apéro, mein Sohn und ich. Ich lade Sie gern dazu ein.»

Valérie lehnte dankend ab. So viel Gastfreundschaft kam ihr seltsam vor. Sie musterte den jungen Mann am Küchentisch, der ein Glas Champagner abstellte, sich erhob und seine rechte Hand zum Gruss ausstreckte. «Grüezi, Frau Lehmann, ich bin Pascal … Benziger», fügte er an. «Bitte lassen Sie uns ins

Wohnzimmer gehen.» Er warf seiner Mutter einen freundlichen Blick zu. «Dir ist es doch recht, Mama?» Möglicherweise hatte er Valéries Zögern gespürt.

«Ja, natürlich, dass ich nicht selbst darauf gekommen bin.»

Nettigkeit, dass es wehtat. Hier war Vorsicht geboten, war Valéries erster Gedanke. Entweder hatten Mutter und Sohn eben gerade einen erbitterten Streit ausgetragen und versuchten, vor ihr nicht den Eindruck zu erwecken, dass es so gewesen war. Oder sie spielten ihr etwas anderes vor.

Valérie folgte Pascal. Das Wohnzimmer widerspiegelte weder Harmonie noch Wärme. Schlichtes, kühles Design, denn ausser zwei hellen Sofas, einem eckigen Glastisch und einem gläsernen Sideboard gab es nichts in diesem Raum. Keine Bilder, keine Fotos, weder Trouvaillen aus den Ferien noch Krimskrams oder Pflanzen standen herum. Es sah danach aus, als wäre Maria Benziger erst eingezogen oder stünde kurz vor dem Umzug.

Maria und Pascal Benziger setzten sich. Valérie blieb stehen. «Ich muss Ihnen ein paar Fragen zu Ihrer Mutter, Gertrud Benziger, stellen.» Sie wollte so schnell wie möglich zum Kern der Sache kommen und sah geradewegs in zwei verdatterte Gesichter.

«Zu meiner Mutter?»

«Zu Grosi?»

«Wann haben Sie sie das letzte Mal gesehen?» Valéries Blick blieb an Maria Benziger hängen. Über ihr Gesicht hatte sich eine feine Röte gezogen. Ihre Augen, deren Farbe an Schiefer erinnerte, waren schmal und trugen etwas Freches in sich.

«Du meine Güte, das muss Wochen her sein. Monate sogar. Wir leben zwar in der Nähe, aber unsere Wege haben uns in andere Richtungen geführt. Ich hatte nie eine innige Beziehung zu ihr.»

«Was ist der Grund?»

Maria Benziger legte ihre Stirn in Falten.

«Sie haben das Heu nicht auf der gleichen Bühne», sagte Pascal im Ton der Überzeugung.

«Wir … wir …» Maria Benziger suchte nach Worten. «Wir haben unterschiedliche Weltanschauungen, das stimmt.»

«Das ist gelinde ausgedrückt, Mama.» Pascal liess ein schniefendes Geräusch vernehmen.

Valérie bemerkte den leicht verärgerten Blick, den Maria Benziger ihrem Sohn zuwarf. Sie ahnte, dass sie da nicht weiterkam, und wandte sich an Pascal. «Und Sie sehen Ihre Grossmutter öfter?»

«Nein, nicht unbedingt», wich er aus. «Ich war lange im Ausland tätig. Es muss Jahre her sein, seit ich sie besucht habe. Früher schrieb ich ihr Briefe oder sandte Ansichtskarten.»

«Sie schrieben Briefe?» Valérie nahm es ihm nicht ab. «Wir leben im 21. Jahrhundert.»

«Ich weiss, worauf Sie hinauswollen.» Pascal schenkte ihr ein Lächeln. «Grosi verteufelt das Internet. Und weil ich ihm hin und wieder eine kleine Freude machen wollte, schrieb ich eben Briefe. Aber das ist auch schon eine Ewigkeit her.»

Valérie wandte sich wieder an Maria Benziger. «Sie pflegten also keinen intensiven Kontakt zu Ihrer Mutter?»

«Warum pflegten? Warum sprechen Sie in der Vergangenheit?»

Das war Valérie nicht bewusst gewesen. «Die Frauen, mit denen Ihre Mutter bekannt … war, haben sie als vermisst gemeldet.»

«Ach, und jetzt glauben Sie, dass ihr etwas zugestossen ist?» Marias Stimme hatte sich verändert. Ihre Augen ebenso. Das Freche war verschwunden und machte einem kritischen Blick Platz.

«Wir müssen davon ausgehen.»

«Gibt es Indizien?», fragte Pascal.

Valérie enthielt sich einer Antwort. «Haben Sie in letzter Zeit mit Ihrer Grossmutter telefoniert? Haben Sie sie um Geld gebeten?»

«Wie bitte? Warum sollte ich?»

«Wir haben in ihrer Wohnung Geld gefunden und einen Zettel mit dem Hinweis, dass dieses für Pascal sei.» Valérie fixierte ihr Gegenüber eindringlicher. «Können Sie es sich erklären?»

«Nein!» Pascal wandte kurz seinen Kopf ab. «Und wie kommt es, dass Sie in die Wohnung meiner Grossmutter eindringen? Hatten Sie eine richterliche Genehmigung dafür?»

Wiederholt gab Valérie keine Antwort. Fehlte noch, dass sie sich von diesem Jungspund provozieren liess.

«Kann ich das Geld abholen?», fragte Pascal. «Ich meine, es gehört doch mir.»

«Dieses Geld ist Gegenstand der laufenden Ermittlungen», sagte Valérie mit einer Genugtuung, die man ihr ansehen musste. Gleichzeitig fragte sie sich, ob Pascal den Betrag kannte.

«Möchten Sie uns nicht sagen, was genau geschehen ist?» Maria Benziger legte die Arme in den Schoss und harrte offensichtlich der Antwort. «Was immer es ist, sagen Sie es uns. Die Ungewissheit verschlimmert die Lage nur.»

«Mögen Sie sich erinnern, dass Ihre Mutter einen Goldring mit einem blauen Stein getragen oder zumindest besessen hat?»

«Das wird ja immer abenteuerlicher.» Maria Benziger stiess einen tiefen Seufzer aus. «Mutter verabscheute Schmuck.»

«Gemäss ihren Freundinnen gehörten ihr eine teure Halskette und das dazu passende Armband sowie Ohrringe.»

«Das habe ich nie an ihr gesehen», sagte Maria Benziger. «Auch von technischen Dingen und Statussymbolen hielt sie absolut nichts. Dabei hätte sie es sich leisten können. Nach dem Tod meines Vaters schwamm sie geradezu im Geld.»

«Hatte sie Feinde?»

«Warum zum Teufel reden Sie in der Vergangenheit?» Pascal juckte vom Sofa hoch.

Valérie wandte sich an den jungen Mann. «Ihre Grossmutter ist spurlos verschwunden. Sie wird von ihren drei Freundinnen vermisst. Wir haben die Pflicht, dem nachzugehen.»

«Aha, und dann kommt die Kripo. Sie sind doch von der Kriminalpolizei, nicht wahr?» Pascal plusterte angriffslustig seine Brust auf. Valérie kam er in diesem Moment wie ein Gockel vor, der vor ihr balzte. Grünschnabel, dachte sie, wollte sich vor der eigenen Mutter wichtigmachen. Seine Anständigkeit, die er gegenüber seiner Mutter an den Tag legte, galt nicht für Valérie. Hinter seinem Gehabe vermutete Valérie eine grosse Unsicherheit.

«Das ist richtig, ich ermittle in der Abteilung Leib und Leben.» Obwohl sie es nicht vorgehabt hatte, legte sie jetzt das Torsobild der Toten auf den Salontisch. Es war so geschnitten, dass man das Fehlen der Extremitäten und des Kopfes nicht bemerkte. «Diese Frau wurde am Donnerstagmorgen aus dem Sihlsee gezogen.»

Maria Benziger schlug beide Hände vor ihr Gesicht und schluchzte dabei laut. Valérie strich ihr tröstend über den Rücken. «Ich muss Sie das jetzt fragen. Erkennen Sie darauf Ihre Mutter?»

«Das könnte ein x-beliebiger Körper sein», sagte Maria, nachdem sie ihre Augen mit einem Taschentuch getrocknet hatte.

«Schauen Sie ihn genau an.» Valérie blieb nett, aber bestimmt. Sie ahnte, wie Maria Benziger zumute war.

«Du meine Güte, ich habe sie nie nackt gesehen. Sie … war immer sehr keusch. Aber des dünnen Körpers wegen könnte sie es sein.» Maria zeigte erneut schluchzend auf die linke Brust. «Was ist das für ein Zeichen dort?»

«Das ist ein Tattoo», sagte Pascal, der das Foto jetzt ebenfalls betrachtete.

«Ein Tattoo! Warum um alles in der Welt hätte sich Mutter ein Tattoo auf die Brust stechen lassen sollen? Ein Tattoo! Das ist etwas für junge Leute. Aber nicht für meine Mutter. Das kann sie unmöglich sein.»

«Haben Sie schon Ähnliches in Ihrem Umfeld gesehen?»

«Nein», antworteten Maria und Pascal Benziger fast gleichzeitig.

«Was bedeutet das Zeichen?», fragte Pascal.

«Das ist die Abkürzung des Benediktussegens», sagte

Valérie und beobachtete vor allem Maria Benziger. *«Crux Sancti Patris Benedicti.»*

Diese wurde aschfahl im Gesicht.

«Verschweigen Sie mir etwas, Frau Benziger?»

«Verschweigen?» Sie tat entsetzt. «Ich weiss überhaupt nicht, worum es geht. Sie platzen in mein Haus und werfen mir unverblümt an den Kopf, dass man meine Mutter wahrscheinlich im Sihlsee gefunden hat. Geht die Polizei immer so unzimperlich vor?»

«Sollte ich Sie in Ihren Gefühlen verletzt haben, tut es mir leid.» Valérie hatte genau das vermeiden wollen. Es war sonst nicht ihre Art, undiplomatisch vorzugehen, doch war sie sich keiner Schuld bewusst. «Wir können uns gern morgen in meinem Büro in Biberbrugg weiter unterhalten.» Sie blickte auf die Uhr und überlegte sich, dass sie die Pendenzen abarbeiten sollte. Es gab noch ein Protokoll, das sie aufgrund eines Angriffs auf einen Beamten des Sozialdienstes ins Reine tippen musste. Überdies stand eine Recherche im Internet an. «Um sicherzugehen, dass es sich bei der Frau vom Sihlsee um Ihre Mutter handelt, müssten wir einen DNA-Abgleich machen.»

«Einen DNA-Abgleich», wiederholte Maria Benziger.

«Mama, das ist die englische Version von DNS und ist die Abkürzung von Desoxyribonukleinsäure –»

«Ich weiss, was das heisst», fuhr Maria Benziger Pascal ins Wort, während sie ihn mit tränennassen Augen musterte.

«Müssten wir die Leiche nicht identifizieren?», fragte Pascal. «Ich meine, wenn wir Ihnen in irgendeiner Weise behilflich sein können, tun wir das gern.» Er wandte sich an Maria Benziger. «Nicht wahr, Mama?»

«Und wenn sie es ist?» Maria Benzigers Blick wanderte zwischen Pascal und Valérie hin und her.

«Dann haben wir wenigstens Gewissheit.» Pascal setzte sich wieder. «Mama, wenn du das nicht aushältst, lasse mich das machen.» Er sah Valérie an. «Das ginge sicher schneller als so ein ... DNS-Abgleich. Haben Sie kein Bild mit Kopf?»

«Dieses Foto ist leider das einzige, das mir im Moment

zur Verfügung steht.» Valérie war der Frage ausgewichen und zeigte auf das Körperbild, las aber auf Pascals Gesicht, dass er ihr das nicht abnahm.

Er musste ihr die Verzweiflung ansehen, denn er nickte einvernehmlich und beteuerte, sich mit seiner Mutter zu besprechen. «Reicht es, wenn wir morgen Nachmittag nach Biberbrugg kommen?»

Valérie atmete innerlich auf. «Ich danke Ihnen.» Sie zögerte. «Falls Sie ein Bild Ihrer Grossmutter haben, würde ich es gern mitnehmen.»

«Dann könnte sie eventuell doch noch leben?», fragte Maria Benziger.

«Wir werden das Bild in den Medien bringen», sagte Valérie. Sie überlegte. «War ... ist Ihre Mutter gesund?»

«Sie sieht nicht mehr so gut. Aber das war schon früher so. Und sie leidet an Altersdemenz. Mitunter ein Grund, weshalb ich so wenig bei ihr ein und aus gehe. Manchmal will sie mich nicht mehr kennen.»

Pascal zog sein Portemonnaie aus der Hosentasche, öffnete es und holte ein Foto daraus hervor.

Er legte das Porträt von Gertrud Benziger auf den Tisch. «Sie ist etwas vergesslich. Aber ich glaube nicht, dass sie an Demenz leidet.»

«Seit wann trägst du Grosis Bild auf dir?», fragte Maria Benziger Pascal sichtlich überrascht.

Valérie sah ihr an, dass sie es seltsam fand, und vermutete, dass zwischen Gertrud Benziger und ihrem Enkel womöglich eine engere Bindung bestanden hatte, als Pascal dies zugeben wollte. Ob sie ihm vielleicht doch Geld versprochen und es für ihn abgehoben hatte? «Dürfte ich mal Ihre Toilette benutzen?»

Pascal grinste sie an. «Sagen Sie doch gleich, dass Sie ein paar Haare vom Kamm meiner Mama brauchen.» Er ging auf seine Mutter zu und griff an ihren Kopf. «Du erlaubst?» Ehe Maria reagieren konnte, hielt Pascal ein paar Haare in der Hand.

«Das hatte ich wahrlich nicht vor», sagte Valérie leicht beschämt. Trotzdem nahm sie Pascal die Haare ab und steckte sie in eine mitgebrachte Tüte.

***

Valérie schob den Asservatenbeutel über den Tisch Franz Schuler zu.

Dieser musterte erst den Inhalt, dann seine Kollegin. «Wie kommst du zu denen?»

«Auf ganz legalem Weg. Die Haare wurden mir freiwillig übergeben.»

«Die Masche mit der Toilette?» Louis lachte. «Die ist von mir.»

«Die zieht nicht immer», sagte Valérie und bat, sich des Ernsts der Situation wieder bewusst zu werden. Sie wandte sich an Schuler. «Wann kann ich mit einem Resultat rechnen?»

«Nicht vor morgen Abend.»

Valérie setzte sich. «Also, was habt ihr herausgefunden?» Sie holte einen Schreibblock aus ihrer Mappe. Ohne aufzuschauen, nannte sie Fabias Namen.

«Eine hochreligiöse Gertrud Benziger.» Dies aus Fabias Mund zu hören, war ungewohnt. «Ohne Ausnahme wird sie als sehr christlich beschrieben. Sie besuchte jeden Sonntag die Kirche. Ihre Freundinnen behaupten, dass sie fast zwanghaft dem katholischen Glauben zugetan ist.»

«Und worin wollen es die Frauen erkannt haben?»

«Du lässt mich nicht aussprechen.» Fabia seufzte theatralisch. «Nebst der normalen Messe besuchte sie einmal die Woche die Andacht in der Kapelle. Und im Mai, dem Monat der Gnadenmutter, sei sie in jedem Jahr täglich dort anzutreffen gewesen.»

«Wir haben auch in ihrem Haus einige Gegenstände gefunden, die das bezeugen», untermalte Schuler Fabias Aussage. «In ihrem Schlafzimmer fanden wir Kerzen mit der Schwarzen Madonna, Holzkreuze, gedorrte Stechpalmen, Rosenkränze, Helgen, Kruzifixe, Medaillons –»

«Medaillons?», unterbrach ihn Valérie. «Was für Medaillons?»

«Den Gebetsgruss des Benediktinerordens.»

«Eine erste Konformität.» Valérie spürte ihren Puls ansteigen. Dennoch wollte sie sich nicht ausschliesslich auf diese Medaillons verlassen. Dass Gertrud Benziger in Einsiedeln gewohnt und das Kloster quasi vor ihrer Haustür gehabt hatte, konnte ein Grund für ihr aussergewöhnliches Sammelsurium gewesen sein.

«Auch ein von Hand geschriebenes Testament kam zum Vorschein», sagte Schuler. «Ob es alle Formvorschriften und gesetzlichen Rahmenbedingungen erfüllt, kann ich nicht aus dem Stegreif sagen. Möglicherweise ist es erst ein Entwurf.»

«Hast du's dabei?»

Schuler reichte ihr das Dokument.

Valérie überflog es und stutzte. «Ganz viel Geld, das dem Kloster Einsiedeln beim Ableben von Gertrud Benziger zugutekommen würde, falls das Testament rechtsgültig ist oder von einem Notar beglaubigt.» Valérie vertiefte sich. «Hier steht, dass die Tochter Maria Benziger auf den gesetzlich vorgeschriebenen Pflichtteil gesetzt wird.»

«Oha», entfuhr es Fabia.

«Was bei einem Vermögen von dreieinhalb Millionen Franken sicher noch immer ein beachtlicher Teil wäre», sagte Schuler.

«Mannomann.» Louis grinste. «Doch wenn ich die Tochter wäre, wäre ich nur mit dem Pflichtteil auch nicht zufrieden. Das ist grundsätzlich und überhaupt zu wenig.» Er blickte Valérie kritisch an. «Dreieinhalb Millionen? Nicht schlecht.»

«Auf jeden Fall wäre das ein Mordmotiv», sagte Fabia. «Wenn die Tochter von diesem Testament gewusst hat, ist sie vielleicht bis zum Letzten gegangen.»

«Ihre Mutter zu zerstückeln, traue ich ihr deswegen nicht zu», sagte Valérie. «Zudem sollte jedes Erbe als Geschenk und nicht als Forderung angesehen werden.»

«Mit der Aussicht auf über drei Millionen Franken kann sie sich einen Auftragskiller leisten», sagte Louis.

Valérie winkte ab. «Sie passt nicht ins Täterprofil.» Sie mochte es nicht, wenn die Spekulationen aus dem Ruder zu laufen drohten. Noch war nicht zu hundert Prozent erwiesen, dass die Leiche aus dem Sihlsee mit der vermissten Gertrud Benziger identisch war. Basierend auf den Aussagen der drei alten Damen gab es Vermutungen, doch keine Beweise. Valérie hoffte auf die Resultate aus dem Labor und auf weitere Zeugen aufgrund des Aufrufs in den Medien. Sie hatte vor der Sitzung mit dem Kommunikationschef Kontakt aufgenommen und ihm das Bild von Gertrud Benziger übermittelt. «Apropos Täterprofil: Die Rasterfahndung hat eine einzige Übereinstimmung ergeben.»

«Jack the Ripper aus Bayern», sagte Louis.

«Vielleicht sollten wir von einem Täter ausgehen, der willkürlich mordet», warf Henry Vischer den Kommentar in die Runde und bestätigte Louis' Bemerkung. «Es gab vor rund fünf Jahren einen Serientäter in Bayern, der auf die gleiche bestialische Weise vorging. Er trennte den Opfern die Extremitäten ab, bevor er alles verschwinden liess. Die Köpfe nahm er nach Hause und fror sie in der Kühltruhe ein.»

«Wie makaber», bemerkte Fabia.

«Nachdem ein Blitzeinschlag eine Trafostation lahmgelegt und somit die Kühltruhe ausser Betrieb gesetzt hatte, fiel den Nachbarn der fürchterliche Gestank auf. Der Mörder war zu der Zeit in den Ferien. Als er zurückkam, lief er der Polizei buchstäblich in die Arme. Acht Opfer hatte er auf dem Gewissen – und dies aus der puren Lust am Töten. Nach dem ersten Opfer sei er so richtig in Fahrt gekommen, konnte ich dem Protokoll entnehmen.»

«Ich gehe davon aus, dass dieser Typ noch eingebuchtet ist», sagte Fabia.

Vischer räusperte sich. «Lebenslang in der geschlossenen psychiatrischen Anstalt.»

«Bist du dem nachgegangen?», fragte Valérie.

Vischer nickte. «Er ist noch dort.»

«Was schliesst du daraus?» Valérie wollte sich nicht damit zufriedengeben. In Einsiedeln und Umgebung lief ein Psychopath durch die Gegend, der es möglicherweise auf betagte Frauen abgesehen hatte. Daran, dass die Tote im Sihlsee vielleicht der Anfang einer Serie war, wollte sie jedoch nicht glauben, es aber auch nicht ganz ausschliessen.

«Na ja», warf Fabia ein, «früher oder später kommen solche Täter wieder auf freien Fuss. Das kennen wir aus der Vergangenheit. Sie werden als geheilt entlassen. Die Verantwortlichen werden erst gescheiter, wenn es zur Wiederholungstat kommt. Alles schon gehabt, nicht wahr?» Fabia sah ihre Kollegen der Reihe nach an.

Louis intervenierte wie üblich. «Es gibt tatsächlich Typen, die sich der Medikamente wegen bessern.»

«Solche Bestien sollte man kastrieren», enervierte sich Fabia. «Einmal Mörder, immer Mörder. Das gilt auch für Vergewaltiger. Die sind alle schwanzgesteuert …»

«Bist du fertig?» Valérie schüttelte angewidert den Kopf. Was war nur mit Fabia los?

«Ein Täter kann sich durchwegs bessern», sagte Vischer. «In Psychotherapien werden seine Kindheit thematisiert, seine Jugend, das Verhältnis zu den Eltern und zur Umwelt. Im Kern steht das bewusste Wahrnehmen und Regulieren von Gefühlen, die Sicht des Täters auf die Opferperspektive. Wichtig ist auch das Korrigieren von Gedankenverzerrungen, die zur Rechtfertigung der eigenen Tat genutzt wurden. Der Täter lernt, Verantwortung zu übernehmen –»

«Man buchtet sie ein auf Kosten der Steuerzahler», fuhr Fabia Vischer an. «Man therapiert sie über mehrere Jahre und merkt nach dem enormen Aufwand, wie wenig es bringt. Man kann Triebe nicht heilen.»

«Aber man kann lernen, sie zu beherrschen», sagte Vischer.

Fabia funkelte ihn böse an. «Man sollte die Todesstrafe wieder einführen …»

Valérie hob gebieterisch ihre rechte Hand. «Können wir uns nachher unter vier Augen sprechen?»

Fabia senkte den Kopf. «Sorry, es ist über mich gekommen. Es darf doch wohl auch einer Polizistin gestattet sein, Emotionen zu zeigen.»

«Todesstrafe?», frotzelte Louis und schnappte sich einen zweiten Schreibstift. «Habe ich richtig gehört? Du sollst nicht töten ist das fünfte Gebot im Alten Testament. Wirst du deinem eigenen Glauben abtrünnig?»

«Es reicht jetzt!», flüsterte Valérie, dass nur Louis es hörte. Sie hatte diesen internen Kindergarten satt. Sie versuchte, an Fabias Bemerkung anzuknüpfen. «Emotionen ja, aber wir sollten dabei unsere Sachlichkeit nicht verlieren. Ich glaube, für heute haben wir unser Soll erfüllt. Morgen ist Samstag. Bis dahin werde ich einen Teil der erwarteten Resultate bei mir haben. Sollte ich vorher etwas bekommen, das für uns relevant ist, werde ich euch auf dem Laufenden halten.

«Hast nicht du gesagt, dass morgen Maria und Pascal Benziger vorbeikommen?», fragte Dominik Fischbacher, der sich bis anhin im Hintergrund gehalten hatte.

«Das ist richtig. Ich werde morgen auf jeden Fall im Büro und für die Befragung parat sein.»

FÜNF

Die Momente, in denen sie in Zanettis Armen lag, sich von ihm streicheln und zärtliche Worte ins Ohr flüstern liess, genoss Valérie sehr. Wenn sie miteinander schliefen, harmonierten sie so stark miteinander, dass es ihr vor lauter Glückseligkeit Tränen in die Augen trieb. Vielleicht lag es auch an der Musik. Nicht Wagner, nicht Tannhäuser. Nicht mehr die Schwere dieser Kompositionen, welche Valérie jeweils in die Vergangenheit zurückkatapultiert hatten. Diese Epoche war vorüber, hatte anderen, neuen Erlebnissen Platz geschafft. Filmmusik. Von Zanetti mitgebracht. Er fuhr wie sie auf klassische Musik ab. Sie untermalte ihre gegenseitigen Gefühle, gab ihrer Vereinigung den Rhythmus vor, liess sie eintauchen in ihren Mikrokosmos, wo nur sie existierten. Ihre Körper. Ihre Verbundenheit. Ihre Liebe.

Bevor Valérie Zanetti kennengelernt hatte, hatte sie nicht mehr daran geglaubt, diese emotionale Explosion erleben zu dürfen, wie früher mit Willy. Nur war das heute anders, was ihre Gefühle betraf. Da war etwas, das sie mit Liebe in Verbindung brachte.

Schwer atmend lagen sie nebeneinander. Erlöst von dieser allumfassenden Spannung, die sie auf den Gipfel der Lust getrieben hatte.

Es war Samstagmorgen. Durch die halb geschlossenen Rollläden schimmerte der frühe Tag. Vergessen. Das Böse dort draussen – es war in einer anderen Welt. Nicht wirklich vorhanden. Der Morgen gehörte nur ihnen beiden. Eine halbe Stunde noch wollten sie geniessen.

«Woran denkst du?» Zanetti liess seine Finger spielerisch über ihren Hals und die Brüste nach unten wandern.

«An dich, an eine Insel im Meer, an seidene Nächte und endlose Gespräche …» Sie verschwieg, was sie wirklich umtrieb. Doch getraute sie sich nicht, die Verlockung dieses

Augenblicks zu zerstören. Nicht jetzt. Nicht in Zanettis Armen.

Doch plötzlich waren diese Bilder wieder da: der Torso, ein Herrenring an dem geschwollenen Finger, das Brandmal auf der Brust.

«Könntest du dir vorstellen, mit mir zusammen ein Haus zu kaufen?», fragte Zanetti.

Der Schmerz in ihr liess sich nicht lokalisieren. Woher er kam. Wohin er ging. Ein Haus. Eine Villa. Ein Traum, der sie in einsamen Nächten verfolgte. Nachts, wenn sie den Schlaf nicht fand. In dieser Wohnung, wo die Geräusche aus der Nachbarschaft sie störten. Wo die Wände Ohren hatten. Wo eine biedere Nachbarin andauernd etwas zu meckern hatte.

Ein Haus für sie allein. Für sie und Zanetti. Für Colin.

«Kein bescheidener Wunsch.» Sie lächelte ihn an. «Ich weiss nicht, ob die Plünderung meines Bankkontos ausreichen würde, um die Hälfte der erforderlichen Hypothek aufzubringen. Du musst wissen, dass –»

«Schscht …» Zanetti legte ihr den Finger auf den Mund. «Mein Erspartes reicht für beide.»

Sich niemals mehr von einem Mann abhängig machen. Das hatte sie sich vorgenommen, damals, als sie sich von ihrem Ex-Mann getrennt hatte. An jedem Tag ihrer neu errungenen Freiheit hatte sie den Satz wie ein Mantra aufgesagt. Freiheit bedeutete für sie Unabhängigkeit. Ein selbstbestimmtes Leben, das jedoch seinen Tribut forderte, weil ein minderjähriger Sohn da war.

«Du sagst ja nichts mehr», stellte Zanetti gespielt entrüstet fest.

«Du kennst meine Einstellung. Ich habe oft über meine erste gescheiterte Ehe erzählt. Erinnerst du dich, wie du mir geduldig zugehört hast? Auch über meine Bedenken haben wir gesprochen, dass ich mich niemals mehr von einem Mann aushalten lasse, schon gar nicht finanziell.»

Zanetti sass auf. «Ich erinnere mich auch daran, wie du für Colins Leben aufgekommen bist, weil dein Ex-Mann finanziell scheinbar schwächer dastand als du. Wie er dich hintergangen, gedemütigt und belogen hat, um seine Gier zu befriedigen.» Er küsste sie auf die Stirn. «Ich denke, heute bist du emanzipiert genug, um meinen Vorschlag mit nüchternem Blick zu betrachten. Meins ist auch deins.»

«Du Romantiker.»

«Wir könnten in den nächsten Tagen ein paar Häuser im Kanton Schwyz anschauen.»

«Kommt nicht in Frage.» Valérie stiess die Decke von sich und schlüpfte aus dem Bett. «Liebling, wir arbeiten beide an demselben Fall. Wie willst du da Zeit für Häuserbesichtigungen haben?» Sie huschte ins angrenzende Badezimmer, während sie einen koketten Blick über ihre Schulter warf.

Zanetti sah ihr nach. «Bleib stehen. Ich will dich noch ein wenig betrachten. Ich möchte mir dieses Bild von dir verinnerlichen. So werde ich den ganzen Tag davon zehren können.»

«Charmeur, du … Flatteur …» Valérie ging kopfschüttelnd Richtung Duschkabine, als irgendwo ein iPhone summte. «Ist das deines?», rief sie Zanetti zu.

«Nein, meines hat einen tieferen Klang.»

Valérie verliess das Badezimmer. Auf der Kommode im Flur griff sie nach ihrem iPhone und meldete sich.

«Valérie?» Die Stimme am andern Ende der Leitung klang völlig aufgelöst.

«Fabia?» Valérie erreichte die Küche. Erst mal hörte sie nur ein wildes Schluchzen. «Was ist passiert?»

«Michael … er … er …»

Valérie fuhr es in alle Knochen. «Was ist mit Michael?»

Michael – Fabias Mann. Eine gute Beziehung. Eine gemeinsame Tochter von bald drei Jahren. Verliebt wie eh und je. Das hatte Fabia ihr erst noch erzählt.

Krankheit. Unfall. Tod. Valérie ging in diesem Moment alles durch den Kopf.

«Darling, alles okay?» Unter dem Türrahmen stand Zanetti und sah sie fragend an. Er hatte sich ein Badetuch um den

Bauch geschlungen, seine Haare waren verwuselt. Er sah zum Anbeissen aus. Valérie winkte ab. «Was ist mit Michael?»

«Er … er … hat mich verlassen.»

Michael Ulrich. Valérie hatte ihn erst ein paarmal gesehen. Nicht lange genug, um sich von ihm ein klares Bild machen zu können. Er war über mehrere Monate arbeitslos, als Hausmann und Muttterersatz, aber vor allem als Vollzeitvater beschäftigt gewesen, bis er vor einigen Monaten eine Anstellung in einer Druckerei erhielt. Dass das Ehepaar Ulrich fortan mit der Rollenverteilung als Eltern überfordert war, war abzusehen gewesen. Klein Olivia wurde zwischen zwei Grossmüttern, Tagesstätte und Vater hin- und hergereicht. Für Fabia blieb oft wenig Zeit, um sich um ihre Tochter zu kümmern.

Fabia hatte sich etwas gefasst. «Er hat heute Nacht seine Siebensachen gepackt und ist einfach abgehauen. Er könne nicht mehr, hat er gesagt … Ich bin sicher, da steckt eine andere Frau dahinter. Er schläft nicht mehr mit mir. Das ist ein Indiz für seine Untreue. Ich weiss nicht, was ich machen, wie ich reagieren soll …»

«Das sind bloss Vermutungen», sagte Valérie. «Habt ihr miteinander geredet?»

«Wann denn?» Fabia zog Rotz hoch. «Ich wollte dir nur sagen, dass du heute und morgen mit Sicherheit nicht auf mich zählen kannst. Livi geht vor. Und falls du ein Arztzeugnis brauchst, kann ich dir eines besorgen. Ich bin mit den Nerven völlig am Ende.»

«Das verstehe ich.» Valérie überlegte sich, ob sie Fabia herbeten sollte. Ihre Kollegin brauchte jetzt Trost. Nicht umsonst hatte sie sie angerufen. Vielleicht war die Krise in ihrer Familie der Grund, weshalb sich Fabia in letzter Zeit so sonderbar benahm. «Du darfst, wenn du willst, auch den Montag freinehmen, bis du deine Situation in den Griff kriegst. Und gleich ein paar Stunden deiner Überzeit kompensieren.» Valérie vermutete, dass Fabias Ausfall eine grosse Lücke hinterlassen würde. Ein Kollege würde sicher für sie einspringen. «Vielleicht kommt Michael wieder zurück und ihr könnt reden.»

«Er ist radikal», schluchzte Fabia. «Das glaube ich nicht … Mensch, Valérie, er hat keinen Grund, mich zu verlassen … wegen einer Tusse, die … die …» Den Rest des Satzes schien sie zu verschlucken.

«Jetzt male nicht gleich den Teufel an die Wand. Möglicherweise ist alles halb so wild.»

Fabia schniefte. «Ich … entschuldige, ich muss mich um Livi kümmern.»

Valérie hielt konsterniert das iPhone in der Hand, aus dem der Summton zu vernehmen war.

***

Sie erreichte ihr Büro am frühen Nachmittag. Da stand bereits Maria Benziger vor der Tür. Ihren letzten gestylten Auftritt hatte sie noch gesteigert. Sie trug ein anthrazitfarbenes Kostüm und den passenden Hut dazu. Auf ihre Lippen hatte sie zu viel Rouge aufgetragen. Die Farbe setzte sich auf ihren Zähnen fort. «Sie sieht zombiemässig aus», hätte Colin kommentiert.

Colin. Kurz verschwendete Valérie einen Gedanken an ihren Sohn, der jeweils vom Montag auf den Dienstag bei ihr übernachtete. Sie würde wieder einmal kaum Zeit für ihn haben, obwohl die Idee des Übernachtens darauf beruhte, die Beziehung zwischen Mutter und Sohn zu stabilisieren. Sie hatten eine Menge nachzuholen.

Valérie schloss die Tür auf und bat Maria Benziger, auf dem Stuhl vor dem Bürotisch Platz zu nehmen. Sie selbst setzte sich auf den drehbaren Stuhl. «In welchem Fach unterrichten Sie?», fragte sie, nachdem sie den Computer gestartet hatte. Sie würde das Protokoll heute direkt eintippen. Dies ersparte ihr Zeit und Arbeit, wobei sie entsprechend früher Feierabend machen konnte.

«Ich unterrichte Handarbeit, Musik und Gesang.»

Valérie musste auf ihr Gegenüber einen überforderten Eindruck ausgeübt haben, denn über Maria Benzigers Gesicht breitete sich ein entspanntes Lachen aus. «Ich weiss, damit bringt man mich als Letztes in Verbindung … mit Handarbeit.»

«Wenn ich mich an die verstaubten Handarbeitslehrerinnen während meiner Primarschule erinnere, muss ich Ihnen recht geben. Ich hasste dieses Fach schon deswegen.»

«Die Zeiten haben sich geändert. In diesem Metier sind heute durchwegs aufgeschlossene, moderne Frauen zu finden.»

Valérie liess es dabei bewenden. «Ich werde unser Gespräch aufnehmen.» Sie schaltete das Aufnahmegerät ein und machte die übliche Ansage von Namen, Ort, Zeit und dem Grund der Befragung. «Frau Benziger, es geht in erster Linie um das Verschwinden Ihrer Mutter –»

«Heute Morgen», unterbrach Maria Benziger sie, «entnahm ich der Presse, dass die gefundene Leiche im Sihlsee zerstückelt ist. Mit diesen Worten.» Sie beugte sich über den Tisch und sah Valérie von unten her an. «Sagen Sie mir, dass das eine mit dem andern nichts zu tun hat.»

«Wir können es nicht ganz ausschliessen. Aber das habe ich Ihnen schon gestern gesagt.»

«Sie sind sich aber nicht zu hundert Prozent sicher?»

«Nein, deshalb muss ich alles erfahren.»

«Pascal würde sich sofort zur Verfügung stellen, um die Leiche zu identifizieren.»

«Ich weiss, aber das geht zum jetzigen Zeitpunkt nicht.»

«Er war verhindert, mich zu begleiten.»

«Ich kann später mit ihm sprechen.»

«Haben Sie kein Bild?»

«Kein Bild … auf dem man das Gesicht sieht», wich Valérie aus.

«Und warum nicht?»

Valérie hätte die Frage gern unbeantwortet gelassen. Aber wenn es um Mord ging, musste sie mit offenen Karten spielen. Früher oder später würde es Maria Benziger erfahren. Es war besser, sie erfuhr es von ihr. «Weil … weil der Kopf fehlt.»

«Um Gottes willen!» Maria Benzigers Gesicht versteinerte sich. Dann schossen Tränen aus ihren Augen, und sie gab einen gutturalen Schrei von sich. «Mein Mueti, das kann nicht sein. Sie hat niemandem etwas zuleide getan. Der Bericht in der Zeitung war ... nicht erfunden.»

«Nein», gab sich Valérie bedeckt. Sie konnte es sich allerdings nicht erklären, wer der Presse diese Informationen zugespielt hatte. Sie ärgerte sich, dass sie keine aktuelle Zeitung besass. Aber sie hatte nicht mit diesem dreisten Vorgehen gerechnet. Sie wusste, dass die Leserschaft dieses Blattes solche Nachrichten lesen wollte. Je schreiender ein Titel war, umso häufiger wurde die Zeitung gekauft. Vischer sah diese Tatsache mit den Augen des Psychologen. Es sei die normale Reaktion der Leute, die sich mit Schaudern ins Leid der Betroffenen einfühlen wollen, um ihr eigenes Leid zu relativieren. Im Grunde genommen sei jeder Mensch ein Voyeur, der sich am Schicksal des andern ergötze. Der Tod übe eine grosse Faszination aus. Valérie fand die Presse abscheulich, die sich solcher Dramen für die Steigerung ihrer Umsatzzahlen bediente.

«Noch einmal: Hatte Ihre Mutter Feinde?»

«Nein. Das kann ich mir nicht vorstellen. Sie war fromm, lebte die christlichen Werte und sah sogar einen Computer als Teufels Werk an.» Maria Benziger tupfte sich die Tränen ab.

«Sie sagten, dass sie ihren Mann und Sie Ihren Vater vor ein paar Jahren verloren hatten. Darf ich fragen, ob Sie geerbt haben?»

«Ich verzichtete zugunsten meiner Mutter auf ein Erbe. Sie sollte ihr Leben lang Wohnrecht in ihrem Haus haben.»

Valérie legte ein Dokument auf den Tisch. «Gemäss Notar hätten Sie lediglich den Pflichtteil bekommen.»

Maria sah Valérie entrüstet an. «Warum fragen Sie, wenn Sie es schon wissen?»

«Ich wollte nur sicher sein.»

«Dann wissen Sie sicher auch, dass mein Bruder den gleichen Teil wie ich bekam – ebenso den Pflichtteil.»

«Aus dem Dokument geht hervor, dass Ihr Bruder das

Erbe nicht angetreten hat. Er hat sogar darauf verzichtet. Das wurde schriftlich beglaubigt.»

Maria Benziger liess einen tiefen Seufzer vernehmen. «Sie machen einen ziemlichen Umweg. Warum interessiert Sie mein Bruder? Ich dachte, es gehe um das Verschwinden meiner Mutter.»

«Ich möchte mir ein Bild von Ihrer Mutter machen.»

Maria Benziger verschränkte ihre Arme. «Im Grunde ... war sie ein herzensguter Mensch. Nur eben für mein Dafürhalten zu religiös. Als Kinder mussten wir jeden Sonntag zur Kirche gehen. Am Samstag davor zur Beichte. Manchmal erfand ich irgendwelche Sünden, um nicht ohne dazustehen.» Sie lächelte bitter, und es schien, als riefe sie die Bilder aus ihrer Kindheit vor ihrem geistigen Auge ab.

«Wie hat Ihr Vater darauf reagiert?»

«Er liess Mutter gewähren. Mein Vater konnte auch keiner Fliege etwas zuleide tun, hatte aber mit dem religiösen Wahn meiner Mutter nichts am Hut. Er galt jedoch als gläubiger Christ, aber ohne diese Obsession. Meine Eltern verstanden sich gut. Und wenn Mutter wieder einmal ihre schwachen fünf Minuten hatte und vor überschäumender Heiligkeit das Mittagessen nicht kochte, lud uns Vater zum Italiener ein.»

«Wo steckt Ihr Bruder?»

«Keine Ahnung. Irgendwann hiess es, dass er die Familie verlassen habe. Er war ein *Enfant terrible*, ein Provokateur. Während ich brav die Schulbank drückte, rebellierte er auf der Strasse gegen das Spiessertum seiner Erzeuger, gegen diese Generation überhaupt. Dabei hat gerade er von ihr profitiert. Mein Vater fütterte ihn durch, denn zu einer höheren Bildung war er nicht fähig. Ich habe seit dem Tag, als er verschwand, keinen Kontakt mehr zu ihm.»

«Wie ist sein Name?»

«Alois Benziger, geboren 1963.»

«Und Sie haben wirklich nie mehr etwas von ihm gehört?»

«Nein, ich weiss nicht einmal, ob er noch lebt. Ich erinnere mich lediglich an eine Ansichtskarte, die er kurz nach seinem

Weggehen an uns gesendet hat. Sie kam aus Costa Rica. Aber wir hatten weder eine Adresse noch sonst etwas von ihm. Nur die vage Gewissheit, dass es ihm gut ging und er seine Berufung gefunden hatte. Damals flüchteten viele Aussteiger nach Zentralamerika ... schon wegen der Drogen.»

«Ihre Mutter hat in einem selbst verfassten Testament das Kloster Einsiedeln als Erben vorgesehen.»

Maria juckte auf. «Das sieht ihr ähnlich.»

«Haben Sie Kenntnis davon?»

«Nein! Wie auch?» Maria kniff die Lippen aufeinander, schien zu überlegen.

Valérie entging ihre Unschlüssigkeit nicht. «Wollten Sie noch etwas loswerden oder ergänzen?»

«Ich mache mich wohl verdächtig, wenn ich Ihnen sage, dass ein Testament existiert, das mich und meinen Sohn Pascal als Erben vorsieht. Von einem andern Testament weiss ich aber nichts. – Die Kirche soll das Geld bekommen?» Maria machte den Eindruck, als begriffe sie erst jetzt die Tragweite dieses Faktums. «Wie sind Sie überhaupt darauf gekommen, dass mein Bruder und ich bei Vaters Tod nur auf den Pflichtteil gesetzt wurden?»

Valérie verdankte dies Louis. Nachdem er erfahren hatte, wer der verstorbene Ehemann von Gertrud Benziger gewesen war, hatte er sich mit dem Notariat in Verbindung gesetzt, das sich der Regelung und Vollstreckung des Letzten Willens des Verstorbenen angenommen hatte. «Das ist Teil der Ermittlungen.» Valérie war durch Zanetti schnell an eine richterliche Bescheinigung gelangt.

«Dann gehen Sie definitiv vom Tod meiner Mutter aus?»

«Die DNA-Abgleiche werden frühestens morgen eintreffen.»

Maria Benziger seufzte. «Wenn mich nur die Ungewissheit nicht so nervös machen würde.»

«Sagt Ihnen der Name Ferdi oder Ferdinand etwas?»

«Nein. Nie gehört. Ich meine, nicht im Zusammenhang mit meiner Mutter.»

Valérie hielt beim Schreiben inne. «Wie kommen Sie darauf, er könnte mit Ihrer Mutter zu tun haben?»

«Ja, wenn Sie mich so fragen. Sonst hätten Sie die Frage anders formulieren sollen.»

«Sie tragen den Namen Ihres Vaters, haben einen Sohn … Waren Sie nie verheiratet?»

«Aus Protest gegenüber meiner Mutter nicht. Pascal hat seinen Vater nie kennengelernt. Ein One-Night-Stand. Sie werden es ja doch erfahren, so hartnäckig, wie Sie vorgehen.»

«Und Sie kennen ihn?»

«Sogar mit Namen. Aber was hat er mit dem Verschwinden meiner Mutter zu tun?»

«Wie heisst er? Wo wohnt er?»

«Bitte graben Sie nicht alte Geschichten aus. Schon wegen Pascal will ich das nicht.»

«Wir werden auch ihn überprüfen müssen. Sein Name!» Valérie bestand darauf.

Maria Benziger schnäuzte sich. «Marc Rentsch. Er war Discjockey im heutigen Casineum in Luzern. Wo er sich zurzeit aufhält, entzieht sich meiner Kenntnis. Pascal ist *mein* Sohn. Einen Vater hat er nicht.»

«Gut.» Valérie überflog den bereits eingetippten Text. «Nun zu Ihrem verstorbenen Vater. Ihm gehörten einige Immobilien im Kanton Schwyz.»

«Diese hatte er veräussert, bevor er starb. Er hatte Krebs und wollte seinen Nachkommen keine Probleme mit auf den Weg geben. Das waren seine Worte …»

«Über drei Millionen Schweizer Franken plus das Haus und die Möblierung, was auch seinen Wert hat. Sie wissen, wie gut situiert Ihre Mutter ist?»

«War … möglicherweise …», wieder unterbrach Maria Benziger sich mit einem heftigen Schluchzen, «… sie lebt ja nicht mehr.»

Valérie geriet ins Stocken. Sie spürte, dass sie nicht weiterkam. Sie würde Maria Benziger Zeit einräumen müssen. Sie hätte irgendeine Person nach Gertrud Benziger befragen können, eine Nachbarin zum Beispiel, die sie wohl besser gekannt hatte. Doch selbst aus den Freundinnen hatte Fabia nicht mehr herausgebracht, als das, was sie selbst vor Ort herausgefunden hatte. Blieb einzig der Gang zur Bank, bei der die Vermisste zwanzigtausend Franken abgehoben hatte.

Nach der Befragung kehrte Valérie nach Schwyz zurück. Was sie über das Internet in Erfahrung bringen wollte, konnte sie auch von zu Hause aus tun. Sie hatte Maria Benziger auf den Bahnhof in Biberbrugg gebracht, mit der Aufforderung, sie möge ihren Sohn bitten, sich bei ihr zu melden.

Frau Annen schnipselte an der Hecke herum, die den Parkplatz säumte. Überall lagen abgeschnittene Äste. Daneben stand eine Grüntonne. Valérie fuhr den Audi TT auf ein freies Parkfeld, worauf Frau Annen auf sie zukam.

«Frau … ehm … Sie wissen schon, dass Sie einen Platz in der Tiefgarage haben.» Frau Annen stemmte ihre Arme seitlich in die Taille und stellte ihren grossen Bauch zur Schau. «Zudem sehen Sie, dass ich den Platz hier brauche. Oder möchten *Sie* diese Arbeit übernehmen?»

Valérie, des Gemeckers überdrüssig, stellte sich frontal vor Frau Annen auf und zeigte ihr den Ausweis. «Valérie Lehmann, Oberleutnant der Kriminalpolizei Schwyz. Ab sofort steht mir dieser Parkplatz zur Verfügung, wenn ich es für nötig halte.»

Sie wartete nicht mehr, bis Frau Annen vor Scham im Boden versank. Sie hörte nur beim Davongehen eine eingeschüchterte Stimme: «Das habe ich nicht gewusst.» In Zukunft würde sie vor dieser Nervensäge Ruhe haben, war sie überzeugt.

Vor ihrer Wohnungstür sass Fabia. Neben ihr Klein Olivia zwischen einem Koffer und einer Reisetasche. Valérie hätte über das Bild, das sich ihr bot, laut herausgelacht, wäre ihr in diesem Moment der Ernst der Lage nicht bewusst geworden. Wenn Fabia sich von dieser verletzlichen Seite zeigte, stand es in ihrem Privatleben nicht gut um sie. Sie hatte erst noch geweint. Ihre Augen sahen verquollen, das Gesicht gerötet aus. Die kurzen Haare standen ihr auf alle Seiten hin vom Kopf ab.

«Fabia! Was zum Kuckuck!» Mehr fiel ihr nicht ein. Der Blick auf die kleine Olivia liess ihr Herz schmelzen. Das Mädchen hatte sich an seinen Teddybären gekuschelt, da die Mutter in diesem Moment offensichtlich für grossen Trost nicht geneigt war. «Hat dich Michael aus der Wohnung geschmissen? Ich dachte, *er* sei abgehauen.»

«Er ist zurückgekehrt.» Fabia erhob sich. «Aber ich halte ihn nicht mehr aus. Ich muss Abstand gewinnen ... für ein paar Tage. Gibst du mir Asyl?»

Valérie schloss die Tür auf. «Wie stellst du dir das vor? Ich habe lediglich eine kleine Wohnung ...»

«Ich werde dir nicht auf den Wecker gehen, Ehrenwort ... Und Zanetti ... ich werde ihn ignorieren.»

«So einfach ist das nicht.» Valérie fühlte sich in einer Zwickmühle. Einerseits wollte sie Fabia nicht vor den Kopf stossen, andererseits aber auch nicht ihre Intimsphäre aufgeben. «Du hast doch Eltern im Bisistal. Soweit ich mich erinnere, wohnen sie in einem Haus.»

«Mein Bruder wohnt mit seiner Frau dort. Bis er wieder auf die Glattalp geht, dauert es noch eine Weile. Die Eltern leben derweil im Stöckli.»

Valérie konnte die Ausrede mit dem Platzmangel nicht ganz nachvollziehen. Da steckte etwas anderes dahinter. So, wie sie Fabia einschätzte, ging sie mit solchen Problemen zuerst zu ihren Eltern.

Fabia nahm Olivia auf. «Meine Mutter würde es nicht verkraften, wenn ich ihr von unserer ehelichen Krise erzählte», sagte Fabia, als hätte sie Valéries Gedanken gelesen. «Sie würde wahrscheinlich schon das Allerschlimmste sehen ... eine Scheidung. Aber Scheidungen existieren bei den Gwerders nicht. Das wäre gegen unseren Glauben.»

«Fabia, komm auf den Boden.»

«Du bist meine einzige Hoffnung. Nur für ein paar Tage. Nur so lange, bis ich den Mut gefunden habe, mit Michael zu reden. Aber zuerst sollte er ein wenig leiden … er hat schliesslich mich zuerst verlassen.»

«Dann gehe nach Hause und verteidige deine Wohnung. Vor allem deine Tochter hat ein Recht, dort zu leben.»

Sie hatte Fabia noch nie so traurig erlebt. Auf ihrem Arm trug sie jetzt Olivia, die sie mit grossen Kirschenaugen musterte.

«Du hast doch ein Gästebett, oder? Livi ist trocken. Sie geht schon aufs Klo. Wir machen dir keine Mehrarbeit, Ehrenwort. Sie könnte neben mir schlafen. Aber bitte, hilf mir.»

Was würde Emilio dazu sagen? Was Colin, wenn er davon erfuhr, dass eine Fremde in seinem Bett schlief?

Kein leichter Entscheid, den Valérie fällen musste. Andererseits war sie nicht verpflichtet, weder Emilio noch Colin dafür Rechenschaft abzulegen, wenn sie einer Kollegin in der Not half.

Ausschlaggebend für ihr Okay war Olivias Blick, dieser liess sie abermals schmelzen. Die dunklen Augen in dem Kindergesicht. Olivia konnte schliesslich nichts dafür, wenn ihre Eltern sich stritten.

Valérie hielt die Tür weit auf. «Na, dann kommt rein.» Sie half mit dem Koffer und der Tasche. «Bist du mit dem Auto da?»

«Nein, ich habe alles vom Bahnhof hierhingeschleppt. Im Keller steht der Kinderwagen. Ich habe mir erlaubt, ihn schon mal dort unterzustellen.»

Valérie hoffte, dass sie nicht ins Kreuzfeuer weder mit Frau Annen noch mit andern Nachbarn gekommen war. Sie enthielt sich des Vorschlags, sich wie zu Hause zu fühlen. Sie traute es Fabia durchwegs zu, es wortwörtlich zu nehmen. Sie zeigte ihr Colins Zimmer, das Badezimmer sowie die Küche und das Wohnzimmer. «Mein Schlafzimmer ist tabu. Zudem möchte ich nicht, dass du den Computer in Colins Zimmer benutzt. In der Regel arbeite ich dort. Und ich lege es dir nahe, dass du in den nächsten Tagen das Gespräch mit Michael suchst. Ich brauche meine Privatsphäre, das wirst du doch verstehen.»

Fabia fiel ihr um den Hals. «Danke, Valérie, du bist ein Riesenschatz. Du weisst nicht, wie erleichtert ich bin. Ich werde dir auch keine Umstände bereiten. Aber wenn ich dir im Haushalt helfen kann, mache ich das gern.»

«Ich brauche keine Hausangestellte, das fehlte noch. Wenn du dich jedoch in der Küche nützlich machen willst, habe ich nichts dagegen. Kochen ist nicht gerade meine Stärke.»

SECHS

«Frau Bisig, darf ich Sie bitten, mit mir ins Büro zu kommen?» Petra Fuchs, die Bankangestellte bei der Schwyzer Kantonalbank in Einsiedeln, hatte ihren Ohren nicht getraut, als ihre Kundin, die sie seit Jahren betreute, mit der Forderung auf sie zukam, zehntausend Franken von ihrem Sparkonto abzuheben. Es war das erste Mal, dass sie vor dem Schalter stand und um so viel Geld bat. In der Regel brachte sie welches vorbei.

«Ist etwas nicht in Ordnung?», fragte Hildegard Bisig und drückte ihre Handtasche fest an ihre Brust.

«Es ist viel Geld, das ich Ihnen bar ausbezahlen muss», wich Petra Fuchs aus. Bis anhin hatte sie ihre Kundin als zurückhaltend und überlegt eingeschätzt. «Das muss nicht alle Welt mitbekommen. Bitte seien Sie so gut und warten Sie vor der Tür dort. Ich werde gleich zu Ihnen kommen.» Sie wies auf den Korridor auf der rechten Seite, schloss den Schalter und informierte ihre Kollegin nebenan. «Ich bin an einer Sitzung, wenn man mich sucht.» Dann griff sie nach dem Telefon, kontaktierte den Bankdirektor und bat ihn, er möge in ihr Besprechungszimmer kommen. «Frau Bisig ist hier. Du kennst sie auch. Die Dame ist über achtzig. Sie will zehntausend Franken abheben. Mir ist das nicht geheuer. Sie hat das noch nie getan.»

«Sie wird auf etwas gespart haben», erwiderte der Bankdirektor kurz angebunden, «welches sie sich nun leisten möchte. Zehntausend Franken ist ja kein Betrag.»

«Für Frau Bisig schon», sagte Petra Fuchs. «Da stimmt etwas nicht.» Eine heikle Angelegenheit, dachte sie. Sie kannte Frau Bisigs finanzielle Situation. Die alte Lady hatte wenig Erspartes und haushaltete mit dem wenigen sorgfältig. Sie bezahlte regelmässig kleine Beträge ein. Nur an Weihnachten hob sie etwas Geld ab. Für die Enkel, sagte sie jeweils.

Sie hörte ihren Chef sich räuspern. «Du, ich muss auflegen.

Können wir das später besprechen? Ich habe gerade einen Millionendeal am Draht.»

Petra Fuchs öffnete die Tür in den Korridor. Hildegard Bisig wartete, sichtlich nervös. Petra Fuchs reichte ihr die Hand, die sich kalt anfühlte. «Dann wollen wir uns Ihrem Anliegen widmen», sagte sie und führte Frau Bisig ins Sitzungszimmer. «Bitte nehmen Sie Platz.»

«Ich will lediglich zehntausend Franken von meinem Sparkonto abheben.» Hildegard Bisig blieb unter dem Türrahmen stehen. «Da gibt es nichts zu besprechen. Es ist *mein* Geld, das ich haben möchte.»

«Das ist nicht so einfach», sagte Petra Fuchs und versuchte, ihre Kundin hinzuhalten. «Bitte, setzen Sie sich. Möchten Sie etwas trinken? Einen Kaffee oder ein Glas Wasser?»

Durch die Stoffblenden am Fenster sickerte Sonnenlicht.

Hildegard Bisig blieb stehen. «Ich bin nicht hier, um Kaffee zu trinken. Ich möchte mein Geld!»

«Das werden Sie bekommen. Ein so hoher Betrag bedarf einiger Formalitäten. Sie hätten mich vorher anrufen müssen, dann hätte ich diese schon vorbereiten können.»

«Wenn ich bei Ihnen einzahle, machen Sie auch nicht so ein Tamtam», beschwerte sich Hildegard Bisig, nun resoluter.

Petra Fuchs setzte sich und startete den mitgebrachten Laptop auf. «Haben Sie Ihre Bankkarte dabei?», fragte sie schwer schluckend. Sie würde Frau Bisig das Geld aushändigen müssen. Sie wollte Zeit schinden, die Sache langsam angehen.

Hildegard Bisig legte zwei Karten auf den Tisch. «Falls Sie meine Identität prüfen wollen, können Sie die ID auch gleich kontrollieren.»

Die Dame war nicht auf den Mund gefallen. Beschämt nahm Petra Fuchs die Karten an sich, liess sie in der Folge langsam durch ihre Finger gleiten. «Zehntausend Franken, sagten Sie?»

«Ja, sind Sie schwerhörig?»

«Wohin soll die Reise denn gehen?» Vielleicht würde sie den Grund der hohen Summe auf diplomatischem Weg erfahren.

«Nach Bangkok», sagte Hildegard Bisig prompt. «Ich reise nach Bangkok.»

«Haben Sie schon gebucht?»

«Reserviert … reserviert.» Hildegard Bisig zeigte zum ersten Mal eine Unsicherheit.

«Womit fliegen Sie?»

«Ja, mit dem Flugzeug natürlich.»

«Mit welcher Fluglinie?» Petra Fuchs musste die Frau hinhalten. Vielleicht würde ihr Chef doch noch vorbeikommen, wie er das in den meisten Fällen tat, nachdem er zuerst die Wichtigkeit der eigenen Geschäfte in den Vordergrund gestellt hatte. Doch er kam nicht, und Hildegard Bisig wurde immer ungeduldiger.

«Warten Sie hier einen Moment», sagte Petra Fuchs. «Ich werde Ihnen die Noten holen. Wollen Sie grosse oder gemischte?»

«Zehn Tausendernoten.»

***

Damit, dass Erichs Freund Alex vor dem Häuserblock auf sie wartete, hatte Hildegard Bisig nicht gerechnet. Kaum hatte sie die Mythenstrasse erreicht, sah sie einen jungen Mann an der Mauer vor dem Eingang lehnen. Als er sie entdeckte, peilte er sie geradewegs an. «Sie sind sicher Frau Bisig.»

Sie blieb stehen. Diese Stimme. Von irgendwoher kannte sie diese.

«Ich bin Alex. Erich hat mich zu Ihnen geschickt. Ich sollte einen Briefumschlag abholen.»

Ein hübscher Kerl, musste sie sich zugestehen. Dunkle Haare und eine braun getönte Haut, was ihm etwas Exotisches verlieh. Keiner von hier, ging ihr durch den Kopf. Aber er redete Schweizerdeutsch, was ihre Skepsis im Keim erstickte. Trotzdem wollte sie nicht, dass er mit ihr in die Wohnung kam.

Sie öffnete die Handtasche und entnahm ihr das Couvert

mit dem Geld. «Wie geht es Erich? Glauben Sie, dass er wieder gesund wird?»

«Das wird er mit Sicherheit», sagte Alex und langte nach dem Umschlag. Er riss die Lasche auf und vergewisserte sich, ob das Geld wie abgemacht vorhanden war. «Erich wird sich bei Ihnen melden, sobald er aus Bangkok zurück ist. Danke, dass Sie ihn unterstützen. Er ist wirklich in Gefahr.» Alex liess das Couvert in seiner Jackentasche verschwinden. «Ich werde das Geld gleich auf das Konto überweisen, das Erich mir mitgeteilt hat.»

Bevor Hildegard Bisig etwas zu erwidern vermochte, war Alex aus ihrem Blickfeld und hinter der nächsten Ecke verschwunden.

Sie stand da. Ihre Handtasche noch offen. Sie sah die Fassade hoch, die seit Jahren einen neuen Anstrich gebraucht hätte. Die verblassten Jalousien, einige von ihnen hingen schräg. Vom Dachkennel tropfte es. Da fuhr die Erkenntnis wie ein Blitz durch sie.

«Was bin ich für eine Närrin!»

Wie ein geschlagener Hund öffnete sie die Eingangstür und schob sich in den dunklen Flur. Im Treppenhaus roch es nach Abgestandenem, nach Verwesung, nach Vergessen. Völlig kraftlos schleppte sich Hildegard Bisig über die Treppen zum dritten Stock, wo ihre Wohnung lag. Sie schloss die Tür auf, betrat den Korridor, legte die Handtasche ab und griff nach dem Telefon. Sie wählte die Nummer der Polizei. Nach zweimaligem Klingeln legte sie den Hörer wieder ab. Nein, sie würde sie nicht anrufen. So sehr schämte sie sich.

***

Die Credit Suisse lag an der Hauptstrasse, die zur Kirche führte. Valérie hatte sich mit dem Filialleiter Helmut Schönbächler verabredet. In ihrer Tasche befand sich die Quittung für die Auszahlung der zwanzigtausend Franken an Gertrud Benziger. Schönbächler hatte die Kundin selber bedient, wie er durchblicken liess. Valérie ging mit ihm in ein Besprechungszimmer, wo sie unaufgefordert Platz nahm. Auf den angebotenen Kaffee verzichtete sie.

Schönbächler wirkte äusserst charmant und gepflegt. Er trug Anzug, Hemd und Krawatte, und seine Hände waren manikürt. Dies fiel Valérie auf, als er sie auf den Tisch legte und offenbar nicht schlüssig war, was er mit ihnen anstellen sollte. Ein Kugelschreiber lag bereit. Er griff danach und drückte die Miene hinaus. Wieder herein. «Sie haben mir am Telefon gesagt, dass es um Frau Benziger geht.»

«Das ist richtig. Sie wird seit dem frühen Freitagnachmittag vermisst. Heute müssen wir davon ausgehen, dass sie einem Verbrechen zum Opfer gefallen ist. Deswegen bin ich hier.»

Schönbächler rutschte auf dem Stuhl hin und her, ohne sein Grinsen, das ihm angeboren zu sein schien, zu verlieren. Der Kugelschreiber wanderte von einer Hand zur andern. «Ich hoffe nicht, dass es für uns unangenehme Konsequenzen hat.»

Valérie schenkte ihrem Gegenüber ein entwaffnendes Lächeln. «Frau Benziger hat heute vor einer Woche zwanzigtausend Franken von ihrem Konto abgehoben. Kam Ihnen das nicht seltsam vor?»

Schönbächler liess den Kugelschreiber fallen, griff sich an den Hemdkragen und tat so, als lockerte er die Krawatte. «Nein, warum auch?»

«Eine so grosse Barauszahlung müsste doch zu denken geben.»

«Wollen Sie meine ehrliche Meinung hören?» Schönbächler liess eine geraume Zeit verstreichen, in der er Valérie aus wasserblauen Augen musterte. «Bei Frau Benziger machten wir uns nie Sorgen. Sie kam oft an einen unserer Schalter. Als Kundin schätzen wir sie sehr.»

«Bei einem Vermögen von gut drei Millionen Franken kein Wunder», sagte Valérie.

«Es war ihr inniger Wunsch, die Bank, mit der schon ihr Mann zusammengearbeitet hatte, zu behalten.»

«Sie müssen sich absolut nicht betroffen fühlen.»

«Man hat ja auch nicht alle Tage Polizei im Haus.» Wieder zögerte er. «Frau Benziger holte regelmässig höhere Geldbeträge bei uns ab. Das ist das Einzige, was ich Ihnen dazu sagen kann. Wenn Sie Einsicht in ihre Konti haben möchten, müssen Sie den gesetzlich vorgeschriebenen Weg gehen.»

«Dessen bin ich mir durchaus bewusst.» Valérie erwiderte lächelnd sein Grinsen. «Waren das immer zwanzigtausend Franken?»

Schönbächler fuhr sich nachdenklich über sein Kinn. «Darüber darf ich Ihnen keine Auskunft geben.»

«Kommen Sie, das Bankgeheimnis zählt hier nicht. Ich ermittle in einem Mordfall. Wenn es hart auf hart kommt, habe ich in einer Stunde die Bescheinigung des Richters.»

Schönbächler schniefte. «Nein, solch hohen Beträge waren eher selten.»

«Aha. Und Sie haben sich vor einer Woche nicht gewundert?»

«Ich glaube, Sie verkennen unseren Job.» Täuschte sich Valérie, oder hatte seine Stimme sich verändert? «Wenn Frau Benziger Geld abheben will, fragen wir nicht nach, weil es uns grundsätzlich nichts angeht.»

«Wir vermuten, dass Frau Benziger unter Demenz litt. Ist Ihnen das nicht aufgefallen?»

Schönbächler schluckte leer. «Das … davon habe ich nichts bemerkt.»

«Hat sie durchblicken lassen, weshalb sie das viele Geld braucht?»

«Nein. Diesmal nicht. Aber in der Regel hebt sie Geld ab, wenn es um die Unterstützung von minderbemittelten Menschen geht.»

«Ach so, für karitative Zwecke.»

Schönbächler griff sich wiederholt an den Kragen. «Sie hat da einmal etwas durchblicken lassen. Es gäbe da eine Vereinigung, die für die Elfenbeinküste sammle. Sie hat ein grosszügiges Herz.»

«Hat sie erzählt, dass sie das Geld auch für das Benediktinerkloster braucht? Für die Kirche?»

Schönbächler fiel die Kinnlade hinunter. «Nein, das … weiss ich nicht. Und warum für die Kirche? Die schwimmt ja eh schon im Geld.» Er räusperte sich ertappt, verlor für einen Moment sogar das Grinsen.

Valérie kam nicht auf den Testamentsentwurf zu sprechen. Allenfalls hatte das eine mit dem andern nichts zu tun. «Wenn man auf die Geschichte des Klosters Einsiedeln zurückblickt», sagte sie, «fällt auf, dass es seit dem Mittelalter von grosszügigen Geschenken profitiert. Nicht nur von finanziellen Zustüpfen.»

«Das ist nichts Neues.» Schönbächler war offensichtlich froh, etwas aus dem Fundus seines Wissens kundzutun. Sein Hals wuchs aus dem Hemdkragen. «Das Kloster bekam ganze Ländereien. Erwähnen möchte ich zum Beispiel die Insel Ufenau auf dem Zürichsee. Sie war ein Geschenk von Kaiser Otto dem Ersten. Klöster waren seit jeher unanfechtbar. Die Geschenke der Feudalherren hatten einen ganz besonderen Grund, nämlich, dass ihre Ländereien nicht in fremde Hände fielen, sollten sie die Schlacht verlieren. So gesehen sorgte auch das Kloster Einsiedeln dafür, dass geschichtlich relevante Dinge bestehen blieben und nicht vernichtet wurden.»

«Und heute noch wird dem Kloster Geld gespendet?» Valérie erinnerte sich an den Prunk in der Stiftskirche, der bloss dem Auge des Betrachters diente. Minderbemittelten Menschen konnte dadurch nicht geholfen werden.

«Frau Benziger sagte nie etwas. Sie kam, holte ihr Geld am Schalter ab und verschwand wieder.»

«Wie hoch waren die Beträge jeweils?»

«Sie geben wohl nie auf. Immer um die fünftausend Franken. Monatlich, wohlverstanden. Ende Jahr war es etwas mehr.»

«Hat sie auch welches einbezahlt?»

«Die Einzahlungen kamen automatisch von der Witwenrente sowie einmalig von der Versicherung.»

Als Valérie die Bank verliess, war sie kaum klüger. Vielleicht war es nur Zufall, dass ausgerechnet vor ihrem Verschwinden Gertrud Benziger von ihrem Vermögen Geld abgehoben hatte. Und davon, dass weder Maria Benziger noch Pascal eine Ahnung hatten, musste sie mittlerweile ausgehen.

***

Frieda Lieberherr fühlte sich keine achtzig, obwohl sie den runden Geburtstag erst kürzlich gefeiert hatte. Mit ein paar Freunden und Freundinnen, denen es ähnlich erging. Sie fühlten sich jung in einem alten Körper. Der Humor war geblieben, die Freude an Neuem ebenso. Heute wartete sie sehnsüchtig auf den Anruf vom Tiefbauamt. Auf der Zürichstrasse wurde gebaut. Der Abschnitt für Ampeln war jedoch zu kurz und der Aufwand zu gross, welche aufzustellen. Deshalb wurden Rentner und Rentnerinnen aufgeboten, den wechselspurigen Verkehr zu regeln. Wenn Frieda auf der Strasse stand, fühlte sie sich beschwingt, flirtete mit diesem, mit jenem Automobilisten und verpönte abends am Stammtisch ihre Freundinnen, die behaupteten, nach fünfzig sei man für das andere Geschlecht unsichtbar. Frieda lebte allein, aber nicht einsam.

Als das Telefon klingelte, hatte sie soeben zehn Liegestützen und den Spagat gemacht. Trotz ihrer gelegentlichen Gelenkschmerzen war sie beweglich, was sie ihrer täglichen Fitness verdankte. Zudem ass sie gesund, verzichtete auf Fleisch und schränkte die Menge von Brot und Teigwaren ein. Von Süssigkeiten sah sie ganz ab. Im Alter brauchte sie nicht mehr so viel wie früher, war sie überzeugt.

Sie hob den Hörer von der Gabel. «Herr Huber, schön, dass Sie mich wieder anrufen.» Sie hätte die Welt umarmen können.

«Hallo?», kam es wenig begeistert zurück.

«Hallo?» Frieda nahm den Hörer von ihrem Ohr und sah ihn fragend an, als hätte sie die Antwort auf dessen grauer

Oberfläche gefunden. Sie hielt ihn wieder ans Ohr. «Spricht dort nicht Herr Huber vom Tiefbauamt?»

«Grosi?»

«Oh … Sie haben sich verwählt.»

«Ist Grosi am Telefon?»

«Auch ein Grosi, aber nicht Ihres. Mit wem spreche ich denn?»

«Ich bin's. Erinnerst du dich?»

Manuel. Der konnte es unmöglich sein. Sie kannte seine Stimme. Florian vielleicht. Von dem hatte sie schon länger nichts mehr gehört. Am ehesten noch Kevin, der Hofnarr der Familie. Dass er seine Stimme verstellte, war ihm durchwegs zuzutrauen. «Kevin?», fragte sie.

«Ja, ich bin es, Kevin.»

«Hör zu, Kevin, wo immer du dich gerade aufhältst. Ich erwarte einen Anruf. Können wir nachher miteinander telefonieren?»

«Das geht nicht … ich, ich stecke in Schwierigkeiten.»

«*Wo* steckst du?»

«Ich habe ein Problem.»

Frieda sah auf ihre Armbanduhr und wurde nervös. Wenn sie den Job nicht erhielt, würde ihn Kurt an ihrer Stelle bekommen. Das durfte sie nicht zulassen. *Sie* war an der Reihe. Das war so abgemacht.

«Ich brauche Geld. Kannst du mir welches borgen?»

Das war ihr noch nie passiert, dass sie von einem ihrer Enkelkinder um Geld angefleht wurde. Zudem war sie gegenüber den Söhnen ihrer Kinder immer grosszügig.

Moment! Frieda überlegte. Geld. Enkel. Eine ihr unbekannte Stimme am Telefon. Da war etwas faul an der Sache. Erst noch hatte sie einen Flyer gelesen, in dem auf die Gefahren von Trickbetrügern aufmerksam gemacht wurde. Bahnte sich da etwas an? Wollte man sie zum Opfer machen? Das hatte ihr gerade noch gefehlt. «Selbstverständlich werde ich dir helfen. Wie viel brauchst du denn?»

«Zehntausend. Du bekommst es wieder. Aber ich werde

erpresst und muss es haben. Mein Leben hängt an einem seidenen Faden. Man will mich sonst umbringen …»

«Hast du deine Eltern schon gefragt?» So schnell wollte sich Frieda nicht überlisten lassen. Das wäre sonst aufgefallen.

«Ich erreiche sie nicht … bitte.»

«Wohin soll ich das Geld senden?»

«Ein Freund wird es für mich abholen. Ich kann hier nicht weg.»

«Ein Freund. Ist das nicht grob fahrlässig? Einem Freund so viel Geld anzuvertrauen?»

«Ich kann mich zu hundert Prozent auf ihn verlassen.»

«Und wer ist dieser Freund?»

«Sein Name ist … Alexander.»

Hatte Frieda nicht ein Zögern bemerkt? Vergessen war der erwartete Anruf, die Verkehrsregelung auf der Zürichstrasse, der Bilderbuchtag. Das hier sah nach einer interessanten Abwechslung aus. «Er soll morgen Mittag hier vorbeikommen», sagte sie selbstbestimmt. «Ich werde das Geld abheben.»

Fast frohlockend verabschiedete sie sich von Kevin, der mit Sicherheit *nicht* ihr Enkel war.

***

«Die Resultate aus dem Labor sind eingetroffen», leitete Valérie die Teambesprechung am Nachmittag ein. «Etwas verspätet. Doch nun haben wir die Gewissheit. Bei der Leiche aus dem Sihlsee handelt es sich um die Witwe Gertrud Benziger aus Einsiedeln, geborene Müller. Ihre DNA weist Ähnlichkeit mit der DNA ihrer Tochter Maria auf. Zudem hat man in ihrem Haus Sekrete und Haare sichergestellt, deren genetischer Fingerabdruck zu einer hundertprozentigen Übereinstimmung mit der Toten führte.» Valérie stiess einen tiefen Seufzer aus. Wenigstens etwas, dachte sie. Befriedigend war dieser Befund nicht. Spuren des Täters wären ihr lieber gewesen und dazu gleich eine Konformität auf der Datenbank. Sicher war sie sich jedoch nicht, dass es sich um einen Wiederholungstäter handeln könnte. «Zeugen konnten bislang keine gefunden werden», fuhr sie fort. «Niemandem ist aufgefallen, als Frau Benziger das Haus verliess, ob allein oder in Begleitung. Einzig ein Schal, den sie, gemäss ihren Freundinnen, niemals aus der Hand gegeben hätte, lässt vermuten, dass etwas nicht mit rechten Dingen zugegangen war. Möglicherweise wurde sie gegen ihren Willen weggebracht. Im Haus selber wurden keine Spuren gefunden, die darauf hindeuten, dass man sie dort umgebracht hatte. Es gibt keine Hinweise auf einen Einbruch. Lediglich ein Glas, das in der Geschirrspülmaschine gefunden wurde, und eine leere Weinflasche beim Abfall bezeugen, dass sie den Wein, den sie gemäss Obduktion im Magen hatte, zu Hause getrunken hatte.» Valérie nahm einen Stift zur Hand und ging damit zum Flipchart. «Heute ist der fünfte Tag nach dem grausamen Verbrechen, und wir stecken nach wie vor in einer Sackgasse. Wir haben eine kopflose zerteilte Leiche und kein Motiv. Weder das Brandmal noch der Herrenring liefern uns Indizien. Wir wissen lediglich, dass Gertrud Benziger sehr religiös war, regelmässig Geld abhob und es weiss ich wohin verschenkte.» Sie notierte auf dem Flipchart: Stiftung Elfenbeinküste. «Unser Opfer hat da regelmässig Geld einbezahlt. Ich möchte erfahren, wer der Kopf dieser Organisation ist und was mit dem Geld geschieht.» Valérie räusperte sich. «Fakt ist, dass es ein Testament oder einen Entwurf davon gibt, in dem das Kloster Einsiedeln als Erben vorgesehen ist. Die Vermutung liegt nahe, dass jemand aus der Familie genau das verhindern wollte. Doch weder Maria noch Pascal kommen dabei in Frage. Zur Tatzeit haben sie einwandfreie Alibis. Dies bezeugen Nachbarn von Maria Benziger, die sie und ihren Sohn an besagtem Mittwoch bis spät in die Nacht hinein in ihrem Wohnzimmer beobachtet hatten. Bedingt durch die fehlenden Vorhänge hätten sie sich geradezu ausgestellt.» Valérie hielt inne. Sie fühlte sich müde und ausgelaugt. Die letzten zwei Tage hatten sie auch privat gefordert. Heute Abend hatte sich Colin angemeldet. Sie wusste noch nicht, wo sie das Nachtlager für ihn aufschlagen würde. Sie musste eine Lösung haben. Fehlte noch, dass ihre Dreieinhalbzimmerwohnung als WG hinhalten musste. «Ist Gertrud Benzigers Testament nun gültig, oder wurde der Notar gefunden und gesprochen, der es beglaubigt hat?» Valérie warf Louis einen fragenden Blick zu.

Louis sass neben Fabias leerem Stuhl, wo sie gewöhnlich ihren Platz einnahm. Valérie hatte das Drama um die Kollegin verschwiegen. Es reichte, wenn Fabia dieses ausbaden musste. Niemand hatte explizit nach ihr gefragt. Sie sei krank, hatte Valérie durchblicken lassen, was in einem gewissen Sinne auch stimmte.

«Er ist Notar in Schwyz», sagte Louis. «Es gibt ein Testament, das besagt, dass Maria Benziger und das Kloster Einsiedeln zu je der Hälfte erben. Wie er mir erklärte, hat das aktuell gültige Testament ein vorhergehendes ersetzt.»

«Warum erfahre ich das erst jetzt?» Valérie musste sich zusammenreissen, dass sie nicht ungehalten reagierte. Sie erinnerte sich, dass Maria Benziger von einem Testament erzählt hatte, in dem sie und ihr Sohn erben würden. Hatte ihre Mutter das Testament ohne ihr Wissen wieder geändert? Und was hatte es mit dem Testamentsentwurf auf sich, in dem die Benediktinermönche als Erben vorgesehen waren und Maria nur den Pflichtteil erhalten sollte?

«Ich weiss es auch erst seit heute Vormittag», sagte Louis.

«Das nächste Mal möchte ich gleich informiert werden.» Valérie schluckte den Ärger hinunter.

Louis verzog seinen Mund zu einer Schnute. «Sorry, aber ich dachte, dass wir uns deswegen hier treffen, damit wir ebendiese Dinge besprechen.»

«Ja, natürlich.» Valérie wollte nicht zugeben, wie sehr sie unter der Tatsache litt, dass nichts vorwärtsging. Daran, dass ihr die Hände gebunden waren, um das Umfeld der Benediktinermönche zu erforschen, nagte sie am allermeisten. Der Richter hatte einen entsprechenden Vorstoss abgelehnt. Das Brandmal mit dem Benediktussegen sei kein Grund, das Kloster zu durchsuchen, hatte er ihr in einer Mail mitgeteilt.

Dabei hatte Valérie lediglich gebeten, die Befragungen im Zusammenhang mit der Toten Richtung Kloster ausdehnen zu dürfen. Selbst Zanetti, der zum Richter einen guten Draht hatte, war es nicht gelungen, ihn von Valéries Vorhaben zu überzeugen. Fakten mussten her. Bislang fehlten diese.

Auch Pater Bernhard, mit dem Valérie und Fabia am Freitag gesprochen hatten, war auf einmal nicht mehr erreichbar. Er sei auf unbestimmte Zeit verreist, hiess es.

«Warten wir also ab, bis der Mörder ein zweites Mal zuschlägt», hatte Valérie in einem Anflug spontanen Wutausbruchs getobt. «Ich möchte nicht dafür verantwortlich gemacht werden. Aller Heiligkeit zum Trotz sollten wir die Mönche nicht ausschliessen. Gertrud Benzigers Letzter Wille, wenn er denn seine Gültigkeit erlangt hätte, ist Grund genug, einen kritischeren Blick hinter die Klostermauern zu werfen.»

Es klopfte. Valérie schüttelte ihren Kopf, als müsste sie die Gedanken wegwerfen, in die sie eben erst eingetaucht war.

Die Tür ging auf. Unter dem Türrahmen stand Dominik Fischbacher. Valérie hatte ihn seit zwei Tagen nicht mehr gesehen. Er sei parallel zu ihrem an einem andern Fall dran, in dem es um einen Mord im Milieu ging, hiess es. Doch Valérie vermutete, dass er sich seiner Gesundheit wegen weniger blicken liess. Sie wusste von seiner Frau, dass es ihm nicht gut ging, was er selbst jedoch nicht zugab.

Valérie las in seinen Augen, dass etwas Schlimmes geschehen sein musste. Entgegen ihren Befürchtungen, dass er unter der offenen Tür würde stehen bleiben, trat er ins Sitzungszimmer mit jener stolzen Haltung, die er immer trug. Er stellte sich ans Kopfende des Tisches und bedachte seine Leute mit einem ernsten Blick. «Soeben erhielt ich eine Meldung von der Streife in Einsiedeln.» Er liess den Satz nachwirken. «Am Sihlsee wurde eine weitere Leiche gefunden.»

Die Stille, die sich im Raum ausbreitete, hatte etwas Unwirkliches an sich. Jeder hielt den Atem an. Man hätte sogar eine Fliege husten hören.

Valérie fand als Erste die Worte. «*Am* Sihlsee?»

«Unterhalb des Viadukts», sagte Fischbacher.

«Die ganze Leiche?» Jetzt ist der Worst Case eingetroffen, dachte Valérie und überlegte, wie sie ihn hätte verhindern können. Da hatte ein Brief auf ihrem Pult gelegen. Heute Mittag, als sie vom Essen in der Pizzeria zurückgekehrt war. Sie hatte dem vorerst keine Beachtung geschenkt. Werbung, hatte sie gemeint. In letzter Zeit flatterten die unmöglichsten Reklameprospekte ins Haus. Sogar bis zur Polizei. Die bedurfte vielleicht keiner Relevanz, trotzdem hätte sie sich für ihr Versäumnis rügen können.

«Der Kopf fehlt. Ansonsten sei der Körper unversehrt, sofern man bei einer kopflosen Leiche, die eine Zeit lang im Wasser gelegen hat, von Unversehrtheit sprechen kann.»

«Als hätte er keine Zeit gefunden, ihn zu zertrennen», stellte Louis fest.

«Wer ist es?» Valérie musste sich setzen.

«Eine Frau, sagte man mir.» Fischbacher fuhr sich nervös über den Mund. «Mehr weiss ich auch nicht. Ihr solltet möglichst schnell dorthin. Den Kriminaltechnischen Dienst habe ich bereits aufgeboten. Der Staatsanwalt ist informiert.»

SIEBEN

Ein anderes Bild. Gestochen scharf das Klare dieses späten Nachmittags. Über die Viaduktstrasse rollte ein Auto mit Anhänger. Eine friedliche Stimmung, die jedoch etwas abgründig Pervertiertes in sich trug.

Valérie spürte es.

Aus jedem Grashalm schien es zu kriechen. Die Natur hauchte den Tod aus – an diesem Frühlingstag.

Die Wiese links der Brücke war weiträumig mit Flatterbändern abgesperrt. Eine hellgraue Plane bedeckte den Ort am Ufer, wo ein Anwohner auf die kopflose Leiche gestossen war. Henry Vischer stand im Einsatz und betreute ihn psychologisch. Von überall her trafen Gaffer ein mit Handys bewaffnet. Einige schossen Fotos.

Valérie verharrte unschlüssig vor dem Eingang zum Zelt. Sie hatte Schuler und seine Leute vorgehen lassen. Sie sicherten Spuren, fotografierten, hielten Dinge mit der Kamera fest, die vielleicht erst beim Kriminaltechnischen Dienst in Schindellegi eine Bedeutung bekamen.

Auch Res Stieffel war schon da. Kurz nach Valérie angekommen. Er hielt sich bei der Leiche auf, führte die Legalinspektion durch.

Valérie wartete. Sie hatte sich einen Overall übergezogen. Unschlüssig war sie, ein wenig gehemmt. Hatte sie komplett versagt? Sie hätte das Couvert auf ihrem Pult öffnen, Pascal herzitieren und alles strukturierter angehen müssen. Ihre Reaktion war dem Denken vorausgeeilt. Keine gute Voraussetzung für ein professionelles Vorgehen. Nicht so, wie man es von ihr gewohnt war. Sie machte sich Vorwürfe. Sie machte sich immer Vorwürfe, wenn es in einem laufenden Fall noch mehr Tote gab.

Sie beobachtete Henry Vischer, der sich mit dem älteren Mann unterhielt, wie Louis danebenstand und Fragen stellte.

Wie sich uniformierte Polizisten tummelten, wo fremde Leute wie eine Invasion über die Wiese hereinbrachen. Katastrophentourismus. Sie hielt Ausschau nach der Presse, nach einem Journalisten, den sie vom Sehen kannte. Die Nachricht um das zweite Opfer hatte noch niemanden von der Zeitung erreicht. Valéries Puls schlug schnell. Alles wirbelte in ihr drin. Eine Spirale, die sie in den Boden zog, in das Grün mit dem Löwenzahn, wo die gelben Blütenblätter Fratzen bekamen.

Sie betrat das Zelt.

Res Stieffels Körper verdeckte die Brust der Leiche und das, was dort nicht mehr vorhanden war. Wenigstens hatte der Täter sie nicht ausbluten und unsinnig leiden lassen, wenn er denn den Tod von ihr gewollt hatte, überlegte Valérie.

Mann zwischen zwanzig und vierzig, waren die ersten zaghaften Annäherungen an ein Täterprofil gewesen. Der Fall in Bayern hatte massgeblich dazu beigetragen, um überhaupt einen Versuch zu wagen. Ein Mann ohne schulischen Abschluss, demotiviert mit emotionaler Instabilität, verminderter Impulskontrolle und Hang zur Gewalt. Henry Vischer war dabei weitergegangen und hatte von einer schizoiden Persönlichkeitsstörung gesprochen. Er leide unter einem abnormen pathologischen Aggressionsverhalten bar jeder Achtung vor dem menschlichen Leben.

Eine Wiederholung der Tat sei nicht ausgeschlossen.

Er hatte wieder zugeschlagen. Wieder gemordet. Wieder eine Frau enthauptet.

Valérie blieb hinter Stieffel stehen. Sie wartete, bis er sich nach ihr umdrehte. Seine zweite kopflose Leiche. Bekundete er auch diesmal Mühe damit?

Noch hallten seine Worte in ihr nach. Dass ihn der Fall ziemlich mitnehme. Er hatte nicht annähernd so seltsam reagiert, damals, als man in Muotathal eine geschändete Kinderleiche gefunden hatte.

Er drehte sich langsam zu ihr um. Der weisse Overall liess bloss seine Augen erkennen. Er trug eine Brille. Sein Blick war kritisch. «Du kannst sie jetzt anschauen. Vom Hals an abwärts. Sie ist angezogen. Sie trägt lediglich ein Nachthemd, das ihr jedoch bis zu den Knöcheln reicht. Der Untersuchung wegen musste ich es hochschieben.»

Hatte man das Opfer aus dem Bett geholt? Oder absichtlich ein Nachthemd angezogen, um falsche Spuren zu legen? Spuren zu verwischen?

«Keine sexuell motivierte Tat», folgerte Valérie.

«Was bei der letzten auch nicht der Fall war.»

«Wohl des Alters wegen.» Valérie liess ihren Blick über den toten Körper schweifen. Von der Taille an abwärts sah er wächsern aus. Das Blut hatte sich auf der dem Boden zugewandten Seite angesammelt. Stieffel hatte die Leiche kurz gedreht, um sie danach in ihre ursprüngliche Lage zurückzubewegen. Totenflecke waren sichtbar, Bauch und Brust mit roten Pusteln übersät. «Wie alt schätzt du sie?»

«Schwer zu sagen. Der Körper lag zur Hälfte im Wasser. Die Haut hat sich schon stark verändert. Trotzdem wage ich zu sagen, dass sie zwischen fünfundvierzig und fünfundfünfzig ist. Vielleicht auch älter. Den genauen Befund werde ich dir nach der Obduktion liefern können, wenn ich die Organe begutachtet habe.»

«Todeszeitpunkt?»

«Vor vierzehn bis achtzehn Stunden. Die Nekrophagen sind bereits im Anflug.»

«Bei dem Wetter?» Valérie schätzte die Temperaturen zwar über zehn Grad, aber nicht genug hoch, um Schmeissfliegen anzulocken.

«Die sind schnell zur Stelle, wenn ein Körper verwest.»

«Also gestern Nacht. Sonst noch etwas, was für uns relevant sein könnte?»

«Sie hatte eine Blinddarmoperation.»

«Und?»

«Kein Ring.»

«Aber?»

«Ein frisches Brandmal auf der linken Brust.»

«Verdammt!»

«Crux Sancti Patris Benedicti.»

Valérie rammte ihren rechten Fuss heftig in den Boden.

***

«Ist Fischbacher noch im Haus?» Valérie rannte wie eine Furie durch den Korridor.

«Weiss nicht», sagte eine junge Polizistin, die sie hier noch nie gesehen hatte.

Vor Fischbachers Büro blieb sie stehen. Sie atmete tief durch, bevor sie anklopfte. Nachdem sie keine Antwort bekommen hatte, drückte sie die Türfalle nach unten. Geschlossen. Sie hatte damit gerechnet. Fischbacher hatte sich zurückgezogen, nachdem er ihr die Direktiven erteilt hatte, an den Sihlsee zu fahren.

Sie ging auf das Stockwerk, wo ihr Büro lag. Sie wollte ihren Chef vom Festnetz aus anrufen, damit er nicht auf die Idee kam, ihren Anruf zu unterdrücken. Sie hatte keine Erklärung dafür, aber Fischbacher nahm das Wort Feierabend wörtlich.

Valérie hatte eine Mordswut im Bauch.

Nach dem vierten Klingeln nahm Luzia ab. Fischbachers Frau. Bilderbuchmutter von vier gut geratenen jungen Männern – alle studiert oder noch im Studium. Luzia. Schutzschild ihres Mannes, sollte ihn in der Freizeit jemand stören wollen. Auch an Wochenenden passte sie wie ein Schiesshund auf. Valérie kannte sie, weil sie bei der Familie Fischbacher schon mehrmals zum Essen eingeladen gewesen war. Damals, bevor sie Zanetti kennengelernt hatte. Luzia beherrschte alle Kochkünste der Welt. Sie hatte auch sonst Qualitäten, um die Valérie sie beneidete. Sie hielt ihre Familie zusammen und verteidigte sie, wenn es gefährlich wurde. Sie hatte den Mut, ihr Herz auszuschütten, wenn es um die Gesundheit ihres Ehegatten ging. Nur manchmal übertrieb sie. Das nahm Valérie ihr nicht übel. Hinter jedem erfolgreichen Mann steht eine starke Frau, dachte sie.

«Ist Dominik bei dir?»

«Wir essen gerade.»
Valérie sah auf die Uhr. Halb neun. «Entschuldige, aber ich muss ihn dringend sprechen.»
Auf der andern Seite der Leitung wurde geschwiegen.
«Luzia? Bitte, es ist dringend ...»
«Warte mal!», sagte sie schnippisch. Da war jemand sauer.
Valérie trommelte nervös auf die Tischplatte. Dabei fiel ihr erneut das Couvert auf, in dem sie Werbung eines Juweliers vermutete. Sie hatte es vergessen. Sie klemmte den Telefonhörer zwischen Ohr und Schulter, riss den Umschlag auf, zog einen Bogen Papier heraus und las. Das war keine Werbung. Aber endlich ein kleiner Lichtblick. Der Verkäufer des Rings, den man Gertrud Benziger vom Daumen genommen hatte, hatte sich gemeldet, nachdem er den Ring in den Medien wiedererkannt hatte. Vierzehn Karat Gelbgold, stand da. Legierung: vierzehn Karat Gelbgold punziert. Besatz: Lapislazuli. Wie Valérie vermutet hatte. Mit dem eingravierten Namen «Ferdi». Der Preis jedoch war wesentlich tiefer als angenommen.
«Fischbacher.»
Valérie legte den Papierbogen zurück. «Dominik, gut dass ich dich erreiche.» Ihre anfängliche Wut hatte sich gelegt, zumal die Expertise des Juweliers einen kleinen Fortschritt in den Ermittlungen versprach.
«Luzia sagte mir, du seiest nicht abzuwimmeln gewesen.»
«Da übertreibt sie.»
«Wie kann ich dir helfen?»
«Ich brauche endlich einen Gerichtsbeschluss für die Befragung der Mönche.» Valérie unterliess es, Fischbacher nach seinem Befinden zu fragen. Arbeitete man an einem Fall wie dem aktuellen, liess sie keine Ausreden gelten. Dann forderte sie einen hundertprozentigen Einsatz, auch wenn er ihr Chef war. Sie war schon bei Fabia weich geworden. Fabias Bitte hatte an ihren Mutterinstinkten gerüttelt. «Der Richter soll endlich den Finger ... du weisst schon. Wenn du ihm nicht Dampf machst, werde ich es tun. Aber dann wird es unschön. Ich habe

keine Ahnung, weshalb er mit dem Wisch nicht herausrückt. Wir haben eine weitere Leiche, auf der unverkennbar der Benediktussegen eingebrannt ist. Ich bringe den Gedanken nicht los, dass wir diesen Mord hätten verhindern können.»

«Vielleicht hätten wir die Pressekonferenz doch heute durchführen sollen», wich Fischbacher aus.

«Das war *dein* Entscheid, es nicht zu tun», sagte Valérie.

Sie hörte, wie Fischbacher sich räusperte. «Es ist nicht unbedingt mein Job», wich er aus, «Gerichtsbeschlüsse einzufordern ist Sache der Staatsanwaltschaft.»

«Ich gehe davon aus, das habt ihr untereinander abgesprochen.»

«Wir werden wohl nicht mehr darum herumkommen, die Medien mit einzubeziehen.»

«Komm auf den Punkt, Dominik. Kümmerst du dich um den Beschluss?» Valérie überlegte. «Morgen Nachmittag wird es ein Statement für die Presse geben. Ich kann es vorbereiten. Aber ich werde nicht anwesend sein.»

Sie hörte Fischbacher vor sich hin murmeln.

«Was?»

«Der Chef Kommunikation ist in den Ferien.»

«Das darf nicht wahr sein. Ich habe ihn letzte Woche erst noch gesprochen. Hat er keine Vertretung?»

«Doch, zudem kannst du mit *mir* rechnen.»

«Und die richterliche Genehmigung?»

«Nehme auch ich in die Hand.»

Valérie bedankte sich. Fischbacher tat ihr ein wenig leid. Er würde bestimmt von Luzia einen Rüffel bekommen.

Sie widmete sich erneut dem Brief des Juweliers. Die Kopie einer von Hand geschriebenen Quittung lag bei, datiert auf den 17. Mai 1965. Der Käufer hiess Ferdinand von Euw. Damals hatte er in der Benzigerstrasse in der Nähe des Dioramas Bethlehem in Einsiedeln gewohnt. Das Museum mit der grössten Weihnachtskrippe der Welt war, wie es schien, ein Adresszusatz.

Endlich ein Dokument mit Hand und Fuss, dachte Valérie.

Sie setzte sich ans Pult und startete den PC auf. An besagter Adresse fand sie keinen Namen, der auf Ferdinand von Euw hinwies. Dieser hatte vor über fünfzig Jahren den Ring aufgrund eines Geschenks mit seinem abgekürzten Vornamen eingravieren lassen. Für die damalige Zeit hatte der Ring sicher ein Vermögen gekostet. Möglicherweise war von Euw heute zwischen siebzig und neunzig oder lebte nicht mehr. Wer aber war seine damalige Geliebte gewesen, der er diesen groben Ring geschenkt hatte? Valérie glaubte nicht daran, dass er diesen Ring für sich selbst gekauft hatte. Verlobt oder verheiratet war er auch nicht gewesen, sonst hätte er mit Sicherheit seinen und den Namen seiner Frau eingravieren lassen. War Gertrud Benziger die Glückliche gewesen? Wo aber war der Ring in der Zwischenzeit gewesen? Weder ihre Freundinnen noch ihre Tochter erinnerten sich an einen solchen.

Valérie versuchte es mit verschiedenen Kombinationsmöglichkeiten. Sie kam zu dem Schluss, dass dieser Ferdinand alias Ferdi etwas mit der ersten Toten zu tun haben könnte. Hatte der Mörder ein Zeichen gesetzt und gewollt, dass man auf den Ring nebst dem Brandmal in der Form des Benediktussegens stösst? Dagegen sprachen die Steine, an denen die Leichenteile befestigt gewesen waren.

Valérie war sich trotzdem sicher, dass die Spur ins Kloster Einsiedeln führte.

Wer aber war die zweite Frau? Hatten die beiden Leichen etwas miteinander zu tun? Oder lag Vischers Vermutung nahe, dass es sich beim Täter um einen Besessenen handelte, der aus der puren Lust am Töten mordete? Gehörte er zu jenen Psychopathen, die nach ihrem ersten Mord die letzte Hemmschwelle überschritten? Erlebten sie dabei eine Art Befriedigung? Kam der Akt des Tötens einem sexuellen Höhepunkt gleich?

Warum hatte er dieses Zeichen gesetzt? Letztendlich für sich selbst.

Dieses Zeichen war das Rätsel, das es zu lösen galt, sonst würde ein stetes Geheimnis bleiben. Wieder kam Valérie auf die Benediktinermönche. Das Brandmal musste, wenn auch ein unfreiwilliger Hinweis dafür sein, dass sie dort suchen musste. Sie griff nach dem Telefon und wählte Maria Benzigers Nummer. Sie vernahm nur die Combox. Sie unterliess es, darauf zu sprechen. Valérie suchte im digitalen Telefonbuch und wurde fündig. Maria Benziger besass einen Festnetzanschluss. Valérie tippte die Nummer ein, liess es klingeln und wartete so lange, bis der Hörer endlich abgehoben wurde.

«Benziger.» Es war Pascal, der gereizt klang. Und heiser.

«Hier ist Valérie Lehmann.» Sie hatte nicht mit ihm gerechnet. «Mit Ihnen hätte ich auch gern gesprochen», sagte sie trotzdem. «Warum sind Sie nicht, wie Ihre Mutter, auf dem Polizeirevier erschienen?»

«Es ging mir nicht gut am Samstag. Ich hatte Fieber und den Husten, was Sie bestimmt immer noch aus meiner Stimme hören.» Als müsste er das Gesagte unterstreichen, bellte er ins Telefon. «Sorry, muss mich erkältet haben.»

«Ist Ihre Mutter da?» Valérie bedauerte, dass sie über Maria Benzigers Sohn keine Recherchen angestellt hatte. Er wohne und arbeite in Pfäffikon, hatte die Lehrerin in Alpthal erzählt. Es sah eher danach aus, als liesse sich Pascal von seiner Mutter aushalten. Dass man die beiden zusammen sah, war gewiss nicht nur auf Besuche zurückzuführen. Pascal wohnte offenbar in Trachslau. Valérie musste sich Gewissheit verschaffen.

«Meine Mutter?», krächzte Pascal ins Telefon. «Nein, sie ist weg. Kann ich ihr etwas ausrichten?»

«Das würde ich gern persönlich tun. Wissen Sie, wann Sie nach Hause kommt?»

«Keine Ahnung. Vielleicht hat sie sich nach dem Unterricht in Alpthal mit ihrer Kollegin getroffen. Sie gehen oft einen hinter die Binde kippen.»

Valérie schluckte leer. Maria hatte eben erst ihre Mutter verloren, und sie ging mit ihrer Kollegin aus. Vielleicht wollte sie auch einfach nur vergessen oder sich trösten lassen. «Sollte sie zur christlichen Zeit nach Hause kommen, richten Sie ihr aus, sie soll mich umgehend anrufen.»

«Und bis wann reicht … Ihre *christliche* Zeit?» Pascal bekam einen Hustenanfall.

«Bis Mitternacht.» Valérie verabschiedete sich.

Plötzlich schoss es ihr heiss über den Rücken. Heute war Montag, und Colin war bestimmt schon in der Rubiswilstrasse eingetroffen. Dort war Fabia mit ihrer Tochter. Und wenn ihr Gefühl sie nicht täuschte, würde auch Emilio vor Ort sein. Was musste Colin von ihr denken? Valérie wählte Colins Nummer. Erfolglos. Er hatte das iPhone ausgeschaltet.

Es war kurz nach zweiundzwanzig Uhr, als Valérie ihren Wagen auf dem Aussenplatz parkte. Sie wollte gerade den Motor abstellen, als sie im Scheinwerferlicht etwas Sonderbares erspähte. Sie kniff die Augen zusammen. Auf der Höhe der Gebüsche, die den Parkplatz einzäunten, sah sie auf ein Schild. Das war am Morgen noch nicht da gewesen. Ihr Vor- und Nachname standen darauf und auf der zweiten Linie «Kantonspolizei Schwyz».

Das war sicher Frau Annens Werk. Valérie bezweifelte allerdings eine freundlichere Gesinnung der Frau ihr gegenüber. Ob sie ihr nach der letzten Begegnung eines auswischen wollte? Doch so intelligent schätzte Valérie sie nicht ein. Sie ging eher davon aus, dass Frau Annen eine Schraube locker hatte. Sie drehte den Zündschlüssel. Der Motor erstarb. Valérie verliess den Wagen. Sie schaute über die Fassade nach oben, wo sich Frau Annens Wohnung befand. Dort lag alles im Dunkeln. Aber auf ihrem eigenen Stockwerk war es hell beleuchtet. Valérie betrat das Treppenhaus. Sie ging nach oben. Vor ihrer Wohnungstür blieb sie stehen, weil sie von innen Gelächter vernahm.

Sie drückte die Türfalle, stiess die Tür auf, da kam Olivia ihr entgegengerannt.

Valérie fing sie auf. Was war denn hier los? Sie nahm die Kleine auf den Arm und ging mit ihr in die Küche.

Dort sassen Colin, Fabia – und Louis.

Valérie stand da, mit dem Kind und offenem Mund. Sie

fand keine Worte. Vorerst. Niemand beachtete sie. Auf dem Tisch standen Bierdosen, offensichtlich auch leere. Eine Flasche Sliwowitz, was sie auf der Etikette erkannte. Nicht der Obstbrand, den sie in ihrer Hausbar lagerte. Jemand musste diese Flasche mitgebracht haben. Die Stimmung war entsprechend lustig. Colin und Louis wandten Valérie den Rücken zu. Fabia war durch beide zur Hälfte verdeckt. Am lautesten lachte Colin. Er war ziemlich betrunken.

Valérie sah rot. Dunkelrot.

«Um diese Zeit müsste das Kind schon längst im Bett sein!», sagte sie resolut.

Augenblicklich herrschte Schweigen.

Alle Augen waren auf Valérie gerichtet. Während Colin schuldbewusst den Kopf einzog, war Louis erstarrt. Fabia nahm Olivia entgegen, die ihr Valérie über den Tisch reichte.

«Kann mir jemand erklären, was das hier soll?» Valérie beherrschte sich, ihre Stimme auf normaler Lautstärke zu halten.

Fabia fand als Erste die Worte. «Es ist nicht so, wonach es aussieht.»

«Ach nein? Ich sehe meinen Sohn nicht total besoffen, Olivia schläft tief und fest, und Louis bilde ich mir wahrscheinlich nur ein, ebenso den Sliwowitz. Ich habe heute auch gar viel gearbeitet. Mein Gehirn produziert deswegen Trugbilder.»

Louis erhob sich, streckte seinen linken Arm nach ihr aus. «Tut mir leid. Ich hätte nicht hierherkommen dürfen.»

«Da muss ich dir recht geben. Soweit ich mich erinnere, habe ich dich nicht eingeladen.»

«*Ich* war es», sagte Fabia kleinlaut. «Nachdem Colin hier aufgetaucht war, dachte ich, dass ich mir eine andere Bleibe suchen sollte –»

«Da fiel dir natürlich Louis ein», fuhr Valérie ihr ins Wort. «Schade, dass du diese Erleuchtung nicht schon früher hattest. Dann hätten wir einiges umgehen können … vor allem das hier.» Sie zeigte auf Colin, der seinen Kopf auf die Arme gelegt hatte. Er war so zugedröhnt, dass sich Valérie ernsthaft Sorgen um ihn machen musste.

Colin blinzelte sie an. «*Je vais bien, Maman.* Mir geht es gut.» Sein langsames Artikulieren bewies das Gegenteil.

«Wir sprechen uns noch.»

«Ich werde Fabia zu mir nach Hause nehmen.» Louis wollte mit seinem Vorschlag der angespannten Situation entgegenwirken.

Valérie zog ihn am Arm hinaus auf den Flur. «Wie viel hat Colin getrunken?»

«Ich weiss nicht. Ein, zwei Bier vielleicht?»

«Louis, du kannst mir einen andern Bären aufbinden. Schau dir meinen Sohn an.»

«Ich schwöre, er hatte keinen Schnaps. Zumindest ist es mir nicht aufgefallen. Die Flasche war schon halb leer, als ich sie hierherbrachte.»

«Mit welchen perfiden Absichten!» Valérie musste sich einmal mehr zusammenreissen, um nicht laut zu werden.

«Wir gehen jetzt», sagte Louis, als wäre er sich keiner Schuld bewusst. «Ehrenwort. Ich hatte Colin im Auge. Er trank nur Bier.»

«Und ist deswegen so neben der Spur?»

Louis wiederholte, dass nur er und Fabia von dem Obstbrand getrunken hatten. Valérie glaubte es ihm nicht.

Sie brauchte jetzt ihre Ruhe. Und vor allem Zeit für Colin. Sie musste mit ihm sprechen, ihn über gewisse Dinge aufklären. Obwohl sie ihren Sohn durchaus gewieft und intelligent sah, würde sie nicht darum herumkommen, ihm ein paar Lebensweisheiten mit auf den Weg zu geben. Das nachzuholen, was sie in den letzten Jahren versäumt hatte. Dieses Vorhaben würde sie auf den nächsten Morgen verschieben. Colin musste zuerst seinen Rausch ausschlafen.

Innerhalb von zehn Minuten war die Küche geräumt. Fabia, die ihr Gepäck im Korridor bereitgestellt hatte, zog Olivia eine Wolljacke an. Colin entsorgte torkelnd die leeren Bierdosen im Abfall. Louis stand wie ein geprügelter Hund daneben.

Valérie hatte nur ein müdes Lächeln für ihn übrig.

Eigentlich fand sie die Situation zu komisch. Am liebsten

hätte sie laut hinausgelacht. Aber sie hätte dabei den Respekt von Colin verloren.

Etwas später war der ganze Spuk vorbei.

Colin war mitsamt den Kleidern aufs Bett gefallen, wo er nun wie in Narkose schlief. Valérie liess sich Zeit beim Duschen.

ACHT

Die Nacht hätte sie gern ungeschehen gemacht. Kaum hatte sie sich zum Schlafen gelegt, hörte sie ein Poltern aus Colins Zimmer. Wie von der Tarantel gestochen sprang Valérie aus dem Bett. Im Flur stiess sie auf ihn, der es gerade noch schaffte, die Gästetoilette anzupeilen. Während gefühlter fünf Minuten hörte Valérie Colin sich erbrechen und war nicht fähig, das Klo zu betreten. Ihr einziger Gedanke war: Hoffentlich hat er die Schüssel nicht verfehlt. Valérie liess sich langsam der Wand entlang auf den Boden sinken. In kauernder Stellung wartete sie, während sie darüber nachdachte, wie sie Louis und Fabia zurechtweisen wollte. Noch immer fand sie es anmassend, was sich die beiden erlaubt hatten.

Colin trat kalkweiss und zitternd vor die Tür. Er sah aus wie ein Gespenst. «*Maman*, mir ist ... so schlecht.»

Das hätte er ihr nicht zu sagen brauchen. Sein Aussehen sprach Bände. Valérie erhob sich, packte ihn unter den Armen und führte ihn zurück ins Bett. Sie dachte nicht mehr daran, der Situation wegen zu lächeln. Das nackte Grauen hatte sich zurückgemeldet. Alles wegen Fabia und Louis. Vor allem wegen Louis, der Valéries Abwesenheit dazu ausgenutzt hatte, in ihre Wohnung einzudringen. Oftmals hatte er versucht, sie am Wochenende mit frischen Brötchen zu ködern, in der Zeit, als Zanetti noch kein Thema war. Valérie hatte nicht eingesehen, weshalb sie ihm hätte Einlass gewähren sollen. Ihre Abwesenheit hatte er nun schamlos ausgenutzt. Ihr Privatleben ging Louis nichts an. Auf Fabia war sie genauso sauer. Sie hatte Valéries Grosszügigkeit missbraucht. Ihre Ausrede war mehr als fadenscheinig gewesen.

Colins Wangen glühten jetzt.

«Wie viel, verdammt noch mal, hast du gebechert?» Valérie fühlte sich masslos überfordert. Mit betrunkenen Pubertierenden hatte sie genauso viel Ahnung wie ein Elefant vom Fliegen.

Colin antwortete nicht. Er gab lallende Laute von sich. Valérie redete mit ihm, bezweifelte aber, dass er sie verstand. Panik kam auf. Sie rannte in ihr Zimmer, holte das iPhone. Auf dem Weg zurück überlegte sie, wen sie anrufen sollte. Die Ambulanz? Bis die hier war, konnte es dauern. Sie musste selber etwas unternehmen. Sie wählte die Auskunft und verlangte die Notfallnummer des Toxikologischen Instituts. Die Leute dort konnten ihr möglicherweise darüber Auskunft geben, was zu tun war.

Eine angenehm ruhige Stimme meldete sich. Eine Ärztin. «Wie kann ich Ihnen helfen?»

Valéries Puls raste. «Mein Sohn hat eine Alkoholvergiftung.»

«Hat er getrunken?»

Was für eine Frage. «Ich habe ihm nichts injiziert.»

Die Ärztin liess Sekunden des Schweigens verstreichen.

Valérie bat um Entschuldigung. Fragen, die sie nicht zu verstehen vermochte. Es ging um ihren Sohn, und sie wurde mit seltsamen Fragen konfrontiert. In ihrem Kopf hämmerte es.

«Wie alt ist er?», fragte die Ärztin.

«Bald sechzehn. Aber, ist das wichtig?»

«Ist er sonst gesund?»

Sonst? «Ja. Ich weiss nichts anderes.»

«Ist er labil?»

«Nein!» Abgesehen davon, dass er sich von zwei Polizisten ausser Dienst zum Alkoholkonsum hatte verführen lassen. Aber das sagte sie nicht.

«Was hat er denn getrunken?»

Valérie sah die Flasche Sliwowitz vor sich. «Hochprozentiges.»

«Hat er sich erbrochen?»

«Mein Gott, ja. Bitte sagen Sie mir, was ich tun kann! Soll ich einen Krankenwagen rufen? Seine Wangen sind ganz heiss.» In der Zeit wäre die Ambulanz sicher schon hier gewesen. Sie ärgerte sich, dass sie sich dagegen entschieden hatte.

«Beruhigen Sie sich. Schläft er?

«Wie in Narkose ... wie ...» Tot, dachte sie. Wie tot. Und eine neue Welle der Panik überrollte sie.

«Lassen Sie ihn schlafen. Aber beobachten Sie ihn. Sollte er sich noch einmal übergeben, kann es gefährlich werden, wenn er auf dem Rücken liegt.»

«Ich verstehe. Er könnte daran ersticken ...»

«Bleiben Sie einfach bei ihm. Morgen wird er sich erholt haben.»

Valérie bedankte sich und legte auf. Später kroch sie zu Colin ins Bett. Es mochte über zehn Jahre her sein, dass sie so neben ihm gelegen hatte, den Arm um seinen Körper geschlungen. Damals hatte er ihr wegen einer heftigen Grippe schlaflose Nächte beschert. Sie hatte seine Tränen getrocknet, den Schweiss auf seiner Brust. Er hatte sich an sie gekuschelt und war eingeschlafen. Trotz des Fiebers mit einem Lächeln auf dem Gesicht.

Sie fuhr mit den Fingern über seinen heissen Rücken. Das Kindliche hatte er endgültig verloren. Das Zarte hatte er abgestreift wie eine Schlange die alte Haut. War Vergangenheit. Der Geruch so fremd. Colin war ein Mann geworden. Und sie hatte es kaum bemerkt.

Während der restlichen Nacht machte Valérie kein Auge zu.

***

Um acht Uhr hatte sie sich mit Alexander verabredet. Gut gewählt, fand Frieda Lieberherr, die ein wenig nervös in ihrer Wohnung auf den Besuch wartete. Die jungen Leute waren um diese Zeit nicht fit genug. In der Regel mussten sie sich vom Ausgehen erholen, ihren Suff auskurieren. Sie kannte diese Halbwüchsigen, die das Sichbetrinken als einzigen Höhepunkt in ihrem Leben sahen. Die Show konnte beginnen. Den Einsatz an der Zürichstrasse, für den man sie bereits gestern Abend aufgeboten hatte, hatte sie an ihren Kollegen Kurt delegiert. Der hatte das Geld nötiger als sie. Und die frische Luft tat ihm auch gut. Das zumindest glaubte Frieda, als sie den dritten Kaffee aus der Maschine liess. Wiederholt sah sie auf die Uhr an der Küchenwand, ein Geschenk ihres Mannes selig. Zehn nach acht. Dieser Alexander machte es spannend. Hatte er es sich womöglich anders überlegt? War er zu faul zum Aufstehen?

Als die Glocke im Flur endlich anschlug, atmete Frieda dreimal kräftig ein und aus. Danach war sie völlig ruhig. Sie öffnete die Tür. Dort stand er: Alexander. Er kam ihr etwas fremdländisch vor. Gross und kräftig. Er trug neue Jeans, die brettig wirkten. Frieda hatte ein Auge für Stoffe. Sie war früher Konfektionsverkäuferin gewesen. Eine gelernte. Sie hatte die verschiedenen Stoffarten beherrscht und Polyester von Seide unterscheiden können. Schnitt- und Webtechniken waren ihr bis heute präsent. Und wenn sie einkaufen ging, belehrte sie die ungebildeten Verkäuferinnen und hielt ihnen ihres Unwissens wegen eine Standpauke.

«Guten Tag, Frau Lieberherr. Ich bin Alex … Alexander. Ich komme, um für Kevin das Geld abzuholen.»

Geld! Geld! Geld!

Es ging immer nur um Geld. Frieda ärgerte es. Früher war das nie ein so grosses Thema gewesen wie heute. Man hatte bescheiden gelebt, war auch mit wenig zufrieden gewesen. Heute gierten alle nach mehr. Jeder wollte reich sein, möglichst ohne Aufwand. Kurt, zum Beispiel, füllte zweimal die Woche einen Lottozettel aus, mit den immer gleichen Zahlenkombinationen. Seit Jahren schon setzte er dafür zwanzig Franken ein. Gewonnen hatte er erst einmal mit vier richtigen Zahlen. Seither hoffte er auf einen Millionengewinn. Frieda hatte ihm einmal vorgerechnet, wie viel er hätte sparen können, wenn er den Einsatz anstatt in die Lottozettel ins Sparschwein investiert hätte.

Sie liess Alexander eintreten, wies ihm den Weg ins Wohnzimmer, wo er sich zuerst dagegen sträubte, sich zu setzen. Sie wusste, dass ihr das, was sie vorhatte, gefährlich werden könnte. Sie hatte im «Einsiedler Anzeiger» gelesen, dass die Leiche einer Frau in ihrem Alter aus dem Sihlsee geborgen worden war und man bis anhin weder einen Täter noch ein Tatmotiv gefunden hatte. War sie zu mutig?

Sie holte Kaffee aus der Küche. Dazu servierte sie ein mit Haselnuss gefülltes Gebäck, das sie im «Goldapfel» gekauft hatte. Sie erinnerte sich, dass ihr der Inhaber zwei seiner selbst hergestellten Schnäpse ausgeschenkt hatte, nach dessen Genuss sie den Heimweg überaus fröhlich antrat.

Frieda setzte sich dem jungen Mann gegenüber und forschte in seinem Gesicht, ob sie dort die Physiognomie eines Kriminellen würde herauslesen können. Aber da war nichts. Ein Alltagsgesicht, wie es die jungen Leute ihrer Meinung nach heutzutage hatten. Ein unbedeutendes Gesicht, völlig leidenschaftslos. Über seine Lippen sprossen Schnauzhaare, die er bei der letzten Rasur vergessen hatte, oder sie waren der verzweifelte Versuch für mehr Männlichkeit.

Frieda hatte ein paar Bilder ihrer drei Enkel herausgesucht. Sie legte diese auf den Tisch, damit Alexander sie ansehen konnte. Sie zeigte auf ihren Ältesten, Manuel. «Das ist Kevin», log sie.

Alexander beugte sich über das Bild. «Ja, das ist Kevin. Ich kenne ihn gut. Er ist mein bester Freund.» Alexander nahm die Kaffeetasse zur Hand. Er musste sich wohl sehr stark fühlen. Kein Zittern. Nicht das geringste Anzeichen einer Verunsicherung. Offensichtlich wollte er nett sein und sich in Geduld üben. Sicher sah er sich bereits in einem Geschäft für Elektronik stehen oder in einer teuren Kleiderboutique. Zehntausend Franken. Wie schnell waren diese aufgebraucht.

Sie sah wiederholt auf die Uhr. Der grosse Zeiger ruckelte unaufhörlich weiter. Er näherte sich der Neun.

«Haben Sie das Geld?»

«Das Geld … ja, natürlich.» Frieda ging zum Buffet, ein Erbstück ihrer Mutter, und öffnete eine der Schubladen. Sie hatte ein Couvert vorbereitet. Dieses legte sie nun auf den Tisch.

Alexander wollte danach greifen. Frieda hielt ihre Hand darüber und hoffte, dass die Glocke im Flur bald läuten möge.

Zehn vor neun.

Langsam wurde sie nervös. So lange würde sie Alexander nicht hinhalten können. Er würde nach dem Briefumschlag greifen, ihn öffnen und sich vergewissern, dass die zehntausend Franken vorhanden waren.

«Wie geht es Kevin?», fragte sie, in der Hoffnung, Alexander würde noch eine Weile sitzen bleiben.

Er sagte nichts, hatte aber den Kaffee ausgetrunken. Als er skeptisch auf den Tassengrund sah, spürte Frieda ihren Herzschlag schneller werden.

«Der Kaffee ist bitter.»

«Ich mag ihn so.» Schnell trank Frieda ihren Kaffee aus. «Wie geht es Kevin?», wiederholte sie, nun nervöser.

Er ging nicht darauf ein. «Kann ich ein Glas Wasser haben?»

«Wasser?» Frieda griff nach dem Couvert, steckte es in ihre Schürzentasche und ging in die Küche. Sie liess kaltes Wasser aus dem Hahn. Da spürte sie einen Luftzug in ihrem Rücken. Wie angewurzelt blieb sie stehen. Sie merkte, wie ihre Knie weich wurden und der ganze Körper drohte einzuknicken. Kalter Schweiss schoss aus ihren Poren. Sie hatte einmal Karate beherrscht. Aber das war schon lange her. Gegen Alexander würde sie nicht kämpfen können. Dazu war er zu gross und zu kräftig gebaut. Er war jung und sie alt. Keine Chance also. Tausend Gedanken jagten durch ihren Kopf. Sie liess ihren Blick, den Rücken noch immer gegen Alexander, über die Küchenkombination schweifen. Die Schöpflöffel, Holzkellen und Siebe, die sie an der hinteren Wand über dem Schüttstein aufgehängt hatte, waren alle noch da. Das Regal mit den Gewürzen stand dort neben dem Brotkasten. Die Vorrichtung mit den scharfen Messern …

Frieda erschrak. Eines der Messer fehlte.

***

Nach einer durchwachten Nacht, in der sie dem Atem ihres Sohnes gelauscht hatte, versuchte Valérie, durch eine kalte Dusche Geist und Körper in Gang zu bringen. Colin schlief noch immer. Seine Atmung war ruhiger geworden, der Puls hatte sich normalisiert.

Valérie meldete ihn auf der Arbeit in Zug ab. Dabei hatte sie kurz die Gelegenheit, mit dem Lehrmeister zu sprechen, den sie seit Beginn der Lehre erst einmal gesehen hatte. Er lobte Colin in den höchsten Tönen. Für seine Absenz hatte er Verständnis. Er solle sich von der Grippe erholen. Valérie hatte ihm unmöglich mitteilen können, dass er wegen zu viel Alkohols krank geworden war.

Kaum hatte sie aufgelegt, rief Daniel Christen von der Einsatzzentrale an. Valérie hatte schon länger nichts mehr von ihm gehört. In der Regel hatten sie wenig miteinander zu tun.

«Heute bekam ich einen Anruf von einer Bankangestellten», sagte er, nachdem er sich über ihr Befinden erkundigt hatte. «Petra Fuchs ist ihr Name. Sie hat gestern einer Kundin zehntausend Franken bar ausbezahlt.»

«Aha.» Valérie äugte immer wieder in Colins Zimmer. «Das soll vorkommen.»

«Du lässt mich nicht aussprechen. Frau Fuchs macht sich grosse Sorgen, weil die Dame noch nie zuvor einen solch hohen Betrag abgehoben hatte.»

«Und was ist die Quintessenz?» Valérie war nicht bei der Sache. Ihre Gedanken kreisten um Colin. Dieser schnarchte. Das war neu. Er drehte sich von einer auf die andere Seite, weil er wahrscheinlich selbst ob diesem Geräusch erschrocken war.

«Sie bat mich, der Sache nachzugehen», sagte Christen.

«Als ob wir für solche Bagatellen Zeit hätten.» Valérie ärgerte sich. «Du kannst jemanden von der Streife damit beauftragen. Wie kommst du überhaupt darauf, mich deswegen anzurufen?»

«Ich hätte dich nicht damit belästigt, aber Frau Fuchs sagte, dass es sich bei der Kundin um eine Achtzigjährige handelt.»

Valérie stellte sich in der Küche ans Fenster. Die Mythen

lagen in einem seltsam verwischten Licht. «Mensch, Dani, gut kombiniert. Entschuldige meine lange Leitung.» Sie vernahm ein zufriedenes Lachen. Ihr Bedürfnis war gross, ihrem Kollegen von Colins Betrunkenheit zu erzählen. Im letzten Moment sah sie davon ab. «Wo finde ich die Dame?»

«Sie hat ihre Telefonnummer hinterlassen.» Christen teilte sie ihr mit.

Valérie spürte, wie sehr sie sich um Colin sorgte, dass sie sogar ihren wachen Verstand aussen vor gelassen hatte. Sie ging zu ihm ins Zimmer. Es war an der Zeit, dass er aufwachte und etwas ass. In der Nacht hatte sie ihm immer wieder zu trinken gegeben und gehofft, dass sein Magen es vertrug. Colin schlug die Augen auf. Er musste sich offensichtlich zuerst orientieren, wo er sich befand. Seine Pupillen bewegten sich unstet. Er setzte sich auf, schob die Decke von sich. Als er Valérie sah, erhellten sich seine Gesichtszüge. *«Bonjour, Maman.»*

«Ich hoffe, es wird ein guter Tag … nach diesem Abend, dieser Nacht.» Valérie setzte sich zu ihm auf die Bettkante. Sie strich Colin über die kühle Stirn. «Wie fühlst du dich?»

«Ich habe Kopfweh.»

«Kein Wunder.» Sie lächelte. Niemals würde sie ihrem Sohn böse sein können. In ihrer Jugend war sie weder besser noch schlechter gewesen. Ihr erster Rausch hatte sich auch dramatisch angefühlt. Sie hatte ihn aber unbeschadet überstanden.

«Habe ich jetzt einen Kater?», fragte Colin und griff sich in die wild durcheinandergeratenen Haare. «*Merde,* ich sollte mich beim Lehrmeister entschuldigen.»

«Hab ich schon getan.»

«*Vraiment? Merci, Maman.* Du bist die Beste.»

Ein warmes Gefühl durchflutete sie. «Ich muss zur Arbeit gehen. Im Kühlschrank hat es Eier und Früchte und im Schrank Brot. Bleibe heute hier und kurier … deinen ersten Kater aus.»

«Es war mein Entscheid, mich volllaufen zu lassen», sagte Colin. «Ich war es, der Louis in die Wohnung gelassen hat. Er wollte draussen vor der Tür warten.»

«Er hatte einen Flasche Sliwowitz bei sich.»

«*Maman,* es war allein meine Schuld.»

«Aber Louis und Fabia hätten zumindest versuchen sollen, es zu verhindern.»

«Wir hatten einen crazy Abend. Louis ist ein toller Kerl, wie er sofort hierherkam, um Fabia und Olivia abzuholen. Er wollte dir einen Gefallen tun. Ehrlich. Und dann hat er gedacht, dich hier anzutreffen. Deshalb hat er auch den Sliwowitz mitgebracht. Um auf eure Freundschaft anzustossen, hat er gesagt.»

«Louis?»

Colin lächelte. «Es sei nicht immer einfach, mit dir zusammenzuarbeiten. Aber er empfindet dich als starke Frau, neben der er sich manchmal wie ein Waschlappen vorkomme.»

«Das hat er tatsächlich gesagt?»

«Nein, hat er nicht.» Colin grinste. «Aber ich glaube, er leidet unter deiner Dominanz.»

Valérie zwickte ihrem Sohn in die Seite. «Wie willst du das wissen? Ausgerechnet *du*?»

«So, wie du ihn behandelst. So von oben herab.»

«Du glaubst, dass ich ihn zur Schnecke mache?» Valérie hätte sich mit ihrem Sohn niemals auf eine solche Diskussion einlassen sollen. Wie wollte sich ein Sechzehnjähriger ein Bild von ihrem Arbeitsklima machen? «Hat sich Fabia auch beschwert?» Das wäre ja noch schöner gewesen. Sie hatte ihrer Kollegin *open house* gewährt, damit sie ihr in den Rücken fallen konnte.

«Fabia? Nein. Der Alkohol hat den beiden nur die Zunge gelöst. Ich habe so einiges vernommen, das sie nüchtern niemals ausgeplaudert hätten.»

Valérie sah ihren Sohn lange schweigend an. Er war tatsächlich verständig geworden, was ihr erst jetzt auffiel. Es überkam sie wie eine Welle. Sie umarmte Colin und drückte ihn fest an sich. «Ich bin so stolz auf dich.»

Damit er ihre Tränen nicht sah, wandte sie sich schnell von ihm ab, huschte in den Flur und griff erneut nach dem iPhone. Sie rief Petra Fuchs an.

«Danke, dass Sie zurückrufen», sagte diese. «Ich erachte es als meine Pflicht, das zu melden, was mich persönlich bedrückt. Wenn es um unsere Kunden geht, denken wir mit. Wir sehen nicht nur das Finanzielle, sondern auch das Menschliche. Ich habe ein Gespür dafür, wenn etwas nicht so ist, wie es sein sollte. Ich habe mitbekommen, dass es einen Mord gab und dabei zwanzigtausend Franken im Spiel waren. Ich kann eins und eins zusammenzählen. Aber nicht bloss deshalb, weil ich auf der Bank arbeite …» Sie liess ein spitzes Lachen vernehmen.

Endlich war sie mit ihren Ausführungen fertig.

«Sie haben richtig reagiert», sagte Valérie. «Bei einem Verbrechen müssen wir jeder Kleinigkeit nachgehen, die einen Hinweis liefert.»

«Das dachte ich mir auch. Vielleicht sollten Sie bei der Dame vorbeischauen.» Petra Fuchs räusperte sich. «Es handelt sich um Hildegard Bisig. Sie ist eine sehr bescheidene Frau. Schon deshalb kam es mir sonderbar vor. Mein Chef weiss nichts von meinem Anruf. Sollte er davon erfahren, bin ich meinen Job los. Ich hoffe sehr, dass Sie dem mit der nötigen Rücksicht auf mich nachgehen.»

«Das versichere ich Ihnen.» Valérie verabschiedete sich. Sie kehrte zurück ins Büro, das auch Colins Zimmer war, und loggte sich auf ihrem PC in Biberbrugg ein. Sie checkte die Mails. Die Information aus der Rechtsmedizin war noch nicht eingetroffen. Die zweite weibliche Leiche vom Sihlsee dadurch noch nicht identifiziert.

Handelte es sich um Hildegard Bisig?

Doch zwischen ihr und dem Opfer mussten mindestens zwanzig Jahre liegen. Hatte sich Res Stieffel verschätzt? Was hatten die zwanzigtausend respektive zehntausend Franken mit den Toten zu tun? Bevor Valérie ging, rief sie den Fahndungsdienst an und wollte in Erfahrung bringen, ob es in der nahen Vergangenheit Anzeigen wegen Trickbetrügern gegeben hatte.

Ein schneller Gedanke war es gewesen. Ein Flash in ihren

Gehirnwindungen. Im Moment war das die einzige nachvollziehbare Option, dass die Morde einen Hintergrund hatten, der ins Betrugsmilieu führte. War der Täter nicht zum erzielten Erfolg gelangt, und hatten die Frauen deshalb sterben müssen?

Keine Anzeigen wegen Trickbetrugs.

Kunststück, dachte Valérie, denn die Frauen waren tot. Machte sie einen Überlegungsfehler?

Sie ging in die Küche, wo Colin sich eine Omelette mit Käse zubereitete. «Ich muss zur Arbeit. Kommst du klar ohne mich?»

«Sicher, *Maman* … ich habe dein Bike im Keller gesehen. Ich werde heute, wenn du erlaubst, einen Ausflug machen.»

«Mit meinem Velo?» Valérie dachte an ihr teures Bike. «Aber pass auf und zieh dir einen Helm an.»

Nachdem sie Colin letzte Ermahnungen und Tipps erteilt hatte, fuhr sie nach Einsiedeln.

Das Klosterdorf lag still zwischen den sanft geschwungenen Hügeln des Chatzenstricks und des Amselspitz. Die Sonne kitzelte die Fassade der barocken Kirche, was ihr etwas Erhabenes und Göttliches zugleich verlieh. Die Ruhe an diesem Vormittag überwältigte Valérie, als sie auf dem Parkplatz in der Nähe des Paracelsusdenkmals den Audi TT verliess. Kaum jemand befand sich auf der Strasse. Die Presslufthämmer bei der nahen Baustelle schwiegen. Valérie genoss die Kühle, die sich über das Dorf ausbreitete. Sie hatte diese frische Luft gebraucht. Nachdem sie in der vergangenen Nacht nicht geschlafen hatte, fühlte sie sich miserabler als mit einem Jetlag. Ihr Kopf surrte, der Hals kratzte. Sie hatte auf dem Weg hierher schon einen halben Liter Kaffee aus dem Thermoskrug getrunken. Die Wirkung wollte sich nicht einstellen.

Valérie überquerte die Benzigerstrasse und den zweiten Parkplatz und erreichte die Hauptstrasse. Sie suchte nach Bisigs Adresse und fand sie in einer Gasse, in der man zur Bibliothek gelangte.

Das Haus, in dem die Seniorin lebte, unterschied sich in diesem Quartier unwesentlich von den andern Häusern, die in einem fernen Jahrhundert entstanden waren. Eine ländliche Idylle breitete sich aus. Die ersten frühlingshaften Farbtupfer in Form neu bepflanzter Blumenkisten zogen sich in einer erfrischenden Regelmässigkeit über die Fassaden. Hie und da hing eine Jalousie etwas windschief, da und dort verwitterten Baumstrünke, die als Pflanzentröge dienten. Über allem lag der Geruch nach Holz.

Hildegard Bisig wohnte im dritten Stock unter dem Dach. Einen Lift gab es nicht. Valérie stieg über die Treppe, die bei jedem Tritt knarrte und ächzte, als würden die Geister der Vergangenheit sie begleiten. Da bald Mittag war, vermischten sich die Gerüche mit dem Duft nach Gekochtem, nach Zwiebeln und Knoblauch.

Oben angekommen, läutete Valérie Sturm. Ohne feste Absicht, doch die Glocke hatte sich offenbar verselbstständigt. Sie wollte nicht mehr aufhören. Eine Frau mit kurzen grauen Haaren und einer viel zu grossen Brille riss die Tür auf, trat auf das Podest davor und schlug mit der Faust gegen den Klingelknopf, dass Valérie dachte, sie würde mit dem Türpfosten einen erbitterten Kampf ausüben wollen.

«Es sollte schon lange jemand vorbeikommen, um die Klingel zu reparieren», sagte sie mit einer klaren jugendlichen Stimme, die nicht so recht ins alte Gesicht passen wollte. «Aber die, die hier wohnen, werden oft einfach vergessen.» Die Frau sah Valérie skeptisch an. «Wird man jetzt sogar vor dem Mittag gestört? Es reicht, wenn die Telefonanbieter täglich ihre Ware loswerden wollen. Ich habe mir das Kaufen längst abgewöhnt. In meinem Alter sollte man sich von all den unnützen Dingen lösen. Man kann eh nichts ins Grab mitnehmen.»

Valérie kramte ihren Ausweis hervor und nannte ihren Namen. «Und Sie sind?»

«Frau Bisig.» Sie zeigte auf das Namensschild unterhalb des Klingelknopfs. «Oder steht da ein anderer Name? Zudem haben *Sie* bei mir geläutet, oder irre ich mich?»

Hildegard Bisig. Sie lebte. Valérie war, als würde sich eine Zentnerlast von ihrem Herz lösen.

«Darf ich reinkommen?»

Hildegard Bisig nahm den Ausweis aus Valéries Hand. Sie sah ihn eingehend an. «Von der Polizei?»

Valérie spürte ein erstes Zögern. «Es dauert nicht lange.»

«Ja, wenn's denn sein muss, treten Sie ein in die gute Stube.»

Hildegard Bisig lebte bescheiden. Das wenige, das im Wohnzimmer stand, war mit aller Sorgfalt ausgewählt. Ein bordeauxrotes Sofa, zwei dazu passende Ohrensessel, ein ovaler Tisch aus dunklem Holz, ein Schrank im englischen Stil. Auf einem Servierwagen stand ein Blumenarrangement aus Lilien und Orchideen. Es war penibel aufgeräumt.

«Setzen Sie sich», bat Hildegard Bisig.

«Ich hoffe, ich störe Sie nicht beim Kochen», sagte Valérie, die vergeblich nach einem Geruch schnüffelte.

«Ich esse erst um drei, oder wenn ich hungrig bin. Seit ich mich nicht mehr so oft bewege wie früher, brauche ich weniger Kalorien.» Sie lächelte still vor sich hin.

«Kennen Sie Petra Fuchs?»

Hildegard Bisig runzelte die Stirn. «Ich kenne eine Frau mit diesem Namen, die arbeitet bei der Schwyzer Kantonalbank.»

«Genau die.» Valérie liess die Worte nachwirken.

«Was ist mit der?» Hildegard Bisigs Stimme hatte an Resonanz verloren.

Valérie sah ihr an, dass sie mit sich selber focht. «Sie macht sich grosse Sorgen um Sie.»

«Und … weshalb, wenn ich fragen darf?»

Valérie wusste zuerst nicht, wie sie den nächsten Satz formulieren sollte, um nicht den Verdacht aufkommen zu lassen, dass Petra Fuchs Frau Bisig kontrollieren liess. «Lesen Sie keine Zeitung?»

«Nein. Ich schaue fern. Das reicht, um mich mit den Tagesaktualitäten einzudecken. Aber selbst diese verfolge ich nicht immer. Die schlimmen Nachrichten nehmen täglich zu. Die Welt ist schlecht geworden. Wenn man hört und sieht, wie es auf unserem Planeten zugeht, möchte man manchmal gar nicht mehr leben. Ich bin froh, wenn mich der Herrgott bald zu sich ruft. Früher war alles anders und … schöner.»

Valérie war schockiert. Sie hatte zwar einmal gelesen, dass viele betagte Menschen sich nach dem Tod sehnen, als würden sie sich auf das Nachhausekommen freuen. Gehörte Hildegard Bisig zu ihnen? So alt war sie noch nicht, und um zuoberst zu wohnen, brauchte es eine gewisse Beweglichkeit und Ausdauer und vor allem Gesundheit. «Wir haben den Verdacht, dass sich in Einsiedeln jemand herumtreibt, der es auf ältere Frauen abgesehen hat. Auf ältere Frauen wie Sie. Den gleichen Gedanken hatte auch Frau Fuchs. Deshalb rief sie mich an und bat mich, Sie aufzusuchen. Sie hätten vor Kurzem sehr viel Geld abgehoben, was sonst nicht der Fall sei.»

Hildegard Bisig senkte ihren Kopf. Sie fixierte einen Punkt auf dem ovalen Holztisch.

«Möchten Sie darüber reden?»

Hildegard Bisig blickte auf. Über ihr feines faltiges Gesicht hatte sich eine zarte Röte gelegt. «Worüber? Ich habe Geld abgehoben, ja und? Heben Sie nie Geld ab?»

Valérie überlegte. Gegenüber älteren Menschen empfand sie stets einen grossen Respekt. Hildegard Bisigs Reaktion führte wohl darauf zurück, dass sie verunsichert war. Valérie wartete darauf, bis die Frau von alleine auf das Thema zu sprechen kam. Sie sah ihr an, dass ihr etwas auf der Zunge lag, und wollte ihr noch etwas Zeit einräumen. Durch ein halb offenes Fenster drang das Geräusch eines Motorrads, das sich bald in der Ferne verlor, das Zwitschern der Vögel im Liebesdrang des Frühlings.

«Ich wurde vor ein paar Tagen von meinem Enkel Erich angerufen», begann Hildegard Bisig. «Er befindet sich in Bangkok … in einem Spital. Er erzählte mir, dass man ihn überfallen habe und dass er schwer verletzt sei. Da er kein Geld mehr besass, weil man ihm alles abgenommen hatte, bat er mich, einem Freund von ihm zehntausend Franken zu geben …»

Der berühmte Enkeltrick!

Valérie wunderte sich, wie viele Menschen noch immer darauf hereinfielen trotz der Präventionen, um die sich die Polizei bemühte und die viel kosteten. Jährlich gab es zig Fälle von Telefonbetrug. Viele versuchte und vollendete Fälle, wobei die Dunkelziffer enorm sein musste.

Hildegard Bisig seufzte. «Dann kam Alex und holte das Geld ab …»

Valérie schluckte leer. Betrug gehörte nicht in ihre Abteilung. Aber dass Trickbetrüger einstweilen jegliche Dreistigkeit übertrafen, wenn es darum ging, an Geld zu kommen, wusste sie von ihren Kollegen aus der Fahndung. Sie unterliess es, Hildegard Bisig zu massregeln. Die Frau hatte schon viel durchgemacht. «Können Sie diesen … Alex beschreiben?»

«Eins achtzig gross, dunkles Haar, eine getönte Haut … er sprach Schweizerdeutsch, betonte aber das R … Es klang irgendwie hart.»

«Könnten Sie sich vorstellen, ein Phantombild anzufertigen?»

«Ganz allein?»

«Nein, mit Hilfe eines Computerprogramms.»

«Wie soll denn das gehen? Ich verstehe nichts von Computern.»

«Sie sitzen mit einem unserer Mitarbeiter am Computer und beschreiben Alex so, wie Sie ihn mir beschrieben haben, nur genauer. Anhand von Ihrer Beschreibung, lässt unser Mitarbeiter zig mögliche Bilder über den Raster laufen … bis Sie Alex wiedererkennen.»

«Das ist, glaube ich, nichts für mich.»

Valérie kniff die Lippen aufeinander. «Sie möchten doch auch, dass Alex gefunden wird und Sie Ihr Geld zurückbekommen.»

«Ich kann es sowieso nicht gebrauchen.»

Hildegard Bisigs Stimme hatte gekippt. War die Frau anfänglich guter Dinge gewesen, legte sich Melancholie über ihr Gemüt.

«Es gibt zwei tote Frauen, die man im Sihlsee gefunden hat», wagte Valérie einen letzten Vorstoss. «Wir gehen davon aus, dass sie im Zusammenhang mit einem Trickbetrüger umgebracht wurden.» Sicher war sie sich nicht, doch Hildegard Bisig reagierte prompt. Sie versprach, nach Schindellegi zu fahren und der Polizei zu helfen.

«Wenn ich der Allgemeinheit einen Dienst erweisen kann», sagte sie mit belegter Stimme, «so können Sie auf meine Unterstützung hoffen. Aber glauben Sie nicht an ein Wunder. Ich bin müde und kann mir nicht alles merken.»

NEUN

Frieda Lieberherr fand das vermisste Messer neben dem Brotkasten, wo sie es unbewusst hingelegt haben musste. Erleichtert atmete sie aus. Als sie sich nach der Tür, die ins Wohnzimmer führte, umdrehte, stand dort Alexander. Nicht mehr sehr frisch. Es dünkte sie, als wäre er etwas vornübergebeugt, als griffe er sich an den Bauch.

Im Flur schellte die Hausglocke. Frieda sah auf die Uhr. Die Jungs sind spät dran, dachte sie. Es hatte sich gelohnt, starke Nerven zu behalten. Sie ging an Alexander vorbei, der sich nicht einmal mehr aufraffen konnte, ihr den Weg zu versperren. So müde war er. Wahrscheinlich litt nun auch sein Gehirn darunter. Schade um die schöne Verpackung. Er war wirklich ein attraktiver Mann. Das nützte ihm aber nichts mehr. Kaum zu glauben, dass er einen kriminellen Weg eingeschlagen hatte.

Frieda öffnete. Die Polizei stand auf dem Türvorleger. Eine Frau in Uniform, ein Mann in Zivil. Dass die jetzt auch Chinesen bei der Polizei aufnehmen, überlegte Frieda und musterte den Mann ungeniert.

«Mein Name ist Louis Camenzind von der Kantonspolizei Schwyz», stellte sich der Polizist vor. Dass er nicht Chinesisch, sondern Schwyzer Dialekt sprach, verwunderte Frieda ein bisschen. Camenzind klang ja auch nicht gerade exotisch.

«Das ist meine Kollegin Fabia Ulrich.» Er warf einen Blick in den Flur, wo sich Alexander auf dem Boden krümmte. Schaum trat aus seinem Mund.

«Was haben Sie mit ihm gemacht?», fragte Louis.

«Ach, er wird jetzt ein wenig schlafen. Ich habe ihm Benzodiazepin in den Kaffee gemischt. Anders hätte ich ihn nicht überwältigen können.»

«Um neun, haben Sie gesagt», mischte sich Fabia ins Gespräch.

«Da haben Sie sich wohl in der Zeit vertan, junge Frau.

Ich sagte klar und deutlich halb neun, dass Sie mich um halb neun besuchen sollten. Wären Sie früher gekommen, wäre der dort …», sie zeigte auf den Boden, «nicht so ballaballa, und Sie hätten ihn in flagranti erwischt.»

Die beiden Polizisten sahen sich an.

«Kennen Sie die Dosis?»

«Dosis? Wovon?» Frieda sah befriedigt auf Alexander, der sich wie ein Embryo zusammengekugelt hatte und nun tief und fest schlief. Ab und zu zuckte er. «Acht Tabletten», sagte Frieda, als sie sich wieder daran erinnerte. «Ich habe acht Tabletten zerkleinert. Vielleicht auch mehr. Ja, jetzt kommt es mir wieder in den Sinn. Zehn waren es. Aber das Verfalldatum liegt Wochen zurück. Möglicherweise ist die Wirkung gleich null, oder ein bisschen nur …»

«Sie haben ihn vergiftet», sagte Fabia. «Wer ist er überhaupt?»

«Ein Betrüger. Er wollte mich gerade um zehntausend Franken erleichtern. Zum Glück bin ich ihm auf die Schliche gekommen.»

«Sie kennen ihn nicht?», fragte Louis.

«Nein. Er gab sich als Freund eines meiner Enkel aus. Ich ahnte, dass da etwas zum Himmel stinkt. Nehmen Sie ihn mit. Und Handschellen brauchen Sie auch nicht. Der macht keinen Piep mehr.»

«Hat die Alte einen intus?», flüsterte Louis, dass nur Fabia es hörte.

«Wir ordern die Ambulanz. Nicht dass uns der Kerl noch wegstirbt. Zehn Tabletten Benzodiazepin legen einen Elefanten flach.»

«So ein Blödsinn. Zudem nehme ich es ihr nicht ab. Die übertreibt.»

«Trotzdem sollte er zuerst zu einem Arzt. Wir können kein Risiko eingehen.» Fabia kniete nieder und griff dem Unseligen an den Hals. «Schneller Puls. Du, da stimmt etwas nicht.»

«Du hast recht.» Louis schmollte theatralisch. Aufgrund der vergangenen zweiten Nachthälfte war er richtig gut drauf. Er hatte Fabia und Olivia zu sich nach Hause genommen, Gentleman, wie er war. Klein Olivia war ziemlich schnell auf einem Notbett eingeschlafen. Fabia hatte sich durch sein Repertoire aus verschiedenen CDs und Musikrichtungen gehört, bis sie den richtigen Sound fand. Einen erotischen Chill-out-Mix, den er nur an besonderen Anlässen abspielte. In der Nacht war ein besonderer Anlass gewesen. Das hatte auch Fabia begriffen.

Louis wandte sich an Frieda Lieberherr. «Dieser Mann hat Sie also angegriffen?»

«Er hätte es sicher getan, wenn ich ihm nicht zuvorgekommen wäre. Ich habe Ihnen doch einen Gefallen getan, oder?»

«Das war eher fahrlässig von Ihnen», sagte Fabia. «Sie hätten uns gleich kontaktieren sollen. Nicht erst abwarten, bis er zu Ihnen kommt.»

«Ist ja nichts passiert.»

«Wir müssen Sie leider auch auf den Posten mitnehmen», sagte Louis.

«Und weshalb, wenn ich fragen darf?»

«Sie sind eine wichtige Zeugin. Haben Sie die Tablettenpackung noch? Falls ja, nehmen Sie sie auch gleich mit.»

«Grosser Gott, wenn das Hans noch erlebt hätte. Fahren wir im Streifenwagen?» Frieda zog Schuhe und Mantel an.

«Wir sollten auf die Ambulanz warten», sagte Louis, nachdem er sie aufgeboten hatte.

Fabia beugte sich über den Mann am Boden. Wiederholt mass sie den Puls. «Wie lange liegt er schon da?»

«Weiss nicht.» Frieda tänzelte um den Mann herum. «Zehn Minuten etwa? Stimmt etwas nicht?»

«Er ist ohnmächtig», stellte Fabia fest und versuchte, ihn in die Seitenlage zu drehen. Sie winkelte ein Bein an, um ihn zu stabilisieren. Sie öffnete seinen Mund und kontrollierte, ob er sich nicht erbrochen hatte. «Das war keine gute Idee.»

«Hätte ich mich umbringen lassen sollen?» Frieda stampfte auf den Boden. «Junge Frau, ich weiss mich zu wehren. Ich habe den schwarzen Gurt im Karate. Na ja, ich hatte ihn mal.»

Draussen ertönte das Martinshorn. Kurz danach erstarb es.

Zwei Sanitäter brachten eine Bahre nach oben, einen Koffer, einen Defibrillator.

Fabia führte die Frau nach draussen, derweil Louis wartete, bis man den Ohnmächtigen erstversorgt hatte.

Später fuhren sie nach Biberbrugg los.

«Sie haben grossen Mut bewiesen», sagte Fabia, als sie mit Frieda auf dem Rücksitz des Streifenwagens sass. «Das nächste Mal sollten Sie nicht mehr eigenmächtig handeln. Das hätte danebengehen können.»

«Stimmt. Sie hätten früher bei mir sein sollen.»

«Tut mir leid, das muss ein Missverständnis gewesen sein. Uns wurde neun Uhr gesagt. Die Nachricht kam von der Einsatzzentrale. Zudem wussten wir nicht, worum es ging.»

Frieda winkte ab. «Hauptsache, Sie haben diesen Kriminellen. Hat er jemanden umgebracht? Ich las es in der Zeitung.»

«Noch wissen wir es nicht», sagte Fabia. «Bis wir den Beweis haben, gilt die Unschuldsvermutung.»

***

Sie begegneten sich auf dem Flur. Valérie war unterwegs in ihr Büro. Louis kam aus seinem.

Eine Weile standen sie sich schweigend gegenüber. Valérie bemerkte schnell, dass es ihm nicht recht war. Nach dem gestrigen Abend hätte sie jedoch zumindest eine SMS von ihm erwartet, eine Entschuldigung oder sonst eine Geste, die ausdrückte, dass es ihm leidtat. Er hatte auch keine Mail geschickt.

«Fischbacher hat die Pressekonferenz auf heute Abend verschoben.» Louis' Blick war überall, nur nicht bei Valérie. Er hatte wohl ein schlechtes Gewissen.

«Das weiss ich.» Valérie schloss ihr Büro auf. «Wirst du anwesend sein? Der Chef Kommunikation ist verhindert.»

«Kommt darauf an, wie sich der Nachmittag entwickelt», sagte Louis. «Wir haben einen mutmasslichen Trickbetrüger abgeführt ... das heisst, er wird bald herkommen, wenn er aus seinem Schlaf erwacht ist.»

«Ihr habt den Trickbetrüger?» Vergessen war das Intermezzo von gestern. Es brachte nichts, wenn sie gegen Louis schmollte. Ändern konnte sie sowieso nichts mehr. «Wo befindet er sich?»

«Im Spital von Einsiedeln. Die Dame, die uns angerufen hatte, verabreichte ihm ein Barbiturat, um ihn ruhigzustellen.»

«Nicht dein Ernst.» Valérie verkniff sich ein Grinsen. War es möglich, dass sie den Mann gefunden hatten, der sich bei Hildegard Bisig als Alex ausgab? «Wie nennt er sich?», fragte sie, weil sie sicher war, dass er kaum unter dem richtigen Namen agierte.

«Frau Lieberherr sagte: Alexander.»

«Nationalität?»

«Ein Schweizer mit italienischen Wurzeln.»

«Habt ihr ihm die Fingerabdrücke abgenommen? Eine Speichelprobe?»

«Ich habe umgehend Franz informiert.»

«Ohne Gerichtsbeschluss?»

«Diesen haben wir angefordert. Innert Stundenfrist lag er auf dem Tisch.»

«Das ging aber fix.»

«Das ist Zanettis Verdienst. Bis morgen sollten wir aus dem Labor Bescheid haben.»

«Du hast mit Emilio gesprochen?»

«Nein, das war Fischbacher.»

«Hast du ein Bild von … diesem Alexander?» Sie betrat rückwärts ihr Büro.

«Nein, aber eine Identitätskarte. Er trug sie in seinem Portemonnaie, wo wir übrigens tausendachthundert Franken gefunden haben, eine Tausendernote sowie acht Hunderter. Die Noten werden jetzt mit der Auszahlung der Bank verglichen.»

«Wie kommst du darauf?» Valérie ging zu ihrem Pult, setzte sich auf den Bürostuhl und sah Louis entgegen.

«Ein cleverer Schachzug von Petra Fuchs. Nachdem sie der Sache nicht getraut hatte, liess sie die Noten registrieren, bevor sie diese an Frau Bisig ausbezahlte.»

«Warum hat sie mir nichts davon erzählt? Ich habe mit ihr telefoniert.»

«Keine Ahnung. Ihr muss es erst später in den Sinn gekommen sein.» Louis lehnte ans Pult und verschränkte die Arme. «Übrigens wollte ich mich wegen gestern Abend entschuldigen. Es war idiotisch von mir.»

«Ich weiss. Aber Colin findet dich voll okay.» Valérie verschwieg Louis die durchwachte Nacht. Sie wollte Colin nicht blossstellen. Ihr Sohn war gerade auf dem Weg, erwachsen zu werden. Da gehörten solche Eskapaden dazu. Mit Sicherheit würde er sich in naher Zukunft hüten, sich bis zum Delirium zu betrinken.

«Weisst du, wo die Pressekonferenz stattfindet?» Valérie stellte mit Schrecken fest, dass sie darüber nicht im Bild war. Die Unterlagen hatte sie für Fischbacher bereitgestellt und später per Mail an ihn verschickt, aber sie hatte nicht mehr danach gefragt.

«Fischbacher hat die Fischerstube reserviert.» Louis lachte. *«Nomen est omen.»*

«Wohl eher ein Witz.» Valérie überblickte ihr Pult. Sie hätte wieder einmal aufräumen sollen. «Lass mich die Teamsitzung um vier vorbereiten.» Sie wandte sich an Louis, der sie eine Zeit lang schweigend musterte. «Was ist?»

«Nichts. Absolut nichts.» Mit einem schiefen Grinsen auf dem Gesicht verabschiedete er sich und ging zur Tür.

***

«Das Blatt hat sich gewendet.» Fischbacher stand am oberen Ende des Tisches. Vor sich hatte er einen Stapel Dokumente liegen. Auch die Pinnwand hatte sich mit Fotos, Notizen und Namen gefüllt. Im Mittelpunkt stand der fünfundzwanzigjährige Ricardo Dini alias Alex alias Alexander. Noch schlief er im Spital, nachdem man ihm den Magen ausgepumpt hatte. Frieda Lieberherr war mit dem Schrecken davongekommen. Von einer Anzeige gegen sie sah man ab. Man ging davon aus, dass sie in Notwehr gehandelt hatte, und aufgrund ihres Alters hatten sich Louis und Fabia einhellig entschieden, sie in Ruhe zu lassen. Ob dies interne Konsequenzen haben würde, war nicht bekannt.

Dies hatte Valérie erst erfahren. Erfreut war sie nicht. In ihren Augen ging das unter Amtsverletzung. Sie hütete sich jedoch, sich einzumischen. Sie hatte Dini für eine erste Befragung ins Büro vorladen wollen, als es hiess, dass er erst am nächsten Tag vernehmungsfähig sei.

«Ricardo Dini lebt seit der dritten Generation in unserem Land», begann Fischbacher. «Seine Grosseltern väterlicherseits kamen Ende der sechziger Jahre in die Schweiz. Ricardos Vater wurde hier geboren. 1990 heiratete er eine Schweizerin und liess sich in Bennau nieder. Ricardo wuchs ohne Geschwister heran.» Wie Fischbacher an die Informationen gelangt war, konnte sich Valérie nicht erklären. Sie lauschte seinen Ausführungen. «Er besuchte die Primar- und die Realschule, blieb zweimal sitzen. Er begann zwei Lehren. Eine als Schreiner, die andere als Koch. Er scheiterte jedes Mal erfolgreich, wurde nach nur einem halben Jahr hinausgeworfen. Mehr schlecht als recht schlug er sich als Aushilfe in der Gastronomie und auf dem Bau durch.» Fischbacher wies auf die Kopie der Identitätskarte. «Es existiert nur ein Bild von ihm, dasjenige von der ID. Bislang hatte er keine Anzeigen am Hals.»

«Er hat sich vielleicht nie erwischen lassen», fand Louis und angelte nach einem der Biskuits in der Schale, die auf dem Tisch stand, «und ist dadurch mutiger geworden.»

«Ein hübscher Kerl», schwärmte Fabia. Sie hatte sich neben Valérie gesetzt.

Valérie sah sie kritisch an. «Sind die Biskuits von dir?» Nur Fabia verleitete die Abteilung jeweils zum Naschen.

«Klar doch, es gibt immer etwas zu feiern.» Sie kicherte.

«Was ist denn mit dir los?»

Fabia schenkte ihr ein Lächeln, vergessen schien der gestrige Abend zu sein. «Wenn man ihn so ansieht, denkt man nicht daran, dass er ein Mörder sein soll.»

«Noch haben wir weder eine Aussage von ihm noch Beweise, dass er der Gesuchte ist», sagte Fischbacher und schielte zu Valérie herüber. «Machst du weiter?»

«Ich weiss etwa gleich viel wie der Rest von uns», sagte sie und erhob sich, während sie Fabia noch immer fragend ansah. Die Wangen ihrer Kollegin schimmerten rot. Ihre Augen trugen einen merkwürdigen Glanz. Zwischen den letzten Tagen und heute lag ein sichtbarer Unterschied in ihrem Aussehen. Hatte sie sich mit Michael versöhnt? «Über die bevorstehende Pressekonferenz muss ich mich nicht äussern. Dominik, du hast dies bereits in die Wege geleitet. Dass wir uns mit den Informationen zurückhalten sollen, ist klar. Wir haben einen mutmasslichen Trickbetrüger dingfest machen können. Ob er mit den Morden an Gertrud Benziger und der bis dato unbekannten Frau etwas zu tun hat, ist ungewiss. Nach wie vor fehlt uns die Identität des zweiten Mordopfers. Bevor ich mit Ricardo Dini nicht gesprochen habe, würde ich es begrüssen, wenn die Medien nur am Rande etwas davon erfahren –»

«Aber», fuhr Louis ihr ins Wort, «gibt doch gerade *das* Nährboden für etwelche Spekulationen.»

«Ich bin auch dafür, dass mit offenen Karten gespielt wird», sagte Fischbacher.

Fabia bestärkte ihn darin. «Ich bin der Meinung, dass der Täter aus der Reserve gelockt werden könnte, wenn in den Medien über ihn berichtet wird. Darauf wartet er aller Wahrscheinlichkeit nach sogar.»

«Und outet sich mit einem weiteren Mord», trotzte Vischer ihrer Meinung.

«Dann geht ihr offensichtlich davon aus, dass der Täter ein anderer ist als Ricardo Dini.» Valérie hatte da auch so ihre Vorbehalte. Das waren zwei verschiedene Stränge, die sich zufällig überschnitten hatten. Sie wandte sich an Fischbacher, der über den Tisch gebeugt Notizen auf ein Blatt Papier schrieb. Gut möglich, dass er in Gedanken bei der bevorstehenden Pressekonferenz war. «Ist der Gerichtsbeschluss für eine umfassende Befragung im Benediktinerkloster schon eingetroffen?»

«Darauf wäre ich gerade zu sprechen gekommen.» Fischbacher legte den Schreibstift nieder. «Der Richter stuft das Unterfangen nach wie vor als heikel ein.»

«Was ist die Begründung?»

«Er sieht nicht ein, warum man ausgerechnet die Mönche in einen Mordfall verwickeln sollte.»

«Weil sie den Heiligenschein über dem Haupt tragen?» Valérie wollte keinen Unterschied zwischen kirchlichen und weltlichen Menschen sehen. «Die Vergangenheit … sogar die Gegenwart zeigt, dass die Kirche nicht vor Ungemach schützt.»

«Du sprichst die sexuellen Übergriffe auf Minderjährige an», fuhr Fabia dazwischen. «Die Missbräuche von Kindern.»

«Das hast jetzt *du* gesagt.»

«Und *du* gedacht», konterte Fabia. «Aber für die Ordensbrüder der Benediktinerabtei würde ich die Hand ins Feuer legen.»

«Mir liegt es fern, irgendwelche Gefühle zu verletzen», beschwichtige Valérie. «Das heisst aber noch lange nicht, dass wir unsere Ermittlungen in diese Richtung einstellen sollten. Insbesondere das Brandmal mit dem Benediktussegen hält mich davon ab, es zu unterlassen.» Wieder wandte sie sich an Fischbacher. «Mit allem Nachdruck: Wir müssen diese Bescheinigung haben.»

«Aus deinem Rapport geht hervor, dass du zumindest die Identität vom Besitzer des Ringes hast ausfindig machen können», sagte Fischbacher, erneut ausweichend.

«Das ist so nur zum Teil richtig. Ich kenne seinen Namen, und wo er vor über fünfzig Jahren gewohnt hat. Das ist alles. Der Mann scheint wie vom Erdboden verschluckt zu sein. Es liegt weder eine Todesanzeige vor noch eine Vermutung, dass er sich ins Ausland abgesetzt haben könnte. Es gibt auch keine Niederlassungsbescheinigung, und man weiss nicht, wo er zurzeit Wohnsitz hat. Ferdinand von Euw existiert nicht. Der Juwelier, der den Ring angefertigt hatte, wurde in der Zwischenzeit überprüft. Er ist eine zuverlässige Quelle.»

«Der müsste aber auch schon alt sein», insistierte Fabia.

Dünkte es Valérie, oder schaute ihre Kollegin immer wieder fast herausfordernd zu Louis hinüber? Da ein koketter Augenaufschlag, dort ein verschwörerisches Lächeln. Sie steckte sich gerade ein Biskuit zwischen die Lippen, mit langsamen, fast sinnlichen Bewegungen. Dafür, dass Fabia erst die Katastrophe ihres Lebens erlebt hatte, war sie heute ziemlich gut aufgelegt. Lag es etwa am Biskuit? Valérie sah das Gebäck nachdenklich an. Rund war es und hatte, wenn sie genau hinsah, grüne Sprenkel.

«Er ist alt», sagte der Polizist auf der linken Tischseite. «Schon über achtzig.»

«Habt ihr noch mehr vom ihm erfahren?», fragte Valérie und überlegte, ob sich in der Schale auf dem Tisch Cannabis-Biskuits befanden. Sie verwischte den Gedanken. «Kennt er zufällig die Frau, für die der Ring gedacht war?»

«Warum vermutest du eine Frau, der Ferdinand von Euw den Ring geschenkt hat?» Louis konzentrierte sich wieder auf die Sitzung, nachdem er mit Fabia ganz eindeutig geschäkert hatte. Valérie entging nichts.

«Gute Frage», sagte Fischbacher. «Ja, warum eigentlich?»

«Wir können es auch komplizierter machen», sagte Valérie. «Der Ring wurde beim Opfer gefunden. Er muss etwas mit Gertrud Benziger zu tun haben.» Sie hielt inne und erinnerte sich, dass Pascal ihr versprochen hatte, sie anzurufen, falls seine Mutter zurückkam. Bis anhin hatte sie nichts von ihm gehört. In Valéries Notizheft lag eine Nachricht mit einer Telefonnummer, die Daniel Christen ihr übermittelt hatte. Hatte sich Pascal heute gemeldet? «Also, in erster Linie muss der Gerichtsbeschluss her. Morgen werde ich mir diesen Dini vorknöpfen. Das nächste Briefing wird morgen Abend stattfinden, in dem wir das weitere Vorgehen besprechen werden. Bis dahin sind die Reaktionen der heutigen Pressekonferenz in den Zeitungen oder zumindest online. Mittlerweile können wir auch den Radius für die Zeugensuche weiter stecken.» Valérie fixierte Louis mit einem zusammengekniffenen Blick. «Ich möchte, dass du diese koordinierst.»

«Was? Die Zeugensuche?»
«Exakt.»

***

Valérie hatte nichts dagegen, wenn das Statement gegenüber den Medien ohne sie abgegeben wurde. Als sie um siebzehn Uhr ihr Büro verliess, plagte sie kein schlechtes Gewissen. Zu Hause befand sich noch immer ihr Sohn.

Sie machte sich auf den Weg zu ihrem TT, als sie einen Anruf bekam von der Nummer, die Christen ihr übermittelt hatte. Valérie schloss den Wagen auf, setzte sich hinter das Lenkrad und fuhr über den Touchscreen ihres iPhones.

«Spreche ich mit Frau Lehmann?»

Valérie bejahte und startete den Motor. Gleich vernahm sie die Stimme über die Freisprechanlage.

«Mein Name ist Adrienne, die Lehrerin aus Alpthal. Erinnern Sie sich?»

«Ich erinnere mich.» Die Alternative mit den Wollsocken, ging es Valérie durch den Kopf.

«Ich mache mir Sorgen um Maria Benziger. Sie hätte schon gestern die sechste Klasse unterrichten sollen. Aber sie kam nicht. Auch heute war sie nicht da. Auf meine Anrufe reagiert sie nicht. Auch ihr Sohn Pascal ist wie vom Erdboden verschwunden.»

Valérie verliess den Parkplatz und fuhr auf die Einsiedlerstrasse. «Waren Sie schon bei ihr zu Hause in Trachslau?»

«Ja, heute Morgen früh vor meinem Unterricht. Das Haus war unbewohnt. Auch weiss niemand von der Schule, wo Maria steckt. Das ist äusserst sonderbar, da sie immer zuverlässig und pünktlich ist.»

«Ich werde dem nachgehen», versprach Valérie.

Mittlerweile befand sie sich auf der Schwyzerstrasse Richtung Rothenthurm.

Die Tochter bringt die Mutter um.

Der Enkel tötet die Grossmutter.

Mutter und Sohn stecken unter derselben Decke und verschwinden spurlos, nachdem sie es mit der Angst zu tun bekommen hatten, entlarvt zu werden.

Valérie drückte den Fuss aufs Gaspedal. In Schwyzerbrugg wurde sie prompt geblitzt. Dabei kannte sie die Radarfalle mittlerweile.

Hatte sie etwas übersehen? Valérie überlegte sich, umzukehren und die Strasse nach Einsiedeln zu nehmen. Zu Hause wartete Colin. Zanetti hatte versprochen, nach der Pressekonferenz zu ihr zu kommen. Er lag ihr jetzt in den Ohren wegen eines Hauses, das in Küssnacht zum Kauf ausgeschrieben war. Sechs Zimmer, zwei Bäder. Doppelgarage. Seesicht und ein wenig Umschwung. Sie rief auf seine Nummer an und sprach auf die Combox. Sie würde sich verspäten. Er solle mit Colin zusammen essen. Sie erinnerte sich daran, dass sie nicht eingekauft hatte, und schlug vor, er solle sich eine Pizza besorgen oder sonst etwas, wonach ihm gelüstete. Den Anruf für Colin hob sie auf später auf.

Bei der nächsten Gelegenheit wendete sie, fuhr zurück und liess sich ein zweites Mal fotografieren. Sie würde sich wieder einmal des Tempos wegen rechtfertigen müssen.

Valérie war nicht bei der Sache. Da existierte etwas Geheimnisvolles, und sie hatte den Durchblick nicht. Bis die Resultate aus dem Labor eintrafen, waren ihr die Hände gebunden. Trotzdem wollte sie nicht darauf warten, bis ein Wunder geschah. Sie nahm sich vor, nach Trachslau zu fahren. Sie musste herausfinden, warum Maria und Pascal Benziger sich nicht meldeten.

Ein Lkw verliess das Kieswerkareal. Valérie musste heftig bremsen, weil ihm ein zweiter folgte. Die Betonmischer drehten sich. Es war schon spät. Die wissen auch nicht, was Feierabend ist, sinnierte Valérie. Sie ging davon aus, dass der Beton am Bestimmungsort gleich verarbeitet würde. Sie zweigte rechts nach Trachslau ab. Die Strasse zum Ortskern stieg bis zur Kirche sanft an.

Maria Benzigers Haus erweckte schon von Weitem den Eindruck, verwaist zu sein. Brannten andernorts in der Dämmerung die Lichter, lag ihr Anwesen im Dunkeln. Valérie suchte vergeblich einen Parkplatz. Die Menschen waren von ihrer Arbeit zurückgekehrt.

Möglicherweise gab es ein paar Leute hier, dic Maria Benziger kannten. In einem Dörfchen wie diesem kannte man sich. Zudem hatten ein paar Zeugen bereits ausgesagt, als es um Maria Benzigers und Pascals Alibi ging. Um ein Alibi, das vielleicht bröckelte.

Kaum hatte Valérie ihren Wagen abstellen können, näherte sich ihr ein Mann in Anzug und Krawatte und mit einem Kranz aus grauen Haaren, die sich im aufkommenden Wind aufplusterten. Er sah aus wie Albert Einstein. Seinen IQ schätzte sie jedoch nicht so hoch ein.

«Das sind Privatparkplätze», lamentierte er. «Haben Sie das Schild nicht gesehen?»

Schweizer Biedermann. Ziemlich aufgebracht. Wollte wohl seinen Frust abladen. Wenn sie sich so umsah, entdeckte Valérie die Häuser hinter dichten Hecken, und das Weltoffene, das sie erst noch vermutet hatte, verwandelte sich in eine Schrebergartenmentalität. Nicht zuletzt wegen des Mannes, der sonderbar anmutete.

«Sind Sie taub?», fragte er. Offenbar gab ihm sein geschniegeltes Äusseres das Recht, sich wie ein Berserker aufzuführen.

Valérie zeigte ihm ihren Ausweis. Einsteins Lakai versank im Boden und wurde rot, was ihm angesichts der grauen Haare ein clowneskes Aussehen verlieh.

Er stotterte eine Entschuldigung. «Die Polizei war schon einmal hier. Ich dachte –»

«Wohnen Sie hier?» Valérie deutete auf den Bungalow neben Maria Benzigers Haus.

«Ich, meine Frau und meine drei Kinder. Was führt Sie denn schon wieder hierher?»

«Kennen Sie Frau Benziger, Ihre Nachbarin?»

«Ja, natürlich. Meine Jüngste geht zu ihr in die Handarbeit.»

«Nach Alpthal?»

«Ja, nach Alpthal. Ist denn etwas geschehen?»

«Wann haben Sie Frau Benziger zum letzten Mal gesehen?»

«Ich erinnere mich nicht. Aber kommen Sie, meine Frau kann es Ihnen gewiss sagen.»

Der Mann wurde zusehends netter. Valérie erreichte hinter ihm über einen schmalen Fussweg die Eingangstür. Der Mann öffnete. Ein Geruch nach Käsekuchen, Raclette oder einem sonstigen scharfen Käsegericht schoss aus dem Innern. Unter dem Türrahmen erschien ein pummeliges Mädchen.

«Das ist meine Jüngste», sagte der Mann in einer Art, die Valérie verdächtig vorkam. Sie beobachtete, wie das Mädchen sich aus dem Griff seines Vaters wand, als er es an sich drücken wollte. «Ich habe noch zwei Söhne. Aber die besuchen in Einsiedeln das Gymnasium. Sie kommen erst später nach Hause.»

«Wer ist da?» Eine penetrant laute Frauenstimme durchdrang den Raum, als hätte jemand hinter der Tür einen Verstärker aufgestellt.

«Schnüggel, die Polizei ist da. Sie will eine Auskunft.»

«Polizei?» Gleichzeitig mit der Frage tauchte das ältere Ebenbild der Tochter auf. Die Frau füllte den ganzen Rahmen der Küchentür aus. «Polizei?», wiederholte sie, als hätte sie mit diesem Geschrei Valérie zum Verschwinden bringen können.

«Ich suche Maria Benziger. Kennen Sie sie gut?»

«Die Maria! Selbstverständlich. Die kennt jeder hier.» Die Grimasse auf ihrem Gesicht widerlegte ihr bemüht fröhliches Geplapper.

«Wissen Sie, ob sie weggefahren ist?»

«Ich habe sie seit zwei Tagen nicht mehr gesehen», sagte die Frau. «Gestern war ihr Sohn noch da. Aber er ist dann auch weg …»

«Hatte Maria in den letzten Tagen Besuch?»

«Ja, ich glaube schon. Die ziehen ja die Vorhänge nie zu … wahrscheinlich haben die gar keine. Da war jemand bei ihr, jetzt erinnere ich mich. Zuerst glaubte ich, es sei Pascal. Doch den hatte ich kurz vorher das Haus verlassen sehen.»

«Es war also ein Mann», folgerte Valérie.

«Ein junger Mann, soweit ich es sehen konnte.»

«Wann war das?»

«Ich glaube, am Sonntag …»

Mehr kam da nicht mehr. Die Frau faselte etwas von Kuchen aus dem Backofen nehmen und verschwand in die Küche, als sich bald darauf ein erneut scharfer Geruch im Flur ausbreitete.

«Wir werden morgen eine Equipe von Polizisten nach Trachslau schicken», sagte Valérie, ohne zu überlegen, was sie damit in Gang brachte. «Sie werden auch Ihre Nachbarn noch einmal befragen. Auch Sie oder Ihre Frau sollten sich dann zur Verfügung stellen.»

«Wir wurden doch schon ausgefragt.» Einsteins Lakai hatte einen lauernden Ton angeschlagen. «Hat das einen Zusammenhang mit dem Mord an Marias Mutter?»

«Eine Routineangelegenheit», wich Valérie aus. «Und sollten Sie Maria Benziger oder Pascal sehen, bitte rufen Sie mich umgehend an.» Sie reichte ihm ihre Visitenkarte.

Valérie entschloss sich, den Alleingang abzubrechen und nach Hause zu fahren. Sie verabschiedete sich und drehte sich zum Gehen um. Da spürte sie hinter ihrem Rücken ein bohrendes Augenpaar auf sich gerichtet.

***

Die aufkommende Nacht brach das letzte Licht des Tages. Die Konturen des Grossen und des Kleinen Mythen verschwanden in der Dunkelheit. Nachdem Valérie ihren Wagen vor ihrem Schild abgestellt hatte und ausgestiegen war, blieb sie eine Weile stehen und liess die Stimmung auf sich einwirken. Viel zu selten wurde ihr bewusst, dass sie das Draussen brauchte, die Natur, die sie in diesem Moment ganz fest spürte. Das Gestirn über ihr, das sie sich in der Schwärze bloss vorstellte. Das war für sie Religion.

Als sie in der Wohnung eintraf, sassen Zanetti und Colin in trauter Zweisamkeit am Tisch, assen Spaghetti bolognese und waren so in ein Gespräch vertieft, dass sie Valérie erst bemerkten, als sie sich neben sie setzte.

«*Maman*, du bist schon da?»

Sie wusste nicht, ob Colin es ernst oder sarkastisch meinte, und kam sich fast ein wenig überflüssig vor. Andererseits freute sie sich, dass ihr Sohn mit Emilio so gut harmonierte. «Wie geht es dir?»

«Wie du siehst, habe ich den Rausch überstanden. Emilio hatte, als er jung war, auch solche Erfahrungen gemacht. Einmal musste man ihm sogar den Magen auspumpen.» Colin warf Zanetti einen verschwörerischen Blick zu. «Er hat sogar schon einmal gekifft.»

«Ihr habt darüber gesprochen?» Valérie griff nach Zanettis Gabel und hangelte einen Strang Spaghetti aus seinem Teller. «Über Drogen?»

«Von Mann zu Mann», sagte Zanetti und reichte Valérie den Teller hinüber. «Hier, iss ruhig. Du hast sicher Hunger. So, wie ich dich kenne, hattest du heute noch nichts Gescheites zwischen die Zähne bekommen.» Er sandte ihr einen zärtlichen Blick zu. «Danach sollten wir über unsere Wohnsituation reden.»

Valérie rollte ihre Augen. Nicht heute, dachte sie. Laut sagte sie: «Was meint denn mein Sohnemann dazu? Ihr habt euch sicher auch darüber unterhalten.» In ihrem Bauch machte sich ein Klotz bemerkbar. Der Hunger war es nicht.

«Es wird auch langsam Zeit, dass ihr euch fusioniert», sagte Colin altklug. «Mir soll es recht sein. Dann werde ich endlich mein eigenes Zimmer bekommen, ohne Büro, PC und den ganzen Kram.» Er erhob sich. «So, nun will ich euch allein lassen. Ich gehe davon aus, dass *Maman* den Tagesbericht loswerden möchte.» Er stellte den Teller in den Geschirrspüler.

«Ich mag ihn», sagte Zanetti, nachdem Colin die Küche verlassen hatte. «Er ist klug und hat Manieren.»

«Er hat sich wirklich gewandelt. Wenn ich mir überlege,

wie wortkarg und grantig gegen mich er erst noch gewesen ist. Noch sind seine pubertären Schübe nicht ganz vorbei, aber ich kann hoffentlich damit umgehen.»

«Jetzt kann ich es dir ja sagen. Als du nach deiner Schussverletzung im Spital warst, ging es Colin nicht sehr gut. Ich versuchte schon damals, sein Vertrauen zu gewinnen. Anfangs hatte er sich quergestellt. Das ist verständlich.» Zanetti machte eine nachhaltige Pause, in der er nach dem Wasserglas griff. «Ich will mich nicht aufdrängen ... ich sehe ihn fast ein wenig wie meinen eigenen Sohn an, den ich niemals hatte.»

«Wir sollten über unseren Fall reden», wich Valérie aus. Das Ganze wurde ihr unangenehm. Dass Zanetti ihrem Sohn ein guter Freund war, liess sie gelten. Dass er sich in der Vaterrolle sah, ging ihr zu nahe. Sie hatte eben erst damit begonnen, Colin zu spüren und kennenzulernen. Ihre Pflichten als Mutter waren ihr bewusster denn je. Sie hatte über Jahre dafür gekämpft, ihn allmählich aus den Klauen ihres Ex-Mannes befreien und aus dem manipulierten Sohn einen offenen jungen Mann formen zu können. Nun schob sich wieder ein Schatten dazwischen, wenn auch in der Art anders als der von Willy Lehmann.

Sie sträubte sich dagegen, in der Beziehung zwischen Zanetti und Colin etwas Gutes zu sehen. Da war Konkurrenz, die ihr Muttersein streitig machte, das der Geliebten. Ein Haus, um das Bild einer Familie herzustellen, das sie so nicht wollte? Sie hätte niemals darauf eingehen sollen.

«Woran denkst du?» Zanetti riss sie brüsk aus ihren Gedanken.

Valérie erhob sich. «Wie verlief eigentlich die Pressekonferenz? Du warst doch auch dort, nicht wahr?»

«Fischbacher hat sie geleitet. Er hielt sich zurück. Gut, warst du nicht dabei. Dich hätten die Fragen der Medienleute nur aufgeregt. Wie erging es dir?»

«Ich war in Trachslau und lief gegen eine Wand.»

ZEHN

Die Resultate aus dem forensischen Labor waren eingetroffen. Mit dem geschlossenen Couvert in der Hand begab sich Valérie ins Büro. Vorher hatte sie ihren Sohn in Schwyz auf den Bahnhof gebracht. Der Abschied war ihr diesmal schwergefallen. Nächste Woche sei er wieder da, hatte Colin sie getröstet und war mit Schirmermütze und dieser Lässigkeit im Zugsabteil verschwunden. Polizist wollte er einmal werden.

Sie hatte jetzt einen doppelten Espresso nötig. Sie setzte sich mit der Kaffeetasse ans Pult und überblickte ihr Chaos. Seltsam, dass sie darin immer alles fand, was sie suchte. Sie riss den Briefumschlag auf, entnahm ihm die Dokumente. Zwei Seiten mit Formeln, Berechnungen und Tabellen. Valérie überflog die Zeilen. Sie wusste, wo sie lesen musste. Bei der unbekannten Toten handelte es sich um eine fünfzigjährige Frau. Valérie schluckte leer. Ihr Verdacht, dass es der Täter auf betagte Frauen abgesehen hatte, wurde mit einem Mal zunichtegemacht, ihr logisches Denken entmündigt. Hier ging es um etwas anderes. Valérie musste den Satz zweimal lesen, um den Sinn zu verstehen.

Die DNA stimmte mit derjenigen der ersten Leiche zu fünfzig Prozent überein. Der Koeffizient betrug 0,50. Somit war ein Verwandtschaftsgrad zweier Schwestern oder zwischen Mutter und Tochter sicher.

Mutter und Tochter!

Gertrud und Maria!

Maria! «Nein!» Valérie empfand einen harten Stich in der Brust. Das war nicht möglich. Sie hatte den Leichnam gesehen. Der Tod hatte diese Frau auf so seltsame Weise verändert, sogar verunstaltet. Am Sihlsee hatte jemand anderer gelegen. Nicht Maria. Valérie spürte, wie Tränen in ihr hochkamen. Sie versuchte den Reflex, sich zu übergeben, zu unterdrücken. Es gelang ihr nicht. Sie rannte hinaus auf den Flur und dort in Richtung Toilette. Kaum beim Lavabo angekommen, übergab sie sich. Nein, nicht Maria! Unbewusst hatte Valérie sie in ihr Herz geschlossen. Vielleicht, weil sie ihr ähnlich gewesen war. Eine Frau, die sich im Leben hatte behaupten müssen, die ihren Sohn alleine aufgezogen, die sich gegen eine erzkonservative Familie gewehrt hatte. Die ihren eigenen Weg geradlinig gegangen war.

Valérie wusch ihr Gesicht. Im Spiegel blickte ihr eine Fremde entgegen. Blass, fast eingefallen. Die Narbe zwischen dem linken Auge und dem Mundwinkel stach hervor, stärker jetzt und hässlicher. Manchmal nützte das beste Make-up nicht, um sie zu kaschieren.

Jetzt war auch klar, warum Maria Benziger so plötzlich verschwunden war. Sie musste dem gleichen Täter zum Opfer gefallen sein. Er hatte sie, wie schon ihre Mutter, überfallen, abgeschlachtet und geköpft.

Was genau spielte sich hier ab? Ein Familiendrama?

Valérie hatte sie zu bewundern begonnen, die musikalische Handarbeitslehrerin, die selbstbewusste Frau, die sich aus der Biederkeit eines alteingesessenen Geschlechts herausgeschält hatte. Die vielleicht zu reden gegeben hatte wegen ihrer modernen Einstellung. Die sich auch gegen jegliche Konventionen einer fast krankhaften Religiosität gewehrt hatte.

Hatte ihr Sohn Pascal etwas damit zu tun? Hatte er Grossmutter und Mutter auf dem Gewissen?

Valérie ging zurück in ihr Büro. Sie las Stieffels Bericht zu Ende. Der Todeszeitpunkt lag in der Sonntagnacht. Valérie griff nach dem Telefon und wählte die Nummer der Personenfahndung. Die Suche nach Pascal Benziger musste in die Wege geleitet werden. Sofort!

Im Vernehmungszimmer wartete Ricardo Dini. Nach dem Aufenthalt in der Notaufnahme des Spitals Einsiedeln hatte man ihn in Untersuchungshaft geführt, wo er den Rest der Nacht verbrachte. Er sass da, verzog keine Miene, machte auf Macho. Offenbar war er sich keiner Schuld bewusst. Valérie kannte solche Figuren, die ihr, sobald sie in ihr Blickfeld trat, zu verstehen gaben, dass sie als Frau nicht gefragt war. Sie hatte darauf bestanden, dass nicht der Fahndungsdienst, sondern sie mit der Vernehmung begann. Noch war nicht auszuschliessen, dass Dini etwas mit den Morden zu tun hatte.

Valérie setzte das Aufnahmegerät in Betrieb. Dini griff indes nach seiner Jackentasche und holte ein Zigarettenpäckchen daraus hervor. Unverständlich, weshalb man es ihm nicht abgenommen hatte. Er steckte eine Zigarette zwischen die Lippen und wartete.

«Hier ist Rauchen verboten», sagte Valérie. «Wie geht es Ihnen?»

«Ich habe Kopfweh.» Dini steckte die Zigarette wieder ein und grinste. «Eine Minute später, und ich hätte die Englein tanzen sehen. Ich bin froh, dass Ihre Bullen so schnell reagiert haben.»

Valérie breitete die Dokumente vor sich aus. «Warum Alexander?»

Dini rutschte auf dem Stuhl nach vorne. «Alexander der Grosse?»

«*Ich* stelle hier die Fragen.» Valérie musterte ihn. Obwohl er vom Spital direkt hierhergekommen war, sah er aus, als würde er gleich ein Date haben. Keiner, der es nötig hatte, am Reichtum älterer Damen auf kriminelle Weise zu partizipieren. Mit seinem Charme hätte er sich überall einschleichen können. Seine Vita allerdings bewies das Gegenteil. Nichts in seinem jungen Leben war ihm gelungen. In der Schule war er eine taube Nuss gewesen, während der abgebrochenen Ausbildungen ein Niemand. Er war nicht der Intelligenteste, hielt sich wohl für bauernschlau. Er war ein Dieb, ein Taugenichts.

War er auch ein Mörder?

«Wann haben Sie mit der Karriere als Trickbetrüger begonnen?»

«Stellen Sie immer solche Fragen?»

Valérie brauchte ihn nur anzusehen.

«Sorry, *Sie* stellen hier die Fragen.» Er überlegte. «Ich bin kein Trickbetrüger.»

Valérie blieb ruhig. Sie wusste, dass man nicht mit groben Worten jemanden aus der Reserve locken konnte, sondern mit Ausdauer und Einfühlungsvermögen. Ein steter Tropfen höhlt den Stein. «Ihre DNA wird soeben mit den Spuren in Frau Benzigers Wohnung verglichen.»

Dini glotzte vor sich hin. Es schien, als hätte er die Auswirkungen des Schlafmittels noch nicht ganz auskuriert. War sein Äusseres auf den ersten Blick eine Augenweide, entlarvte der zweite seine Blödheit. Daran knüpfte Valérie an. «Wenn Sie jetzt gestehen, kann sich das auf den Verlauf Ihrer Zukunft positiv auswirken.»

«Ich habe nichts Verbotenes getan. Und wer, bitte schön, ist Frau Benziger?»

«Sie können hier Wurzeln schlagen, wenn Ihnen das lieber ist.» Valérie wartete geduldig. Sie sah ihrem Gegenüber an, dass sich etwas in seinem Spatzengehirn rührte. «Zudem habe ich sehr viel Zeit.» Das war zwar gelogen. «Wenn nicht heute, so können wir gern morgen mit der Vernehmung fortfahren, falls Ihnen das lieber ist.»

Dini knetete seine Finger. «Ich habe nichts getan.»

Valérie erhob sich. Sie ging in den Flur, stellte dort Fischbachers Nummer ein und wartete, bis er sich meldete. «Ist Frau Bisig im Haus?» Sie überlegte sich, ob sie eine offizielle Gegenüberstellung machen sollte.

«Man hat sie gerade von Schindellegi hierhergebracht», sagte Fischbacher.

«Gut, sie soll in den Vernehmungsraum kommen.»

Valérie kehrte zurück. Schweigend wartete sie, bis jemand von ihren Kollegen Frau Bisig zu ihr führte.

«Was ist?» Dini wurde zusehends unsicherer.

«Wir warten.»

«Worauf? Auf schöneres Wetter?» Er klopfte sich blöd lachend auf die Oberschenkel, fand sich wichtig.

Nach einem kurzen Klopfen ging die Tür auf. Frau Bisig

stand dort, etwas verwirrt. Ihre Augen suchten den Raum ab, fixierten Dini. Einen Moment lang, in dem die Erkenntnis sich mit einem Nicken bemerkbar machte. Dann verschwand sie wieder, bevor Dini reagieren konnte. Seine verzögerte Reaktion jedoch reichte aus, um ihn zu durchschauen. Valérie wartete, bis das Display ihres iPhones aufleuchtete. «Er ist es!»

Valérie wandte sich an Dini. «Sie wurden soeben erkannt. Ich rate Ihnen, mit der Wahrheit herauszurücken, ansonsten könnte es für Sie unangenehm werden.»

Dini runzelte die Stirn. War er bereit zu reden? «Die ...» Er schluckte leer.

Valérie beobachtete ihn kontinuierlich. Seine Augen verrieten seine Unsicherheit. Seinen inneren Kampf. Es sah danach aus, als würde er seine Möglichkeiten abwägen. Als fragte er sich, was letztlich besser für ihn war – die Wahrheit zu sagen oder sich weiterhin darum herumzudrucksen. Als er seinen Körper streckte, schien er entschlossen zu sein.

«Die ... Benziger sollte mein erster Fang sein ... ein Stapellauf sozusagen.»

Valérie liess die Worte nachwirken. Warum gab es Menschen, die jeglichen Respekt gegenüber dem andern verloren? «Was ist schiefgelaufen?» Sie benutzte die gleiche Sprache wie er.

«Die Alte liess mich zur vereinbarten Zeit nicht ins Haus. Sie stellte sich stumm.»

Valérie warf einen Blick auf das oberste Dokument. «Wie kommt es, dass Ihre Fingerabdrücke im Haus sichergestellt wurden?»

«Ich dachte, da wären Sie erst dran?»

Valérie wartete. Noch wusste sie es nicht. Sie hatte spekuliert.

«Weil ... weil ich da war.»

Er hatte angebissen.

«Wann?» Valérie machte sich Notizen.

«Ich glaube, das war am vorletzten Sonntag.»

«Sie glauben? Das wäre am 15. April gewesen.»
«Die Benziger wollte zur Kirche …»
«Als wen haben Sie sich ausgegeben? Als Alex oder Alexander?»
«Hm …» Dini kniff die Lippen zusammen. Eine Weile kam da nichts mehr.
«Herr Dini?» Valérie sah ihn eindringlich an. «Ich habe Ihnen eine Frage gestellt.» Sie liess den Schreibstift spielerisch durch ihre Finger hüpfen.
Er zögerte. «Als Pascal.»
«Wie bitte?» Valérie traute ihren Ohren nicht. Frau Benzigers Enkel hiess Pascal. War sie ihm nicht auf die Schliche gekommen?
«Ich wusste, dass die Alte schlecht sieht und manchmal vergesslich ist. Pascal hat es mir erzählt. Er sagte, dass sie unter Demenz leide und die Dinge oft nicht so sähe, wie sie waren …»
«Sie kennen Pascal Benziger?» Valérie, von dieser Aussage erneut perplex, warf instinktiv den Schreibstift auf den Tisch. Sie ahnte, dass Dini sie provozierte und es offensichtlich genoss. Vielleicht war er gar nicht so blöd.
«Ja», sagte er. «Aber wir sind nicht eng befreundet.»
«Pascal Benziger hat mit Ihnen über seine Grossmutter gesprochen?»
Spannten Pascal und Dini zusammen? Pascal als der geprellte Enkel, der wahrscheinlich eine Ahnung von dem Testamentsentwurf hatte, und Ricardo, der Mittellose – beide wollten sich an Gertrud Benziger bereichern. «Haben Sie die Tat zusammen geplant, oder weshalb haben Sie Frau Benziger als Opfer gewählt?»
«Pascal ist ein Weichei. Der würde niemals so etwas durchziehen. Manchmal trafen wir uns im ‹Twenty One› in Einsiedeln, wenn er bei seiner Mutter in Trachslau war. Einmal erzählte er mir von seiner Oma und dass diese ein Vermögen in den katholischen Klerus steckt. Ich dachte mir, dass ich mir auch ein Stück von dem Kuchen abschneiden möchte. Meine

Eltern sind katholisch. Sie haben nie viel gehabt. Ich auch nicht. Leider ist es schiefgelaufen. Sie haben recht.»

«Sie standen also vor verschlossener Tür. Was ging Ihnen da durch den Kopf?»

«Ich wollte mir meinen Anteil holen ... auf andere Weise. Ich hatte erfahren, wie einfach es ist, an die Senilen heranzukommen. Also versuchte ich es bei der Alten in der Mythenstrasse. Das war ein Volltreffer. Der konnte man so schön auf die Tränendrüsen drücken, von wegen verletztem Enkel in Bangkok und so ... Ich war stocksauer wegen der Benziger, dass ich ... schnell reagieren musste. Ich brauchte das Geld ...»

«Wofür brauchten Sie das Geld?»

«Ich ... ich ...» Dinis Augen blitzten. «Ich wollte mal sehen, wie es sich mit Geld so anfühlt.»

«Bis Sie an Frau Lieberherr gerieten.»

«Das nennt man dann wohl Kollateralschaden.» Dini grinste dümmlich.

«Warum haben Sie nach Ihrem Erfolg bei Frau Bisig», Valérie deutete Anführungs- und Schlusszeichen an, «so schnell nach einem neuen Opfer gesucht?»

«Ich gebe zu, dass ich übermütig wurde. Es lief einfach zu glatt ab. Aber die blöde Kuh hat mich vergiften wollen. Kommt sie jetzt auch in den Knast?»

Valérie kommentierte es nicht. Immerhin hatte sie ein Geständnis und somit den Ermittlern aus der Fahndung die Arbeit abgenommen. «Nachdem Ihnen Frau Benziger die Zahlung verweigerte, haben Sie sie umgebracht.»

Dini sprang empört vom Stuhl auf. «Was quatschen Sie da? Ich habe niemanden umgebracht. Ich mache mir doch meine Hände an einer alten Tusse nicht schmutzig ...» Dini setzte sich wieder und stützte seine Ellenbogen auf. «Die kopflose Leiche im Sihlsee ... ist es das? Sie wollen sie mir anhängen.»

«Erinnern Sie sich, an welchem Tag und um welche Uhrzeit Sie bei Frau Benziger angekommen sind?»

«Am Dienstag. Uhrzeit? Keine Ahnung. Auf jeden Fall zu spät. Ich war vorher in Zürich, habe allerdings den Zug verpasst. Ich kam sicher zwanzig Minuten zu spät. Da war die Alte schon nicht mehr da. Es muss so zwischen zehn und elf gewesen sein. Um Viertel nach zehn hatte ich mich mit ihr verabredet.»

«Ist Ihnen etwas aufgefallen?»

«Was soll mir aufgefallen sein?»

«Denken Sie nach.»

«Ja klar, so ein bescheuertes Tuch. Ich erinnere mich. Fast hätte ich es aufgehoben und mitgenommen ... als Andenken an ein vermasseltes Geschäft. Ich liess es dann sein. Ich bin ja keine Tunte.»

«Ist Ihnen Pascal Benziger an diesem Tag begegnet?»

«Pascal? Nein. Wie gesagt, wir sind keine Freunde. Er hat mich bloss auf die Idee gebracht.»

«Hat er Ihnen sonst noch etwas von seiner Grossmutter erzählt?»

«Nein, echt nicht. Es hätte mich auch nicht interessiert. Ich hab's nicht so mit den Rentnerinnen.»

«Als Sie Frau Benzigers Wohnort verliessen, wohin gingen Sie da?»

«Nach Hause, wohin denn sonst? Dort werde ich immerhin geduldet.» Dini wischte sich verlegen über den Mund. «Meine Alten sind schon okay. Dass sie mit mir nicht das grosse Los gezogen haben, ist ihnen klar.» Dini liess seine Faust auf den Tisch fahren. «Ich hätte ihnen gern ein besseres Leben beschert. Sie sind fleissige Leute, waren es schon immer. Nur hat es nirgends gereicht. Da taucht eine Alte mit Millionen auf. Ergreif die günstige Gelegenheit, habe ich mir gedacht. Ob die ein paar Riesen mehr oder weniger auf ihrem Konto hat, fällt der nicht auf.»

«Frau Bisig war praktisch mittellos», sagte Valérie, der Dinis Kaltschnäuzigkeit langsam auf den Geist ging.

«Alleinstehend, bescheiden. Ich hatte sie schon Tage im Voraus im Visier, bevor ich überhaupt auf die Idee kam, bei der Benziger einen Besuch abzustatten.»

«Und Frau Lieberherr?»

«Bei der habe ich mich verkalkuliert, ehrlich ...» Dinis Grinsen löste in Valérie einen Schauer der Entrüstung aus.

Sie warf einen Blick auf ihre Armbanduhr. «Es ist jetzt elf Uhr. Die Vernehmung mit Ricardo Dini ist somit beendet. Sie drückte die Aus-Taste. Sie wandte sich an den Wachposten. «Sie können ihn in seine Zelle zurückbringen.»

Es war voraussehbar gewesen, dass Dini rebellierte. «Du verdammte Schlampe ... ich bin kein Mörder.»

Sie drehte sich noch einmal nach ihm um. «Zähmen Sie Ihre Zunge. Sonst könnten Sie zusätzlich wegen Beamtenbeleidigung angezeigt werden. Was weiter mit Ihnen geschieht, wird der Richter entscheiden.» Sie verliess den Raum.

Vor der Tür wäre sie fast mit Fischbacher zusammengestossen.

«Gut, dass ich dich treffe.» Valérie versuchte, ihren Ärger hinunterzuschlucken. «Wie sieht es mit der Genehmigung aus? Ich würde nun endlich gern mit den Mönchen sprechen.»

«Dieser Dini ist es also nicht?» Fischbacher sah sie an, als käme sie von einem fremden Stern.

«Ein Kleinkrimineller», sagte Valérie, «der zufällig am selben Ort war wie Gertrud Benzigers Mörder. Wir sollten jedoch Pascal Benziger nicht aus den Augen lassen. Ist die Fahndung nach ihm raus?»

«Die läuft.»

Valérie hielt Fischbacher am Arm fest. «Ich brauche Carte blanche.»

«Morgen hast du sie, allerspätestens übermorgen, versprochen.»

Nach einer kurzen Kaffeepause verschanzte sich Valérie in ihrem Büro. Sie hatte sich vorgenommen, an diesem Vormittag noch einige Anrufe zu tätigen. Die Liste lag auf ihrem Pult. Doch vorher wollte sie sich in eine andere Akte vertiefen. Was sie schon längst befürchtet hatte, nahm allmählich Gestalt an. Im Fall Benziger ging es um etwas Familiäres, wahrscheinlich um Geld. Valérie suchte die Akte «Ernst Benziger» heraus, die sie nach der Identifizierung von Gertruds Leichnam angelegt hatte. Eine Kollegin hatte ihr dabei geholfen, alles über den verstorbenen Baumogul herauszusuchen.

Ernst Benziger stammte von einer alteingesessenen Familie in Einsiedeln ab. Seine Karriere hatte er in der Hotellerie begonnen, er war der sprichwörtliche Tellerwäscher gewesen. Seine Eltern hatten ihm nach ihrem Tod etwas Kapital vererbt. Ernst Benziger hatte damit ein heruntergewirtschaftetes Hotel günstig erwerben können, es abgerissen und daraus ein rentables Mehrfamilienhaus gebaut. Nach kurzer Zeit hatte er seine erste Million beisammen. Er kaufte, investierte, sanierte oder riss ab, baute neu und verkaufte. Valérie wunderte es, dass er den Hinterlassenen nach seinem Ableben nicht mehr als gut drei Millionen vererbt hatte. Auf den Grund dafür stiess sie beim Weiterlesen. Benziger hatte grosszügig gelebt. In einem Zeitungsartikel von 1964 wurde ihm vorgeworfen, dass er das Geld mit dem Kauf teurer Sportwagen verprasste. Dies schien auch sein Hobby gewesen zu sein. Valérie stiess auf ein Bild, das Benziger mit einer Frau zeigte – auf dem Nürburgring. Auf dem Arm hielt sie einen kleinen Jungen. Der dazugehörenden Bildlegende war zu entnehmen, dass es sich bei den Leuten um Ernst und Rita Benziger handelte mit ihrem kleinen Sohn Alois.

War das ein Schreibfehler?

Valérie suchte in ihrem Pult nach einem Vergrösserungsglas. Das Bild war unscharf. Weder die Gesichtszüge des Mannes noch die der Frau waren erkenntlich oder konnten mit einem andern Foto aus dem Internet verglichen werden. Auf dem Bild von 1964 hatte er eine Brille, die Frau neben ihm war gleich gross. Sie trug flache Schuhe, wirkte korpulent. Valérie suchte nach dem Rapport aus der Gerichtsmedizin und dort nach der Grösse von Gertrud Benziger. Gemäss Res Stieffel war Gertrud inklusiv des fehlenden Kopfes einen Meter siebenundfünfzig gross gewesen. Die Frau neben Benziger konnte somit unmöglich die Tote sein. War Benziger schon einmal verheiratet gewesen? Und stammte Sohn Alois aus dieser Ehe? Aber warum hatte Maria von ihrem Bruder gesprochen und davon, dass beide zugunsten *ihrer* Mutter mit dem Pflichtteil einverstanden gewesen waren beziehungsweise darauf verzichtet hatten? Falls Alois nur Ernsts Sohn gewesen war und alles mit rechten Dingen zugegangen wäre, hätte er die Hälfte vom Vermögen seines Vaters geerbt.

Valérie begann in den Suchmaschinen nach näheren Angaben zu Ernst Benziger zu suchen. Es erschienen ein paar Berichte neueren Datums. Der Eintrag einer Firma, in der Benziger immer noch im Verwaltungsrat sitzen musste, entpuppte sich als verwaiste Website. Der letzte Eintrag war auf 2009 datiert. Benziger war ein Jahr später an Krebs gestorben.

Valérie widmete sich wieder den vielen Zeitungsausschnitten, die ihre Kollegin offenbar aus dem Archiv geholt hatte. Einige unter ihnen waren bereits digital erfasst.

Endlich stiess sie auf einen Bericht, der die Hochzeit von Ernst und Rita, gebürtige Meier, betraf. Auch dazu existierte ein Bild. Im Vergleich zu den andern Menschen auf dem Foto wurde die Grösse von Ernst und Rita ersichtlich. Gertrud konnte unmöglich diese Frau sein.

Valérie erhob sich. Sie ging zur Kaffeemaschine beim Fensterbord und liess einen Arpeggio in die Tasse träufeln. Mit dem Kaffee stand sie am Fenster und sah hinaus. Seit Tagen schien die Sonne, als verpönte sie den Fall, an dem sich die Kriminalpolizei die Zähne ausbiss. Das lichte Grün an den Gestaden der Biber passte nicht. Valérie fixierte die Bäume, das Wasser, das träge seine Bahn zog. Sie erinnerte sich an die Halluzinationen zu Beginn ihrer Arbeit in Biberbrugg. Sie waren nie mehr eingetreten. Auch ohne Medikamente blieben sie aus. Doch heute streifte ein Schatten wie ein Flügelschlag ihr Gehirn. Für einen Moment verdunkelte sich die Sicht nach draussen, einen Augenblick lang. Genauso schnell machte sich ein heftiger Stich in ihrer Brust bemerkbar, wie die Ankündigung eines Schmerzes, den sie schon längst vergessen hatte.

Valérie stellte die leere Kaffeetasse auf das Fensterbord. Sie ging zurück zu ihrem Pult. Sie setzte sich. Zeitungsberichte,

Notizen und Rapporte bedeckten die ganze Tischplatte. Valérie fixierte die Dokumente, ohne die einzelnen Sätze und Bilder wahrzunehmen. Vor ihr lag ein Brei aus Papier, in den sich ihre Augen bohrten und trotzdem durch ihn hindurchsahen.

Ernst Benziger hatte einen Sohn aus erster Ehe. Alois. Laut Maria, vermutlich dessen Halbschwester, hatte er zum letzten Mal aus Zentralamerika ein Lebenszeichen gegeben. Was war aus ihm geworden? Heute war er, falls er noch lebte, vierundfünfzig Jahre alt. Was war mit seiner leiblichen Mutter geschehen? Mit Rita Benziger-Meier?

Die Person, die Valérie hätte Auskunft geben können, war auch tot. Ermordet auf dieselbe Art wie ihre Mutter. War sie die einzige Zeugin gewesen? Hatte sie deshalb sterben müssen? Und Pascal? Schwebte auch er in Lebensgefahr?

Valérie stützte ihren Kopf auf die Hände. Gertrud Benziger war streng katholisch gewesen, dem Kloster Einsiedeln und der Kirche zugetan. Das letzte vom Notar beglaubigte Testament bedachte Maria Benziger und das Kloster Einsiedeln zu je einer Hälfte. Im Falle eines Ablebens von Maria bekam Pascal deren Anteil. Maria hätte schon einmal den Pflichtteil des Erbes beim Tod ihres Vaters erhalten, sie verzichtete aber ihrer Mutter wegen darauf. Ihr Bruder bekam und wollte bis anhin nichts. In der direkten Erbfolge von Gertrud Benziger würde er auch im Falle eines Wiederauftauchens nichts bekommen. So, wie Valérie das verstand, war Alois definitiv nicht Gertruds Sohn.

Des Rätsels Lösung lag bei Pascal, vermutete Valérie.

Aber möglicherweise war Alois ... verdammt! Valérie fuhr mit der Faust in die Dokumente. Das alles war nicht nachvollziehbar. Sie griff nach dem Telefon und erinnerte sich, dass sie eine Anzahl pendenter Anrufe auf dem Pult liegen hatte. Sie wählte Louis' Nummer.

Er lief wieder einmal auf Hochform. Valérie spürte seine ungebremste Energie durchs Telefon. Testosteron, ging ihr durch den Kopf. Ob er etwas am Laufen hatte? Mit Fabia?

Dies würde einem Ehebruch gleichkommen und nicht zu ihr passen.

«Ich brauche die Passagierlisten der Flüge der letzten zwei Monate ab Costa Rica nach Zürich.» Sie wusste um die Unmöglichkeit dieses Unterfangens, bevor sie den Satz beendet hatte.

Dass Louis ihr keinen Gehirnschaden attestierte, lag an seinem Anstand ihr gegenüber. «In Costa Rica gibt es zwei internationale Flughäfen», sagte er nur. «Wobei vom Flughafen Juan Santamaría aus die meisten Flüge gehen.»

«Du kennst dich ja bestens aus.» Valérie lachte.

«Das hat mit meinen Träumen zu tun. Vielleicht schaffe ich es irgendwann, sie zu realisieren.» Er machte eine Pause. «Ab Mitte, Ende Februar, Anfang März sagst du? Worum geht es?»

Valérie klärte ihn über den Stand ihrer Ermittlungen auf und was sie darüber hinaus herausgefunden hatte. «Möglicherweise ist Maria Benzigers Halbbruder in die Schweiz zurückgekehrt.» Es war diese Option, an der sie sich im Moment festhalten wollte. Ein kleiner Faden, der drohte zu reissen, bevor sie ihre Gedanken zu Ende geführt hatte. Falls Benziger in die Schweiz gereist war, hatte er es möglicherweise auf Umwegen getan.

«Sollte nach ihm gefahndet werden», sagte Louis und holte sie in die Wirklichkeit zurück, «könnte ich auf Kosten der Polizei nach San José fliegen. Ansonsten müsste ich noch lange warten.»

«Bis zu deiner Hochzeitsreise vielleicht?» Es sollte lustig klingen.

«Dazu müsste ich erst die Richtige finden», sagte er mit einem verschwörerischen Unterton und schien seinen Auftrag bereits vergessen zu haben. «Aber warum sollte man auf die Prinzessin warten, wenn man es mit den Froschweibchen treiben kann ...»

Valérie wurde wütend. «Aber nicht mit Fabia ...»

Louis zögerte. «Das geht dich überhaupt nichts an.» Hatte er soeben ihre Vermutung bestätigt? «Hat sie dir etwas gesagt?», fragte er gemässigt.

«Ich muss euch nur ansehen und eins und eins zusammenzählen.» Valérie biss sich auf die Lippen. «Sie ist verheiratet, Louis, und sie ist stockkonservativ. Mach es ihr nicht schwerer, als sie es eh schon hat.»

«Du meinst, wegen ihres Mannes?» Louis stiess einen spitzen Lacher aus. «Betrogen hat er sie.»

«Und sie? Ist das, was sie tut, nicht dasselbe?» Valérie konnte es nicht im Raum stehen lassen. Sie mochte Fabia. Dass Louis ihre ehelichen Zerwürfnisse ausnutzte, fand sie nicht in Ordnung. «Ich sage dir mal etwas, Louis. Du kannst es aufnehmen, wie du willst. Aber das, was du mit Fabia anstellst, ist nicht fair.»

«Ich habe ihr die Tränen getrocknet. Der Beischlaf ist die beste Medizin.»

«Du missbrauchst ihre Verletzlichkeit. Dass du testosterongesteuert bist, musst du nicht laut sagen. Das spürt man gegen den Wind. Aber, wenn es dich dermassen juckt, gehe in den Puff.» Sie wartete seine Erwiderung nicht ab. «So, und nun wünsche ich, dass du deine Arbeit erledigst.» Sie brach die Verbindung ab.

Sie war wütend über sich selbst. Es war falsch. Es ging sie nichts an. Und solange Louis' Techtelmechtel mit Fabia ihre Ermittlungen nicht tangierte, durfte das kein Thema sein. Es war nicht ihre Art, sich ins Privatleben ihrer Mitarbeiter einzumischen. Für Fabia fühlte sie sich jedoch verantwortlich. Fabia demonstrierte nach aussen stets eine harte Schale. Doch wenn man diese durchbrach, stiess man auf einen weichen Kern. Und dieser war äusserst manipulierbar.

Verärgert darüber, dass sie sich nicht hatte zurückhalten können, verliess Valérie ihr Büro. Auf dem Flur begegnete ihr Henry Vischer. Er war mit einem Stapel Dokumenten unterwegs.

«Ich wollte gerade zu dir. Hast du Zeit?» Vischer hinderte Valérie am Weitergehen. «Ich bin da auf etwas gestossen, das dich interessieren könnte.»

«Können wir das beim Essen besprechen? Ich habe einen

Mordshunger. Beim Italiener gibt's heute die Pizza der Woche mit Thunfisch und Wasabi. Ich hätte gerade grosse Lust darauf.» Und vor allem wollte sie damit den Frust beseitigen.

Vischer machte eine Hundertachtziggradkehrtwendung. «Meinetwegen. Habe vergessen, dass bald Mittag ist.»

«Weisst du schon, was du nach dem Sommer machen wirst?», fragte Valérie auf dem Weg nach draussen. Vischer hatte ihr erzählt, dass seine Freundin aus Japan zurückkehren würde. Er selber sei sich nicht schlüssig, ob er dann weiterhin bei der Polizei arbeiten wolle.

«Ich lasse meinen Schatz erst einmal hier ankommen. Es hängt davon ab, ob Helena einen Job findet oder nicht. Ich möchte mit ihr zusammen sein und werde mein Leben nach ihr richten.»

Alles ist im Aufbruch, dachte Valérie. Überall stehen Veränderungen an. Eine verrückte Zeit.

Die Kutsche mit Pferd dominierte das Aushängeschild des Hotels Post. Ein Landhaus, das an der Schwyzerstrasse lag und die Gäste mit einer Vielzahl an Parkplätzen willkommen hiess. Schon deswegen kehrte Valérie hier gern ein. Sie nahm immer ihren TT mit. Der Weg von ihrem Arbeitsplatz bis hierher war ihr zu weit. Der Gasthof war nebst dem «Bahnhöfli» der einzige in unmittelbarer Nähe der Polizei.

Die Wirtin, eine quirlige Frau mit Pagenschnitt, gab sich geschäftig. Obwohl neben ihr noch ein paar Kellner umherschwirrten, sah man ihr an, dass sie hier der Boss war. Sie winkte Valérie zu und deutete an die hintere Wand.

«Glück gehabt», sagte Vischer und steuerte die zwei freien Stühle an. Bevor sie bestellen konnten, kam er auf das Kloster Einsiedeln zu sprechen und auf das Indiz, das in diese Richtung wies. «Ich habe gehört, dass der Richter noch immer zögert.»

Sie setzten sich.

«Was ich überhaupt nicht verstehe», sagte Valérie.

«Er soll einen guten Draht zum Abt haben. Möglicherweise ist er befangen.»

«Es scheint, als wäre ihm die Dringlichkeit des Anliegens nicht bewusst.» Sie schlug die Getränkekarte auf. «Teilst du mit mir einen Dreier Roten?»

Vischer gab sich gespielt entrüstet. «Wir sind im Dienst.»

«Passt doch hervorragend zu der Pizza.»

«Die Mönche in Einsiedeln bieten Klosteraufenthalte an», sagte Vischer, nachdem er sich für den Wein hatte überzeugen lassen. «Man kann sich dort eine Auszeit gönnen, sein Leben in Ruhe aus einer andern Perspektive betrachten und meditieren.»

«Soviel ich weiss, bieten das viele Klöster an.» Valérie entschied sich für einen Barolo. Als die Kellnerin an den Tisch kam, bestellten beide «Pizza Tonno».

«Wie wäre es, jemanden von uns bei den Klosterbrüdern einzuschleusen?»

Valérie lachte auf den Stockzähnen. «Eine verdeckte Ermittlung hinter Klostermauern? Mein lieber Henry, solche Ideen hast auch nur du. Und wen, bitte schön, würdest du dort hinschicken?»

«Ich habe noch ein paar Ferientage, die ich gemäss Fischbacher so früh wie möglich einziehen sollte.»

«Wir können dich nicht entbehren.» Valérie griff nach der Menagerie auf dem Tisch. «Wie kommt er dazu?» Sie begutachtete die Mini-Pfeffermühle, stellte sie zurück und tat dasselbe mit dem Salzstreuer.

«Hättest du etwas dagegen?»

«Wie soll das gehen? Was, wenn man dir auf die Schliche kommt? Zudem kann ich das nicht allein entscheiden.» Valérie lächelte. «Abnehmen würde man es dir zwar schon ... der ewig Suchende, der ...» Das Wort Buddha wollte sie nicht in den Mund nehmen.

«Du sprichst mich auf meinen Kahlkopf an?» Vischer fuhr sich mit beiden Händen über den blanken Schädel. «Komm schon, ich weiss doch, wie viel dir daran liegt, endlich einen Blick hinter die Klostermauern zu werfen.»

«Wahrscheinlich bleibt uns nichts anderes übrig, als uns im

Graubereich zu bewegen.» Valérie lehnte sich zurück. «Ich bin mir nicht schlüssig, ob das Sinn macht. Fischbacher hat mir versprochen, dass er mit dem Richter spricht. Allerspätestens morgen werde ich Bescheid bekommen.»

«Und wenn nicht? Dann verstreicht die Zeit, in der wir nichts unternehmen können. Wenn doch, so könnte meine Aktion deine Ermittlungen unterstützen.»

«So schnell kann ich dich dort nicht einschleusen.»

«Ich könnte bereits morgen beginnen.» Vischer schmunzelte. «Ich habe mich vorsorglich schon angemeldet.»

«Wie das?»

«Weil es die einzige Möglichkeit ist, die Mönche persönlich kennenzulernen. Ich habe die Einladung bereits erhalten. Sie warten nur noch auf meine definitive Zusage.»

Valérie ahnte, wie ernst es Vischer damit war. «Fischbacher sollte es aber erfahren. Ich kann dich nicht undercover ins Kloster schicken, wenn er keine Ahnung davon hat.»

«Ich gehe davon aus, dass du ihn einweihst.»

«Nicht nur ihn ...» Valérie würde es auch Zanetti sagen müssen. Sollte diese Aktion schieflaufen, würde sie es nicht erst im Nachhinein rechtfertigen können. Sie bezweifelte allerdings, dass er dieses Vorhaben guthiess. Doch sie wusste, dass ihre Entscheidung genauso viel zählte. «Wir ziehen es durch.»

Sie verweilten bei Pizza und Rotwein und rätselten über das Motiv der beiden Morde. Valérie hatte nicht mehr nur darauf beharrt, dass die beiden Brandmale einen religiösen Hintergrund hatten. Vielleicht verbiss sie sich da zu einseitig. Je mehr sie aber darüber nachdachte, umso plausibler kam es ihr vor. Da hatte jemand eine Spur gelegt. Und diese führte direkt ins Herz des Benediktinerordens.

ELF

Um sieben Uhr am Morgen war Eintritt. Eine gute Zeit, fand Henry Vischer, der sich mit dem Gepäck zurückgehalten hatte. Sein Rucksack enthielt das Nötigste. Unterwäsche zum Wechseln, sein Necessaire, ein paar frische Jeans und ein Shirt. Vischer hatte beim Kollegi Schwyz, wo er unterrichtete, eine Dispens von zwei Tagen erhalten und seine Schulstunden vom Donnerstag und Freitag an einen andern Lehrer abgeben können. Fischbacher und Zanetti waren am Abend zuvor über seine Aktion eingeweiht worden. Fischbacher war diesem skeptisch gegenübergestanden, wogegen Zanetti es für ein gutes Vorhaben hielt. Vischer ahnte, dass Valérie ihn entsprechend hatte überzeugen können.

Der Gästepater stand unter der Tür und begrüsste seinen neuen Gast. Er trug einen schwarzen Habit und an einer grobgliedrigen Kette ein Kreuz, auf dem der Benediktussegen herausragte. Das Alter des Mönchs war schwer zu schätzen. Er konnte erst dreissig, aber auch schon vierzig sein. Seine Haare hielt er kurz. Ein Kranz aus einem Millimeterschnitt, der rund um sein Haupt anlag. Vielleicht war es Absicht, dass der Pater an einen Mönch aus dem Mittelalter erinnerte.

«Ich bin Pater Markus», stellte er sich vor und reichte Vischer die Hand. Diese fühlte sich geschmeidig und weich an. «Ich werde Ihnen das Zimmer zeigen, in dem Sie drei Tage lang leben werden.»

«Ich habe keinen Auslauf?»

Über Pater Markus' Gesicht huschte ein Lächeln. «Wir erwarten, dass Sie an unseren Gebets- und Mahlzeiten teilnehmen. Die übrige Zeit steht Ihnen für Ruhe, Lesungen und Spaziergänge zur Verfügung. Technische Geräte wie Laptops und Mobiltelefone sind nicht erwünscht. Sie werden sicher selber zu der Erkenntnis kommen, dass es befreiend sein kann.» Er sah Vischer an mit seinen blauen Augen, die an einen Fjord erinnerten. «Auf Ihrem Anmeldeformular stand, dass Sie Psychologe sind.»

«Ich bin Lehrer und erteile Unterricht in Psychologie am Kollegi Schwyz», wich Henry aus. Es hätte ihm etwas ausgemacht, den Pater zu belügen. Er wollte von dieser heiklen Frage ablenken. «Wie weit darf ich mich vom Kloster entfernen?»

«Bewegen Sie sich in unseren Höfen frei. Wir haben wunderbare Pferde im Marstall, die Sie besuchen können. Es ist das älteste Gestüt in Europa. Seit über tausend Jahren werden hier Einsiedler-Pferde gezüchtet. Es gibt sogar noch drei Mutterstutenlinien, die einem kulturhistorischen Erbe von internationaler Bedeutung angehören.» Pater Markus freute sich offensichtlich, davon zu erzählen.

«Und wie ist es mit Meditation?» Vischer war es sich gewohnt, in sich zu gehen. Nicht nur der Kampfsport gab ihm den Ausgleich zu seiner Tätigkeit, auch das Meditieren. Allein deswegen würde es ihm hier gefallen. Aber vor allem hatte er eine Aufgabe: einen Augenschein vom Alltag der Mönche zu nehmen, den einen oder andern persönlich kennenzulernen und herauszufinden, wo sich Pater Bernhard befand. Dieser war verschollen oder meldete sich absichtlich nicht.

«Beten Sie. Das ist auch Meditation.» Pater Markus' Präsenz sprach Bände. Von ihm ging eine Kraft aus, die Vischer als eine positive Energie empfand.

Der Weg zu Vischers Zimmer führte durch einen endlos langen Korridor vorbei an zahlreichen Fenstern, Türen und Wänden, die schlicht gehalten das Spartanische dieses Ortes wiedergaben. Anders als in der Kirche, wo der Prunk jedes Mass an Übertreibung sprengte. Dafür konnte Pater Markus nichts.

Vischer war nicht da, um die katholische Kirche zu hinterfragen oder zu beurteilen, sondern um auf die Spur eines Mörders zu kommen, wobei er sich gerade jetzt nicht mehr sicher war, auf dem richtigen Weg zu sein.

Das Zimmer übertraf die Vorstellung an Schlichtheit.

Nichts Störendes gab es hier. Die dunkel gebeizten Wände verschmolzen mit dem ebenso dunklen Boden. Ein Bett mit weisser Wäsche, ein Kruzifix, eine Kommode, ein schmaler Schrank, ein Pult und ein Stuhl rundeten das Schnörkellose ab. Selbst das Fenster, durch das der Himmel schimmerte, diente nur dem Hereinströmen des Tageslichts und änderte trotzdem nichts an der Bedrücktheit, die Vischer plötzlich wie aus dem Nichts heraus empfand. Das würde sich wohl ändern, wenn er seine Sachen ausgepackt und die wenigen mitgebrachten Dinge auf dem Pult ausgelegt hatte. Unter anderem ein eingerahmtes Bild von Helena.

«Ein Einzelzimmer», brachte er die Bemerkung an und hievte seinen Rucksack auf den Stuhl.

«Unsere Pilgergäste schlafen in der Regel in Gruppenzimmern», sagte Pater Markus. «Sie, Henry, erhalten das Privileg, allein zu sein. Hier hat schon unser Bischof übernachtet.»

Er hatte ihn Henry genannt. Das war wohl persönlicher. Wenn der Pater nicht darauf gekommen wäre, hätte er es ihm angeboten. «Gibt es noch andere Männer von auswärts, die im Kloster die Stille erfahren?»

«Wir haben immer mal wieder Besucher hier, ob jung oder alt. In der heutigen hektischen Zeit ist es manchem ein grosses Bedürfnis, hierherzukommen und mit Gott eins zu sein. Wir nehmen jedoch nur Männer auf.» Pater Markus faltete seine Hände. «Wir leben hier nach der Mönchsregel des heiligen Benedikt, die vor bald tausendfünfhundert Jahren geschrieben wurde. Wir orientieren unser Leben unter der Führung des Evangeliums an Christus. Die biblisch begründete Spiritualität dieser Regel und ihr Konzept sind in der klösterlichen Lebensgemeinschaft für Einsiedeln wegleitend.»

Vischer ging in die Offensive. «Ist Pater Bernhard auch da?» Drei Tage blieben ihm, um die vielen Rätsel zu lösen. Er wollte keine Zeit verlieren.

«Pater Bernhard ist verreist.» Pater Markus' Blick fiel durch das Fenster, als würde er im Himmel dahinter eine Antwort finden. «Er besucht unseren Abt Primas in Rom, der die Belange unseres Ordens beim Heiligen Stuhl vertritt. Beim Papst und den obersten kirchlichen Behörden.»

Vischer wollte es dabei bewenden lassen. Wenn er zu neugierig war und zu viel fragte, würde Pater Markus ihm auf die Schliche kommen. Dieser wollte sich verabschieden, nachdem er die Essenszeiten mitgeteilt hatte, und sagte: «Das nächste Gebet findet um fünf nach zwölf in der Klosterkirche statt. Um halb fünf ist die Vesper und das *Salve Regina*, um halb sechs die Eucharistiefeier und um acht am Abend die Komplet, ebenfalls in der Kirche. Jetzt sollten Sie erst einmal hier an- und zur Ruhe kommen.»

Pater Markus verschwand auf dem Korridor, so still und unspektakulär wie er selbst.

Vischer richtete sich ein. Viel gab es nicht zu tun. Er hatte den Laptop in einer Buchattrappe untergebracht, für den Fall, dass man seine Sachen durchsuchen sollte. Valérie hatte ihm auch ein Mobiltelefon in die Hand gedrückt, er sollte erreichbar bleiben. Er wunderte sich, dass Pater Markus keine Anstalten gemacht hatte, seinen Rucksack zu durchsuchen. Möglicherweise hatte er das nicht vorgehabt. Vischer musste sich zur Raison bringen. Er befand sich hier in einem Kloster. Es war an der Zeit, sich den weltlichen Dingen zu entziehen.

***

Valérie brütete über dem PC. Gern hätte sie mit Vischer getauscht. Sie würde sich auf die Berichte stützen müssen, die aus der Klause nach aussen gelangten. Bis jetzt hatte sich Vischer nicht gemeldet, obwohl seit seinem Eintritt bald drei Stunden vergangen waren. Valérie verabscheute es, untätig dazusitzen, und wenn es bloss ein paar Minuten waren, in denen sie nichts anderes tat, als auf den Bildschirm zu starren. Wiederholt hatte sie nach Alois Benziger gegoogelt. Der Namensvetter, der im Januar 1864 in Einsiedeln geboren worden und ein katholischer Priester gewesen war, hatte nicht im Geringsten etwas mit der gesuchten Person zu tun. Allenfalls waren sie weit aussen verwandt. Der Zweig des Ernst Benziger gehörte einem andern Stammbaum an. Valérie suchte nach Zeitungsausschnitten, auf denen etwas über die ledige Rita Meier stand. Sie schien ein unbeschriebenes Blatt gewesen zu sein, bevor sie ihren Mann Ernst Benziger geheiratet hatte. Welches Schicksal sie ereilt hatte, stand auch nirgends. Valérie musste dies enttäuscht zur Kenntnis nehmen.

Kurz vor dem Mittag erhielt sie eine Mail von Louis. Er hatte sich ins Zeug gelegt – doch erfolglos. In den letzten zwei Monaten hatte kein Flugpassagier mit Namen Alois Benziger Costa Rica verlassen. In Zürich war auch niemand unter diesem Namen eingereist. Louis schrieb, dass er sich mit dem zuständigen Konsulat in Verbindung gesetzt habe. Leider sei sein Englisch schlecht, und Spanisch würde er gar nicht verstehen. Er warte auf einen Bescheid.

Warten, während draussen ein Geistesgestörter durch Einsiedeln und Umgebung zog und Frauen enthauptete. Valérie durfte nicht ohnmächtig zusehen, bis ein weiterer Mord geschah. Wenn sich der Täter an eine Reihenfolge der Beteiligten hielt, war als Nächster Pascal Benziger dran. Vielleicht hatte es der Mörder darauf abgesehen, die Erben des Familienstrangs Ernst und Gertrud auszulöschen. Vielleicht war Ricardo Dini nur ein Bauernopfer gewesen und zufällig da hineingeraten.

Schuler rief an. «Wir haben ein Fischerboot sicherstellen können, in dem die erste Leiche möglicherweise transportiert wurde», sagte er, bevor Valérie ihn richtig begrüssen konnte. «Es gibt eindeutige Blut- und Gewebespuren, die nun abgeglichen werden. Das dauert aber.»

«Wo stand das Boot?», fragte Valérie, als Schuler innehielt, um Luft zu holen.

«Es trieb wahrscheinlich auf dem Sihlsee und wurde in der Nähe von Willerzell an Land gespült.»

«Eine Nussschale?»

«Ein Boot mit Aussenbordmotor. Es war für die Schwyzer Seen immatrikuliert.»

«Wem gehört es?»

«Einem Deutschen, der in der Gegend seine Ferien verbringt. Wir konnten uns bereits mit ihm in Verbindung setzen. Er wusste nicht, dass man ihm das Boot gestohlen hatte. Er sagte, dass er es in seinem Bootshaus in Riegelweid überwintert habe.»

«Ich brauche den Namen des Bootsbesitzers.»

Schuler teilte ihr ihn mit. «Für die Zeit des Mordes hat er ein wasserdichtes Alibi. Das haben wir bereits überprüft. Er lag in einem Klinikum in der Nähe von München.»

«Du, sag mal, habt ihr genügend Zeit für solche Recherchen? Oder muss ich mich von euch übergangen fühlen?»

Schuler liess ein Lachen los. «Das eine zog das andere nach sich. Ich dachte mir, dass ich dir damit einen Gefallen tue.»

Valérie nahm es dankend an. Es war zwecklos, Schuler über die Hierarchie der Ermittlungen zu belehren. Sie war um jede Hilfe froh, die sie ein Stück weiterbrachte. «Schickst du mir die Daten trotzdem noch?»

«Klar, mache ich gerne.»

«Wann kann ich mit den Resultaten rechnen?»

«Da ich nicht zaubern kann, würde ich sagen, gegen morgen Abend.»

Valérie brach die Verbindung ab. Somit war klar, dass der Gesuchte seine Taten akribisch im Voraus geplant haben musste. Ob er Gertrud Benziger auf dem Boot oder an Land umgebracht hatte, stand nach wie vor in den Sternen. Sicher aber war, dass ihr Mörder sie aus dem Haus gelockt hatte – am vorletzten Dienstag, den 17. April –, bevor Ricardo Dini dort eingetroffen war. Mittlerweile gab es sogar eine vage Beschreibung des Täters. Er solle, so ein Zeuge aus Trachslau, zwischen zwanzig und dreissig sein und dunkle Haare haben. Als er in Maria Benzigers Wohnung beobachtet worden war, habe er eine dunkle Bekleidung getragen. Ob Maria zusammen mit dem Mann, der mit Sicherheit nicht ihr Sohn gewesen sei, das Haus verlassen hatte, hatte niemand kommentieren wollen. Die Spurensuche in Maria Benzigers Haus hatte keine neuen Erkenntnisse zutage gefördert.

Valérie hätte sich die Haare raufen können. Sie hatte zu spät gemerkt, dass Maria Benziger in grosser Gefahr schwebte. Sie hatte das Augenmerk zu sehr auf die zwanzigtausend Franken gerichtet.

Maria! Noch immer schauderte es sie, wenn sie an die lebensfrohe Lehrerin dachte. Das waren die Momente, dass selbst sie, die sich als religionsneutral sah, mit einem Gott haderte, der die Guten aus dem Leben riss und die Bösen gewähren liess.

***

«Schöner Reisen», stand in farbigen Buchstaben über der Tür. Ein Schreibfehler, dachte Louis und ärgerte sich darüber, dass es nicht einmal Reiseveranstalter schafften, korrekt zu schreiben. Im Fenster, das bis fast zum Boden reichte, vermittelten künstliche Palmwedel und eine aufgeklebte Sonne im Hintergrund ein Ferienfeeling und vor allem eine unprofessionelle Gestaltung. Wer klebte heutzutage noch Sonnen auf? Prospekte stapelten sich am Rand, und auf einem Campingstuhl sass ein lebensgrosser junger Pandabär. Louis war sich nicht schlüssig, welche Bewandtnis dieses Plüschtier hatte. Ob es auf eine spannende Safari in China hinwies?

Er und sein Kollege von der Streife betraten das Reisebüro, das auf den ersten Blick leer war. Hinter dem Tresen stand niemand. Doch es roch nach einem süsslichen Parfum. Der Computer war in Betrieb. Auf dem Bildschirmschoner tanzten … Pandabären. Zwei Wände waren bis unter die Decke mit Regalen versehen. Darauf wurden verschiedene Kataloge präsentiert. Louis erkannte bekannte und weniger bekannte Ferienanbieter und diverse Destinationen von Alaska bis Südafrika. Dies und eine von Flyern voll beladene Bank registrierte Louis in Sekundenschnelle.

Niemand da.

Hatte man die Polizisten kommen sehen? Louis zückte seine Glock und ging in den hinteren Raum, während sein

Kollege die Vordertür sicherte. Auch das Büro war verwaist. Hier herrschte das sprichwörtliche Chaos. Ein kleiner Tisch, auf dem man augenscheinlich Prospekte einpackte, diente auch als Ablage von leeren Kartonschachteln und PET-Flaschen. Eine Hintertür existierte in diesem Raum nicht, bloss eine Tür mit einem Schild, das auf eine Toilette hinwies.

Das Rauschen einer Spülung bewies die Anwesenheit einer Person. Louis wartete, bis die Tür aufschwang und ein junger Mann erschien, der damit beschäftigt war, seinen Hosenbund zu richten. Pascal Benziger. Louis kannte ihn nur von einem Foto. Er zielte mit der Pistole auf ihn. «Die Hände in die Höhe und ganz langsam in den Verkaufsraum kommen.»

Pascal folgte Louis wie in Trance. Er war offenbar so erschrocken, dass man ihn hätte in Handschellen abführen können. Er hätte sich nicht gewehrt.

«Wir nehmen Sie fest wegen des dringenden Verdachts, Ihre Grossmutter Gertrud Benziger und Ihre Mutter Maria Benziger umgebracht zu haben. Alles, was Sie sagen, kann später gegen Sie verwendet werden. Sie haben das Recht zu schweigen.»

Pascal blieb wie angewurzelt stehen. Louis sah ihm an, dass das, was er zu ihm gesagt hatte, nur zögerlich sein Denken erreichte.

«Meine Mutter ist tot? Machen Sie Witze?» Pascal lehnte sich mit erhobenen Händen gegen den Tresen. Seine Überraschung und der Schock waren nicht gespielt. Das sah auch Louis, der mit Typen wie Pascal wenig anfangen konnte. Allein sein auffälliger Auftritt jagte ihm einen Schauer über den Rücken. Obwohl Pascal mehr als zehn Jahre jünger war als er, spürte Louis Konkurrenz. Sobald ein gelacktes Alphatier im Anmarsch war, dazu ein gut aussehendes, schoss Adrenalin in seine Blutbahnen. Pascal trug einen grauen Anzug, ein weisses Hemd und eine Krawatte, auf der sich der grosse Panda im Schaufenster in Mehrfachminiausführung fortsetzte. Seine vor Schreck erstarrten Gesichtszüge und die weit aufgerissenen Augen passten nicht mehr zu seinem Auftritt. Im Moment gab er eine bedauernswerte Figur ab, und Louis hätte schon deswegen Mitleid mit ihm haben müssen.

«Klären Sie mich bitte auf.» Pascal hatte sich offensichtlich gefangen. «Sie stürmen in den Verkaufsraum und überwältigen mich? Ist das die feine Art der Polizei? Oder wie soll ich das deuten?» Er hielt seine Hände noch immer oben. «Würden Sie so gut sein und das Schiesseisen einstecken? Wie Sie sehen, besitze ich keine Waffe. Zudem kriege ich den Krampf in den Armen.»

Louis sicherte die Glock und schob sie unter Pascals neugierigem Blick zurück ins Holster.

«Sie wollten wirklich schiessen?» Pascal senkte die Arme und steckte seine Hände in die Jackentasche.

Louis erwiderte nichts.

«Meine Mutter ist tot?», wiederholte Pascal und liess sich auf die Bank fallen, nachdem er einen Berg Prospekte zur Seite geschoben hatte. «Das ist nicht möglich. Ich habe erst noch mit ihr telefoniert.»

«Wann war das?»

«Gestern, vorgestern ... vor drei Tagen ... In der Regel hören wir wochenlang nichts voneinander.» Pascal tippte mit dem Finger an die Stirn. «Doch warten Sie, am letzten Sonntag war's. Jetzt erinnere ich mich.»

«Wir werden Sie zum Verhör nach Biberbrugg bringen», sagte Louis. «Bitte folgen Sie uns zum Wagen.»

Wortlos liess sich Pascal zum Streifenwagen führen, nachdem er fast mechanisch die Tür zum Reisebüro abgeschlossen hatte. Er hatte nichts auszusetzen, als Louis ihm an den Kopf griff und ihn auf den Hintersitz hineindrückte. Louis setzte sich neben ihn. Er spürte eine grosse Genugtuung gegenüber Valérie, die er, kaum hatte sein Kollege den Motor gestartet, auf ihrem iPhone anrief.

Sie nahm sofort ab.

«Wir haben Pascal Benziger aufgegriffen. Er sitzt im Streifenwagen. Wir fahren jetzt los. Soll ich ihn dir gleich vorbeibringen?» Louis wünschte, dass Valérie die Vernehmung an ihn delegierte, doch sie war sicher genauso scharf darauf, Pascal in die Mangel zu nehmen.

«Ich überlasse ihn dir», sagte Valérie und rühmte ihn wegen seines Erfolgs. «Wo habt ihr ihn gefunden?»

Louis lächelte in sich hinein. «An seinem Arbeitsplatz.» Er zögerte. «Hat sich Henry schon gemeldet?» Er hatte von Vischers Einsatz bei den Klosterbrüdern erfahren und hatte entsprechend heftig reagiert. Er hätte diesen Job auch gern erledigt, obwohl Vischer in seinen Augen die perfekte Besetzung war. Er sah ja schon aus wie ein Gelehrter.

«Ich warte noch immer auf seinen Anruf. Er scheint die Stille im Kloster wörtlich zu nehmen. Bis bald ...»

Valérie! Diese Frau hatte ihre Fühler überall. Und das machte sie in seinen Augen so unantastbar und überlegen. Seit sie mit dem Staatsanwalt liiert war, war sie für ihn ein absolutes Tabu. Ausgerechnet sie wollte ihm jetzt die Leviten lesen, weil er sich mit Fabia eingelassen hatte. Es ging sie nichts an. Na ja, dass er einmal mit Fabia im Bett landen würde, das wäre ihm früher nicht im Traum eingefallen. «Lass die Finger von Verheirateten», bläute ihm seine Mutter noch heute ein. Wenn sie von dieser Affäre erfuhr, würde sie wohl nie mehr mit ihm reden. Sie selbst war eine gebrandmarkte Frau, denn Louis' Vater hatte sie wegen einer Kongolesin verlassen.

Einmal ist keinmal. Obwohl das Einmal nicht so schnell aus seinem Gedächtnis verschwinden würde. Fabia zeigte nach aussen manchmal den harten Kerl; als Geliebte war sie das pure Gegenteil. Louis mochte anschmiegsame Kätzchen, denn diese gaben ihm das Gefühl, ein toller Hengst zu sein. Zudem war der erste Kuss von ihr ausgegangen. Sie hatte sich an ihn gedrückt, mit Tränen in den Augen. Er hatte ihr nicht widerstehen können. Klar musste sie auf Lendenhöhe etwas gespürt haben, das sie in einen überwältigenden Strudel gezogen hatte. Als sich ihre Lippen trafen, war es um sie geschehen. Sie hatte ihm ihre Zunge fast unanständig in den Mund geschoben. Dabei hatte er sie wirklich nur trösten wollen. «Küssen ist erregender als der Beischlaf», hatte Fabia gesagt, als er sie ins Schlafzimmer trug. «Küssen beflügelt die Phantasie und setzt ganz viele Glückshormone frei.» Die Küsserei hatte dann auch kein Ende nehmen wollen. Noch nie hatte er ein solches Vorspiel erlebt, das ihm gegen Ende doch etwas gar lange vorkam.

Wie sie ihn danach angesehen hatte. Wie sie ihn überhaupt ansah. Das musste jedem aus dem Team verräterisch vorkommen. Fabia hatte sich in ihn verliebt. Louis schwebte auf Wolke sieben, nachdem er mit seiner letzten Errungenschaft wieder kein Glück gehabt hatte. Er wusste, dass das mit Fabia niemals würde Bestand haben. Im Grunde schämte er sich, dass er sich von ihr hatte hinreissen lassen. Es war nicht in Ordnung.

Andererseits brauchte es immer zwei …

In Biberbrugg blieb Louis gerade noch Zeit, um einen Nussgipfel zu verzehren, eine Tasse Kaffee zu trinken und sich mit Valérie zu besprechen, bevor er mit der ersten Befragung von Pascal Benziger beginnen konnte.

Pascal wartete im Vernehmungsraum, der noch den zarten Hauch von Valéries Parfum verströmte.

Pascal tat, als hätte er keine Ahnung, weshalb er hier sass. Dass seine Mutter auch tot war, hatte er zur Kenntnis genommen. Der erste Schock war verebbt und hatte einer Lethargie Platz gemacht, die Louis unheimlich vorkam. Kalte Hundeschnauze, ging ihm durch den Kopf, als er das Aufnahmegerät installierte.

«Sagt Ihnen der Name Ricardo Dini etwas?»

«Ich dachte, ich sei wegen meiner Mutter hier.» Pascal hatte den Kittel ausgezogen und die Krawatte gelockert. Die Pandabären sahen gerümpft aus. «Ist sie wirklich tot? Ich möchte sie sehen, erst dann glaube ich es.» Seine Mundwinkel bebten, und aus den Augen schossen Tränen.

Louis liess ihm Zeit.

«Kennen Sie Ricardo Dini?»

«Dini? Dini?» Pascal schniefte. «Ja, dieser Name sagt mir

etwas. Mit einem Ricardo Dini ging ich zur Schule. Er ist der Enkel italienischer Einwanderer. Soviel ich weiss, von Palermo. Hat er mit dem Tod von Grosi und Mama etwas zu tun?»

Grosi und Mama! Louis hob eine Braue. «Wann haben Sie Ricardo Dini das letzte Mal getroffen?»

«Anfang April.»

Die Antwort kam für Louis' Dafürhalten zu schnell. «Hat er Sie über Gertrud Benziger ausgefragt?»

«Nein ...» Pascal wurde zusehends nervöser. Er riss die Krawatte aus dem Hemdkragen und legte sie vor sich auf den Tisch. «Warum hätten wir über meine Grossmutter reden sollen?» Er schien zu überlegen. «Ich ... ja ... doch ... Aber ich erinnere mich beim besten Willen nicht mehr an den genauen Wortlaut. Ich glaube, es ging darum, wie vermögend sie war und dass sie von Zeit zu Zeit etwas dem Kloster Einsiedeln spendete.»

«Wussten Sie denn davon?»

«Wovon?»

«Dass sie für die Klosterkirche spendete.»

«Ja, sie hat es durchblicken lassen.»

«Wie hat Ricardo Dini darauf reagiert?»

«Keine Ahnung. Ich war damals zu betrunken.»

Louis überflog Valéries Protokoll und änderte die Richtung der Befragung. Das war seine Taktik, wenn es darum ging, die Standhaftigkeit des Verhörten zu überprüfen. Jemand, der die Wahrheit zurückhielt, fing an zu schwitzen, im besten Fall zu stottern. Und dem Gegenüber in die Augen schauen brachten die nicht mehr fertig.

Pascals Blick blieb an Louis haften. Louis musste davon ausgehen, dass er die Wahrheit sagte.

«Haben Sie zusammen mit Ricardo Dini Ihre Grossmutter überfallen?»

«Meine Grossmutter? Nein, ich habe sie nicht überfallen. Ich liebte sie, auch wenn wir uns selten sahen. Zudem hat Dini nicht meine Wellenlänge.» Pascal machte eine Pause, in der er seine Fingernägel betrachtete, die angeknabbert aussahen.

«Und Ihre Mutter?

Pascal zog seine Hände zurück, als fühlte er sich von Louis ertappt. «Meine Mutter hatte Grosi gegenüber andere Gefühle. Die enge Mutter-Tochter-Beziehung war es nicht.»

«Hatte Ihre Mutter durchblicken lassen, warum das so war?»

«Nein. Sie sprach wenig über familiäre Angelegenheiten.»

«Und Ihr Grossvater?»

Pascal zuckte zusammen. Diese Frage hatte er wohl nicht erwartet. «Er starb vor acht Jahren.»

«Hatten Sie eine gute Beziehung zu ihm?»

«Ich mochte ihn nicht. Er war mir immer fremd.»

«Haben Sie Ihre Mutter umgebracht?»

«Versuchen Sie nicht, mich mit solch schwachsinnigen Fragen zu verunsichern», lamentierte Pascal, bevor seine Stimme wieder brach. «Ist … das … Ihre … Masche?»

Louis kommentierte es nicht. «Ich sage Ihnen, wie es war.»

«Wie denn?» Pascal verschränkte zitternd die Arme. Unter seinen Achselhöhlen hatten sich die Schweissflecke vergrössert.

«Sie wussten um das abgeänderte Testament Ihrer Grossmutter. Bevor dieses seine Rechtsgültigkeit erlangte, brachten Sie sie um. Sie brauchen Geld.»

«Wer braucht das nicht?», entgegnete Pascal tonlos.

«Beim vom Notar beglaubigten Testament wäre Ihrer Mutter die Hälfte der Erbschaft zuteilgeworden, und Sie stehen in deren direkter Nachfolge, deshalb musste auch sie sterben.»

«Ich glaube, Sie haben den Beruf verfehlt.» Pascal fuhr sich mit der Hand über die Augen. «Theaterregisseur würde besser zu Ihnen passen.» Er verlieh seiner Trauer erneut Ausdruck, als würde er gerade wieder begreifen, dass Mutter und Grossmutter tot waren. «Ich werde Sie anzeigen», sagte er, jetzt wieder beherrscht. «Sie versuchen mich zu manipulieren …»

Louis stiess heftig Atem aus. Wer manipulierte hier wen? Er biss sich auf die Lippen und schmeckte Blut. Jetzt nur nicht die Nerven verlieren, schalt er sich. An etwas Schönes denken. An Fabias weiche Schenkel zum Beispiel. An ihr Drängen, nachdem sie ihn fast zu Tode geküsst hatte. Das nächste Mal würde er sich besser im Griff haben und sich nicht komplett vergessen. Tatsächlich hatte sie ihm fast den Verstand geraubt, und er war viel zu schnell gekommen. Allein der Gedanke daran erregte ihn. Er räusperte sich. «Wo waren Sie am 17. April zwischen zehn und vierundzwanzig Uhr?»

«Das war ein Dienstag, oder?» Benziger überlegte. «Am Morgen hatte ich eine Besprechung mit unserem Agenturleiter, und am Nachmittag besuchte ich das Vögele Kulturzentrum in Pfäffikon wegen einer Ausstellung. Für die Zeit meiner Abwesenheit habe ich eine Kollegin, die einspringt.»

«Das lässt sich prüfen.» Louis notierte es sich.

«Am Abend war ich in Zürich. – Wann kann ich meine Mutter sehen?»

Themenwechsel. Louis hatte damit gerechnet, dass Pascal darauf zu sprechen kommen würde.

«Sie liegt noch in der Gerichtsmedizin. Sie werden Bescheid bekommen, wann sie für die Bestattung freigegeben wird.»

«Wurde sie … auch verstümmelt?»

Als Louis ihn ansah, überlegte er, ob er die Wahrheit sagen sollte oder nicht. Für Pascal musste das ein erneuter Schock sein. «Sie wurde, wie Ihre Grossmutter … enthauptet. Und auf ihrer Brust ist der Benediktussegen eingebrannt.»

«Der Benediktussegen?»

Louis zeigte ihm das entsprechende Bild.

«Das Tattoo … dasselbe wie bei Grosi. Frau Lehmann zeigte uns das Bild, als sie uns besuchte.»

«Können Sie sich einen Reim darauf machen, warum man Ihrer Grossmutter und Ihrer Mutter dieses Zeichen auf die Haut gebrannt hat?»

«Schrecklich, aber ich habe nicht die geringste Ahnung.» Pascals Augen formten sich zu zwei Schlitzen. «Grosi war eine gottesfürchtige Frau, die jeden Sonntag zur Messe ging. Mama dagegen verpönte grundsätzlich alles, was damit zu tun hatte.

Soviel ich weiss, musste sie als Kind durch die Hölle wegen dieses religiösen Fanatismus. Später hat sich alles ins Gegenteil gekehrt ... ist irgendwie logisch, oder?»

«Sie sehen also keine Verbindung?»

«Absolut nicht.»

«Woran glauben Sie denn?»

Pascal schluckte schwer. «An schöne Sandstrände, denn diese sind real, wenn auch weit von uns entfernt.»

***

Pascal Benzigers Festnahme hatte Staub aufgewirbelt. Es gab ein paar neue Erkenntnisse, denen Valérie mit Skepsis gegenüberstand. Sie hatte den Konsens noch nicht gefunden, das verbindende Glied zwischen dem Täter und den Opfern. Obwohl sie nach dem Verhör von Pascal noch lange mit Louis diskutiert hatte, war sie mit der Entwicklung nicht zufrieden.

In der Zwischenzeit hatte sie auch in ihrem Büro eine Pinnwand aufgehängt. Darauf hatte sie Kopien von Bildern und Texten angebracht, die mit den Morden im Zusammenhang standen.

Ernst Benzigers Bild war ganz oben. Links unten von ihm das von seiner ersten Frau Rita und ihrem Sohn Alois. Rita, so hatte Valérie herausgefunden, war an den Folgen eines Autounfalls gestorben. Ihr Mann hatte diesen schwer verletzt überlebt. Nach mehreren Operationen und ein Jahr später hatte er seine zweite Frau Gertrud kennengelernt. Da war Alois schon drei Jahre alt gewesen. Als Maria zur Welt gekommen war, hätte Alois eigentlich schon vier sein müssen. Und genau da gab es ein grosses Fragezeichen. Entweder hatte Ernst Gertrud schon früher kennengelernt, sie hatten ein Kind gezeugt, das kurz nach ihrer Heirat das Licht der Welt erblickte, oder, was Valérie für wahrscheinlicher hielt, Gertrud hatte selbst eine Tochter mit in die Ehe gebracht – ob von Ernst oder einem andern Mann.

Etwas ging da nicht auf.

Valérie hatte bis anhin nur die eine Gewissheit, dass Alois *nicht* Gertruds leiblicher Sohn war. Aber war Maria Ernsts eigene Tochter gewesen? Oder hatte sich ein Paar zusammengefunden, das – wie man es heute nannte – eine Patchworkfamilie gründete? Dann starb Ernst, und Gertrud trat fast sein ganzes Erbe an. Alois hatte darauf verzichtet, obwohl ihm vielleicht sogar die Hälfte von Vaters Hinterlassenschaft gehört hätte.

Warum hatte er darauf verzichtet? Was war diesem Verzicht vorausgegangen, auf welcher Grundlage hatte sein Entscheid basiert? Müsste sie mehr über diesen Unfall herausfinden? Gut möglich, dass Alois später, als es ihm bewusst geworden war, mit Vaters Wiederheirat nicht einverstanden war. Vielleicht hatte er erst mit den Jahren gespürt, wie sehr ihm seine eigene Mutter fehlte. Valérie grübelte. War Benzigers Sohn so radikal gewesen, dass er freiwillig auf alle Annehmlichkeiten verzichtet hatte?

Und dann dieser Ring, die Brandmale.

Welche Bewandtnis hatten sie? Musste sie diese einfach wegdenken? Dass sie eher verwirrten als Klarheit schufen, war Valérie bewusst. Trotzdem gelang es ihr nicht, sie ganz aus den Ermittlungen zu streichen.

Immer wieder kam sie zu den Benediktinermönchen zurück. Diese Zeichen mussten ein Fingerzeig sein.

Erst am Abend erhielt Valérie von Vischer eine erste Nachricht. Er schrieb, dass das ganze Unterfangen schwieriger sei, als er es sich vorgestellt hatte. Er könne sich im Kloster zwar frei bewegen, der Zutritt in die Zimmer sei ihm jedoch verwehrt. Er habe einige Mönche während des Essens kennengelernt. Den wirklichen Grund, warum Pater Bernhard nach Rom gereist sei, habe er noch nicht herausgefunden.

Dass es aber ein Geheimnis hinter den Klostermauern gäbe, davon sei er mittlerweile überzeugt.

ZWÖLF

Es war noch dunkel, als Vischer erwachte. Hinter dem Fenster zeichnete sich ein erster blauer Schimmer ab; der Vorbote eines beginnenden Tages. Wieder wolkenlos wie schon die Tage davor. Vischer hatte verschlafen. Er wäre so gern beim monastischen Stundengebet dabei gewesen, dem Vigil, das um halb sechs unter Ausschluss der Öffentlichkeit abgehalten wurde. Doch es war zu spät. Das Gebet hatte bereits begonnen.

In der Nähe krähte ein Hahn. Die Kirchturmuhr schlug dreimal.

Vischer setzte sich auf. Vielleicht bot sich jetzt die Gelegenheit, um sich im Kloster umzusehen. Die Mönche befanden sich in der Kirche. Danach würden sie essen gehen und nicht so schnell auf ihre Zimmer zurückkehren. Er hätte genügend Zeit. Gestern Abend hatte er sich mit dem einen oder andern Mönch unterhalten. Gesprächig waren sie nicht gewesen. Das mochte daran liegen, weil er hier neu war und sie ihn erst kennenlernen mussten. Er war sich nicht sicher, ob drei Tage ausreichen würden, um seine Mission zu erfüllen. Zudem waren die klösterlichen Gebäude weitläufig. Ohne Grundriss würde ein Laie wie er sich verlaufen. Er fragte sich, was er überhaupt suchte.

Er verliess sein Zimmer und gelangte auf den Flur, der in einem diffusen Licht still vor ihm lag. Endlos lange wie ein Tunnel, dessen Ende auf die Distanz nicht zu erkennen war. Die Mauern verströmten ein Fluidum aus Moder und Weihrauch. Vielleicht bildete Vischer es sich ein, doch das Bedrückende blieb bestehen. Er hatte es schon am Tag zuvor gespürt. In seinem Geiste liess er die Bilder des Vorabends Revue passieren. Es hatte ihn erstaunt, nicht nur ältere, sondern auch junge Mönche hier zu sehen. Junge Männer, die ihr Leben Gott und der Liturgie verschrieben hatten. Einmal hier, war es wohl schwierig, wieder auszutreten, überlegte sich Vischer. Mönch sein war kaum eine Flause, um den Lebenssinn zu erfahren, denn vielmehr eine Berufung jedes Einzelnen, der sich dafür entschieden hatte. Tagwache um fünf, das erste Gebet um halb sechs, Frühstück um Viertel nach sechs. Bibelstudium während einer Stunde, zweites Gebet, Lesen und sich in Literatur vertiefen. Nach elf Uhr die Messe in der Klosterkirche. Nach dem Mittagsgebet wurde gegessen. Am Nachmittag Bibelstudium, Vesper und geistliche Lesung. Der Tag war ausgefüllt, alle vierundzwanzig Stunden von Neuem. Freizeit gab es wenig.

Was waren das für Männer, die diese Aufgabe auf sich nahmen, die der weltlichen Sinneslust entsagten, sogar Freunde und Familie ausblendeten?

Auch er war ein Suchender. Doch das Suchen hatte er bis heute mit seinem Leben vereinbaren können. Es war nicht Verzicht, sondern Bereicherung. Eine spirituelle Parallele in der Fülle des Alltags.

Hinter den Klostermauern war Leere, so kam es ihm vor. Sie zu überwinden bedeutete, sie mit seinem Dasein zu füllen. Nicht materiell, nein, mit dem Geiste. Mit Gedanken, mit den eigenen Bildern. Gleichzeitig in sich gehen, das Innen nach aussen zu kehren, bis es im Nichts zum Nichts transformierte.

Vischer ging und zählte seine Schritte. Das war jeweils der Einstieg in seine Meditation. Schritte zählen. Die Zahlen verschwanden irgendwann, so auch die Schritte. Wenn er sich nicht mehr spürte, nur mehr das Gefühl empfand zu schweben, losgelöst zu sein, wusste er, dass er die Ruhe in sich gefunden hatte. Dann war nichts mehr und doch alles.

Er erschrak ob seiner eigenen Gedanken und fragte sich, ob er die Aufgabe der Polizei bewerkstelligen könne. In diesen Mauern, die alles andere in ihm aktivierten als nüchterne Ermittlungsstrategien. Da war etwas, das sich nicht mit dem Irdischen vergleichen liess. Kräfte, auf die er reagierte. Die es ihm fast nicht ermöglichten, einen kühlen Kopf zu bewahren. Endlos war noch immer der Flur vor ihm, als würde er durch die Ewigkeit schreiten. Hier sein und doch nicht da.

«Kann ich Ihnen helfen?»

Vischer hatte ihn nicht kommen hören, geschweige denn gesehen. Als er sich umdrehte, blickte er auf einen Mönch im Rollstuhl. Er musste aus einem der Zimmer gefahren sein, das sich hinter einer der unzähligen Türen befand.

«Sind Sie nicht beim Gebet?» Etwas anderes fiel Vischer nicht ein. Er hatte damit gerechnet, dass sich ausnahmslos alle Pater in der Kirche versammelt hatten.

«Sie sind sicher Henry», sagte der Mönch, ohne auf seine Frage einzugehen, und musterte ihn aus grauen Augen, die für sein Alter in erstaunlicher Klarheit strahlten.

Vischer schätzte ihn weit über achtzig. Sein Haar war dicht und weiss, ebenso sein Bart, der ihm bis auf die Brust reichte. Seine Gesichtszüge trugen etwas Gütiges. So hatte sich Henry als Kind immer den Herrgott vorgestellt. Er reichte ihm die Hand, die sich kühl und rau anfühlte und vielleicht sein wahres Alter preisgab. «So ist es. Ich bin Henry und finde mich hier noch nicht so richtig zurecht.»

«Hier finden sich die wenigsten zurecht.» Der Mönch lächelte und präsentierte eine Reihe heller, makelloser Zähne, die seine dritten sein mussten. Vischer verschwendete einen kurzen Gedanken daran, dass auch Mönche zum Zahnarzt gingen. «In der Regel werden Besucher durch die Räume geführt. Aber soviel ich weiss, bleiben Sie nur drei Tage bei uns. Da lohnt es sich nicht.»

Vischer schluckte leer. War seine Idee für die Füchse gewesen? Er stellte sich hinter den Rollstuhl. «Kann ich Sie irgendwohin führen?»

«Gern zum Frühstück. Der Weg dorthin dauert. Ich werde Ihnen Anweisungen geben. Gemeinsam schaffen wir es.»

Vischer brachte das Gefährt in Bewegung. «Sind Sie schon lange hier?» Was hätte er denn fragen sollen? Er kannte noch nicht einmal seinen Namen.

«Über sechzig Jahre … ja, ja, da staunen Sie. Ich bin schon alt. Aber Gott Vater hat noch kein Zimmer im Himmelreich für mich parat. Möglicherweise hat er noch eine irdische Aufgabe für mich vorgesehen, bevor er mich zu sich einlädt.»

«Eine lange Zeit», sinnierte Vischer. Mehr als ein halbes Leben dem Gott geweiht. Mit dem immer gleichen Tagesablauf. Mönche mussten eine ganz besondere Gattung Mensch sein. «Sie haben mir Ihren Namen noch nicht verraten», sagte er.

Der Mönch drehte seinen Oberkörper, so weit ihm das gelang, und wandte sein Gesicht Henry zu. «Ich bin Pater Ferdinand.»

***

Gegen ihre Gewohnheit fuhr Valérie an diesem Morgen in gemässigtem Tempo von Schwyz nach Biberbrugg. Die Temperaturen waren gestiegen. Das Dach ihres Roadsters war unten. Sie liess Wind und Sonne auf ihr Gesicht einwirken. Aus dem Autoradio erklang sakrale Musik. Ein Chor sang das «Ave Verum Corpus» von William Byrd. Valérie hatte im Musicstore ein paar Stücke heruntergeladen. Der Mönchschor in der Kirche hatte ihr so gefallen, dass sie nicht anders konnte, als sich ein bisschen mehr in diese Musik zu vertiefen. Vielleicht würde sie über die Musik verstehen, worum es bei den Mönchen ging. Jahraus, jahrein lebten sie grösstenteils hinter Klostermauern, beteten, schwiegen, arbeiteten. Zwischendurch waren sie als Seelsorger unterwegs oder unterrichteten im Gymnasium. Für Valérie nicht nachvollziehbar.

Kurz vor der Ortschaft Sattel bemerkte sie einen Wagen mit offener Beifahrertür am Strassenrand stehen. Und hinter einer Kapelle entdeckte sie einen Jungen, der sich offensichtlich erbrach. Es war nicht der Junge, der Valérie auf das Bremspedal treten liess, sondern der Mann hinter dem Jungen. Er hatte seinen linken Arm um ihn gelegt, mit dem rechten hielt er dessen Kopf.

Anhalten. Blinker raus. Die Fahrbahn wechseln. Zurückfahren bis zur Kapelle. Valérie parkte vor dem Wagen. Sie stieg aus. Sie würde weder das überraschte Gesicht des Mannes noch das traurige des Jungen vergessen. Mit einem Blick auf den Boden registrierte Valérie das Erbrochene. Kurz musste sie an Colin denken. «Brauchen Sie Hilfe?»

«Meinem Buben war schlecht wegen des Autofahrens.» Mann um die fünfzig. Ein solariumgebräuntes Gesicht und eine spitze Nase. Die blonden Haare liessen kaum einen Verwandtschaftsgrad mit dem Jungen zu. Dieser war dunkelhaarig und hatte auch sonst keine Ähnlichkeit mit dem Mann.

Valérie wandte sich an ihn. «Ist das dein Vater?»

Der Mann hatte den Jungen losgelassen. Dieser schaute ihn nur an. «Er ist mein Sohn.»

«Sollte er um die Zeit nicht in der Schule sein? Wie heisst du denn?» Valérie sah den Jungen an.

«Sein Name tut nichts zur Sache.» Der Mann zog den Jungen zum Wagen. «Wir müssen jetzt weiterfahren.» Er reichte dem Jungen ein Papiertaschentuch. «Hier, wisch dir den Mund ab.»

«Kann ich mir mal Ihren Fahrausweis und die Fahrzeugpapiere ansehen?»

«Sie sollten sich lieber verpissen.» Der Mann stiess den Jungen ins Wageninnere. «Und du schnallst dich wieder an.»

«Moment!» Valérie geriet in Rage. «Der Junge ist noch keine zwölf. Er muss hinten sitzen.»

«Was geht es Sie an?» Der Mann ging um den Wagen herum, setzte sich ans Steuer und startete erzürnt den Motor.

Valérie verhinderte, dass er die Tür schliessen konnte, und zückte ihren Ausweis. «Kantonspolizei Schwyz. Mein Name ist Valérie Lehmann. Zeigen Sie mir Ihre Papiere.»

«Verdammt. Was habe ich Ihnen getan?» Er öffnete auf der Beifahrerseite das Handschuhfach, holte ein Etui daraus hervor und reichte es maulend Valérie. «Sie sehen, ich habe noch einen alten Lappen. Ein paar Jahre später, dann hätte ich auch so eine knackige Karte bekommen.» Er zwang sich zu einem Lächeln.

Valérie las den Namen und die Adresse und machte mit ihrem iPhone ein Foto davon. «Sie wohnen in Sattel?»

«Ja, ich wohne in Sattel. Ich musste meinen Sohn in Schwyz

abholen. Er machte dort einen Ausflug mit seiner Klasse. Die Lehrerin rief mich an und teilte mir mit, es sei ihm schwindlig und schlecht. Jetzt fahre ich zurück nach Hause und hoffe, dass ich meinen Sohn ins Bett bringen kann.»

«Stimmt das?» Valérie wandte sich an den Jungen.

Dieser nickte bloss.

«Warum haben Sie mir das nicht schon eher gesagt?»

«Hätten Sie sich früher ausgewiesen …»

Valérie gab ihm die Papiere zurück. «Sie können fahren.»

Sie setzte sich wieder in den TT. Warum hatte sie so überreagiert? Jetzt sehe ich schon Gespenster, dachte sie und startete den Motor. Bis nach Biberbrugg drückte sie aufs Gaspedal, jedoch darauf bedacht, das Geschwindigkeitslimit nicht zu überschreiten.

Als sie bei ihrem Büro eintraf, stand Louis vor der Tür. Lässig an die Wand gelehnt. Dass er nicht rauchte, wunderte Valérie. Louis scherte sich ansonsten auch nicht ums Rauchverbot.

«Wolltest du zu mir?» Sie hatte den Zwischenfall vor Sattel noch nicht verdaut. Das Bild mit dem Mann und dem Jungen wollte ihr nicht mehr aus dem Kopf. Auch wenn es harmloser war, als sie geahnt hatte, aktivierte es jetzt zumindest etwas in ihrem Gehirn: Bilder eines sexuellen Übergriffs an einem Kind.

«Hat dich Henry schon erreicht?»

«Nein.» Valérie schloss die Tür auf. «Hat er sich bei dir gemeldet?»

«Ja, er sagte, dass er dich nicht erreiche.»

«Ich hatte das iPhone auf laut und es eben erst noch in der Hand. Er hat mich nicht angerufen. Was hat er gesagt?»

«Er hat Pater Ferdinand getroffen.»

«Pater Ferdinand.» Valérie schritt zum Pult. «Du meinst, es handelt sich um den gesuchten Ferdi?»

«Das wäre aber auch zu schön.» Louis liess sich auf dem Besucherstuhl nieder. «Der Mann sei über neunzig und sitze im Rollstuhl.»

Valérie startete den Computer auf. Ihre Gedanken waren anderswo. Sie sah auf den Bildschirm, der allmählich aus dem Schlaf erwachte.

«Vielleicht sollten wir ihn überprüfen», sagte Louis.

«Wen? Ferdinand?» Endlich! Der Zugang zum Fahndungssystem des Bundes «Ripol» war offen. Valérie gab den Namen des Mannes ein, der mit seinem Sohn unterwegs gewesen war.

Louis erhob sich, kam um das Pult herum und blickte auf den Bildschirm. «Was machst du da?»

«Ich weiss nicht. So ein Gefühl. Ich hielt vorhin auf der Strecke Schwyz–Sattel an, weil sich ein Junge am Strassenrand übergab. Die Situation war sonderbar ... irgendwie nicht normal ... wie der Mann den Jungen hielt, während der Kleine sich erbrach. Ich dachte wirklich, dass der Junge diesem Sack vorher ...»

«... einen geblasen hat?», vervollständigte Louis den Satz.

«Warum musst du dich eigentlich immer so vulgär ausdrücken?» Valérie sah ihren Kollegen nachdenklich an. «Es ist furchtbar, überhaupt daran zu denken. Aber seit diesem Vorfall bringe ich den Gedanken nicht los, dass es in unserem Fall vielleicht um Kinder geht. Im Moment bin ich hypersensibilisiert.»

«Das ist weit hergeholt. Wir haben zwei tote Frauen. Eine betagte Mutter und ihre Tochter.»

«Und wir haben beide Male ein Brandmal, das den Benediktussegen darstellt.»

«Du denkst, dass es im Kloster nicht mit rechten Dingen zugeht, oder hat es etwas mit der Vergangenheit zu tun?» Louis schritt vom Pult zum Fenster und wieder zurück. «Mussten die Frauen sterben, weil sie zu viel wussten?»

Valérie überlegte. «Weil sie vielleicht etwas geduldet oder sogar zugelassen haben ...»

«Du glaubst, Pascal könnte das nächste Opfer sein? Oder ist er überhaupt das Opfer?»

«Was wissen wir über seine Kindheit? Wo hat er gelebt? Wo ist er zur Schule gegangen?»

Louis schmunzelte. «Wenn du mich nicht hättest ...»

«Hast du's herausgefunden?»

«Aber hallo! Ich habe recherchiert. Pascal ging in Alpthal in die Primarschule, das Gymnasium besuchte er in Einsiedeln ... bei den Benediktinermönchen.»

«Warum erfahre ich erst jetzt davon?» Valérie vermutete einmal mehr, dass Louis sie nur halbherzig darüber informierte, was er im Laufe seiner Ermittlungen herausfand. Machte er es absichtlich?

«Steht alles in meinem Protokoll. Lesen musst du es selber.»

Valérie schluckte die Wut hinunter. «Bei den Mönchen war er.» Sie überlegte. «Haben wir etwas übersehen? Haben wir dem zu wenig Aufmerksamkeit geschenkt? Pascal könnte tatsächlich ein Opfer sein. Vielleicht wurde er missbraucht, und Mutter und Grossmutter haben davon gewusst. Nun rächt er sich an ihnen. Wo ist er überhaupt?»

«Ich musste ihn wieder laufen lassen. Auch zur zweiten Tatzeit hat er ein Alibi. Er war bei einem Freund in Pfäffikon. Dieser hat es bestätigt.»

«Du hast ihn laufen lassen?» Valérie starrte auf den Bildschirm. Der Mann mit dem Jungen war weder bei Ripol noch digital erfasst. Es gab einen einzigen Eintrag auf LinkedIn, wo man seinen Beruf sah. Er war Landschaftsarchitekt. Er selbst nannte sich Landschaftsplaner. «Wir hätten Pascal Benziger unter Polizeischutz stellen sollen.»

«Begründung?»

Valérie spürte Galle hochsteigen. «Wurde er als Jugendlicher therapiert? Besteht Verdacht auf einen seelischen Schaden?»

«Wie soll ich denn das wissen?»

«Ich dachte, du wärst dem nachgegangen.»

Louis wich aus. «Hast du's mit Fischbacher schon besprochen?» Er schwang sich wieder auf den Stuhl. «Er wird eine solche Aktion schon des Budgets wegen nicht bewilligen.»

«Wenn wir nicht umsichtig sind, könnte Pascal dem Mörder vors Messer laufen. Mir gefällt die Konstellation nicht. Grossmutter, Mutter ... die Reihenfolge endet mit dem Sohn ... oder ... er ist selbst der Mörder. Aber dagegen sprechen seine Alibis.»

«Wir sollten uns diesen Ferdinand vorknöpfen.»

«Ich möchte zuerst mit Henry reden.» Valérie lehnte sich zurück und schloss die Augen. Sie hatte nicht daran zu denken gewagt. Das Brandmal – der Benediktussegen – war ein klarer Hinweis des Täters gewesen, die Ursache dieser Morde bei den Benediktinermönchen zu suchen. War es möglich, dass der Täter einst ein Opfer gewesen war? Ein Missbrauchsopfer? Valérie hatte viel über Klöster gelesen, hinter deren Mauern gar abscheuliche Verbrechen begangen wurden. Von Züchtigungen und Schlägen, die Erziehung hätten sein sollen. Wie machtbesessene Pater und Nonnen sich an ihren Sprösslingen vergriffen hatten, mit der Überzeugung, es sei von Gott gewollt und der einzige Weg, um von den Sünden freizukommen. Es hatte auch sexuelle Übergriffe gegeben. In der Literatur wurden solche Fälle aufgearbeitet. Missbrauchsopfer kamen zu Wort. Man sprach von Vergebung und Vergessen lernen.

Wurde auch Vergeltung thematisiert?

Dass es im Fall Benziger um Rache ging, war offensichtlich. Die Morde waren akribisch geplant gewesen. Die Ausführung genauso wie das Beseitigen von Spuren. Doch eine Spur war bewusst gelegt worden, auch wenn es auf den ersten Blick nicht danach aussah. Diejenige, die ins Kloster führte, zum Benediktinerorden.

Louis riss sie aus ihren abstrusen Gedanken. «Alles in Ordnung mit dir?»

Valérie öffnete die Augen. Sie spürte, wie dieser Fall allmählich über sie hinauswuchs. «Fabia und ich haben uns mit Pater Bernhard unterhalten. Obwohl er sich keinen Reim auf das Brandmal hat machen können, bin ich mir sicher, wir haben damit etwas in Bewegung gesetzt. Warum reist er ausgerechnet kurz danach nach Rom? Haben wir einen schlafenden Hund geweckt? Hat er sich an etwas erinnert, das dem Orden gefährlich werden könnte? Hat er beim Heiligen Stuhl um Rat gebeten? Wir kennen das doch: Sobald etwas Merkwürdiges bei den Hochwürden geschieht, wird das in christlicher Manier unter den Tisch gewischt oder als kircheninterne Verfehlung ad acta gelegt.»

«Du redest von den pädophilen Priestern?»

«Richtig. Die waren vor allem in der katholischen Kirche eine Seuche. Pfarrer, die sich an Jungen vergingen. Weder Bischöfe noch Kardinäle haben solche Gottesmänner in ihre Schranken gewiesen. Im Gegenteil, sie liessen sie gewähren. Selbst Rom hat weggeschaut.»

«Diskutiere das mal mit Fabia», sagte Louis. «Die würde dir den Hals umdrehen.»

«Man darf nicht verallgemeinern, das bin ich mir bewusst. Vor zweihundert Jahren war es gang und gäbe, dass sich betuchte Leute mit minderjährigen Dienern und Zofen sexuell vergnügten. In jeder Epoche gibt es Schweinereien. Aber ich finde es vermessen, dass ausgerechnet die katholische Kirche, wo vor jeder heiligen Messe ein Schuldbekenntnis gesprochen wird, zu solchen Taten überhaupt fähig ist …»

«… und sie zulässt.» Louis seufzte. «Man sollte endlich das Zölibat abschaffen. Es ist gegen die Natur.»

«Dir würde ein wenig mehr Enthaltsamkeit auch guttun.»

Es klopfte. Gerade zur richtigen Zeit, fand sie. Sie sah die Diskussion mit Louis als beendet.

Die Tür ging auf. Fischbacher trat ins Büro. Er wedelte mit einem Couvert. «Ich habe den richterlichen Beschluss.»

«Der war überfällig.» Valérie atmete erleichtert auf. Sie erhob sich, kam um das Pult herum und nahm den Briefumschlag in Empfang. «Was schreibt er?»

«Dass wir die Befragung in erster Linie an den Abt oder dessen Vertretung richten sollten. Und ja, du hattest recht. Ein Bruder des Richters gehört dem Benediktinerorden an. Seit fünfundzwanzig Jahren lebt er im Kloster Einsiedeln.»

«Die Welt ist klein», bemerkte Louis, «und so verdammt durchschaubar.» Er wandte sich an Valérie. «Ich übe mich dauernd in Enthaltsamkeit.»

«Habe ich etwas verpasst?» Fischbacher wechselte den Blick zwischen Valérie und Louis.

Valérie überging die Frage. «Weisst du mehr über die verschwundenen Köpfe?»

«Leider nein.»

Sie presste die Lippen aufeinander, liess eine geraume Zeit verstreichen. Das Wort Trophäe ging ihr nicht aus dem Kopf. «Henry hat Ferdinand gefunden. Möglicherweise handelt es sich bei ihm um Ferdinand von Euw, der den Ring gekauft hat. Dem Alter nach würde es hinkommen. Deshalb möchte ich nicht unbedingt mit einer ganzen Armada im Kloster auftauchen. Ich möchte Henry noch ein wenig Zeit lassen, sich vor Ort umzuhören. Vielleicht gelingt es ihm, Pater Ferdinands Vertrauen zu gewinnen.»

«Und wenn er früher ein Kinderschänder war?», fragte Louis.

«Sei vorsichtig mit solchen Äusserungen», sagte Valérie.

«Übrigens habe ich mich mit Zanetti besprochen», sagte Fischbacher nach einer kurzen Pause, in der er sich wohl über Louis gewundert hatte. «Er ist dafür, dass wir Pascal Benziger observieren.»

«Und ich bin dafür, dass wir ihn unter Polizeischutz stellen», hielt Valérie dagegen. «Er ist nicht unser Täter, aber möglicherweise ein nächstes Opfer.»

«Du widersprichst dir selbst», intervenierte Louis. «Ich erinnere dich an unser Gespräch vorhin.»

«Der Ring könnte auch einem Jungen geschenkt worden sein», dachte Valérie laut. «Dies würde den Herrenring rechtfertigen.»

Fischbacher machte auf dem Absatz kehrt. «Wir sehen uns später.» Er ging zur Tür, öffnete sie und verschwand auf dem Flur.

«Habe ich etwas Falsches gesagt?», fragte Louis. Als Valérie nichts darauf erwiderte, umrundete er das Pult. «Um auf meine Enthaltsamkeit zurückzukommen. Das ist kein Witz. Ich wäre, was das betrifft, ein guter Kandidat fürs Kloster.»

Valérie hielt es für besser zu schweigen. Louis hatte es darauf angesetzt, sie zu provozieren. Fabia würde wieder ein Thema sein. Sie hatte kein Verlangen danach. Sie wusste genau, dass Louis erneut ihre Meinung hören wollte, als wäre er darauf aus, ihren Segen oder eine Ohrfeige zu erhalten. Offenbar war es für ihn wichtig. «Kannst du mich jetzt alleine lassen? Ich muss ein paar Anrufe tätigen.»

Louis war bereits bei der Tür. «Okay, okay. Wir sehen uns sicher zur Teamsitzung um fünf.»

«Exakt. Bis dahin will ich alle Rapporte der letzten Tage auf dem Pult haben. Sei so gut und leite das bei den Kollegen in die Wege.» Sie zögerte. «Und: Ich möchte, dass du Pascal Benziger wieder herholst. Wir müssen ihn über unseren Verdacht aufklären und warum wir ihn unter Polizeischutz stellen werden.»

Louis schlug die Tür ins Schloss. Valérie wusste nicht, ob aus Versehen oder aus Wut.

***

Eine einzige lange Tafel. Ein Tisch, an dem Mönche, Volontäre und Pilger sassen. Für Vischer war es unmöglich, sie alle zu zählen. Vermutlich war er nicht der einzige Weltliche, der für ein paar Tage im Kloster eine Auszeit nahm. Schräg gegenüber sass ein junger Mann, der davon erzählte, wie er durch einen Unfall zuerst die Stelle, dann den Lebenssinn verloren hatte. Dass er hier sei, verdanke er Pater Bernhard. Er habe ihn überzeugen können, zuerst den Weg des Geistes einzuschlagen, um auf den andern zu gelangen. Es gäbe immer wieder Türen, die sich öffneten.

Markus, der Pater, der Henry in Empfang genommen hatte, sass weiter unten. Aber sein Blick war stets auf ihn gerichtet, als würde er ihn beobachten. Vielleicht passte ihm nicht, dass er sich neben Pater Ferdinand gesetzt hatte. Mit Pater Ferdinand hatte er Freundschaft geschlossen, nachdem er ihn nach dem Frühstück durch das halbe Kloster und den Park gestossen hatte. Dieser hatte ihm schon zum zweiten Mal angeboten, sich neben ihm niederzulassen.

Als die Suppe verteilt war, breitete sich Stille aus. Bloss das Klirren der Löffel war zu vernehmen, ab und zu ein Schlürfgeräusch. Pater Ferdinand griff sich nach jedem Schluck an den Mund, um sein Gebiss zurechtzurücken. Als Vischer ihn ansah, lächelte er ertappt. «Mein Kiefer muss schmaler geworden sein. Ich sollte schon längst den Zahnarzt aufsuchen.»

Vischer warf ihm einen verschwörerischen Blick zu. Das musste Pater Markus nicht entgangen sein. Er sah eine gefühlte Ewigkeit zu ihnen herüber.

Vischer stupste Pater Ferdinand an und fragte leise: «Habe ich eventuell Pater Markus' Platz an Ihrer Seite eingenommen?»

Pater Ferdinand winkte ab. «Er schaut immer so. Daran müssen Sie sich gewöhnen. Er ist unser Aufpasser.»

Der nächste Gang wurde schweigend serviert und ebenso schweigend gegessen. Hackbraten mit Polenta und Karotten – ein fürstliches Gericht, fand Vischer. Nach dem Dessert, das aus einem Apfel bestand, machte Pater Markus auf das Bibelstudium aufmerksam. «Für alle unsere Gäste ist es freiwillig. Ich möchte Ihnen jedoch nahelegen, dass Sie dadurch lernen, Gott und sein Wort besser zu verstehen. Die Bibel hat eine Botschaft, die Sie im Alltag anwenden können. Sie wachsen am Glauben und finden dadurch ein festes Fundament in Ihrem Leben.»

Bildete es sich Vischer bloss ein, oder sah Pater Markus nur ihn an?

Vischer wandte sich an Pater Ferdinand. «Darf ich Sie zurück auf Ihr Zimmer bringen?»

«Heute ist ein wunderbarer Tag», sagte Pater Ferdinand. «Ich möchte noch einmal in den Park gefahren werden. Die Bibel habe ich immer bei mir. Sie befindet sich in der Tasche hinten am Rollstuhl. Gerne, wenn Sie so freundlich sind. Unter dem Apfelbaum gefällt es mir am besten. Er trägt bereits Blüten. Die Natur zeugt immer wieder von der Auferstehung. Es ist ein stetes Kommen und wieder Vergehen.»

Das war vielleicht nicht jedermanns Ansicht in diesem Kloster. Oder wollte Pater Ferdinand ihn auf die Probe stellen?

Vischer verbrachte den Nachmittag bei den Pferden. Die Koppeln lagen am Ende des Klosterareals und erinnerten in ihrer Art an die Gutshöfe, die er aus Filmen kannte. Er schlenderte die Stallabteile entlang und sah sich die Schilder an, auf denen die Stuten und Hengste mit Alter und Stammbaum beschrieben waren. Eine beachtliche Zucht. Vischer las Namen wie Ballerina, Ikarus und Lubaya.

«Sie stehen jetzt gerade vor der prämierten Zuchtstute Arista.» Eine junge Frau war plötzlich neben ihm und strahlte wie ein Morgenstern über das ganze Gesicht. «Vor vierzehn Jahren war sie für das Dressurfinale für Schweizer Jungpferde in Avenches qualifiziert.»

Vischer war irritiert, die Frau hier zu treffen. Offenbar galt das klösterliche Gesetz nicht für die Pferdebetreuung.

«Ich bin Reitschülerin», sagte die Frau, die mit ihrem hellen Pferdeschwanz Vischers Phantasie beflügelte. Mensch und Tier passen sich einander immer an, dachte er lakonisch. «Sie ist temperamentvoll in der Dressur wie auch in den Springstunden. Man muss sie locker reiten, darf nicht klemmen. Arista ist Mutter von sechs Fohlen.»

Da kannte sich wer gut aus.

«Sie entschuldigen mich.» Sie lächelte weiter. «Ich muss mich um die Pflege kümmern.» Die junge Frau ging, wie sie gekommen war. Vischer sah ihr nach, wie sie auf dem Feld in einer der Koppeln verschwand.

Er kehrte zurück über den grosszügig konzipierten Hof. Ab und zu begegneten ihm Besucher, die über die Wege flanierten. Er liess sich auf keine Gespräche mit ihnen ein. Unter dem Apfelbaum stiess er wieder auf Pater Ferdinand, den er hierhergeführt hatte. Der Pater war in seine Bibel vertieft. Vischer fand nicht heraus, in welche Schriften. Er fragte auch nicht. Er griff in seine Jackentasche und holte eine kleine Schatulle daraus hervor. Er hatte sie, auf Valéries Anraten hin, aus der Asservatenkammer geholt. Für den Fall, dass sich eine Gelegenheit böte, hatte sie gesagt.

«Darf ich Sie einen Moment stören?»

Pater Ferdinand blickte auf. Über sein Gesicht huschte ein weises Lächeln. «Sie haben recht», sagte er, während er das Buch auf seinem Schoss schloss. «Ich kenne die Heilige Schrift in- und auswendig. Über sechzig Jahre Bibelstudium ...»

Vischer überreichte ihm die Schatulle. «Ich werde Ihnen etwas zeigen, das Sie interessieren könnte.»

Pater Ferdinand sah auf das blaue Schächtelchen, ohne es zu berühren. «Sie bringen mir ein Geschenk?»

«Öffnen Sie es.»

Die von Gicht gezeichneten Finger fielen Vischer erst jetzt auf, als der Pater nach der Schatulle griff. Zaghaft öffnete er sie, fuhr jedoch umso erschrockener davor zurück, als ein goldener Ring mit einem blauen Stein vor ihm lag.

«Erkennen Sie ihn wieder?», fragte Vischer.

Pater Ferdinands Blick wirkte gehetzt. Das wäre auch einem Laien aufgefallen, doch der Psychologe registrierte mehr als das. Da lag ein Wiedererkennen in seinen Augen. Ein Schimmer traurigen Erinnerns. «Ihr Name ist eingraviert.» Vischer überlegte, wie weit er den Pater herausfordern durfte. «Ferdi. So wurden Sie früher genannt?»

«Das ist eine Ewigkeit her ... in einem andern Leben.» Pater Ferdinand nahm den Ring in seine Hände und begutachtete ihn von allen Seiten. «Wo haben Sie ihn gefunden?» Wenn er sich vorher unsicher gefühlt hatte, so war er jetzt gefasst.

«Eine Frau trug ihn an ihrem Finger. Gertrud Benziger ist ihr Name.»

«Gertrud ... ja, ja, Gertrud. Ich erinnere mich. Ein guter Mensch.»

«Weil sie die Klosterkirche mit monatlichen Geldbeträgen beglückt hat?»

«Das entzieht sich meinem Wissen.» Pater Ferdinands Oberkörper war nach vorne eingeknickt. «Das ist Sache des

Finanzchefs. Aber die Kirche Einsiedeln kann jeden Franken gebrauchen. Wir sind auf Spenden angewiesen.»

Vischer dachte an die Baugerüste vor der Kirche. «Wann haben Sie Gertrud Benziger das letzte Mal gesehen?»

Pater Ferdinand hielt die Augenlider gesenkt. «Das ist schon eine Weile her. Kurz nach dem Tod meiner Eltern besuchte sie mich an den jährlichen Besuchstagen. Ansonsten hatte ich keinen Kontakt zu ihr.»

«Woher kannten Sie die Frau?»

Pater Ferdinand seufzte ergriffen. Es schien, als schlüge er ein inneres Buch auf, als begänne er darin zu blättern. Zurück in eine Vergangenheit, die jenseits seines Klosterlebens lag. Vischer nahm jede Regung auf Pater Ferdinands Gesicht wahr, die ihm verriet, dass er Gertrud Benziger gut gekannt haben musste. Doch der Pater war offenbar nicht gewillt, einen Blick in ein längst vergessenes Leben zu gewähren. Vischer wollte nicht länger bohren. Es wäre dem Pater sicher aufgefallen, dass er nicht einer Auszeit wegen, sondern aus einem andern Grund hier war. Der Ring müsste ihm jedoch zu denken gegeben haben. Der Pater sagte nichts. Vischer nahm den Ring aus dessen Hand und legte ihn zurück in die Schatulle. Diese liess er in seiner Jackentasche verschwinden.

***

Vischer hatte ihr eine SMS geschickt. «Wir sollten uns sehen.»

Valérie schrieb zurück: «Habe den Beschluss des Richters. Werde morgen im Kloster sein. Der Abt ist informiert. Er hat mich an Pater Markus verwiesen.»

Vischer antwortete nicht.

Später schrieb Valérie: «Wo können wir uns ungestört unterhalten?»

Bei Vischer herrschte Funkstille.

Auf Valérie wartete eine Befragung. Louis hatte Pascal Benziger zurückgebracht. Er sass im Vernehmungszimmer. Warum hatte sich Henry nicht mehr gemeldet? Mit dieser

Frage setzte sich Valérie Pascal gegenüber. Er sah sie überrascht an. Seine hellgrauen Augen hatten einen dunkleren Ton angenommen. Aber das lag an diesem Licht, das auch bei schönem Wetter nicht über das Diffuse hinauskommen wollte. Hier hatte man wohl auch mit der Beleuchtung gespart.

«Danke, dass Sie wieder hier sind», begann Valérie und installierte das Aufnahmegerät.

«Ich bin nicht freiwillig hier», sagte Pascal. «Ihr Kollege hat mich schon zum zweiten Mal aus dem Geschäft geholt. Meine Kunden buchen jetzt ihre Ferien. Da sollte ich vor Ort sein.»

«Die meisten Feriendestinationen werden bestimmt über das Internet gebucht.» Valérie hätte sich dafür die Zunge abbeissen mögen. Das gehörte nicht hierhin.

«Das sagen *Sie*», erwiderte Pascal, als fühlte er sich angegriffen. «Ich habe viele ältere Kunden. Die schätzen meine Kompetenz und können sicher sein, dass das, was ich ihnen verkaufe, eins zu eins so ist.»

Valérie drückte den Aufnahmeknopf und schob das Mikrofon näher an Pascal heran. «Ich gehe davon aus, dass mein Kollege Camenzind Sie über den Grund Ihrer erneuten Anwesenheit informiert hat.»

«Er sagte mir, dass ich ein wichtiger Zeuge sei.»

So konnte man es auch nennen. Valérie schluckte leer. «Sie haben das Gymnasium in Einsiedeln besucht, ist das richtig?»

«Das ist schon eine Weile her. Aber ja, ich war dort. Habe sogar mit der Note fünf abgeschlossen.» Pascal reckte stolz sein Kinn.

«Aber um die Kaufmännische Berufslehre zu machen, braucht es das Gymnasium nicht unbedingt.»

«Das stimmt. Das war auch Mamas Meinung. Aber Grosi bestand darauf, dass ich zu den Mönchen gehe. Ich wurde allerdings von weltlichen Lehrern unterrichtet. Einzig Philosophie hatte ich bei einem Bruder.»

Valérie musterte Pascal. Sie bedauerte es, dass Vischer nicht zugegen war. Er hätte auf Pascals Gesicht lesen können. Sie dagegen sah nicht die kleinste Spur einer Verunsicherung. Sah so ein Missbrauchsopfer aus?

«Waren Sie als Schüler intern?»

«Nein, ich wohnte bei Mama.»

«Erzählen Sie mir aus der Zeit am Gymnasium.»

Pascal rollte seine Augen. «Da gibt es nichts zu erzählen. Ich war sechs Jahre dort, habe gebüffelt wie ein Schwein. Im Leben wird einem nichts geschenkt.»

«Hatten Sie Kontakt zu den Mönchen?»

Zum ersten Mal wurde Valérie einer kleinen Unsicherheit gewahr. Pascal schaute in die linke Zimmerecke und sagte vorerst nichts.

«Sie haben mir die Frage nicht beantwortet.»

Pascal kam mit dem Oberkörper nach vorne und liess seine Hände auf die Tischplatte fahren. «Ich weiss genau, was in Ihrem Kopf vorgeht.»

Valérie wartete geduldig. Die kleinste Bemerkung hätte den Verlauf des Gesprächs gestört.

«Sie vermuten, dass ich … dass ich … ach, vergessen Sie es.»

Das Schweigen dauerte gefühlte fünf Minuten. Pascal sagte nichts mehr, und Valérie hoffte vergeblich. Sie entschloss sich, die Fragen anders zu formulieren. Va banque. Sie wusste, dass sie damit provozierte und sich Pascal überhaupt nicht mehr äusserte.

«Im Mord an Ihrer Grossmutter sowie an Ihrer Mutter führen die Spuren ins Benediktinerkloster. Wir gehen davon aus, dass es etwas mit Ihrer Vergangenheit am Gymnasium zu tun hat. Deswegen sollten Sie ehrlich mit mir sein und berichten, was sich zwischen 2005 und 2011 dort abgespielt hat.»

«Was erwarten Sie?» Pascal setzte sich wieder gerade auf.

«Gab es Übergriffe?»

«Was hat das mit dem Mord an meinen Liebsten zu tun?» Pascal strich sich über die Augen. Den verkrampften Gesichtszügen nach zu urteilen, wurde er soeben von grosser Trauer überwältigt.

«Wer hat Sie in Philosophie unterrichtet?»

«Pater Bernhard.»

«Pflegten Sie eine besondere Beziehung mit ihm?»

«Nein.»

«Zu einem andern Pater?»

«Allerdings.» Pascal sah sie stirnrunzelnd an. Sie vermochte nicht, ihn zu durchschauen. «Ich besuchte ab und zu Pater Ferdinand. Bei ihm fühlte ich mich wohl. Ich hatte einen ganz besonderen Draht zu ihm ... und bevor Sie jetzt Ihre perversen Gedanken weiterspinnen ... nein, er hat mich nie unsittlich berührt. Das ist es doch, worauf Sie hinauswollen, Frau Lehmann. Gibt es in Ihrem Gehirn noch etwas anderes, als solch abartige Ideen, dass jeder katholische Mönch ein Kinderschänder ist?»

Valérie wollte sich ihre Perplexität nicht anmerken lassen. «Wir ermitteln in zwei Mordfällen. Da kennen wir kein Pardon und müssen allen Eventualitäten nachgehen.» Sie faltete ihre Hände und legte sie auf den Tisch. «Andere Frage. Wer könnte einen Grund gehabt haben, Ihre Grossmutter und Ihre Mutter umzubringen?»

«Ich weiss es nicht. Aber dass der Täter ein krankes Arschloch ist, muss ich Ihnen nicht sagen.»

«Kennen Sie Ihren Vater?»

«Ich habe keinen Vater. Und wenn Sie jetzt Marc Rentsch meinen, muss ich Sie leider enttäuschen. Ich habe ihn nie kennengelernt. Ich hatte kein Bedürfnis ... ich brauchte keinen Vaterersatz ... und nein, ich war deswegen kein Opfer von Misshandlungen und schon gar nicht von sexuellem Missbrauch. Sind Ihre Fragen somit beantwortet?»

«Wenn Sie sich angegriffen fühlen, war das nicht meine Absicht.» Valérie liess sich nicht aus der Ruhe bringen. «Hat Pater Ferdinand Ihnen je einmal einen Ring geschenkt?»

«Nein.»

«Erinnern Sie sich, dass Ihre Grossmutter je einmal von einem Ring geredet hat?»

«Sie meinen den Ring, den man bei der ... Leiche gefunden hat? Nein. Ich habe auch nie einen solchen Ring an ihr gesehen. Nur ihren Ehering, doch diesen hat sie zu ihrem verstorbenen Mann ins Grab gelegt.»

Das kam einem Ritual gleich. Das Bild wollte Valérie nicht mehr aus dem Kopf. In der Regel war es umgekehrt, dass die Witwe den Ring ihres verstorbenen Mannes trug, zusätzlich zu ihrem eigenen. Gertrud Benziger hatte den Ring abgestreift. Es schien, als hätte sie im übertragenen Sinne etwas losgelassen, das ihr zeit ihres Lebens nie wirklich wichtig gewesen war. Die Ehe mit Ernst Benziger.

«Hat Ihre Mutter aus ihrer Kindheit erzählt?»

«Manchmal. Dass sie einen Bruder hatte, der früh von zu Hause abgehauen war. Alois. Er war wohl nicht der Schlauste. Mama redete nie Gutes über ihn.»

«Und über ihren Vater?»

«Ich sagte doch schon, dass ich meinen Grossvater nicht mochte. Er hatte etwas Unheimliches an sich. Muss wohl an seinem Unfall gelegen haben.»

«Erzählen Sie mir über den Unfall.»

«Ich kenne die Details nicht. Mama hat ihn erwähnt, ist aber nie näher darauf eingegangen.»

«Wie empfanden Sie die Beziehung zwischen Ihrer Grossmutter und dem Grossvater?»

«Normal. Er war nett zu ihr. Sie auch zu ihm. Aber was heisst das schon? Eheleute, die jahrelang zusammen sind, leben ihre eigene Projektion aus. Ich verstand Mama, wenn sie eine solche Situation erst gar nicht auf sich zukommen lassen wollte und lieber ohne Mann blieb …» Wieder zeichnete sich auf Pascals Gesicht Schmerz ab. Valérie musste davon ausgehen, dass er sein Herz nach aussen trug und die Wahrheit sagte. Trotzdem wäre ihr Vischers Anwesenheit eine grosse Stütze gewesen. «Ich kann Sie nicht in Gewahrsam nehmen», sagte sie. «Aber wenn Ihnen Ihr Leben lieb ist, müssen Sie den Polizeischutz annehmen. Sie werden rund um die Uhr abwechselnd von drei verschiedenen Polizeibeamten im Achtstundentakt überwacht. Trotzdem sollten Sie Vorsicht walten lassen.»

«Das heisst, dass man auch mir nach dem Leben trachtet?»

«Es ist zu befürchten. Da wir bis anhin keinen Anhaltspunkt haben, wer der Mörder sein könnte, müssen wir alle Vorsichtsmassnahmen treffen.»

«Sie lehren mich das Fürchten, nicht wahr?»

Valérie konnte es nicht dabei bewenden lassen. «Sollte es in Ihrem oder im Leben Ihrer Mutter und Grossmutter irgendetwas geben, das uns in den Ermittlungen weiterhilft, müssen Sie es uns mitteilen. Denken Sie darüber nach. Jedes noch so kleine Detail könnte uns weiterhelfen.»

«Vielleicht suchen Sie am falschen Ort.» Pascal erhob sich. «Kann ich jetzt gehen?

Valérie drückte die Aus-Taste auf dem Aufnahmegerät, nachdem sie den Endsatz darauf gesprochen hatte. «Ich werde Sie gleich zu einem meiner Kollegen führen, wo man Ihnen die Fingerabdrücke und eine Speichelprobe abnehmen wird.»

«Mit welcher Begründung?»

Valérie legte eine richterliche Bescheinigung auf den Tisch. «Deshalb.»

DREIZEHN

Über Einsiedeln war die Sonne verschwunden. Die Ansicht auf die Zwiebeltürme der Kathedralkirche liessen den Zorn Gottes erahnen in Form aufeinanderprallender Wolkengebilde. Fabia hatte die letzten Tage wie in Trance erlebt. Mit dem Gefühl einer Dauerbetrunkenheit. Als hätte sich der Alkohol besagter Nacht bei Valérie nicht verflüchtigt, sondern wäre noch Stunden danach durch ihre Blutbahnen gekreist und hätte ihr Gehirn vernebelt.

Heute Morgen war sie zum ersten Mal nüchtern aufgewacht. So hatte es sich angefühlt. Es war wie ein Schlag in ihr Herz gewesen. Die Erkenntnis, dass sie gesündigt hatte. Im Angesicht ihres familiären Zerwürfnisses hatte sie sich der Sinneslust hingegeben. Sie hatte sich von der Schlange verführen lassen. Von Louis. Heute war sie da, um zu beichten.

Sie hatte das sechste Gebot gebrochen. Noch wusste niemand von ihren Verfehlungen. Aber Louis traute sie nicht, wenn sie ehrlich mit sich selber war. Louis sammelte seine Bettgeschichten wie ein Hausmann Kaffeerahmdeckel und würde auch damit prahlen. Erst noch hatte sie ihn gesprochen und ihn gebeten, den Mund zu halten. Sie hatte ihm gesagt, dass das ein einmaliger Ausrutscher gewesen sei. Er sollte nie erfahren, wie sehr sie darunter litt. Die Zehn Gebote zählten für sie, waren Leitfaden in ihrem christlichen Leben. Sie versuchte, sich daran zu halten.

Sie war reumütig zu Michael nach Hause zurückgekehrt. Sie hatten lange über ihr Fernbleiben gesprochen. Er hatte nicht weiter gefragt. Sie hätte ihn anlügen müssen. Michael hatte ihr beteuert, dass er nichts mit einer andern Frau gehabt habe. Ihm sei einzig die eigene störrische Art im Weg gestanden. Er habe keine Perspektive mehr gesehen, die Arbeit befriedige ihn nicht, er habe Mühe mit Olivia, die in der ersten Trotzphase war. Deshalb sei es überhaupt zu diesem

Eklat gekommen. Es tat ihm leid. Fabia hatte sich furchtbar schlecht gefühlt.

Die Versöhnung hatten sie im Bett gefeiert.

Der Gang über die Treppe war beschwerlich wie nie zuvor. Vor der linken Eingangstür zur Kirche blieb Fabia stehen, fasste Mut. Die Tür schwang auf. Aus dem Innern strömten die Kälte und Ruhe. Und der Orgelklang hüllte die sakrale Erhabenheit ein. Fabia weinte. Es war schon lange her, seit sie in einem Beichtstuhl gesessen hatte. Ihre kleinen Notlügen und Sünden hatten nichts mit dem Ausmass ihrer momentanen Schuld zu tun. Sie hatte das Gelübde gebrochen, das sie ihrem Mann am Tag der Hochzeit in der Kirche von Muotathal gegeben hatte. Mutter hatte oft gesagt, dass jede Sünde, die geschehen sei, doppelt auf einen zurückkomme – in Form eines Unglücks. Untreue lasse sogar Kinder sterben.

Fabia hatte Angst. Die Beichte blieb die einzige Option, Schlimmes zu verhindern.

Als Kind und Jugendliche war sie oft belächelt worden als die Fromme aus dem Bisistal. Der Gang zur Kirche hatte zu ihrer Kindheit gehört. Mit den Jahren war die Religiosität etwas verblasst, bis sie Olivia bekam. Ein Geschenk Gottes. Fabia war dankbar. Sie wollte ihren Gott nicht enttäuschen. Noch zögerte sie, in den Vorraum der Kirche zu treten. Durch die Glastür schimmerte der dunkle Marmor der Gnadenkapelle. Die Mutter Jesu würde sie anhören.

«Fabia?» Neben ihr stand auf einmal Valérie. «Was für ein Zufall. Ich habe dich gesucht. Es hiess, dass du heute freinimmst. Was tust du in Einsiedeln?»

«Ehm … ich bin einfach hier. Hast du etwas dagegen?» Natürlich würde sie sich auch vor Valérie zum Affen machen. Valérie, die über allem zu stehen schien. Die belastbare Kommissarin. Oberleutnant in ihrem Team. Die Frau mit der Narbe, die sie mittlerweile zu ihrem Markenzeichen gemacht hatte. Sie hatte sich deswegen nie geschämt. Fabia bewunderte sie. Ob sie auch an einen Gott glaubte? Sie hatte sie noch nie gefragt. Heute sprach man nicht über solche Sachen. Gott hatte wenig bis gar keinen Platz mehr im Leben. Er war dort, wo man ihn für sich selbst beanspruchte. Hinter den Klostermauern zum Beispiel. Bei den Benediktinermönchen. Oder in der Kirche, wo man ihn noch spürte. Dort drin hatte er eine ganz besondere Aura.

«Ich bin auf dem Weg zu Pater Markus», sagte Valérie und zog sie von der Tür weg. «Begleitest du mich? Wir haben endlich den Gerichtsbeschluss und können nun legitim die Pater befragen.»

Zwischen neun und Viertel vor elf wurde die Beichte abgenommen, auch am Nachmittag und frühen Abend. Fabia überlegte. Sie konnte es nicht allzu lange hinausschieben. Nur widerwillig ging sie mit.

«Was ist? Du sagst nichts.» Valérie schenkte ihr ein Lächeln. «Oder möchtest du schon wieder Kerzen anzünden?»

Klang da nicht ein sarkastischer Unterton mit? Immerhin hatten ihre Gebete die Wirkung entfaltet: Michael und sie hatten sich versöhnt. Es gab Dinge, die musste man für sich behalten. «Ich komme ja schon.»

«Was wolltest du in der Kirche?»

Dass sie auch immer so hartnäckige Fragen stellen musste. «Beten», sagte sie leise.

«Ich bete auch», sagte Valérie.

Fabia blieb stehen. «Das hätte ich nie gedacht ...»

«Ich weiss. Das kann man auch leise tun. Und wo immer man möchte. Gott ist überall, nicht nur in der Kirche. Schau dir die Natur an, den Kosmos. Wie alles funktioniert. Es ist ein grosser Plan, der muss von Höherem, Grösserem geschaffen worden sein.»

«Ich habe nicht gewusst, dass du ... dass du auch gläubig bist. Ich ging immer davon aus, dass du den Glauben als Nichtwissen abtust ...»

«Glauben gibt uns Kraft», sagte Valérie überzeugt. «Nicht nur der Glaube an einen Gott. Man kann auch an sich selbst glauben, an seine Fähigkeiten, an das Gute im Menschen.»

«Was in unserem Beruf nicht immer leicht ist.»

«Das stimmt.»

Sie bogen links der Kirche in den ersten Hof ein. Vor dem Rondell standen Kinder und bestaunten das Fischerhäuschen und den Angler davor, der seit Jahren in der gleichen Monotonie einen Fisch aus dem Wasser zog.

«Hat Pater Markus dich ins Vestibül eingeladen? Oder müssen wir draussen mit ihm reden?»

«Er gestattet uns den Eintritt in die Vorhalle des Klosters.» Valérie nahm sie erneut beim Arm. «Wie geht es dir?»

«Gut, danke.» War es möglich, dass Valérie etwas wusste? Hatte Louis geplaudert?

Da Valérie jedoch keine Avancen machte, sie auszuhorchen, wollte sie es nicht kommentieren. Allmählich verebbte ihre Angst. Sie würde später beichten. Gott würde mit ihr Geduld haben.

***

Pater Markus stand direkt unterhalb eines Kruzifixes im spartanisch eingerichteten Saal, in dessen Fortsetzung die Korridore mit den Zimmern liegen mussten. Er hatte den Rücken gegen die Wand gedreht, die Hände gefaltet und schien in seine Gedanken vertieft zu sein.

Valérie begrüsste ihn, ohne die Hand auszustrecken. Sie wusste, dass es galt, die benediktinischen Ordensregeln zu beachten. Sie hatte sich vorgängig ein wenig damit befasst, war aber nicht sicher, ob diese auch für das Kloster Einsiedeln galten. In ihren Augen waren diese veraltet. Oder war es möglich, dass die Mönche noch heute in ihrer vollen Montur, die sie tagsüber trugen, auch schlafen gingen?

«Sie wünschen mich in einer heiklen Angelegenheit zu sprechen?» Pater Markus blieb ernst, obwohl auf seinem Gesicht ein schwaches Lächeln zu erkennen war. «Unser Abt hat mich darauf aufmerksam gemacht. Ich bin sein Sprachrohr.»

«Leider ja», sagte Valérie und wies auf den einzigen Tisch im Raum. «Wollen wir uns nicht setzen?»

Der Tisch war aus schwerem Holz gefertigt und mit den Jahren dunkel geworden. Ein heller Fleck liess erahnen, dass dort etwas gestanden hatte und nach langer Zeit entfernt worden war. Ein dreiarmiger Kerzenständer wirkte etwas verloren. Valérie legte Dokumente ab. «Wir haben uns bereits mit Pater Bernhard unterhalten», sagte Valérie und gab indirekt zu, dass sie dies auf illegalem Weg getan hatte.

Pater Markus ging nicht darauf ein. Er setzte sich. Valérie blieb noch einen Moment stehen, derweil sich Fabia in angemessenem Abstand zu Pater Markus niederliess.

Valérie suchte das Bild mit dem Brandmal heraus und deutete darauf. «Wir ermitteln in zwei Morden. Jedes Mal wurde dem Opfer der Benediktussegen auf die Brust gebrannt. Die Erfahrung zeigt, dass uns der Täter damit einen Hinweis geben will. Dieser Hinweis, Pater Markus, führt uns direkt hierhin.»

«Das ist meines Erachtens an den Haaren herbeigezogen. Ich sehe diese Verunstaltung der Haut als Blasphemie. Und ja, bevor Sie mich fragen, ich habe mich mit Ihrem Problem eingehend auseinandergesetzt. Der Richter, der ein Angehöriger eines unserer Brüder ist, hat mich darüber aufgeklärt. Es liegt nicht in unserer Natur, anstelle unseres Bibelstudiums uns in polizeiliche Ermittlungen einzudenken. Aber wenn ich helfen kann … so soll es mir recht sein. Gott sei mit uns.»

«Sie leben schon lange im Kloster?», fragte Valérie und versuchte sein Alter zu schätzen.

«Nicht lange genug. Es gibt Brüder, die leben seit sechzig Jahren hier. Ich tue es seit zweiundzwanzig.»

«Nennen Sie uns Namen?»

Pater Markus legte eine Liste auf den Tisch. «Wie Sie sehen, habe ich mich vorbereitet.»

«Dann wissen Sie also nicht, was sich vor Ihrem Eintritt ins Kloster alles zugetragen hat», folgerte Valérie.

«Was sollte sich hier zugetragen haben? Wir haben den täglich gleichen Ablauf. Mit Ausnahme der Pilger und Volontäre, die manchmal den Rhythmus angeben oder ihn leicht durcheinanderbringen.»

«Gab es Vorkommnisse … die nicht ins Bild des Benediktinerordens passen?», fragte Valérie vorsichtig. «Ganz den weltlichen Belangen und Gelüsten zu entsagen, ist sicher nicht immer einfach.»

«Es zählt nur Gottes Wort.»

Kam es Valérie so vor, oder wich Pater Markus ihr aus? Sie musste mit gröberem Geschütz auffahren. «In diesen Mauern muss vor langer Zeit etwas geschehen sein, etwas sehr Schlimmes, woraus Rache entstanden ist.»

«Manchmal verführt uns Satan zur Versuchung. Es ist unser tägliches Bemühen, dies nicht zuzulassen. Sich dem Widersacher zu stellen ist unsere Aufgabe. Mit Gottes Hilfe und Güte.»

«Und wenn doch etwas Abtrünniges geschieht, sieht man da einfach weg?»

Fabia liess ein Räuspern vernehmen. Offenbar war sie mit ihrem Vorgehen nicht einverstanden. Valérie entschied sich für andere Fragen. «Führen Sie Buch über die Besucher?»

«Selbstverständlich werden alle Pilger und Volontäre erfasst.»

«Und die Schüler des Gymnasiums?»

«Die Namen der ehemaligen Schüler sind archiviert.» Auf Pater Markus' Gesicht stand ein grosses Fragezeichen. «Ich gehe davon aus, dass Sie diese sehen wollen.»

«Gerne.»

Pater Markus erhob sich, schritt zum einzigen Schrank im Raum und öffnete ihn. Er griff hinein und entnahm ihm einen Ordner und eine Mappe. Mit diesem kehrte er zurück zum Tisch. Er schlug zuerst den Ordner auf. «Da stehen die Namen unserer Schüler drin. Und hier die Namen der Pilger und Volontäre – auch die der aktuellen.» Pater Markus schob auch die Mappe über den Tisch.

«Gab es Probleme zwischen Ihren Brüdern und den Schülern?» Valérie blätterte den Ordner durch. Die Listen waren lang. Sie würden einen halben Tag Arbeit bescheren.

«Wenn es um das Verständnis von Erziehung ging. Aber solche Probleme, wie Sie es nennen, haben auch Eltern mit ihren pubertierenden Kindern. Dies betraf aber nicht nur die Mönche, die unterrichteten, sondern auch die weltlichen Lehrer.»

«Sie verstehen mich falsch.» Valérie übte sich weiterhin in Geduld. «Kam es vor, dass sich Schüler und Mönche zueinander hingezogen fühlten?»

Pater Markus setzte ein vergeistigtes Lächeln auf. «Die Liebe kann man auch auf einer nicht körperlichen Ebene erfahren. Gottes Liebe ist überall.»

«Auf einer geistigen Ebene», sagte Valérie. «Sie ist auf den griechischen Philosophen Platon zurückzuführen. Die platonische Liebe, wie wir sie heute kennen, hat zwar nichts mehr mit dem Konzept der Liebe, wie sie Platon als Philosoph definierte, zu tun, aber –»

«Sie kennen sich aus in der griechischen Mythologie?» Pater Markus lächelte.

«Sie hat ein grosses Allgemeinwissen», sagte wie aus der Pistole geschossen Fabia.

Valérie spürte, wie sie allmählich die Geduld verlor. Pater Markus wusste genau, wohinaus sie mit ihren Fragen wollte. Er versuchte, sie geschickt zu umspielen. Verbarg er etwas vor ihr? Sie klappte den Ordner zu und schob die Mappe auf der letzten Seite ein. «Noch etwas. Ich würde mich gern mit Pater Ferdinand unterhalten. Soviel ich weiss, dürfte er einer der Ältesten hier sein.»

«Er ist sogar der Älteste.» Pater Markus machte Anstalten, die beiden Frauen zur Tür zu begleiten. Wie es aussah, war er froh, nicht länger Rede und Antwort zu stehen. «Um diese Zeit dürfte er im Garten sein. Er ist nicht mehr so gut zu Fuss. Der Rollstuhl ist sein ständiger Begleiter. Ich selber würde mich gerne wieder zurückziehen.»

«Danke», sagte Valérie. «Sie haben uns sehr geholfen.» Obwohl das nicht ganz der Wahrheit entsprach. Sie war sich sicher, dass Pater Markus etwas zurückhielt, das für die Ermittlungen wichtig gewesen wäre. Fabias Anwesenheit hinderte sie daran, noch mehr Fragen zu stellen.

Die Wolken hatten sich verdichtet. Aus dem Westen war ein unangenehmer Wind aufgekommen und fuhr pfeifend durch die Bäume. Die Mauern der klösterlichen Gebäude wirkten düster und unheimlich.

«Du warst nicht gerade zimperlich mit den Fragen», meinte Fabia, die neben Valérie die zügigen Schritte einzuhalten versuchte. «Kannst du dir denn gar nichts anderes vorstellen als einen Missbrauch? Deine Fragerei zielte doch genau darauf hin.»

«Wir haben nur diesen Ansatz, nachdem die Ermittlungen gegen den Trickbetrüger im Sand verlaufen sind.»

«Und falls …», sagte Fabia ausser Atem, «… falls du das Brandmal und den Benediktussegen aus deinen Gedanken streichst, was bliebe? Würdest du dann auch im Kloster ermitteln?»

Valérie überlegte. So unbedeutend war die Frage nicht. Ja, wohin würden die Ermittlungen führen? Die erste Leiche war auf einem Boot transportiert worden. Die Resultate waren eingetroffen. In der Zwischenzeit hatte man die Fingerabdrücke des Besitzers und seiner Frau sichergestellt, um ihre DNA auszuschliessen. Das Blut stammte von Gertrud Benziger, ein anderes war tierischen Ursprungs. Der Bootsbesitzer hatte gesagt, dass er auf seinem Boot manchmal Fische ausnehme.

Es gab keine Alternative. Das Brandmal war so real wie der Benediktusgruss. Ein bisschen weiter war die Polizei jedoch gekommen. Den Ring hatte Pater Ferdinand anfertigen lassen, vermutlich lange bevor er ins Kloster eingetreten war. War Gertrud Benziger seine grosse Liebe gewesen? Oder – diese Option durfte Valérie nicht auslassen – Ernst Benziger ein Freund? Oder dessen Sohn Alois? Aus einem Grund musste dieser Ring an Gertrud Benzigers Finger gesteckt worden sein. Als Zeichen dafür, dass jemand eine Wahrheit kannte, die einer Menge Leute schaden könnte.

Als Warnung.

Oder Todesdrohung.

Ihn im Rollstuhl unter dem blühenden Apfelbaum zu sehen erinnerte Valérie an ihren Grossvater in Fully. Er hatte oft so gesessen, war nach getaner Arbeit auf der Bank oder dem Stuhl eingeschlafen. Ein alter Mann, den sie nie anders gekannt hatte. *Grand-Père* war bereits mit fünfzig ein Greis gewesen.

Pater Ferdinand schlief. Die Bibel war über seinen Schoss auf den Boden geglitten, wo sie aufgeschlagen liegen blieb. Valérie besah sich den Text über das Gleichnis von Lazarus nach dem Lukasevangelium, bevor sie sich in kauernder Stellung auf den Schlafenden konzentrierte. Sein weisser Bart umrahmte ein helles Gesicht, in das eine Vielzahl feiner Falten eingemeisselt war wie die Jahrringe an einem Baumstamm. Der erste Mönch, dachte Valérie, dem man das wahre Alter ansah. Zweiundneunzig Jahre alt sei er, hatte man ihr mitgeteilt, geboren 1926. Er war der Mann, den sie suchte. Ferdi! Noch hatte sie nicht mit Vischer gesprochen. Sie wusste nicht, ob man ihm das Mobiltelefon weggenommen oder er es freiwillig abgegeben hatte.

«Wir müssen ihn aufwecken», sagte Valérie. Sie griff nach der Bibel und legte sie zurück auf den Schoss des Paters.

«Nein, das kannst du nicht», fand dagegen Fabia, die sich wie schon zuvor etwas abseits aufhielt. Als würde sich zwischen dem Geistlichen und ihr ein unsichtbares Band befinden. Fabias Respekt gegenüber allem Kirchlichen war nicht nachvollziehbar.

Pater Ferdinand schlug die Augen auf. Sofort war er da. Auf seinem Gesicht zeichneten sich weder Überraschung noch Erschrecken ab.

Valérie dagegen schluckte leer, war ob seines gütigen Lächelns etwas aus der Fassung geraten.

Diese Augen!

Schiefergraue, klare Augen. Ein ungetrübter Blick.

Valérie fand zuerst keine Worte. Sie überlegte, ob sie von einem Trugbild genarrt wurde und ihr Gehirn ihr einen Streich spielte.

«Guten Tag.» Die Stimme allerdings klang alt, verzerrt, ein

wenig heiser. Seine Bewegungen wirkten zittrig, fast unkoordiniert.

Valérie stellte sich vor und begründete ihren Besuch.

«Sie sind wegen Gertrud Benziger hier, nicht wahr?»

Henry Vischer musste ihn bereits darauf angesprochen haben. Anders konnte es sich Valérie nicht erklären. Wo steckte er nur?

Diese Augen!

Nein, Valérie täuschte sich nicht. Sie hatte diese Augen schon gesehen. Die rare Farbe, die an Felsen erinnerte, wenn das Licht auf sie fällt. Selbst die Form war so prägnant, dass sie auch in den Falten zu erkennen war.

«Wir ermitteln wegen eines Verbrechens ...» Valérie suchte nach dem Bild in ihren Unterlagen. Sie legte es in die Hände von Pater Ferdinand. «Dieses Mal ist für uns ein Rätsel. Es zeigt den Benediktussegen. Ich bin mir nicht schlüssig, ob der Täter uns damit einen Wink geben wollte.»

Pater Ferdinand sah lange auf das Foto. «Es wurde auf Haut eingebrannt.»

Wie konnte er das wissen? «Auf die linke Brust.»

«Links, wo das Herz liegt. Das Kreative, das Emotionale, das Gefühl ...»

«Ich kann Ihnen nicht folgen.»

Pater Ferdinand lächelte. Valérie fiel erst jetzt auf, dass seine Zähne ein wenig klapperten und er diese immer wieder in den Mund zurückschieben musste.

«Nirgends steht, dass man alles verstehen muss.» Pater Ferdinand sah sie fast liebevoll an. «Sie glauben, dass es Gertrud Benziger ist?»

«Es ist Gertrud Benziger.» Valérie vermied es, ihm die Todesursache mitzuteilen.

«Wie ist sie gestorben?»

Da war sie schon. Diese Frage, die sie ihm nicht beantworten wollte. Das gehörte nicht hierhin. «Haben Sie sie gekannt?»

Pater Ferdinand hob den Kopf und sah in den blühenden

Baum über ihm. «Sie war das Opfer, das ich für meinen Orden gebracht habe.»

«Opfer?»

«Gott war mächtiger.»

Sah sie nicht eine Träne über seine Wange rinnen? Einen klaren Tropfen, der im Bart versickerte?

Fabia war neugierig näher getreten. Vielleicht würde das, was sie in den nächsten Minuten zu hören bekam, ein Schock für sie sein. Denn Valérie ging davon aus, dass Pater Ferdinand bereit war zu erzählen. Heute unter dem Apfelbaum. Im Hof des Klosters Einsiedeln, während sich seine Brüder mit der Bibel auseinandersetzten.

Valérie blieb in kauernder Stellung. Nicht ganz auf Augenhöhe, etwas tiefer. «Sie haben sie geliebt, nicht wahr?»

«Valérie!» Fabia tat entrüstet. «Valérie, bitte.»

Valérie winkte ab. Sie legte gegen ihr Vorhaben ihre linke Hand auf die Hände des Paters. «Mögen Sie mir Ihre Geschichte erzählen?»

Eine erneut aufkommende Windböe brachte die Äste über ihr zum Knacken. Ein Reigen weisser Blütenblätter tanzte auf die Erde. Eines verfing sich im Bart des Mönchs. Und aus dem Nebel in der Ferne löste sich eine Männergestalt, kam schnellen Schrittes auf sie zu.

Henry Vischer.

Valérie sah ihn nur an. Sie wusste nicht, wie weit Vischer den Pater in ihre Ermittlungen eingeweiht, ob er ihn überhaupt darüber informiert hatte.

Vischer tat so, als würde er Valérie und Fabia nicht kennen, als er sich kurz bei ihnen vorstellte. Er wandte sich an Pater Ferdinand. «Soll ich Sie zurück in Ihr Zimmer führen?»

«Sie kennen diese beiden Damen nicht?», fragte Pater Ferdinand. Auf seinem Gesicht zeichnete sich Erstaunen ab.

Vischer und Valérie sahen einander nur an.

«Ich mag zwar hinter Klostermauern leben, doch selbst da entgeht mir nichts. Ich habe gelernt, in den Gesichtern zu lesen. In traurigen, fröhlichen, bedrückten, verbissenen, verkümmerten … Mich täuscht man nicht.»

«Wir arbeiten zusammen bei der Kriminalpolizei», sagte Valérie, die das Versteckspiel satthatte.

«Und Henry ist ein Spitzel?» Pater Ferdinand strich sich über den Bart. «Ab und zu lese auch ich die Zeitung. Hat Ihr Aufenthalt», er wandte sich an Vischer, «mit der Leiche im Sihlsee zu tun? Es handelt sich dabei um Gertrud Benziger, nicht wahr?»

«Wir haben eine zweite Leiche», sagte Valérie. «Gertruds Tochter Maria.» Sie beobachtete den Pater, der seine Augen wieder auf den Apfelbaum gerichtet hatte, als würde er dort oben etwas sehen, das über die Schönheit des bald vergehenden Blütenzaubers hinausging.

«Gertrud hatte eine Tochter?» Pater Ferdinand senkte abermals den Blick. «Dass ihr Ehemann, Ernst, einen Sohn mit in die Ehe gebracht hat, weiss ich von ihr. Aber niemals hat sie mir von einer Tochter erzählt.» Er schüttelte nachdenklich den Kopf. «Es muss daran liegen, dass ich sie nicht danach gefragt habe.»

Valérie wandte sich an Vischer und Fabia. «Könntet ihr mich mit dem Pater ein paar Augenblicke allein lassen?», flüsterte sie.

Fabia wollte schon intervenieren. Vischer zog sie am Arm über den Weg, der zum Marstall führte. «Ich zeige dir das Gestüt. Es gibt hier wunderbare Pferde.»

Fabia folgte ihm widerstrebend.

Valérie spürte einen ersten Regentropfen. «Es wird kühl. Soll ich Sie unters Vordach fahren?»

«Sie wollen mich aushorchen, nicht wahr?» Pater Ferdinand schlug die Bibel zu, die bis anhin geöffnet auf seinen Knien gelegen hatte.

«Ich werde Sie nicht zwingen, mit mir zu reden. Doch Sie sind meine einzige Hoffnung. Ich will den Mörder von Gertrud Benziger zur Strecke bringen, bevor er noch mehr Unheil anrichtet.» Valérie stiess den Rollstuhl an und führte ihn zum

Durchgang, der den ersten mit dem zweiten Garten verband. Kaum waren sie dort angelangt, fielen schwere Regentropfen. Valérie liess sich auf einer Bank nieder. Sie hatte den Rollstuhl so gedreht, dass Pater Ferdinand sie ansehen musste. «Ich möchte auch den Mörder von Maria finden. Maria … von Ihrer Tochter …»

Das Gesicht des Paters blieb wie versteinert.

«Sie war doch Ihre Tochter?» Valérie zog Marias Bild aus einer Mappe. «Sie hatte Ihre Augen.»

Pater Ferdinand klaubte nach dem Bild. Sah es sich lange an. Er schwieg.

Valérie war sich nicht sicher, ob sie nicht zu heftig vorging. Pater Ferdinand war ein alter Mann, hatte sein Leben dem Benediktinerorden und Gott geweiht. Für ihn musste die Erkenntnis ein Schock sein. Doch der Respekt gegenüber dieser Glaubensgemeinschaft war ein falscher und Valérie nicht gewillt, eine Wahrheit zurückzuhalten, die zur Lösung des Falles führte. Mord war Mord. Ihn aufzuklären bedurfte keiner Scham.

Das Geräusch des Regens echote im Gewölbe. Das Licht war fast ganz verschwunden. Rollstuhl und Pater wirkten wie ein Schemen.

«Ich habe die Befugnis, Ihnen eine Speichelprobe abzunehmen», sagte Valérie und wies die richterliche Bescheinigung vor. «Niemand im Kloster weiss etwas. Es liegt nicht in meiner Natur, Ihre Brüder einzuweihen. Das ist Ihre Aufgabe.»

«Ich habe ein Gelübde abgelegt», sagte endlich Pater Ferdinand. Seine Stimme klang brüchig. «Ein Gelübde, dass ich nur Gott diene …»

Valérie liess ihm Zeit.

«Das war vor gut sechzig Jahren. Nach dem Theologiestudium kam ich hierher … als junger Mönch. Fast zehn Jahre fiel es mir leicht, die Regeln des Benediktinerordens zu befolgen und mich Gott zu widmen.» Pater Ferdinand seufzte und griff sich ans Herz. «Dann wurde ich auf die Probe gestellt. Ich … ich begegnete Gertrud. Sie war kaum dreissig, arbeitete im

‹Goldapfel› als Verkäuferin. Es war …» Es sah aus, als hätte Pater Ferdinand Mühe, den Satz auszusprechen. «Es war … Liebe auf den ersten Blick. Ich war bei den Pferdekoppeln, als ich sie ein zweites Mal traf. In ihrer Freizeit pflegte sie die Stuten. Wir sahen uns in der Folge öfter. Sie konnte so wunderbar erzählen … von den Dingen ausserhalb des Klosters. Sie war ein so lebensfroher Mensch.»

«Wann haben Sie ihr den Ring geschenkt?», fragte Valérie.

«Den Ring? … Ach ja, ich habe ihn bei einem Goldschmied machen lassen, als Zeichen unserer Freundschaft.» Pater Ferdinand griff sich an den weissen Bart. «Dann hat mich Satan verführt …»

Satan hat ihn verführt, sinnierte Valérie. In seinen Augen war es Satan gewesen, nicht die Frau. Oder Pater Ferdinand stellte Satan mit der Frau gleich. Gern hätte sie ihn gefragt, ob Gertrud in seinen Augen vom Teufel besessen gewesen war.

Satan hatte ihn verführt.

Valérie wunderte es nicht, dies aus dem Mund eines Paters zu hören. Er durfte nicht zugeben, dass sein Herz für Gertrud geschlagen, dass er sie geliebt und begehrt hatte. Doch vielleicht war gerade diese Liebe das Göttliche gewesen.

«Ich habe gesündigt. Mein Fleisch war schwach …»

«Und während dieses einen Mals wurde Ihre Tochter gezeugt.» Valérie erhob sich. «Hat Gertrud Ihnen wirklich nie gesagt, dass sie schwanger ist?»

«Nein.» Pater Ferdinand liess den Kopf auf seine Brust fallen. «Auf einmal kam sie nicht mehr. Anfangs vermisste ich sie sehr.»

«Oder haben Sie ihr zur Abtreibung geraten?»

«Nein», kam es röchelnd aus seinem Mund.

Valérie befürchtete, dass sie den Pater schon zu lange strapaziert hatte. Sie würde sich mässigen müssen. Es war nicht das erste Mal, dass ein Mönch Vater geworden war. Sie hatte darüber gelesen, wie es im Mittelalter zwischen Mönchen und Nonnen zugegangen war. In unterirdischen Gängen hatten sie sich getroffen, hatten sich geliebt und Kinder gezeugt. In alten

Schriften war beschrieben, wie man später in den Katakomben zwischen Frauen- und Männerklöstern Kinderskelette gefunden hatte. Es hatte nicht sein dürfen, dass solche Kinder lebten. Man hatte sie umgebracht – in Gottes Namen.

«Ich habe nichts davon gewusst», sagte Pater Ferdinand wieder gefasst. «Aber ich habe es geahnt. Darf ich … darf ich das Foto … meiner … meiner Tochter behalten, wenn ich sie schon nicht kennenlernen durfte?»

«Sie dürfen es behalten.» Valérie holte ein Röhrchen aus ihrer Mappe und dazu ein Wattestäbchen. «Ich muss Sie bitten, Ihren Mund zu öffnen.»

Pater Ferdinand liess es ohne zu zögern zu.

Der Regen, der bloss ein kurz dauernder Platzregen gewesen war, hatte aufgehört. Valérie schob Pater Ferdinand über den Kiesplatz Richtung Rondell, wo der Angler seinen Fisch aus dem Wasser zog. «Soll ich Sie in Ihr Zimmer bringen?»

«Nein, bringen Sie mich bitte zur Kirche. Ich möchte beten.»

***

«Langsam passen die Teile in unser Puzzle», sagte Valérie am späten Nachmittag beim Briefing. «Zwar fehlt uns noch jede Spur des Mörders, doch allmählich gibt es Indizien.»

«Indizien allein genügen uns nicht», sagte Louis, dessen Laune sichtbar im Keller war. Wusste der Kuckuck, was ihm über die Leber gelaufen war. Ob Fabia ihm eine Abfuhr erteilt hatte?

«Du hast recht», beschwichtigte Valérie ihn. «Mir wäre auch lieber, wir hätten Beweise.» Sie berichtete über das Treffen mit Pater Ferdinand, dass sie anhand Marias Bild vermutete, dass er ihr Vater sei. «Die DNA-Abgleiche werden wir übermorgen erhalten. Pater Ferdinand und Maria haben sowohl die gleiche Augenform als auch die gleiche Augenfarbe. Und wenn ich mich nicht täusche, so dürfte auch zu Pascals Augen eine frappante Ähnlichkeit bestehen. Pascal Benziger erzählte mir, dass er zu seinem Grossvater Ernst Benziger nie eine gute Beziehung gepflegt, sich aber zu Pater Ferdinand hingezogen gefühlt habe.»

«Kein Kunststück, wenn sie verwandt sind», warf Louis ein.

«Darauf kann man sich nun überhaupt nicht behaften», sagte Valérie. «Verwandt und alles ist im Lot. Da kenne ich anderes. Aber bei Pater Ferdinand bin ich mir sogar sicher, dass er einen guten Draht zu Pascal hatte. Er hat so etwas Gütiges an sich.»

«Ich kenne dich nicht von dieser Seite», liess Fischbacher die Bemerkung fallen. «Obwohl du oft aus dem Bauch heraus entscheidest, scheint mir eine Vermutung über den Verwandtschaftsgrad doch sehr fraglich.»

Valérie beherrschte sich, nicht die Augen zu verdrehen. «Ich kann bis übermorgen warten. Aber in dieser Zeit könnten wir zumindest unsere Ermittlungen ausdehnen. Angenommen, es ist so, und Pater Ferdinand war Gertruds grosse Liebe, muss das jemand mitbekommen haben. Immerhin hat Gertrud ein Millionenerbe angetreten …»

«… das der Sohn aus erster Ehe abgelehnt hat», unterbrach Fischbacher sie. «Warum beharrst du darauf?»

«Du lässt mich nicht ausreden.» Valérie hatte den Chef in den letzten Tagen kaum gesehen. Er war nicht einmal da gewesen, wenn sie ihn gebraucht hätte zur Besprechung des weiteren Vorgehens. Er hatte sie gewähren lassen, hatte ihre Rapporte alle abgesegnet. Ohne Kommentare.

«Alois Benziger hat möglicherweise davon Wind bekommen», sagte Fabia an ihrer Stelle, «dass seine Stiefmutter das Erbe ans Kloster Einsiedeln und die Kirche verprasst hat. Er stellt im Nachhinein Forderungen.»

«Das kann er nicht, weil er ja auf das Erbe verzichtet hat», widersprach Valérie. «Ein schriftlicher Verzicht liegt vor. Das haben wir längst überprüft.»

«Aber er könnte sich doch an Gertrud rächen, an ihrer Tochter, die nun absolut kein Recht auf ein Erbe hat –»

«Stopp! Sie hatte ein Recht darauf. Sie war Ernst Benzigers rechtlich anerkannte Tochter, wenn auch adoptiert. In ihrer Erbfolge steht ihr Sohn Pascal.» Valérie unterstrich ihre Worte mit einer heftigen Geste. «Dass aber Alois Benziger auf Rache sinnt, davon gehe ich durchwegs aus.»

«Alois Benziger lebt nicht mehr», sagte Louis. «Vor einer Stunde bekam ich vom Schweizer Konsulat in Costa Rica die Bestätigung, dass Alois Benziger, Sohn des Ernst und der Rita Benziger-Meier, vor zwei Jahren verstorben ist.»

Valérie schwieg geschockt. Ging gerade die letzte Möglichkeit bachab? Das sorgsam aufgebaute Konstrukt fiel mit einem Mal auseinander. Ihre ganze Arbeit verlor an Boden. Sie selbst musste sich am Flipchart abstützen. Am elften Tag nach Gertruds Ermordung sah es so aus, als stünde sie wieder am Anfang. «Bist du sicher?», fragte sie tonlos.

Louis schob ein Dokument über den Tisch. «Hier steht es schwarz auf weiss.»

Valérie beugte sich über die Tischplatte, überflog den Text und richtete sich wieder auf. Ihr Körper fühlte sich an, als würde er erschlaffen. Die Kraft, die sie nach dem Besuch im Kloster erfüllt hatte, wich aus jeder ihrer Zellen. In ihrem Frust wandte sie sich an Vischer. «Du hast doch mit Pater Ferdinand gesprochen. Wie schätzt du ihn ein?»

Es gab noch eine Option: Pater Ferdinand, also Marias Vater, hatte ihnen allen etwas vorgemacht. Oder vielleicht steckten sogar die Brüder des Benediktinerordens dahinter. Sie hatten erfahren, was geschehen war, und wollten den Ursprung der Sünde eliminieren. Valérie atmete heftig. Eine Hitzewelle jagte durch ihren Körper. Ich fange an durchzudrehen, überlegte sie. Mord oder Auftragsmord, der von einer kirchlichen Gemeinschaft ausging – daran durfte sie nicht im Traum denken.

Lag sie mit ihren Vermutungen komplett falsch?

Versagte sie gerade auf allen Ebenen?

«Ich schätze den Pater als integer ein.» Vischer holte sie aus ihren verqueren Gedanken. «Er sagt die Wahrheit. Ich habe noch einmal mit ihm gesprochen, nachdem du ihn verlassen hattest. Er war am Boden zerstört. Er könne sich eine Vaterschaft durchwegs vorstellen. Er sah es als eine Art Strafe an, weil er sein Gelübde gebrochen hatte. Dass er keine Ahnung von seiner Tochter hatte, schreibt er Gertruds Respekt gegenüber ihm und dem Kloster zu. Sie habe ihm dadurch ihre Liebe bewiesen … mit diesen Worten.»

«Wer hatte dann ein Interesse am Tod von Gertrud und Maria?» Valérie tigerte aufgebracht zwischen der Pinnwand und dem Flipchart hin und her. Sie hielt den linken Arm in die Höhe, fuchtelte mit der Hand. «Das gibt's doch nicht.» Sie kehrte zurück zum Tisch. «Pater Ferdinand gilt ab sofort auch als gefährdet. Wir müssen ihm Polizeischutz gewähren. Louis, übernimmst du das? Und mit Pascal Benziger möchte ich noch einmal sprechen. Es muss doch eine Möglichkeit geben, mehr über die Familie Benziger zu erfahren.» Valérie setzte sich. Sie blätterte wahllos in ihren Dokumenten. «Da war doch etwas … verflixt und zugenäht, da war doch etwas …»

VIERZEHN

Der Wind trug den Klang der Kirchenglocken ins Tal. Leise, damit sie Zanetti an ihrer Seite nicht aufweckte, verliess sie das Bett und ging in die Küche. Dort öffnete sie das Fenster und lauschte den sonntäglichen Geräuschen. Das Wetter hatte aufgeklart. Um die beiden Mythen hingen Wolkenfetzen, welche die Sonne im Verlaufe des Tages zum Verschwinden bringen würde. Weit weg vernahm sie die Glocken schwingen. Doch niemals so laut, wie sie es beim Aufwachen gehört hatte. War es ein Traum gewesen? Hatte sie noch im Schlaf von Glocken geträumt? Sie heizte die Kaffeemaschine auf, entnahm einer Dose Kaffeepulver und füllte damit den Kolben.

Der gestrige Tag war aufreibend gewesen, war ihr ziemlich nahegegangen. Ein Aufwand, der trotz ihrer Bemühungen keine Früchte trug. Hatte sie sich zu sehr nur in eine Richtung konzentriert?

Alles war bis anhin im Sand verlaufen.

Was hatte sie übersehen?

Welches wichtige Detail nicht beachtet?

Sie hatte gelernt, Zusammenhänge zu erkennen. Darauf war die Arbeit bei der Polizei aufgebaut. Indizien sammeln. Beweise zusammentragen. Zeugen befragen. Lügen von der Wahrheit unterscheiden.

Zwischen den Zeilen lesen.

War es bloss ein Zufall gewesen, dass Mutter *und* Tochter ermordet wurden? Hatte der Täter gar nicht gewusst, dass sie miteinander verwandt waren? Waren sie willkürliche Opfer gewesen? Hatte er nach dem Telefonbuchprinzip gemordet? Auf Benziger Gertrud folgte Benziger Maria.

Hatte es letztendlich mit dem Namen «Benziger» zu tun?

In Einsiedeln war dieser Name kaum mehr vorhanden. Einer der Benziger, den Valérie dem Namen nach kannte, war die Buchhandlung an der Hauptstrasse. Doch diese wurde längst nicht mehr von einem Benziger geführt.

Valérie rastete den Kolben ein und drückte den Startknopf. Sie liess heissen Kaffee in die Tasse träufeln. Sie mochte den Duft, der frühmorgens durch ihre Wohnung zog.

Benziger!

Ernst Benziger. Tycoon. Immobilienspekulant. Baulöwe. In Einsiedeln war er eine grosse Nummer gewesen, Sportboliden hatten zu seinen Leidenschaften gezählt, Besuche bei den Rennstrecken. Wetten.

Gertrud Benziger. Eine praktizierende Katholikin. Mutter einer Tochter, die von einem Benediktinermönch gezeugt worden war.

Ein Paar, das schon seiner unterschiedlichen Interessen wegen nicht zueinander gepasst hatte.

Hatte Gertrud ihren Ehemann nur dazu benutzt, um dessen Geld dem Kloster zu spenden? War dies aufgrund ihres schlechten Gewissens geschehen? War Ernst Benziger nur Mittel zum Zweck gewesen? Oder hatte sie ihn aus Enttäuschung geheiratet? Oder als Sicherheit für ihre Tochter?

Valérie konnte sie nicht mehr fragen. Auch ihre Tochter nicht. Noch einmal mit Pascal zu sprechen sah sie als eine Möglichkeit. Aber Alois Benziger wollte sie trotzdem nicht auf Eis legen. Obwohl er tot war, hatte er eine Vergangenheit, die es zu durchleuchten galt. Wo in Costa Rica hatte er sich niedergelassen? Was getan? Hatte er geheiratet? Wenn ja, wer war seine Frau? Darüber hatte Louis nichts gewusst. Er hatte vergessen, richtig zu recherchieren.

Zanetti stand plötzlich in der Küche. «Schon ausgeschlafen?»

Valérie küsste ihn, spürte seinen noch bettwarmen Körper. «Ich weiss nicht, wie du es schaffst, mich immer wieder aufs Neue zu verwöhnen.» Noch wirkte seine Umarmung der vergangenen Nacht nach. Trotz ihrer Nervosität hatte er sie nur zu küssen gebraucht, um sie zu erregen. Eine zärtliche Berührung da, ein Saugen dort – sie war unter seinem Körper dahingeschmolzen. Er hatte sie von einem zum andern Höhepunkt gejagt, bevor sie sich vereinigten. Sie hatten den Gipfel der Lust erklommen. Gemeinsam bis zur völligen Erschöpfung. Danach war sie wie in Narkose eingeschlafen.

«Ich habe unser Haus bereits besichtigt», sagte er und griff nach der Kaffeetasse unter dem Kolben. «Es gibt dort ein richtig geräumiges Schlafzimmer mit einer Fensterfront, durch die man direkt auf den See blickt. Stell dir vor, du erwachst am Morgen, und vor deinen Füssen liegt der See. Der Vierwaldstättersee ...»

Zanetti hatte nicht mehr über das Haus in Küssnacht gesprochen. Valérie hatte dieses Thema ad acta gelegt. Deshalb verwunderte es sie, dass er ausgerechnet jetzt wieder darauf zu sprechen kam. «Der Kaffee ist kalt», sagte sie und zeigte auf die Kaffeetasse.

«Ich hatte eine heisse Nacht, dann darf der Kaffee lauwarm sein.»

Sie stellte eine neue Tasse unter den Kolben, nachdem sie diesen mit Pulver gefüllt und eingerastet hatte. «Emilio, für mich geht alles ein bisschen zu schnell.»

«Ich weiss, wie sehr du es langsam magst.»

«Kannst du eigentlich auch einmal ernst sein?» Sie warf ein Stück Zucker nach ihm. Er fing es geschickt auf. «Für mich ist das eine grosse Sache. Wenn ich noch einmal mit einem Mann zusammenziehe, so muss ich hundert Prozent sicher sein, dass es bis an mein Lebensende funktioniert.»

«Wenn wir es nicht versuchen, werden wir es nie erfahren. Und warum denkst du schon an morgen? Wir leben jetzt.»

«Unser Leben wird immer von Mord und Totschlag geprägt sein.»

«Das ist unser Job. Wir sollten ihn von unserem Privatleben trennen.»

«Haben wir denn ein Privatleben?» Valérie nahm die Tasse in die Hand und setzte sich damit an den Tisch. «Es vergeht kaum ein Tag, an dem ich wirklich abschalten kann. Ist es nicht Mord, so beschäftigen mich die tausend anderen Gräueltaten, die Menschen einander zufügen. Sind es nicht die Toten, die mir den Schlaf rauben, so sind es die Vergewaltiger, Schläger, gewalttätigen Eheleute oder Kinderschänder. Meine Ehe mit Willy ist auch an meinem Beruf als Ermittlerin zerbrochen. Vielleicht wäre alles ganz anders gekommen, wenn ich einen normalen Beruf ausgeübt hätte ...»

«Du trauerst ihm noch immer nach?» Zwischen Zanettis Augenbrauen erschien eine tiefe Kerbe.

«Nein, wie kommst du darauf? Ich mache mir einfach Gedanken, wie sich unser Alltagsleben mit unserem Beruf vereinbaren lässt.»

«Wir sind für Gerechtigkeit. Und es ist wohl unsere Berufung, diesen Job zu machen. Das hat aber rein gar nichts mit unserer Liebe zu tun. Valérie, ich liebe dich. Und ich möchte mit dir alt werden.»

Valérie rührte in der Kaffeetasse. Sie sah dem Schaum zu, wie er sich im Uhrzeigersinn drehte.

«Lass es uns versuchen. Lass mich dir dieses Haus zeigen. Wenn es dir nicht gefällt, so war es wenigstens ein Versuch wert.»

«Du Charmeur, du ...» Valérie erhob sich. Sie ging um den Tisch herum, schlang ihre Arme um seinen Körper und zog ihn so fest an sich, dass er theatralisch nach Luft schnappte. «Also gut, vereinbare mit dem Makler einen Termin. Ich werde mir unser ... zukünftiges Zuhause ansehen.»

Zanetti nahm sie auf seine starken Arme und trug sie zurück ins Schlafzimmer.

***

Am späten Nachmittag kehrte Valérie in ihr Büro nach Biberbrugg zurück. Nachdem sie endlich aus dem Bett gekommen war, hatte sie mit Zanetti gefrühstückt. Danach hatten sie in gut drei Stunden mit dem Bike die Rigi umrundet.

Sie mochte diese Art von Sport. Während des Radfahrens waren ihre Gedanken frei. Dann konzentrierte sie sich auf die

Atmung, den Puls und die Bilder ringsherum. Auf die runden Bewegungen und den Wind im Gesicht. Moderate Anstiege, lange Geraden, berauschende Tempi beim Runterfahren – und danach ein gutes Gefühl, etwas für die Gesundheit getan zu haben.

Auf dem Polizeirevier war es ruhig. Ein paar Beamte, die Sonntagsdienst hatten, befanden sich auf ihren Posten. Valérie mochte die Stille. Sie hatte die Fenster geöffnet. Aus dem Wald drang Vogelgezwitscher, das Klopfen eines Spechts. Sie nahm Louis' Akte zur Hand und suchte darin die Telefonnummer des Schweizerischen Konsulats in Costa Rica. Gut möglich, dass das Büro auch am Sonntag besetzt war. Grosse Hoffnungen machte sie sich allerdings nicht. Sie sah auf die Uhr. Es war kurz nach vier. In San José demnach kurz nach acht am Morgen. Valérie wählte die Nummer, liess es läuten. Niemand nahm ab. An einem Sonntag wurde auch in Costa Rica nicht gearbeitet. Wie hatte sie auch auf diese Idee kommen wollen? Trotzdem versuchte sie es mit einer anderen Nummer, die sie Louis' Notizen entnahm, der Privatnummer des Konsuls. Eine Frauenstimme meldete sich. Spanisch, war klar.

«No hablo español», sagte Valérie. *«Habla inglés?»*

«Si, hablo inglés», kam es zurück. *«Pero no muy bien.»*

«I need an information. I'm looking for a man named Alois Benziger.»

«Just a moment, please. I will connect you to my husband.»

Wie war Louis überhaupt an diese Nummer gekommen?

Sie wartete. Eine gefühlte Ewigkeit. Als sich auch nach fünf Minuten niemand meldete, wollte sie auflegen.

«Oberhofer. *Who's speaking?*»

Endlich! *«Valérie Lehmann from the police station in Schwyz.»*

«Frau Lehmann. Sie können deutsch mit mir sprechen.»

«Entschuldigen Sie bitte, dass ich Sie an einem Sonntag störe.»

«Keine Ursache.» Oberhofer war ein netter Mann. «Wie ist das Wetter in der Schweiz?»

«Schön und mild», sagte Valérie. Sie hatte jedoch nicht vor, sich über das Wetter zu unterhalten.

Als hätte er ihre Ungeduld bemerkt, fragte Oberhofer nach ihrem Anliegen.

«Es geht um einen eingewanderten Schweizer namens Alois Benziger. Mein Kollege Louis Camenzind hatte bereits nach ihm gefragt. Es hiess, er sei vor zwei Jahren gestorben.»

«Ich erinnere mich», sagte Oberhofer. «Wir bekamen den Auftrag, nach ihm zu suchen.»

«Was können Sie mir über ihn berichten?»

«Wissen Sie, wie viele Schweizer hier leben? Da sucht man die Stecknadel im Heuhaufen.»

«Er wird doch registriert sein.»

«Er ist verstorben. Gelöscht. Da gibt es nichts mehr … *nada*.»

«Wäre es möglich, dass er einem Schweizer Club angehört hat?» Valérie blieb hartnäckig.

«Sie meinen die *Asociación Suiza de Costa Rica*? Da müssten Sie sich direkt mit dem Club in Verbindung setzen. Zudem ist nicht sicher, ob er dort wirklich Mitglied war.»

«Gibt es andere solcher Clubs?»

«Nein, ich kenne nur diesen. Aber ich persönlich gehöre ihm nicht an. Deshalb kann ich Ihnen keine Auskunft geben.»

«Als Sie von meinem Kollegen den Auftrag erhielten, nach Benziger zu suchen, so mussten Sie doch an dessen Unterlagen …»

«Wir haben diese bereits archiviert.»

«Also existieren sie noch», folgerte Valérie. Allmählich ging ihr die Puste aus. Dieser Oberhofer wollte sie wohl hinhalten. «Wir ermitteln in einem Mordfall und brauchen deshalb Ihre Unterstützung. Wenn ich sie nicht von Ihnen bekomme, Herr Oberhofer, kann ich mich auch an das Eidgenössische Departement für äussere Angelegenheiten wenden.»

«Lassen Sie mir Zeit bis morgen», kam es zögernd zurück.

«Heute, bis um zwei.» Bis zehn Uhr abends Schweizer Zeit würde sie sich gedulden müssen.

«Heute ist Sonntag», sagte Oberhofer.

«Das hätten Sie sich früher überlegen müssen.» Valérie verabschiedete sich, nachdem sie ihre Telefonnummer mitgeteilt hatte. Zumindest konnte sie Louis verstehen. Allem Anschein nach hatte er es nicht geschafft, an weitere Informationen zu kommen, oder er war zu wenig stur gewesen, oder er hatte es ganz einfach verlauert.

Wieder einen halben Tag warten, an dem sie nichts zu bewegen vermochte.

Während Valérie hier sass, wurde landesweit nach den verschollenen Köpfen gesucht. Mittlerweile hatte man auch in den Medien um Hilfe gebeten. Die Boulevardzeitung war das erste Medium gewesen, das mit schockierenden Titeln die Meldungen in die Welt hinausposaunte. «Kopflose Leichen treiben im Sihlsee» war noch der harmloseste gewesen. Die Sonntagsausgabe widmete dem Fall sogar zwei Doppelseiten. Auf der Front prangten die Zwiebeltürme der Einsiedler Kirche. «Wieder Sauereien in einem Kloster?», hiess es dort.

Valérie fragte sich, warum man diesen Journalismus nicht stoppen konnte. «Die Leute lesen so etwas gern», hatte Vischer ihr zu verstehen gegeben. «Da steckt Genugtuung dahinter und Schadenfreude. Die Reporter besagter Zeitung wissen das.»

Wie aber kamen sie so schnell an Informationen? Gab es in ihrem Team Polizisten, die Internes nach aussen trugen? Die sogar dafür kassierten? Es war immer eine Gratwanderung. Wie viel durfte man der Bevölkerung preisgeben, was sollte verschwiegen werden? Zu viele Informationen konnten die Leute verunsichern oder die Arbeit der Polizei hemmen.

Valérie stellte die Rückenlehne ihres Bürostuhls flacher. Sie lehnte sich zurück und liess den Morgen Revue passieren. Der Tag hatte vielversprechend begonnen. Guter Sex und danach eine Biketour um die Rigi – ein Sonntag wie im Bilderbuch. Sie hätte ihn geniessen sollen.

Doch die Schatten ihres Falles krochen aus allen Winkeln, drohten sie zu erdrücken.

Ein Haus in Küssnacht. Daran sollte sie denken. Das war ihr Leben, wenn auch ein paralleles. Zusammenziehen mit Emilio. Was stand im Weg? Sie sich selbst. Sonst nichts. Nicht einmal ihr Sohn. Er hatte die «Fusion», wie er es nannte, gutgeheissen. Für Valérie war es wichtig, dass sich Colin wohlfühlte. Aber er würde sich bald ganz von ihr abkapseln, noch bevor sie ihn wieder an sich gebunden hatte.

Von draussen klang die Natur, das Rauschen der Biber. Die Geräusche hatten etwas Meditatives. Valérie schloss die Augen.

Als sie erwachte, war es bereits dunkel. Sie sah auf die Uhr. Zehn war vorbei. *«Zut!»* Sie juckte hoch, griff nach ihrem iPhone. Zanetti hatte sie schon zigmal gesucht. Er wolle mit ihr essen gehen, hatte er ihr in einer SMS mitgeteilt. Die war vor fünf Stunden eingetroffen. Hatte sie so lange geschlafen? Sex und Sport hatten sie wohl müde gemacht, die endlosen Tage der letzten Woche.

Sie wählte die Nummer in Costa Rica. Liess es zehnmal läuten. Keine Antwort. Sie versuchte es noch ein paarmal. Es antwortete niemand.

Sie rief Zanetti an. Er klang besorgt.

«Stell dir vor, ich habe geschlafen … auf dem Bürostuhl. *Shame on me.* Ich muss mein Leben überdenken.» Sie rang sich zu einem Lächeln durch.

«Komm nach Hause», sagte er. «Ich habe uns eine kalte Platte zubereitet. Wir können einen Rotwein trinken und über uns reden.»

Das hatte er ihr voraus. Berufliches und Privates vermochte er zu trennen. «Ich bewundere dich, wie ruhig du sein kannst.»

«Gott, gib mir die Gelassenheit», hörte sie Zanetti sagen, «Dinge hinzunehmen, die ich nicht ändern kann, den Mut, Dinge zu ändern, die ich ändern kann, und die Weisheit, das eine vom anderen zu unterscheiden.»

Das hatte auch *Maman* oft gesagt. *«Dieu, accorde moi la sérénité d'accepter les choses que je ne peux pas changer, le cou-*

rage de changer les choses que je peux, et la sagesse de faire la différence.» Valérie hatte nur den Sinn nicht begriffen oder die Botschaft, die sie dabei hatte mitteilen wollen. Heute wusste sie so viel mehr als damals, und sie hätte es ihr gern mitgeteilt. *Maman* war nicht mehr. Es gab Momente, da vermisste sie sie sehr.

«Du hast recht», sagte Valérie. «Ich werde mich auf den Weg machen.

Als sie die Tür zum Büro zuschloss, klingelte das Telefon. Valérie liess es klingeln, kehrte nicht mehr zu ihrem Schreibtisch zurück.

Heute wollte sie den ersten Schritt in ihre Zukunft tun.

FÜNFZEHN

Das Erste, was Valérie am Montagmorgen in ihrem Büro tat, war der Schritt zum Telefon. Es hatte ihr doch keine Ruhe gelassen, dass sie den Anruf nicht entgegengenommen hatte. Oberhofer musste sie gesucht haben, ohne eine Nachricht auf der Combox zu hinterlassen. Jetzt war es zu früh für einen Rückruf. Sie würde sich weiterhin in Geduld üben müssen.

Sie legte die Morgenpost aufs Pult. Ein Couvert stach ihr ins Auge. Ein Brief unbekannten Absenders. Sie riss den Umschlag auf, entnahm ihm einen Papierbogen, faltete ihn auseinander und las.

«Misch dich nicht in Angelegenheiten, die dich nichts angehen! Denk an deine Familie!»

Die Buchstaben stammten von Zeitungen oder Journalen, waren zusammengeflickt, mit Leimrückständen aufgeklebt.

Ein Drohbrief!

Sie legte ihn zurück aufs Pult. Wusste nicht gleich, was tun. Was sie davon halten sollte.

Nachdenklich schlich sie um das Pult herum wie die Katze um das Mäuseloch, fixierte den Papierbogen, als befürchtete sie, etwas könnte von ihm hoch- und sie anspringen.

Die Spurensicherung musste her. Sie rief Schuler an, schilderte ihm den seltsamen Posteingang. «Ich werde beobachtet», endete sie. «Es könnte der Täter sein. Er muss sich in seinem Vorhaben gestört fühlen. Wahrscheinlich bereitet er sich auf den nächsten Schlag vor. Ich muss ihn fassen …»

«Alles in Ordnung mit dir?»

«Ja, ja, alles in Ordnung.» Doch das Gegenteil war der Fall. Der Brief war eine klare Aufforderung. Valérie hatte in Zürich, wo sie als Leiterin der Ermittlungsabteilung Gewaltkriminalität gearbeitet hatte, mehrmals Drohungen bekommen. Per anonyme Anrufe oder schriftlich per Mail oder Brief. Sie hätte gefeit sein müssen. Der Satz, dass sie an ihre Familie denken müsse, liess sie zittern. «Kannst du trotzdem vorbeikommen?» Ihre Stimme versagte fast.

«Ich bin in Schindellegi», sagte Schuler.

«Bis hierher ist es keine Weltreise», flüsterte sie. Sie hatte ihr inneres heftiges Beben kaum mehr im Griff.

«Kannst du den Brief nicht einpacken und in einem Asservatenbeutel an uns übermitteln?»

«Nein, kann ich nicht.» Valérie brach erzürnt die Verbindung ab. Sie hatte die Nerven verloren, rügte sich für dieses Vorgehen und nahm sich vor, sich bei Schuler zu entschuldigen.

Nach einer Viertelstunde stand er bei ihr im Büro. Geschniegelt in diesem Kultanzug mit Hemd und Krawatte.

«Hast du schon mit Henry gesprochen?», fragte er, kaum hatte er die Tür hinter sich ins Schloss fallen lassen.

«Nein, er ist zu Hause in seinem Büro. Er kontrolliert Prüfungsunterlagen oder versucht gerade, die letzten Rätsel um Pater Ferdinand zu lösen.» Valérie schritt zur Kaffeemaschine. «Einen Versöhnungskaffee?», fragte sie. «Tut mir leid wegen vorhin.»

«Ja bitte, einen Kaffee. Ich habe gehört, dass deine Kaffeemaschine legendär ist.»

«Zumindest beglückt sie mich mit aromatischem Kaffee. Der Automat im Flur ist nicht gerade das Gelbe vom Ei.»

«Wie Abwaschwasser, ich weiss.» Schuler grinste sie an. «Ist er das?» Er zeigte auf das Pult, wo der Brief lag.

«Meine Fingerabdrücke sind drauf. Ich wusste ja nicht, was mich erwartet.»

Schuler öffnete seinen mitgebrachten Koffer, entnahm ihm ein Paar Vinylhandschuhe und zog sie sich über. Nachdenklich las er den Inhalt. «Kranke Gesellschaft», sagte er, «… und er duzt dich.»

«Was nicht heisst, dass er mich persönlich kennt. Er fühlt sich mir überlegen. Die Anonymität lässt im Allgemeinen vor nichts zurückschrecken. Ich weiss nicht, was ich davon halten soll. Hunde, die bellen, beissen bekanntlich nicht. Aber das hier», Valérie wies auf den Papierbogen, «muss ich ernst nehmen. Zudem könnte er ein weiterer Fingerzeig sein. Ich finde nur gerade nicht heraus, wohin das alles führen soll. Ich wäre froh, wenn du ihn auf Fingerabdrücke und die DNA prüfen könntest. Ich werde Fabia damit beauftragen, die Sendung zurückzuverfolgen. Gemäss Stempel muss er in Einsiedeln aufgegeben worden sein.» Valérie überlegte. «Er muss sich in Einsiedeln aufhalten.»

«Er muss nicht zwangsläufig der Täter sein.»

«Ein Komplize? Dachtest du daran? Ich gehe von einem Einzeltäter aus. Und er weiss über meine Schritte Bescheid.»

Schuler packte den Papierbogen samt Couvert ein. «Bis heute Abend kann ich dir übrigens die Auswertung der DNA von Pater Ferdinand liefern.»

Kurz spürte Valérie einen heftigen Stich unter ihrer Brust. Eine schwindend kleine Hoffnung bestand, dass Pater Ferdinand nicht Marias Vater war und er vor den Konsequenzen verschont würde.

Nachdem Schuler sich verabschiedet hatte, ging sie in den Vernehmungsraum, wo Pascal Benziger auf sie wartete.

Er wirkte heute anders als sonst. Vor ihr sass ein eingeschüchterter Mann mit blassem Gesicht. Für seinen Auftritt hatte er sich zwar grosse Mühe gegeben. Er trug Jeans, Hemd und Blazer, und seine Haare waren gegelt. Doch unter seinen Augen lagen Schatten. Es schien, als hätte er die letzten Nächte kaum geschlafen.

Er hat seine Mutter verloren, überlegte sie, seine Grossmutter – zwei Frauen, die ihm vielleicht alles bedeutet hatten. Hatte er jemanden in dieser traurigen Zeit, der ihn stützte?

Valérie setzte das Aufnahmegerät in Betrieb.

«Ich werde tatsächlich beobachtet», sagte Pascal, nachdem Valérie ihm den Grund für seine erneute Anwesenheit erklärt hatte. «Rund um die Uhr. Wenn ich morgens aus dem Fenster schaue, steht vor dem Haus ein Wagen. Und vor dem Reisebüro versperrt ein anderer Wagen den Parkplatz für meine

Kunden. Gehe ich einkaufen, werde ich verfolgt. Kehre ich in ein Restaurant ein, sitzt ein Polyp mir gegenüber. Ich fühle mich meiner Freiheit beraubt. Zudem macht es mich nervös.»

«Wir können es leider nicht umgehen», sagte Valérie. «Solange der Mörder Ihrer Mutter und Ihrer Grossmutter auf freiem Fuss ist, haben wir die Pflicht, Sie zu beschützen.»

«Ich kann ganz gut selbst auf mich aufpassen. Zudem habe ich einen lieben Freund, der genauso darüber denkt. Er wohnt bei mir, und nach dem Arbeiten holt er mich meistens ab.»

«Sie dürfen mir nachher den Namen und die Adresse Ihres Freundes gern mitteilen.» Weitere Worte wollte Valérie dazu nicht verlieren. Pascal war homosexuell. Sie hatte damit gerechnet. Seine Art, seine Bewegungen, wie er sich ausdrückte. Sie kannte das. Einer ihrer besten Freunde war schwul. Mit keinem Mann hatte sie sich je besser verstanden. «Ich würde gern mehr über Ihren Onkel Alois Benziger erfahren.»

«Haben Sie mich das nicht schon einmal gefragt?»

«Gut möglich. Heute erwarte ich, dass Sie mir alles erzählen, was Sie wissen. Alois Benziger siedelte 1981 nach Costa Rica über. Ihre Mutter sagte mir, dass sie und ihre Eltern ausser einer Ansichtskarte nichts von ihm bekommen hätten. Sie muss doch sicher von ihrer Familie erzählt haben. Dass sie einen Bruder hat und Sie einen Onkel haben.»

«Warum steht auf einmal dieser Bruder im Zentrum?» Pascal streckte die Beine von sich, während er auf dem Stuhl nach vorne rutschte.

Valérie musste sich räuspern. «Also, haben Sie Alois Benziger persönlich gekannt?»

«Ich wusste, dass er in Puerto Limón lebt. Er betrieb an der Playa Bonita ein Restaurant. Vor zwei Jahren bekam Mama eine Todesanzeige. Diese hat sie jedoch nie gesehen. Ich habe sie an mich genommen, weil ich ahnte, wie sehr es Mama aufgeregt hätte. Sie hielt nie viel von ihrem Bruder.»

«Dann hatte Ihre Mutter noch Kontakt mit ihm?»

«Nein, das hatte sie nicht. Sie sagte, dass sie sich nicht mochten. Sie sei indirekt froh gewesen, als er die Familie mit achtzehn Jahren verlassen hatte. Ich glaube, er war gewalttätig ...»

«Sie glauben es?»

Pascal nickte. «Mama erzählte mir, dass er sie oft geschlagen habe. Er sei eifersüchtig gewesen, auf sie und ... Grosi.»

«Können Sie sich erklären, weshalb?»

Pascal schüttelte den Kopf. «Nein.»

«Kennen Sie zufällig den Namen dieses Restaurants?»

«‹Wisis Fonduestube› oder so.»

Valérie machte Notizen. Kam sie der Sache näher? «Wissen Sie, wer das Restaurant heute führt?»

«Keine Ahnung. Wird wohl jemand verscherbelt haben.»

«Waren Sie schon einmal in Costa Rica?» Valérie versuchte, hinter die zusammengekniffenen Augen ihres Gegenübers zu blicken.

«Ja, ich war einmal dort. Mein Chef schickte mich nach Zentralamerika. Ich musste mir vor Ort ein paar Hotels ansehen.»

«Haben Sie sich mit Ihrem Onkel getroffen?»

Pascal setzte sich wieder gerade hin. Er hob seine Arme und verschränkte sie hinter dem Kopf. «Ja, ich habe ihn getroffen.»

«Warum haben Sie uns das nicht gleich gesagt?»

«Ich wurde nie danach gefragt. Zudem wollte ich damit meine Mama nicht verärgern. Es hätte ihr bestimmt etwas ausgemacht, wenn sie es erfahren hätte.»

«War Alois verheiratet?»

«Keine Ahnung. Darüber haben wir nicht gesprochen. Ich sah ihn nur einmal ... in dieser Fonduestube, wo er Käse- und Fleischfondues sowie Raclette anbot ... und noch so eine Spezialität ... aus den Anden oder so. Ehrlich, ich weiss es echt nicht mehr. Die Fonduestube entpuppte sich als ein Strandhaus mit ein paar wenigen Tischen und Stühlen.»

«Hatte er eine Lebenspartnerin?»

«Wenn Sie mich so fragen, da schwirrten ein paar Frauen herum. Eine war sogar eine Schweizerin, eine andere peruanischer Herkunft, eine dritte wahrscheinlich eine Costa-Ricanerin. Aber das ist mindestens drei Jahre her.»

Valérie bezweifelte, dass Pascal sich dort nicht auskannte. «Mögen Sie sich erinnern, wie es um die Gesundheit Ihres Onkels stand? Leider kennen wir den Grund seines Todes nicht.»

«Er übte einen ziemlich kränklichen Eindruck auf mich aus. Aber wie ich von Mama wusste, steckte er bis zum Hals in Drogenproblemen. Ich denke, dies war auch der Grund für sein Auswandern. Gut möglich, dass er an den Drogen zugrunde ging.»

«Für eine Fonduestube, auch wenn sie noch so klein ist, braucht es Kapital. Ihr Onkel hatte damals, als Ihr Grossvater verstarb, auf das Erbe verzichtet. Womit, glauben Sie, hat er sein Restaurant finanziert?»

«Er wird sich anfänglich mit Gelegenheitsjobs über Wasser gehalten haben. Not macht erfinderisch. Ich könnte ihn deswegen direkt bewundern.»

«Was wissen Sie noch über ihn, das Sie mir bis anhin verschwiegen haben?»

Pascal überlegte. Er kratzte sich am Hinterkopf. «Hören Sie, ich war einmal dort an dieser Playa. Zugegeben, eine wunderschöne Gegend. Aber diese Fonduestube war echt nicht mein Ding. Wer geht schon Käsefondue essen, wenn er dort seine Ferien verbringt? Da verköstigt man sich mit lokalem Food. Wir haben diese Location auf jeden Fall nicht in unseren Flyer aufgenommen.»

Valérie stiess Atem aus. «Sie sagten letzthin, dass Sie zu Pater Ferdinand einen guten Draht hatten. Können Sie sich erklären, weshalb?»

«Manchmal fühlt man sich zu einem Menschen hingezogen, ohne gross darüber nachzudenken.»

«Könnten Sie sich vorstellen, dass er Ihr Grossvater ist?»

«Was?» Pascal sprang auf. Der Stuhl kippte und schepperte auf den Boden. «Sie machen Witze. Allein der Gedanke wäre reif für ein Drehbuch.» Pascal stellte den Stuhl auf. «Pater

Ferdinand ist Mönch, ein eingefleischter Benediktinermönch. Wie kommen Sie darauf?»

Valérie schwieg und beobachtete ihn.

«… Ferdinand ist … ist mir noch heute ein guter Freund. Leider habe ich nicht mehr so viel Kontakt zu ihm wie früher. Das heisst, ich habe überhaupt keinen Kontakt mehr.» Pascal setzte sich wieder. «Aber, dass er mein Grossvater ist … das ist Gotteslästerung, nicht wahr? Mein Grossvater … Er ist ein Mönch … Ja, eigentlich habe ich mir immer so einen Grossvater gewünscht. Glauben Sie, dass es Wünsche und Träume gibt, die in Erfüllung gehen?»

Valérie sah ihn noch immer an, ohne etwas zu sagen.

«Wenn ich es mir jedoch so überlege … so hatte er viel von meiner Mama: Die Augen … ja, die Augen werden es wohl sein, die mich an Mama erinnern.»

Valérie hatte sich also nicht getäuscht. Schieferfarbene Augen. Auch Pascal hatte solche Augen. «Heute Abend werden wir die Gewissheit haben, wer Ihre Familie tatsächlich ist. Möglicherweise hat der Täter schon lange Kenntnis davon. Nachdem er Ihre Grossmutter und Ihre Mutter umgebracht hat, müssen wir davon ausgehen, dass er es auch auf Sie abgesehen hat. Vielleicht verstehen Sie jetzt unser Vorgehen.»

«Das heisst, dass er unseren Familienstrang ausradieren will?»

Valérie nickte und kniff die Lippen aufeinander.

«Ich verstehe.» Pascal kam mit dem Oberkörper nach vorne. «Sagen Sie mir, was ich machen soll. Ich werde Ihren Rat befolgen.»

***

Am Nachmittag trafen die Resultate aus dem Labor ein. Valérie hatte ihn darüber informiert. Es gab keine Zweifel mehr: Pater Ferdinand alias Ferdinand von Euw war der leibliche Vater von Maria Benziger. Vischer war sich bewusst, wenn diese Tatsache nach aussen und zu den Medien gelangte, war der Skandal nicht mehr aufzuhalten. Auf Valéries Anraten hin fuhr er nach Einsiedeln und liess Pater Ferdinand ins Vestibül kommen.

Vischer stiess den Rollstuhl in die Nähe des Tisches und legte die ausgedruckten Dokumente hin. Obwohl ihm der alte Mann ein wenig leidtat, musste Vischer ihm die Wahrheit sagen. Eine Wahrheit, die der Pater in seinem tiefsten Herzen ahnen oder wissen musste.

Seine zitternden Hände griffen nach den Unterlagen. «Ich sehe hier nur Zahlen», sagte er mit heiserer, beinahe tonloser Stimme. «Was soll ich damit anfangen?»

«Sie sehen eine Übereinstimmung zwischen zwei DNAs zu fünfzig Prozent», sagte Vischer.

«DNA.» Pater Ferdinand wiegte seinen Kopf. «Das ist eine Doppelhelix. Sieht aus wie eine Spirale, die sich um die eigene Achse dreht und Träger der Erbinformation ist.» Sein Lächeln verschwand im Bart.

Pater Ferdinand entpuppte sich als Mensch mit einem grossen Wissen. Er hatte sich nebst dem Bibelstudium offensichtlich auch für weltliche Belange interessiert.

«Sie und Maria Benziger sind somit verwandt», sagte Vischer. «Die fünfzig Prozent belegen einen Verwandtschaftsgrad zwischen Vater und Tochter.» Er wusste nicht, mit welchen Worten er Pater Ferdinand hätte Trost spenden sollen. Dass das, was Vischer selbst als göttliche Fügung betrachtete, hier als Sünde galt, wollte er nicht begreifen. Dass ein Gott es in ihren Augen nicht zuliess, die Liebe zwischen zwei Menschen mit einem Kind zu besiegeln, sobald sie einem katholischen Orden angehörten. Des Zölibats oder eines Gesetzes wegen, das einst von impotenten Päpsten ins Leben gerufen worden war. Der Fleischeslust zu entsagen und ein Leben mit Gott einzugehen. Auf Kosten der Frau. Einem Gott, der fühl-, aber nicht sichtbar war. Der vielerorts durch das Kruzifix materialisiert wurde, weil er sonst in den Köpfen nicht zu existieren vermochte. Der Heiland als Mensch gewordene Ikone oder die Mutter Maria in Form einer Holzstatue, die auch hier, in der Hochburg der katholischen Kirche, angebetet wurde wie damals die Götzen der heidnischen Kultur. Vischer sah keinen Unterschied.

Pater Ferdinand hatte ihm unlängst erklärt, dass er Gott als eine Metapher erlebe. Gott sei in seinen Augen nicht greifbar. Der Kleingeist müsse etwas Bildliches haben, um sich an Gott zu orientieren. Ein schräger Vogel, dieser Pater Ferdinand – so war er ihm vorgekommen. Als junger Mönch musste er vielleicht ein Rebell gewesen sein. Er hatte die geistlichen Gepflogenheiten auf einen Prüfstand gestellt. Er hatte womöglich ausprobiert, wie viel es vertragen mochte, wenn er sich in eine Frau verliebte. Er hatte herausfinden wollen, was stärker war. Die Liebe zu Gott und der Verzicht. Oder die Liebe zu einer Frau.

Vischer wusste es nicht, konnte nur darüber spekulieren.

«Sie können mich in mein Zimmer zurückfahren», sagte Pater Ferdinand. «Meine Tage sind gezählt. Der Abt sah davon ab, mich wegen dieser Verfehlung aus dem Kloster zu werfen.»

«Das heisst, dass er davon weiss?»

«Ich gehe davon aus. Während meines Aufenthalts hier haben die Äbte gewechselt. Gut möglich, dass meine Geschichte weitergetragen wurde … sie wurde ja auch von unserem Kirchenoberhaupt …» Pater Ferdinand hielt abrupt inne, als suchte er nach dem richtigen Ausdruck.

«Akzeptiert?», half Vischer nach.

Er lächelte nur. «So werde ich am Ende meiner Tage Gott um Verzeihung bitten … dass ich das einer Frau angetan habe … und meiner Tochter, die dazu bestimmt war, mein Leben weiterzutragen. Jetzt ist sie tot. Vielleicht ist auch das von Gott gewollt.»

***

Pater Ferdinand versuchte, aus dem Rollstuhl auf sein Bett zu steigen. Die Kräfte schwanden mit seinen Gedanken. Er dachte an seine Sünden, die er im Angesicht Gottes begangen hatte. Er hatte eine Tochter gehabt, was niemals hätte sein dürfen. Eine Tochter als Strafe Gottes. Dafür, dass er einmal in seinem Leben dem Satan nicht hatte widerstehen können. Er hatte vom Baum der Erkenntnis gegessen, hatte sich von Eva verführen lassen, von Gertrud. Wo lag der Unterschied?

Nächtelang hatte er gebetet, damals, als er sich seiner Verfehlung bewusst geworden war. Er hatte sich selbst malträtiert. Seine Narben auf dem Rücken waren noch heute sichtbar, wenn er sich beim Waschen im Spiegel ansah. Er hatte gelitten, gehadert. Warum nur hatte Satan ihn verführt? Gott hatte ihm, Ferdinand, einen Willen gegeben; er hatte diesen missbraucht.

Durch das schmale Fenster fiel ein Streifen Licht, als wäre es ein Zeichen des Allmächtigen. Als hätte er am Ende seines Lebens Erbarmen mit ihm. Pater Ferdinand brauchte eine Weile, bis er seinen Körper auf das Bett gehievt hatte – mit der letzten Kraftreserve. Das Licht blieb. Der Himmel hatte sich geöffnet. Ein Dreieck erschien – die Heilige Dreifaltigkeit. So hatte er sich Gott Vater, den Sohn und den Heiligen Geist immer vorgestellt. Ein Lichtspiel in den Wolken.

Als jemand an die Tür klopfte, lag Pater Ferdinand bereits erschöpft auf dem Laken. Unter grösster Anstrengung drehte er seinen Kopf. «Wer ist da? So möge er eintreten.»

Die Tür ging auf.

Pater Ferdinand hatte selten Besuch. Seine Brüder wussten um sein Leid, hatten ihn jedoch nie näher danach gefragt. Es gab Dinge, über die wurde nicht diskutiert.

Den jungen Mann unter dem Türrahmen hatte er schon beim Essen gesehen. Gut möglich, dass er ein Volontär war, der im Kloster mithalf. Bei zeitlich beschränkten Einsätzen im Garten, in den Werkstätten oder in der Küche.

«Setz dich, mein Junge. Hat dich der Abt geschickt?»

Der Fremde legte eine Tasche auf den Boden. Dem Volumen nach zu urteilen, war sie fast leer. «Ich soll bei Ihnen nach dem Rechten schauen.»

«Wie heisst du, mein Sohn?»

Der Fremde presste zuerst die Lippen aufeinander. «Heini», kam es etwas später aus seinem Mund. «Ich bin Heini.»

«Setz dich. Ich muss liegen. Jeden Tag schwinden meine Energien.» Pater Ferdinand griff sich an den Kopf. «Mein Körper will nicht mehr.» Er tippte an seine Stirn, fuhr über seine Augenbrauen, die sich wie Stahlwolle anfühlten. «Aber hier drin funktioniert noch alles. Ich stelle mir manchmal vor, wie es wäre, wenn mein Körper noch wollte und der Geist nicht mehr, was erträglicher wäre. Da aber der Geist alles steuert, erübrigt es sich, die Gedanken weiter zu spinnen. Es ist der Körper, der nicht mehr will.»

Heini setzte sich auf den Bettrand. Er nahm Pater Ferdinands rechte Hand und legte sie in seine. «Ich habe lange gebraucht, bis ich Sie gefunden habe. Durch die halbe Welt bin ich gereist.»

«Meinetwegen?» Pater Ferdinand versuchte, seinen Kopf zu heben. «Ich bin kein gutes Beispiel für unseren Orden. Niemand hat mich je als Vorbild gesehen. Ich habe den Weg zu Gott gefunden, aber auf Umwegen. Ich rate dir, es anders zu machen, falls du vorhast, dem Orden beizutreten.»

Heini drückte seine Hand. «Sie haben etwas, das mir gehört.»

«Du sprichst in Rätseln, mein Sohn.» Pater Ferdinand versuchte, seine Hand zu entziehen. Es gelang ihm nicht. Heini hielt ihn fest in seinem Griff. Er wollte nicht zugeben, wie sehr es ihn in den Fingern schmerzte. Was wollte er von ihm? Nachdenklich sah er ihn an. Er war ein schöner Mann mit schwarzen festen Haaren, die sich lockig um sein gebräuntes Gesicht schmiegten. Unter ausdrucksstarken Brauen ruhte ein dunkles Augenpaar. Pater Ferdinand musste sich anstrengen, um die Pupillen zu sehen, die mit der Iris zu verschmelzen schienen. Ein junger Mensch, der ihm seine eigene Vergänglichkeit vor Augen führte. Er hatte zwar gelernt, jeden Tag so zu nehmen, wie er war. Sich nicht an Vergangenem festzuhalten und nicht nach der Zukunft zu greifen. Dennoch hatte er in den Jahren sein Ende kommen sehen. Seit er die neunzig überschritten hatte, immer mehr.

Der Lichtstreifen vor dem Fenster war weitergezogen. Im Zimmer wurde es dunkel.

Etwas in Heinis Augen blitzte auf einmal auf. Im Bruchteil einer Sekunde nur, als wäre das Schwarz verschwunden, in ein stechendes Grün mutiert. Die Pupille verlor für einen Moment das Runde, transformierte sich in einen vertikalen Strich.

Ferdinand spürte, wie er zu zittern begann. Wie aus seinen Poren kalter Schweiss drang und seinen Habit durchtränkte. Mit letzter Kraft entriss er seine Hand. Fuhr mit ihr an seine Stirn. *«In nomine patris ...»*, zum Kinn, *«et filii ...»*, auf seine Brust, *«et spiritus sancti.»*

«Ist Ihnen nicht gut?» Heini strich ihm über die feuchten Schläfen. «Möchten Sie ein Glas Wasser?»

Pater Ferdinand bäumte sich auf. *«Pater noster, qui es in caelis: sanctificetur nomen tuum; adveniat regnum tuum ...»* Er versuchte sich aufzusetzen, während er wie besessen das Vaterunser vor sich hin stammelte. *«... fiat voluntas tua ...»* Er schaffte es, seine Beine über die Bettkante zu heben. Heini hatte sich erhoben, nahm Abstand von ihm. Pater Ferdinand versuchte, einen klaren Gedanken zu fassen, und kam unter grösster Anstrengung auf die Beine. Er schwankte betend ans Kopfende des Bettes, griff darüber und an das Kruzifix. Er nahm es von der Wand. *«... sed libera nos a malo ...»* Schwer atmend richtete er das Kreuz mit dem sterbenden Heiland gegen den jungen Mann. *«... sed libera nos a malo ...»*

Das Blut sickerte über Bett und Laken. Und ein Schrei verebbte im Zimmer.

***

Punkt vier rief Valérie auf das Konsulat in Costa Rica an. Nach nur viermal Klingeln meldete sich die Frau, die sie gestern am Draht gehabt hatte. Valérie sprach englisch mit ihr, war sich aber nicht sicher, ob sie alles verstand. Doch als sie etwas später Oberhofers Stimme vernahm, atmete sie erleichtert auf.

«Lehmann am Apparat. Sie erinnern sich?»

«Frau Lehmann, Sie waren schon weg, als ich Sie gestern zurückrief.»

«Tut mir leid. Ich habe nicht an die Zeitverschiebung gedacht. War das soeben Ihre Frau?»

«Ja, sie ist gleichzeitig meine Sekretärin. Wie ist das Wetter in der Schweiz?», fragte Oberhofer. War wohl seine Standardfrage.

«Sonnig bei fünfzehn Grad.»

«Bei uns herrschen zehn Grad mehr, und es ist erst Morgen.» Oberhofer liess ein krachendes Lachen vernehmen. «Sie sollten auch einmal nach Costa Rica kommen. Es ist ein wunderbares und fortschrittliches Land. Wir leben in einer stabilen Demokratie.»

Valérie fand diesen Small Talk nicht angebracht, wollte aber nicht unhöflich sein. «Ich werde es mir überlegen. Haben Sie herausgefunden, wo Alois Benziger vor seinem Tod gelebt hat?»

«Alois Benziger, ach so ...» Oberhofer liess eine Schweigeminute verstreichen, als müsste er erst seine Unterlagen suchen. «Er hatte eine Strandkneipe an der Playa Bonita in Puerto Limón.»

Diese Aussage deckte sich zumindest mit der von Pascal.

«Wer führt die ... Kneipe jetzt?»

«Ich gehe davon aus, seine Frau.»

«Benziger war verheiratet?» Hatte das Pascal wirklich nicht gewusst?

«Ja, ich habe hier die Unterlagen. «Lita ist ihr Name. Sie ist Peruanerin.»

«Lita Benziger?»

«Nein, sie hat den Namen ihres Mannes hinten angestellt, wie es hier so üblich ist. Lita Lujo Benavides Benziger.»

Valérie hörte das Blut in ihren Ohren rauschen. Ihr Kopf

fühlte sich an, als würde er demnächst explodieren. Befand sie sich auf einer völlig falschen Fährte?

«Steht da auch, wie das Ehepaar ihr Restaurant, oder was es ist, finanziert hat?»

«Nein.» Wieder liess Oberhofer einen lauten Lacher vom Stapel. «Hier braucht es kein grosses Eigenkapital, um etwas auf die Beine zu stellen. Mit ein bisschen Fleiss und der Unterstützung von Freunden klappt das allemal. Wird bei Benzigers auch so gewesen sein, schliesslich musste sich jemand um ihre Kinder kümmern.

«Sie haben Kinder?» In Valéries Fingern begann es zu kribbeln. Warum musste sie Oberhofer die Würmer aus der Nase ziehen? «Wissen Sie, wie alt diese Kinder sind?»

«Warten Sie, mir ist gerade die Kopie des Familienbuchs in die Hand gefallen.»

Was für ein Zufall! Valérie wartete geduldig. Sie griff nach einem Schreibstift und malte Männchen aufs Papier. Herzchen und Amors Pfeil. Emilio, dachte sie. Sie würde mit ihm zusammenziehen.

«Ein Sohn und eine Tochter», tönte es aus dem Telefonhörer. «Enrique hat Jahrgang 1993, Loria 1995. Möglicherweise haben sie das Geschäft ihrer Eltern übernommen ... ‹Wisis Fonduestube›.»

«Waren Sie schon einmal dort essen?»

«Ja, aber es ist schon länger her. Fleisch- und Käsefondue sind der Renner hier. Auch peruanische Spezialitäten wurden serviert ... Meerschweinchen zum Beispiel ... wird hier Cuy genannt. Schmeckt wie eine zähere Version von Hühnerfleisch und ist ein grosser Proteinlieferant.»

«Wäre es möglich, diese beiden jungen Leute zu kontaktieren?»

«Sie zu kontaktieren? Ach ja, selbstverständlich. Enrique und Loria ...»

Valérie ahnte, dass es ein schwieriges Unterfangen sein würde. Doch mit Hilfe der Kinder würde sie vielleicht erfahren, was Alois Benziger für ein Mensch gewesen war. Sie wollte auch die Frage geklärt haben, ob er jemals den Erbverzicht thematisiert hatte. Sie strich sich eine losgelöste Haarsträhne nervös hinter das Ohr. Möglicherweise war das alles nicht relevant. Sie würde ihr Vorgehen vor allem vor Fischbacher rechtfertigen müssen. Mit Zanetti hatte sie auch noch nicht gesprochen. Ob sie auf seine Unterstützung zählen konnte, war noch nicht sicher.

«Sie haben mir sehr geholfen, Herr Oberhofer. Ich bitte Sie, mir die Kopien Ihrer Unterlagen zu mailen.»

«Das werde ich gern tun. Es war mir ein Vergnügen, Ihnen im Rahmen meiner Möglichkeiten behilflich sein zu können. Und falls Sie noch etwas von mir brauchen, rufen Sie mich wieder an. Grüssen Sie mir die Schweiz.» Nach ein paar belanglosen Floskeln hängte er auf.

Valérie starrte auf das verstummte Telefon. War das die richtige Spur? Ihr Gefühl, dass sie zu einseitig recherchierte, wollte sie noch nicht ganz loslassen. Während sie in ihrem Büro darüber brütete, befand sich ihre Truppe draussen und suchte noch immer nach möglichen Zeugen. Keine Aussage war hieb- und stichfest. Selbst die Beobachtung der Nachbarin, Maria Benziger hätte einen Tag vor ihrem Tod einen jungen Mann in der Wohnung gehabt, konnte niemand bestätigen. Keine exakte Beschreibung mehr, keine Beweise, die zu einem mutmasslichen Täter geführt hätten – es war zum Mäusemelken.

Lag das Mordmotiv doch im Kloster?

Sie suchte ihre Unterlagen auf dem Pult zusammen, steckte sie in ihre Mappe und verliess wenig später ihr Büro. Um fünf hatte sie zur Teamsitzung geladen.

Am Tisch sass auch Vischer. Sie schätzte es, wenn er sie in heiklen Belangen unterstützte. Sah sie auf einem Gesicht oft nur die Fassade, ging sein Blick tiefer. War ihr Vorgehen auf Fakten aufgebaut, hinterfragte er diese oft. Auch wenn ihr Bauchgefühl manchmal überhandnahm, liess sie ihren analytischen Verstand walten. Vischer dagegen schöpfte aus seiner

Menschenkenntnis. Damit, dass er sie möglicherweise in naher Zukunft verlassen würde, hatte sie grosse Mühe. Einen ebenbürtigen Nachfolger zu finden sah sie als schwierig. Was war das für eine Frau, die ihm den Kopf verdrehte? Deretwegen er eine Fernbeziehung pflegte.

Valérie legte ihre Mappe auf den Tisch. «Du warst ja noch einmal bei Pater Ferdinand. Wann können wir über ihn reden?» Sie unterstrich die Frage mit einem Lächeln. Sie vermisste ihn jetzt schon und fühlte sich deprimiert.

«Ich habe von dem Drohbrief gehört», sagte Vischer anstelle einer Antwort.

Valérie machte eine Scheibenwischerbewegung. «Ich habe überreagiert.»

«Trotzdem solltest du ihn ernst nehmen.»

«Wir sollten uns über das Kloster unterhalten. Das andere kann warten.»

Vischer kniff die Augen zusammen, als zweifelte er an ihrem Verstand. «Pater Ferdinand hat gestanden, dass er vor vielen Jahren einmal eine Liebesbeziehung mit Gertrud hatte.»

«Wie hat er reagiert, nachdem du ihm die Laborberichte gezeigt hattest?»

«Gefasst und doch nicht. Was weiss ich, was in so einem Kopf vorgeht. Katholische Geistliche ticken irgendwie anders. Wenn man tiefer gräbt, stösst man auf entrückte Auffassungen, was die Frage nach Gott betrifft. Während meines dreitägigen Aufenthalts habe ich versucht, hinter die Fassade dieser Glaubensgemeinschaft zu sehen. Ich bin gegen eine Wand gerannt.»

«Vor allem stellt sich mir die Frage, wie es die Männer ohne körperliche Erfüllung aushalten», sagte Valérie.

Vischer hob die Augenbrauen. «Das muss man wohl verstehen lernen. Kennst du die Geschichte von Siddhartha?»

«Von Hermann Hesse. Zu meiner Zeit war das Pflichtlektüre an der Schule.»

«Man muss erst durch die Hölle gehen, um das Göttliche zu finden.»

«Das ist sicher deine eigene Interpretation. Mit Hölle meinst du wohl die Sexualität …» Valérie grüsste Fabia und Louis, die zusammen ins Sitzungszimmer kamen. Ob zwischen ihnen alles im Lot war? Ihr Blick blieb nur kurz an ihnen hängen.

«Siddhartha war zuerst dem Weltlichen zugetan. Er hatte geliebt und sich vereint, obwohl er zu Höherem berufen war. Aber ohne diese Erfahrung hätte er nie zu diesem Höheren gefunden.»

«Was willst du damit sagen?»

«Dass ein Geistlicher nicht die körperliche, sondern die geistig-intellektuelle Erfüllung anstrebt.»

«Ach, Henry, du überraschst mich immer wieder.» Valérie erhob sich.

Ihre Leute hatten sich alle eingefunden. Auch Schuler vom Technischen Dienst war da. Und Fischbacher. Zanetti allerdings liess auf sich warten.

«Weiss jemand, wo sich unser Staatsanwalt aufhält?»

«Beim Regierungsrat», sagte Fischbacher. «Er lässt sich entschuldigen.»

Bei Auf der Maur. Das war nie ein gutes Zeichen. Der Regierungsrat machte wohl wieder einmal Druck von oben. Valérie schritt zur Pinnwand. Sie hatte sämtliches Originalmaterial daran angeheftet. Das Schwergewicht lag jetzt bei der Familie Benziger.

«Du hältst eisern daran fest», sagte Louis, der sich wider Erwarten neben Schuler hingesetzt hatte. Er griff nach einer Flasche Mineral und einem Glas und schenkte sich ein.

«Hast du eine andere Idee?» Valérie streckte ihren rechten Arm aus und Louis den Schreibstift entgegen. «Du kannst gern an meine Stelle treten.»

Louis liess es sich nicht zweimal sagen. Mit Blick auf alle Seiten sprang er vom Stuhl auf, nachdem er das Mineralwasser geleert hatte. Er rülpste, stellte sich zwischen die Pinnwand und den Flipchart, schnappte sich Valéries Schreibstift und tippte den Namen Ernst Benziger an. «Ich verstehe zwar nichts von den klösterlichen Gepflogenheiten. Aber dass es hier um das Erbe des verstorbenen Benziger geht, ist offensichtlich. Da stinkt etwas gewaltig zum Himmel. Das Kloster erbt. Wurde die Erbschaft schon angetreten?»

«Nicht, wenn sie Teil polizeilicher Ermittlungen ist», sagte Valérie. «Das solltest du wissen.»

«War ein lauter Gedanke», sagte Louis.

«Wer würde davon profitieren, wenn Gertrud und Maria ausser Gefecht gesetzt sind?», fragte Valérie so dahin. Sie goutierte Louis' Vorgehen nicht. Sein Machogehabe ging ihr auf den Geist. Zudem war diese Frage bereits geklärt.

«Pascal Benziger», sagte Louis. «Er mag zwar zur Tatzeit ein Alibi haben, doch dieses ist fadenscheinig.»

«In der Nacht vom vorletzten Sonntag auf Montag», bemerkte Valérie.

Louis sah sie stirnrunzelnd an. «Sein Freund hat es ihm gegeben. Mit ihm teilt er nicht nur die Wohnung, auch das Bett. Ich habe sie gestern Abend zusammen in einem Gay-Club in Zürich gesehen.»

«Du warst in Zürich?», fragte Fabia. «In einer Schwulen-Bar?»

«Klar doch. Ich leistete unserem Observer Gesellschaft.»

«Was überhaupt nichts heisst.» Valérie reagierte wütend. «Ich erinnere an das handgeschriebene Testament von Gertrud Benziger, das Schuler in ihrer Wohnung fand. Ist das ein Entwurf oder bereits rechtskräftig?»

Niemand war dem nachgegangen. Valérie nervte sich, dass sie nicht daran gedacht hatte, dem mehr Gewicht zu geben.

Sie wandte sich an Louis. «Du wolltest uns etwas mitteilen.»

«Ich sah es mit eigenen Augen, was da zwischen Benziger und seinem Freund abging …» Louis machte eine eindeutige Geste. «Dieser Boyfriend steckt doch unter der gleichen Decke.»

«Deine Hickhack-Taktik gefällt mir nicht», sagte Valérie.

«Und wenn ich dir verrate, was Benziger im Sinn hat? Du

wirst staunen.» Louis verschaffte sich mit einem Räuspern Gehör. «Er will das Reisebüro, in dem er angestellt ist, kaufen. Zusammen mit seinem Freund.»

«Wie bist du an diese Informationen gekommen?», fragte Valérie.

«Ich wollte schon immer mal in so einen Club. Während mein Kollege draussen im Wagen wartete, mischte ich mich unters Männervolk. Mannomann, ich musste mich ziemlich wehren. Ich hätte jede Chance gehabt.»

«Das kann ich mir durchwegs vorstellen», sagte Fabia. «Du testosterongesteuertes ...»

Den Rest des Satzes hörte Valérie nicht mehr. Anhand der Mundbewegung konnte sie sich in etwa vorstellen, was Fabia gesagt hatte. Sie vermutete eine späte Rache. «Und was hast du herausgefunden?»

«Was?» Louis griff sich an den Schritt.

Valérie schüttelte den Kopf. «Du bist echt nicht mehr zu retten.»

«Ich stand an der Bar unmittelbar neben Benziger und seinem Geliebten.»

«Und? Hat er dich nicht erkannt?»

«Nein, ich trug eine schwarze Sonnenbrille. Pokerface, wenn du verstehst, was ich meine. Aber ich habe meine Lauscher in ihre Richtung gestreckt. Der Kauf der Agentur war ein fast abendfüllendes Thema.»

«Du hast es tatsächlich so lange dort ausgehalten?», fragte Valérie. Sie überlegte. Pascal Benziger und sein Freund waren nur eine Option. Sie persönlich glaubte nicht daran. Sie hatte Pascal kennengelernt. Sie konnte sich doch nicht so getäuscht haben. Pascal hatte seine Mutter vergöttert. Er hatte einen guten Draht zu seiner Grossmutter gehabt, obwohl das Maria wahrscheinlich nicht gern sah. «Solange wir weder Fingerabdrücke noch eine DNA des Täters haben, bleibt uns nichts anderes übrig, als uns auf mögliche Indizien zu stützen. Das reicht aber noch lange nicht aus, um Verhaftungen vorzunehmen. Und nur mit Vermutungen kommen wir nicht weiter.

Wenn ich reüssiere, so müssen wir von einem Profikiller ausgehen.» Sie sandte einen Blick an Vischer. «Oder wie siehst du das?»

«Schwer zu sagen. Dass wir die Köpfe der Opfer noch nicht gefunden haben, zeugt davon, dass der Täter nicht vorgesehen hat, dass wir sie finden.»

«Weshalb hat er dann den Benediktussegen eingebrannt?», fragte Valérie. «Für sich selbst? Würde das nicht bestätigen, dass es nur um Rache geht? Und warum der Ring?» Für sie war es nicht nachvollziehbar.

«Diese Fragen stellen sich mir auch», sagte Vischer. «Der Torso sowie die Extremitäten der ersten Leiche lagen unter Wasser, an Steinen befestigt. Die zweite Leiche lag halbwegs im See. Das bedeutet, dass der Täter beim zweiten Mord möglicherweise zu wenig Zeit hatte, seine Tat zu vollenden.»

«Hm …» Valérie richtete sich nachdenklich an Schuler. «Weiss man schon, woher die Steine stammen?»

«Es ist noch zu früh für einen abschliessenden Bericht», sagte dieser. «Wir arbeiten noch dran.»

«Zehn Tage bereits», bemerkte Valérie und handelte von Schuler einen vernichtenden Blick ein.

«Wir gehen davon aus, dass die Gesteine einem Hochgebiet im alpinen Ozean entstammen … Sedimentgesteine, die zu Urzeiten in unsere Gegend geschoben wurden. Man findet diese Gesteinsart um den Kleinen und Grossen Mythen. Man nennt sie auch die penninischen Klippen. Aber lasse uns noch etwas Zeit. Ein Geologe will die Steine begutachten.»

Valérie glaubte nicht unbedingt an einen Erfolg. Sedimentgestein gab es auch an der Rigi und am Rossberg. Dass Schuler mit dem Zuziehen eines Profis gewartet hatte, ging ihr nicht in den Kopf. Trotzdem wollte sie den Radius einschränken. Die Toten waren im und am Sihlsee gefunden worden. Es lag nahe, dass der Mörder die Steine aus dem Gebiet der beiden Mythen geholt hatte.

«Der Tatort könnte also in der Gegend der beiden Mythen sein», folgerte Louis, als hätte er ihre Gedanken gelesen.

«Was die erste Leiche betrifft», korrigierte Fabia. «Da das Blut weitgehend fehlte, wurde Gertrud Benziger vielleicht irgendwo im Alptal umgebracht.»

«Das glaube ich nicht», intervenierte Vischer. «Dazu müsste er das Opfer zuerst von zu Hause weggelockt, es ins Alptal gebracht, dort ermordet und zertrennt und danach im Sihlsee versenkt haben.»

«Wahrscheinlich kam das zeitlich schon nicht hin», sagte Valérie. «Wir haben eine ungefähre Zeitangabe, wann Gertrud Benziger aus dem Haus ging. Ricardo Dini hatte sich mit ihr am Dienstag, 17. April, um Viertel nach zehn verabredet. Als wir die sterblichen Überreste am Donnerstagmorgen fanden, war sie zwischen zweiundfünfzig und sechsundfünfzig Stunden tot. Das hat uns der Gerichtsmediziner bestätigt.»

«Aber sie könnte schon früher aus dem Haus gegangen sein», meldete sich Fabia. «Sie wurde von niemandem vermisst.»

Valérie suchte in ihren Dokumenten nach der Quittung für die Auszahlung. Sie legte sie auf den Tisch. «Gertrud Benziger hob am Montag, 16. April, um vierzehn Uhr dreiunddreissig zwanzigtausend Franken ab. Somit können wir davon ausgehen, dass sie zwischen Montag, schätzungsweise um drei Uhr nachmittags innerhalb von rund vierundzwanzig Stunden aus dem Haus gebracht wurde.»

«Siehst du», sagte Fabia. «In dieser Zeit könnte der Mörder sie sehr wohl von Einsiedeln ins Alptal gebracht haben.»

«Der Todeszeitpunkt lag zwischen Montag um Mitternacht und Dienstag früh um vier Uhr. Sie hatte in dieser Nacht sehr viel Wein getrunken … wurde nicht ein Weinglas sichergestellt?» Valérie überlegte. «Um welchen Wein handelte es sich eigentlich?»

«Das steht im Rapport», sagte Schuler.

Valérie suchte danach. «Aha, ein Cabernet Sauvignon, ein chilenischer Rotwein. Ihr habt die Flasche sichergestellt?»

«In ihrem Haus», sagte Schuler. «Das stand jedoch schon am ersten Tag nach der Wohnungsdurchsuchung fest und steht im Bericht.»

Valérie nickte ihm zu. «Danke, Franz, du machst deinen Job gut.» Sie war wieder einmal zu voreilig gewesen.

Nach der Sitzung zitierte Fischbacher sie in sein Büro. «Valérie, du machst mir Sorgen.»

Ausgerechnet er musste ihr das sagen. In letzter Zeit war er nicht oft im Büro anzutreffen gewesen. Vieles, was in seinem Arbeitsbereich stand, hatte er an Valérie delegiert. Sie hatte ihm kommentarlos geholfen. Aber irgendwann war das Fass voll.

Sie blieb mitten im Raum stehen.

«Wenn ich dir irgendwie helfen kann, so lasse es mich wissen.»

Valérie schritt zum Fenster. Der Ausblick auf die Biber war fast derselbe wie aus ihrem Büro, nur eine Etage höher.

«Mir fällt auf, wie unkoordiniert du in letzter Zeit arbeitest.»

Valérie wandte sich zu Fischbacher um. «Ist das alles, was du dazu zu sagen hast? Ich arbeite in deinen Augen unkoordiniert? Sag doch gleich, chaotisch ...» Das leere Schlucken löste einen heftigen Schmerz in ihrer Kehle aus.

«So habe ich es nicht gemeint.»

«So, wie denn? Ich rackere fast Tag und Nacht. Recherchiere, rapportiere, suche Zusammenhänge. Ich hätte auch gern eine Sekretärin. Vor allem für die Arbeit, die du erledigen solltest. Du schiebst mir mittlerweile alles zu ...»

Fischbacher hob die Arme.

«Sag jetzt nichts. Ich weiss von Luzia, wie schlecht es dir geht. Ich habe volles Verständnis dafür. Du hast das Recht, dich zurückzuziehen. Das sehe ich auch so. Nach mir die Sintflut. Aber mich, lieber Dominik, mich fragt niemand. Ich arbeite seit Tagen am Anschlag.» Valérie würgte den schmerzenden Kloss hinunter.

«Ich kann dich vom Fall entbinden.»

«Genauso denkst du. Über den Weg des geringsten Widerstands. Die Lehmann ist ersetzbar. Louis wäre sicher ein toller Ersatz. Er wartet schon längst darauf, dass er sich einem fetteren Brocken widmen könnte als bloss einer Messerstecherei in einer Flüchtlingsunterkunft. Aber dazu fehlt es ihm hier …» Sie tippte sich an die Stirn. «Er denkt wie ein Mann. Schubladenpolitisch eben, Frauen sehen alles ganzheitlich –»

«Bist du fertig?»

«Nein, Dominik. Ich bin noch nicht fertig. Du weisst, dass ich meinen Job noch immer gewissenhaft ausgeführt habe. Ich leuchte jedes Verdachtsmoment aus, lege mich erst fest, wenn ich zu hundert Prozent überzeugt bin, das Richtige getan zu haben. Ist es zu viel verlangt, wenn ich das auch von meinem Team und vor allem von dir erwarte?»

«Vielleicht solltest du ein paar Tage freinehmen», sagte Fischbacher und umrundete seinen Arbeitsplatz wie ein Hai seine Beute. «Ich könnte wirklich Louis –»

«Stopp», fuhr Valérie ihm ins Wort. «Wir sind mitten in einem Fall. Da lege ich nicht meine Hände in den Schoss. Du vielleicht … was die letzten Tage zeigen …» Valérie brach abrupt ab. Die Tränen standen ihr zuvorderst. Sie drehte ihr Gesicht dem Fenster zu.

Fischbacher nahm sie in den Arm. «Du bist ja noch schlimmer dran als ich.»

SECHZEHN

Zu Hause wartete Colin. Er sass vor ihrer Wohnungstür. Sein Blick war starr auf das iPhone gerichtet, über seine Ohren hatte er Kopfhörer gestülpt, seine Finger rockten über den Touchscreen. Und er roch seltsam.

«Hast du keinen Schlüssel?» Valérie küsste ihn auf den Kopf.

«Was?» Colin riss die Kopfhörer weg. «Was hast du gesagt?»

«Ob du keinen Schlüssel hast.»

Colin erhob sich. «Vergessen oder verlegt, was weiss ich. Ist Emilio nicht da?»

«Allem Anschein nach nicht, sonst hätte er dich sicher reingelassen.» Valérie schloss die Tür auf. «Hast du schon gegessen?»

«Einen Döner.»

«Ach so, das riecht so.»

«Nicht jedermanns Geschmack. Aber gut ist er. In Zug gibt's den besten. Den heute hatte ich von einer Kebab-Bude am Bahnhof.» Colin zog die Schuhe aus, warf den Rucksack in den Flur und ging auf direktem Weg zur Küche. Er öffnete den Kühlschrank, griff nach einer Tetrapackung Milch und stützte sie an.

Valérie war ihrem Sohn gefolgt. «Verträgt sich das?»

Colin stellte die Milch zurück. «Im Magen kommt ohnehin alles zusammen. Zudem habe ich einen Kuhmagen.»

«Kühe haben insgesamt vier Mägen. Welchen hast du?»

Colin sah seine Mutter kritisch an. «Bist du okay?»

«Ich hatte mal wieder einen strengen Tag», wich Valérie aus. Ihrem Sohn wollte sie auf keinen Fall erzählen, was sie umtrieb und dass sie noch vor einer Stunde mit Fischbacher gestritten und danach Rotz und Wasser geweint hatte. Trotzdem fühlte sie sich ein wenig besser. Schweigen war nicht immer Gold. Sie hatte nicht erwartet, dass ihr Chef ihr ein Kränzchen wand, so doch ein wenig Verständnis entgegenbrachte. Er hatte sie in die Arme genommen. Es hatte ihr gutgetan.

«Kommt Emilio heute noch zu uns?», fragte Colin.

«Ich denke schon.»

«Wir wollten doch das Haus in Küssnacht besichtigen.»

«Aber nicht um diese Zeit.» Valérie sah auf die Uhr. Es war halb sieben.

«Morgen habe ich frei.»

«Ich weiss nicht, ob es mir dann auch passt.»

«Du zögerst, nicht wahr?», fragte Colin und sah sie eindringlich an.

Er hat schöne Augen, durchfuhr es Valérie. Überhaupt hatte sie einen hübschen Sohn. Ein warmes Gefühl durchströmte sie. «Das ist eine Entscheidung, die man nicht zwischen Tür und Angel fällt.»

«Du brauchst einen Mann, *Maman*», sagte Colin im Ton der Überzeugung. «Du bist eine attraktive Frau.»

«Ich bin Polizistin.»

«Das eine schliesst das andere nicht aus.» Colin grinste vor sich hin.

So hatte er noch nie mit ihr geredet. Vielleicht lag es daran, dass er sie heute nicht nur als Mutter, sondern auch als Frau wahrnahm. Oder hatte Zanetti ihn beeinflusst? Sie schüttelte den Kopf, blies eine verwirrte Strähne aus dem Gesicht. Sie fuhr sich instinktiv an die Narbe.

Colin musste ihr ihre Gedanken angesehen haben. «Die könntest du doch operieren lassen.»

«Hat Emilio etwas gesagt?»

«Emilio? Nein. Er liebt dich auch mit dieser Narbe … aber du könntest es für *dich* tun.»

Das Summen des iPhones erübrigte eine Erwiderung. Valérie griff nach dem Gerät. Die Nummer darauf war ihr fremd. Sie meldete sich.

«Pater Markus am Telefon.» Er klang besorgt. «Sie müssen

sofort ins Kloster kommen. Es ist etwas Schreckliches passiert.»

***

Im Zimmer roch es nach Blut. Doch das bildete sie sich nur ein. Sie wusste, dass Blut keinen Eigengeruch hatte, nicht für ihre Nase. Es sei der Geschmack, hatte Res Stieffel einmal erklärt. Blut schmecke nach Metall. Sie kannte den Geschmack von Blut. Eine Verletzung am Finger, ein kleiner Schnitt. Sie hatte die Wunde stets ausgesaugt. Eine Substanz im Blut sei besonders auffällig, hatte Stieffel erklärt. Sie sei ein Aldehyd, ein sogenanntes «trans-4,5-Epoxy-(E)-2-Decenal». Sie erinnerte sich an diesen Fachausdruck, als hätte er erst gestern darüber gesprochen. Er selber bringe den Geruch dieses Stoffes immer mit Blut in Verbindung. Seine Nase war wohl darauf geschult.

Das Bild, das sich ihr bot, war furchtbar. Dass Blut immer nach mehr aussah, als es wirklich war, machte die rote Farbe aus. Doch hier drin schienen literweise ausgeströmt zu sein. Valérie hatte noch keinen Schritt ins Zimmer gewagt. Sie stand auf der Türschwelle und versuchte, das hier zu begreifen.

Unterwegs hatte sie bereits die Spurensicherung aufgeboten. Pater Markus hatte ihr im Stakkato mitgeteilt, dass er zur Abendstunde eine Leiche entdeckt habe. Wen und wo, hatte er nicht gesagt.

Louis und Fabia waren auch schon unterwegs. Fischbacher hatte sein Kommen angemeldet. Zanetti hatte sie noch nicht erreicht. Ohne ihn würde sie hier nicht beginnen.

Das Laken war von Blut durchtränkt, vom Bett gerissen und halbwegs über einen Körper drapiert, von dem man ausser den Beinen nichts sah. Der Form nach zu urteilen, fehlte jedoch der Kopf. Denn dort, wo Valérie ihn vermutete, lag zerknittert und nass die Hälfte des Bettbezugs. Ein Kruzifix ragte aus dem Tuch, als würde es einen heiligen Akt bezeugen.

«Ist das Pater Ferdinands Zimmer?» Valérie fiel der Rollstuhl neben dem Fenster auf. Sie wandte sich an Pater Markus.

«Das ist richtig. Hier wohnt Pater Ferdinand. Aber ich weiss nicht, ob er es auch ist …»

«Hatte er Besuch?» Valérie warf einen Blick auf die Tür und das Schloss. «Es gibt keine Einbruchsspuren.»

«Das lass unsere Sorge sein», hörte sie Schuler sagen, der zusammen mit seinem Assistenten über den Flur gelaufen kam. Offenbar wollte er ihr wegen heute Morgen eins auswischen. In seinem Schlepptau gingen zwei Mönche. Diese hatten Schuler wohl ins Kloster gelassen.

Valérie machte ihm Platz.

«Das dritte Opfer?», fragte Schuler gemässigt.

«Leider müssen wir davon ausgehen. Der Kopf fehlt.»

Valérie musste sich gegen Brechreiz wehren. Sie wusste, dass sie das hier hätte verhindern können. Sie hätte darauf bestehen sollen, dass Pater Ferdinand rund um die Uhr überwacht wurde. Der Pater hatte sich gewehrt, und seine Brüder hatten keinen Anlass gesehen. Hier sei er in Sicherheit, hatte es geheissen.

Sie hatten sich alle getäuscht und die Situation unterschätzt.

Bis Zanetti und ihre Kollegen eintrafen, befragte Valérie Pater Markus.

«Wann haben Sie den Toten entdeckt?»

«Kurz bevor ich Sie anrief. Die Tür stand einen Spalt breit offen. Ich klopfte, doch ich bekam keine Antwort. Als ich ins Zimmer sah …», der Pater griff sich an die Brust, «entdeckte ich ihn.»

«Haben Sie jemanden auf dem Flur getroffen, bevor Sie hier ankamen?»

«Nein, nicht wissentlich.»

«Wer hält sich hier im Kloster auf?»

«Ich habe Ihnen doch die Listen gegeben.»

Valérie erinnerte sich. Sie hatte die Listen studiert. Ihr Augenmerk hatte sie vor allem auf die ehemaligen Schüler gerichtet. «Wie viele Männer halten sich zurzeit im Kloster auf?»

«Dreiundfünfzig Benediktinermönche, acht Volontäre und elf Pilger.»

«Gibt es auch davon eine Liste?»

«Diese sollte auch in Ihrem Besitz sein.»

Valérie liess sich ihre Beschämung nicht anmerken. War ihr tatsächlich etwas entgangen? Andere Frage: «Ich gehe davon aus, dass auch die Volontäre und Pilger mit Ihnen am gleichen Tisch sitzen.»

«Das ist richtig. Wir halten uns alle im gleichen Raum auf. An einem einzigen langen Tisch.»

«Waren beim Nachtessen alle anwesend?»

«Ich gehe davon aus.»

«Kennen Sie Ihre Volontäre mit Namen?»

«Selbstverständlich. Bei den Pilgern ist es schwieriger. Die kommen und gehen. Haben Sie sie etwa in Verdacht?» Pater Markus faltete die Hände.

«Es ist wichtig.» Valérie wollte sich nicht weiter dazu äussern. Bis anhin hatte sie gedacht, jeder Spur gefolgt zu sein. Dass sich der Mörder eventuell im Kloster aufhielt, nahm je länger, desto mehr Gestalt an. Wollte er sogar, dass man ihn hier fand?

Eine Tür schwang auf. Ein kühler Luftzug streifte Valéries Gesicht. Louis und Fabia trafen ein. Hinter ihnen tauchte Zanetti auf. Wurde auch langsam Zeit.

«Unser Täter hat wieder zugeschlagen», sagte sie leise und wandte sich an Louis. «Ich will eine lückenlose Befragung der Mönche und der Volontäre, die sich im Kloster aufhalten, auch der Pilger. Einige unter ihnen werden sich schon zurückgezogen haben. Holt sie aus dem Bett. Und bitte keine falschen Hemmungen.» Sie warf Fabia einen ernsten Blick zu. «Ihr müsst ausnahmslos alle befragen. Auch den Abt.» Sie richtete sich an Pater Markus. «Ich bitte Sie, meinen Kollegen die Liste der Anwesenden auszuhändigen und Ihre Brüder aufzufordern, der Polizei zur Verfügung zu stehen. Wir müssen das Kloster gegen aussen abriegeln. Diese Massnahme ist erforderlich, zumal sich der Täter noch in diesen Mauern aufhalten könnte.» Das war zwar bloss eine Vermutung.

«Gott beschütze Sie», sagte Pater Markus. «Ich werde tun, was ich kann.»

Valérie schluckte leer. Dieser Gott hat seinen Job nicht gemacht, ging ihr durch den Kopf. Die Menschen hier beschützen. Sie liess Fabia und Louis mit Pater Markus ziehen. Sie selbst kehrte zu Zanetti zurück, der jetzt neben der Tür zu Pater Ferdinands Zimmer stand, seine Arme auf Brusthöhe verschränkt und seine Augen nachdenklich auf Valérie gerichtet hatte.

«Hi, Emilio.»

Er wirkte bedrückt. «Wer ist es?»

«Ich weiss es noch nicht mit Bestimmtheit. Das Zimmer gehört Pater Ferdinand. Aber bevor Res Stieffel nicht hier ist, möchte ich mich nicht dazu äussern. Das Laken bedeckt ausser den Beinen alles. Und die Beine selbst sind bekleidet. Ich kann es wirklich nicht sagen, ob es sich bei dem Toten um besagten Pater handelt.»

«Hört denn das nie auf?» Zanetti sah sie fragend an.

War das ein vorwurfsvoller Blick? Valérie hob ihre Schultern. «Ich bin ratlos. Ich dachte immer, dass so etwas Furchtbares nie an einem gesegneten Ort stattfinden könnte.»

«Sei realistisch.» Zanetti fuhr mit seiner rechten Hand über ihr Gesicht.

«Wie war es bei Auf der Maur?», fragte Valérie, um von ihrer Ohnmacht abzulenken.

«Er ist enttäuscht, dass wir nicht weitergekommen sind. Ist wohl berechtigt. Aber ich sagte ihm, wie undurchsichtig dieser Fall sei und dass die Polizei alles gibt, um ihn zu lösen. Für ihn ist es nicht nachvollziehbar, dass eine der Spuren ins Kloster führt.»

«Das hat er jetzt davon», konterte Valérie, die nie begriffen hatte, wie ein Regierungsrat sich anmassen konnte, die Polizeiarbeit in Frage zu stellen. «Soll er doch selber ermitteln.» Sie wandte sich ab, als sie auf dem Flur Res Stieffel kommen sah. Sie winkte ihm zu.

Er näherte sich ihr im Eiltempo. Als er Zanetti sah, wechselte er bloss einen Blick zwischen ihm und Valérie. Eine spitze Bemerkung hielt er zurück. Vielleicht hatte er sich tatsächlich gebessert.

«Was ist das für eine Sauerei!» Er blieb auf dem Flur stehen und sah ins Zimmer.

«Du erwartest nicht, dass ich der Legalinspektion beiwohne», sagte Valérie.

«Bleib einfach hier. Ich werde dich rufen, sollte mir etwas auffallen, das für dich relevant sein dürfte.» Stieffel zog sich Anzug, Füsslinge und Handschuhe über, griff nach seinem Koffer und betrat das Zimmer. «Dann mal ran an die Lisa.» Offenbar war sein gewohnt trockener Humor zurück.

***

Louis hatte schnell gehandelt. Nach einer Viertelstunde war das gesamte Klosterareal gesperrt. Er hatte alle Polizeibeamten vom Sicherheitsdienst aufgeboten, die sich in Einsiedeln oder in der Nähe aufhielten. Ins Kloster kam niemand mehr rein, vom Kloster aus niemand nach draussen. Selbst vor der Kirchentür stand eine Patrouille und liess keinen mehr hinein. Diejenigen, die sich drinnen befanden, mussten warten. Danach war er mit Fabia in den Aufenthaltsraum der Mönche zurückgekehrt. Hier hatten sich die Brüder, Volontäre und Pilger versammelt. Es hatten noch nicht alle erfahren, was geschehen war. Louis informierte sie. «Wir haben einen Toten im Schlaftrakt», sagte er. «Noch ist nicht sicher, wer er ist. Ich bitte Sie, sich zu vergewissern, wer fehlt.»

Die Stimmung war daraufhin bedrückt. Einige unter den Mönchen beteten, andere gingen unruhig hin und her. Niemand benahm sich auffällig. Louis musterte jeden Einzelnen. Valérie hatte ihm gesagt, dass sie den Mörder im Kloster vermutete. Er dagegen war sich sicher, dass sich dieser bereits abgesetzt hatte. Deswegen hatte er ohne zu zögern den Leiter der Sicherheitspolizei aufgefordert, ausgangs Einsiedeln und bei den Autobahnauffahrten Strassensperren zu errichten. Er wünschte auch Kontrollen bei den Bahnhöfen in der gesamten Zentralschweiz.

Louis warf einen verstohlenen Blick zu Fabia. Dass sie ihm vom einen auf den andern Tag einen Korb erteilt hatte, war absehbar gewesen. Er hatte sie richtig eingeschätzt. Sie war eine Frau, die reumütig zurückkehrte. Er galt im besten Fall als Seitensprung. Möglicherweise hatte sie es ihrem Mann gebeichtet. Diesem Michael würde er nie mehr unter die Augen treten können. Er nahm sich vor, dem nächsten Polizeianlass, an dem auch die Ehepartner dabei waren, fernzubleiben.

Fabia und die Kollegen von der Streife nahmen Zeugenaussagen auf. Louis behielt den Überblick. Alles ging mehr oder weniger ruhig vonstatten. Jemand brachte Tee.

«Schon eine Ahnung, wer fehlt?» Louis setzte sich neben Pater Markus, der den Toten gefunden hatte.

«Unser Bruder Ferdinand. In letzter Zeit hat er immer wieder gefehlt. Es ging ihm nicht mehr so gut. Er hatte Schwächeanfälle. Ab und zu ging jemand bei ihm vorbei, um nach dem Rechten zu sehen.»

«Auch Volontäre?»

«Ja, auch Volontäre.»

«Werden diese eigentlich geprüft, bevor sie ins Kloster kommen?»

«Geprüft?» Pater Markus schaute Louis an, als hätte er etwas Unmoralisches gesagt. «Wir nehmen ihre Personalien auf, suchen das Gespräch mit ihnen. Schnell stellt sich heraus, ob es die jungen Männer ernst meinen oder nicht. Das Leben im Kloster bedeutet Verzicht, vor allem auch auf die technischen Dinge wie Handy, Laptop und Fernseher. Wer zu uns kommt, möchte sich selbst besser kennenlernen, möchte Gott erfahren.»

«Wer von den Volontären ist erst kürzlich zu Ihnen gekommen?»

«Das müsste ich überprüfen. Aber das steht auf der Liste, die Sie bekommen werden. Ich erinnere mich aber, dass die letzten Zugänge vor etwa zwei Wochen waren.»

«Ist jemand von den jungen Männern negativ aufgefallen?»

«Eigentlich nicht.»

«Eigentlich?»

«Bestimmt.» Pater Markus räusperte sich. «Bitte, folgen Sie mir. Sie bekommen die Liste. Ihrer Kollegin, Frau Lehmann, habe ich sie bereits ausgehändigt. Doppelt genäht hält besser.» Er blieb ernst.

«Kommen die Volontäre alle aus der Schweiz?», fragte Louis und hielt Schritt mit Pater Markus.

«Mehrheitlich. Wir hatten aber auch schon Männer aus Portugal und Spanien.»

«Und wie sieht es mit den internen Schülern aus? Wir müssen auch diese befragen.» Louis hatte auch in den Trakt des Gymnasiums seine Leute hingeschickt. «Dort werden doch auch Mädchen unterrichtet.»

«Das ist richtig. Die Schule ist gemischt.»

***

«Komm mal her», rief Stieffel aus dem Zimmer.

Valérie wandte sich von Fischbacher ab, der endlich eingetroffen war und nun nach Zanetti fragte. Sie zögerte, drehte sich wieder zu ihrem Chef um und wies in Richtung Flurende, wo Zanetti stand.

Stieffel hatte das Laken weggeschoben und die Bekleidung darunter aufgeschnitten. Ein seltsamer Geruch stieg auf. Valérie hielt die Hand vor die Nase. Sie hätte einen sterilen Anzug anziehen sollen. Doch keiner war vorhanden. Sie war froh darüber. Dies ersparte ihr einen direkten Kontakt mit dem Leichnam.

«Auf der linken Brust ist ein Mal eingebrannt. Das kennen wir bereits. Der Benediktussegen.»

«Ich mag nicht an einen Serienmörder denken.» Valérie stützte sich am Türpfosten ab. «Dieser Benediktus … ich weiss noch immer nicht, was er bedeutet.»

Stieffel schob das Laken höher. Die grosse Wunde wurde

sichtbar. «Dieser Kretin hat ihn tatsächlich in diesem Zimmer enthauptet. Kein sauberer Schnitt diesmal. Ich tippe auf eine Axt. Und wenn ich mir den Rand hier ansehe», Stieffel zeigte auf die Stelle, wo der Hals lag, «muss er ein paarmal zugeschlagen haben, bis er Erfolg hatte.» Er wandte sein Gesicht Valérie zu. «Er hat diesen armen Menschen hier im Blutrausch abgeschlachtet.»

«Und wer könnte das Opfer sein?», fragte sie, obwohl sie es schon ahnte.

«Dem Hautbild nach zu urteilen, ein Neunzigjähriger.»

«Pater Ferdinand!»

«Hatte er einen Bart?»

«Ja, hatte er.»

«Hier ist ein Rückstand davon.» Stieffel griff nach einem rot eingefärbten Haarknäuel.

«Vater, Mutter und Tochter», sinnierte Valérie laut.

«Was hast du gesagt?»

«Eine ganze Familie wurde ausgelöscht.»

«Es ist Pater Ferdinand, nicht wahr?» Louis stand auf einmal neben ihr.

«Ja. Er ist es, und es ist *sein* Zimmer.»

«Du hättest doch auf mich hören sollen.»

«Was willst du damit andeuten?» Valérie forschte in Louis' Augen.

«Grossmutter, Mutter ... ein Vertreter des Klosters, der Klosterkirche ... das ist doch offensichtlich, dass dieser Pascal Benziger dahintersteckt. Er will ans Geld.»

Manchmal staunte Valérie über Louis' simple Denkweise. Er sah alles immer nur schwarz und weiss. «Dann solltest du keine Zeit verlieren und nach Pascal Benziger suchen.»

Louis musterte sie kritisch. «Du veralberst mich.»

«Geh! *Vas-y!*»

«Ich kann jetzt nicht weg. Wir vernehmen gerade die Pater, die Pilger und Volontäre sowie die Mädchen und Buben des Gymnasiums.»

«Dann weiss ich nicht, weshalb du hier bist.»

«Mensch Meier, bist du gut drauf.» Louis reichte ihr einen Papierbogen. «Das ist die Liste, eine weitere Kopie von der Liste, die du von Pater Markus bereits bekommen hast.»

Valérie hangelte danach, froh darüber, ihren Blick von der schrecklich zugerichteten Leiche abwenden zu können. Louis' Bemerkung ignorierte sie. Sie las die Namen. Acht Volontäre waren es. Das Eintrittsdatum war vermerkt sowie die vorgesehene Aufenthaltsdauer. «Ich erinnere mich an die Liste.»

«Du hast ihr zu wenig Aufmerksamkeit geschenkt.»

«Warum meinst du?» Valérie sah auf einen Namen, der exotisch klang. «Dieser hier.» Sie deutete darauf. «Habt ihr ihn schon befragt?»

«Ja, er ist ein Schwarzer, kommt aus Haiti. Er spricht gutes Deutsch. Er wohnt in Lachen. Wurde von einer Familie aufgenommen.»

«Ein Flüchtling?»

«Das weiss ich nicht.»

«Bemühe dich darum, es zu erfahren.»

«Hast du deine Tage?» Louis funkelte sie provozierend an.

Das musste sie sich nicht gefallen lassen. Valérie drehte sich wütend um. Sie hätte Louis sonst eine Ohrfeige verpasst. Frechdachs!

«Entschuldige bitte, war nicht so gemeint.» Schon packte er sie am Arm. «Entschuldigung.» Er sah sie direkt an. «Ehrlich, tut mir leid. Es ist mir einfach so hinausgerutscht.» Er zeigte sich untröstlich. «Du solltest dich mal erholen. Es kann nicht sein, dass du Tag und Nacht arbeitest. Ich sehe es jeweils in den elektronischen Protokollen. In letzter Zeit ist es nicht bloss einmal vorgekommen, dass du morgens um drei noch am Computer hingst.»

Valérie rang sich endlich ein Lächeln ab. «Du kontrollierst mich?»

«Ich mache mir Sorgen.»

«Vielleicht sollten wir mal zusammen abhängen.» Das war nicht überlegt. Das fiel ihr zu spät ein.

«Darauf warte ich schon lange.» Louis verzog sein Gesicht

zu einer Grimasse. Valérie staunte über seine Schlagfertigkeit. «Nur getraute ich nie», sagte er, «dich danach zu fragen. Jetzt, wo Zanetti bei dir ein und aus geht.»

Als Louis wegging, sah sie ihm lange nach.

Ihr iPhone summte. Sie nahm es aus der Hosentasche, fuhr über den Touchscreen, ohne ihn vorher betrachtet zu haben.

«Frau Lehmann?»

«Herr Oberhofer. Wie kommen Sie an meine Handynummer?»

«Ich habe Sie auf *Ihrer* Nummer angerufen.»

«Natürlich, wie konnte ich das vergessen. Ich habe die Anrufe umleiten lassen.» Sie vermochte nicht, sich einen Reim darauf zu machen, weshalb er sie suchte. «Haben Sie Neuigkeiten für mich?»

«Ja, allerdings.» Er räusperte sich lautstark. «Er hat mir keine Ruhe gelassen – dieser Benziger. Lange Rede, kurzer Sinn: Seine beiden Kinder –»

«Was ist mit denen?», unterbrach Valérie ihn.

«Sie lassen mich nicht ausreden.» Er lachte laut. «Wie ist das Wetter in der Schweiz?»

«Kommen Sie auf den Punkt.» Valérie musste gleichwohl schmunzeln.

«Loria arbeitet weiterhin in der Fonduestube, die Mutter Lita nun führt. Enrique reiste – jetzt halten Sie sich fest – in der ersten Aprilwoche in die Schweiz.»

«Enrique?»

«Enrique Lujo Benavides.»

«Benziger!»

SIEBZEHN

Der Kreis hatte sich geschlossen. Valérie spürte Genugtuung. In der vergangenen Nacht hatte sie sich mit der Personenabfertigung des Flughafens in Kloten in Verbindung gesetzt und sich dort über Enrique Lujo Benavides durchgefragt.

Nach dem Okay des Richters, den sie um halb drei Uhr morgens aus dem Bett geholt hatte, mit der richterlichen Bescheinigung und einigen Anrufen später hatte sie die Bestätigung im Posteingang gehabt: Enrique war am 7. April mit Air Canada von San José über Toronto in die Schweiz geflogen, wo er am Sonntag, 8. April, um sieben Uhr fünfzig in Zürich gelandet war.

Am Morgen sass Valérie noch immer vor ihrem Computer und versuchte, den Weg des Gesuchten zu rekonstruieren. Gemäss Air Canada hatte er das Airport-Hotel Mövenpick gebucht. Dies ging aus einem Formular hervor, das die Passagiere hatten ausfüllen müssen. Sein Aufenthalt dort war bestätigt worden. Nach zwei Nächten allerdings hatte sich Enriques Spur im Nichts aufgelöst.

«*Maman?*» Colin streckte den Kopf in die Küche, dorthin, wo Valérie kurzerhand ihr transportables Büro verlegt hatte. «Du bist noch immer auf?»

Valérie hatte bereits die vierte Tasse Kaffee intus. Trotzdem fielen ihr die Augen fast zu. «Vielleicht überlegst du es dir noch einmal, bevor du zur Polizei gehst», sagte sie und sah einen Anlass, sich endlich vom Stuhl zu erheben. Sie schwankte zur Kaffeemaschine und streichelte ihrem Sohn auf dem Weg dorthin zärtlich übers Gesicht. «Tut mir leid, dass deine Freitage mit mir wieder einmal im Chaos enden.»

«Das ist dein Job.» Colin packte sie um die Hüfte und zog sie an sich. Er überragte sie bereits um einen halben Kopf. «Das schreckt mich nicht ab, *Maman*. Aber heute verstehe ich vieles, was ich früher nie begriffen habe. Ich möchte dir einfach sagen, dass du eine tolle Mutter bist. Ich bin sehr stolz auf dich.»

Valérie schluckte einen Kloss hinunter. Sie wand sich aus Colins Armen. Er sollte nicht sehen, wie Tränen in ihre Augen traten.

«Möchtest du dich nicht zwei, drei Stunden hinlegen? Du siehst … müde aus.»

«Ich kann nicht.»

«Hast du den Täter?»

«Zumindest eine Ahnung, wer er ist.»

«Dann ist es noch nicht sicher?»

Valérie zog sich einen weiteren Kaffee aus der Maschine.

«Du wirkst nachdenklich.» Colin liess sich am Küchentisch nieder, nachdem er aus dem Kühlschrank eine Tetrapackung Milch genommen hatte.

Valérie setzte sich mit der Kaffeetasse zu ihm. «Du hast recht. Vielleicht sollte ich mich ein paar Stunden aufs Ohr legen.»

Colin trank aus der Packung. Er wischte sich mit dem Ärmel den Mund sauber. «Als du gestern Abend weg warst», sagte er zögernd, «klingelte das Telefon.»

«Und? Hast du dich gemeldet?»

Colin nickte.

«Du weisst doch, dass du die Anrufe nicht entgegennehmen sollst.»

«Der Anrufer war nervtötend, wirklich. Hätte er nicht so lange klingeln lassen, hätte ich ihn ignoriert.»

«Nach achtmal Klingeln schaltet sich der Anrufbeantworter automatisch ein.» Valérie schmunzelte. Die Ungeduld hatte er von ihr. «Erzähl mir also nichts. Und? Wer war es?»

«Ich weiss nicht.» Colin lächelte. «Du bist ja neugierig.»

«Könnte sein, dass es wichtig war.»

«Das glaube ich nicht. Er klang irgendwie blöde.» Colin unterstrich die Sätze mit einem Tippen an die Stirn. «Nicht ganz dicht halt.»

«Hat er seinen Namen nicht genannt?» Valérie nahm einen Schluck Kaffee aus der Tasse.

«Nein.»
«Was hat er gesagt?»
«Er fragte, ob du den Brief nicht bekommen hast.»
Der Drohbrief! Plötzlich war er in ihrem Kopf. «Was hast du ihm gesagt?» Ihr Herz schlug bis zum Hals.
«Dass er sich in der Nummer verwählt habe.» Colin krauste seine Stirn. «Er sagte, dass er Wort halten würde, dann hängte er auf.»
Valérie spürte, wie ihr die Tasse entglitt.
Geistesgegenwärtig fing Colin sie auf. «*Maman?* Was hast du?»
Ihr Herz klopfte, ihr Puls raste. «Wie hat er geklungen? Hohe Stimme? Tiefe Stimme? Mit Akzent? Ohne?»
«Ich ... das weiss ich nicht mehr.»
Er war da. Er war präsent. Er hatte sich an ihren Sohn herangemacht. Er wusste, wo sie wohnte. Er hatte sich an ihr Leben angedockt wie ein Parasit an den Wirt.
Fabia hatte recherchiert und herausgefunden, wo der Brief zur Post gebracht worden war. Jemand hatte ihn auf dem Bahnhof in Einsiedeln in den Briefkasten geworfen. Der Absender und mutmassliche Täter musste sich demzufolge in Einsiedeln aufgehalten haben.
Wo befand er sich jetzt?
«Ist dir gestern jemand gefolgt?», fragte Valérie.
Colin schüttelte den Kopf. «Hat der Anruf mit deinem Fall zu tun?»
Valérie erzählte von dem anonymen Schreiben und dass sie den Anruf durchwegs ernst nehmen musste, unterliess es aber, die Drohung gegen ihre Familie zu erwähnen. Sie wollte Colin nicht unnötig in Sorge versetzen. Sie aber wusste, was zu tun war.
An Schlafen war nicht mehr zu denken. Sie ging zum Fenster und sah an die Südflanken der beiden Mythen. Die Morgensonne malte Gold daran. Dort draussen befand sich das Monster, das nicht mehr nur eine Familie ausgelöscht hatte, sondern ihr, Valérie, ans Lebendige wollte.

«Ich möchte, dass du heute zu Hause bleibst», sagte sie, als sie zu ihrem Laptop zurückkehrte.

«Aber ich sollte heute Abend wieder nach Zug fahren», intervenierte Colin.

«Ich werde Emilio bitten, dich in die WG zu fahren. Du wirst dich dem nicht widersetzen.» Valérie hob gebieterisch die Hand, als Colin zum Sprechen ausholte. «Das ist keine Bitte, das ist ein Befehl.»

Später setzte sie sich im Büro an den Computer und loggte sich in Biberbrugg ein. Es musste eine Möglichkeit geben, um Enriques Aufenthaltsort herauszufinden. Sie erinnerte sich, was Schuler über die Steine gesagt hatte, an denen die Leichenteile befestigt gewesen waren. Es handelte sich grosser Wahrscheinlichkeit nach um Sedimentgestein aus dem Gebiet des Grossen und Kleinen Mythen. Der Name Alptal war gefallen, das Tal, das Einsiedeln mit Brunni verband. Dort lag die Station der Luftseilbahn, die auf die Holzegg führte. Dort entsprang der Fluss Alp und mündete in die Sihl.

Valérie hatte ihren Entschluss gefasst. Sie würde nach Trachslau, Alpthal und Brunni fahren und dort nach einer Übernachtungsmöglichkeit suchen. Zusammen mit ihrem Sohn. Der Topografie und der Nähe zu Einsiedeln zufolge wollte sie dort beginnen. Zudem verliess sie sich ganz auf ihr Bauchgefühl.

Bevor sie ging, übermittelte sie die Daten des anonymen Anrufs an die Fahndung. Vielleicht konnte man ihn lokalisieren.

Brunni wirkte verschlafen an diesem Vormittag. Einzig eine kleine Wandergruppe wartete auf die Gondelbahn, die sie an den Fuss des Grossen Mythen bringen würde. Valérie fand nirgends ein Hotel. Ein Restaurant in unmittelbarer Nähe des Parkplatzes hatte geöffnet. Zwei Gäste sassen auf der Terrasse. Ansonsten war es hier ziemlich ausgestorben.

«Sieht aus wie im Wilden Westen», fand Colin und räkelte

sich auf dem Beifahrersitz. Als Valérie ihm den Vorschlag unterbreitet hatte, er könne sie begleiten, war er gleich Feuer und Flamme gewesen. Von so einem Einsatz habe er schon lange geträumt, hatte er geschwärmt.

Valérie sah es als einzige Möglichkeit, ihren Sohn im Auge zu behalten. Sie wollte kein Risiko eingehen.

Sie fuhr zurück über eine endlos lange Strasse, die links und rechts von Bäumen und Sträuchern gesäumt war. Eine wilde Gegend, die trotz der Einsamkeit wohl kaum als Unterschlupf für einen Mörder gedient haben konnte. Die Nächte waren noch immer eisig kalt. Trotzdem wähnte sie ihn hier. Irgendwo hier. Als spürte sie seinen Atem. Den Atem des Teufels.

Nach der Bushaltestelle «Alpthal Stei» wurde das Tal breiter. Ein paar Häuser lagen in der Landschaft verstreut, als hätte sie jemand aus einer Spielzeugkiste hervorgeholt und wahllos hingestellt. Bis zum Schulhaus von Alpthal waren es noch immer mehr als eineinhalb Kilometer.

«Was suchst du überhaupt?», wollte Colin wissen und schraubte am Autoradio herum. Bei Robin Schulz blieb er hängen. Ein Sommer-Beach-Mix aus dem letzten Jahr liess Colin nicht mehr still sitzen.

«Ein Hotel, eine Gaststätte, irgendetwas.»

«Dort vorne.» Colin streckte seinen rechten Arm aus. «Dort muss ein Hotel sein. Das ist mir auf der Hinfahrt schon aufgefallen.»

«Wo siehst du ein Hotel?» Valérie bremste ab.

«Hier steht ‹Gasthaus Schlössli›. Wenn das kein Hotel ist, fresse ich einen Besen.»

«Das möchte ich sehen.»

«Was?»

«Wie du den Besen verspeist.» Valérie schenkte ihrem Sohn ein entwaffnendes Lachen. Sie fuhr auf den Parkplatz, der vor einer dicht bewachsenen Hecke lag. «Meinst du das Schild dort? Dort steht ‹geschlossen›.»

«Ich schaue mal nach», schlug Colin vor.

Valérie hielt ihn zurück. «Du wartest im Auto. Und das meine ich auch so.» Sie stieg aus, verriegelte das Schloss von aussen und begab sich zum Gartentor. Sie drückte das Tor auf und landete auf einem Platz, der das Verwunschene von aussen untermalte. Nichts deutete darauf hin, dass das Haus bewohnt war. Trotzdem betätigte Valérie die Klingel.

Ein Hund bellte. War ja klar. Dieses «Schlössli» wurde von einer Bestie bewacht. Valérie zauderte. Sie mochte Hunde nicht. Und die Hunde mochten in der Regel sie nicht. Sie hatte einmal gelesen, dass ein besonderes Enzym, das sie aller Wahrscheinlichkeit nach in sich trug, ihre Angst vor diesen Viechern riechen liess.

Die Bestie entpuppte sich als Taschenbernhardiner. Eine rattenähnliche Kreatur, die sie mit grossen Augen anstarrte. Der Mann, der unter der Tür erschien, trug das Knäuel auf dem Arm. «Das ist Venice, eine russische Toy-Terrier-Dame», sagte er. «Die kleinste Hunderasse der Welt.»

Valérie fragte sich, was Venedig mit Russland gemeinsam hatte. «Haben Sie geschlossen?»

«Nein, nein. Wir sind immer da. Aber wir lassen nicht jeden rein.»

Valérie zückte ihre Dienstmarke und stellte sich mit Namen vor. «Und Sie sind?»

«Mister Brighton. Wie kann ich Ihnen helfen?» Er war ein schlaksiger Mensch mit halblangen Haaren, die er im Nacken zusammengebunden hatte. Er trug Brille und Schnauz und an der linken Braue ein Ringpiercing.

«Ich brauche nur eine Auskunft. Beherbergen Sie zurzeit Gäste?»

«Nein. Alle Zimmer sind frei. Die Leute kommen erst im Sommer wieder. Jetzt ist es noch zu kühl.»

«Sie hatten in den letzten Tagen niemanden hier?»

Brightons Zögern entging Valérie nicht. Er verneinte.

«Kann ich reinkommen?»

Brighton nahm seine Brille vom Gesicht und schob sie in sein Haar. «Suchen Sie ein Zimmer?»

«Nein.» Valérie warf einen Blick über die Hecke in die Richtung des Parkplatzes, aus der ein dumpfer Bass drang. Colin musste einen Gehörschaden haben.

Das Innere des Hauses übertraf ihr Vorstellungsvermögen. Durch einen mit Möbeln und Nippes überladenen Korridor gelangte sie in ein Wohnzimmer, das als Speisesaal diente. Ein riesiger ovaler Tisch beherrschte den Raum. Darüber hingen zwei schwere Lüster.

Brighton folgte Valéries Blick. «Diese Kronleuchter gehörten einst Coco Chanel.»

«Wie kommen Sie zu denen?», fragte Valérie und inspizierte den Raum weiter. Sie entdeckte eine Jukebox, einen mit Blumen gefüllten Leiterkarren, einen Glasschrank voller Kaffeekrüge, einen antiken Puppenwagen mit einer Vielzahl von Teddybären – ein Sammelsurium zusammengetragener Kuriositäten.

«Das ist eine lange Geschichte.» Er hüstelte verlegen. «Möchten Sie einen Kaffee oder ein Glas Wasser? Auch einen Schnaps könnte ich Ihnen anbieten.»

«Nein danke.» Valérie zeigte auf ein Bücherregal, auf dem ein grosses dickes Buch dominierte. «Ist das ein Gästebuch?»

Brighton räusperte sich. «Ja, ja, das ist unser Gästebuch.» Er zwang sich zu einem Lächeln. «Die Leute, die hierhinkommen, schreiben so manchen Schabernack hinein ...»

«Kann ich es mir einmal ansehen?»

Anscheinend ungern nahm Brighton das Buch vom Regal und wuchtete es auf den Tisch, nachdem er eine mit Cupcakes gefüllte Etagère weggeschoben hatte.

Valérie schlug die Seite mit dem letzten Eintrag auf. Das Datum fiel ihr auf. «Den letzten Gast hatten Sie vom 11. bis 19. April, wie ich sehe. Das ist noch nicht so lange her. Vorhin sagten Sie etwas anderes.»

Brighton schluckte leer. «Nicht der Rede wert. Ich habe ihn fast vergessen. Er war ein sonderbarer Gast ... ein Weltenbummler, wie er durchblicken liess. Junger Typ mit Rucksack. Wollte nur ein Zimmer. Gegessen hat er nichts.»

«Aber er hat sich im Gästebuch eingetragen. Hatte er auch einen Namen?»

Brighton beugte sich über den Tisch. «Dort steht ein H.»

«Steht sicher auch auf dem Formular für Kurtaxen.» Valérie las: *«Nadie lo sabe, absolutamente nadie; pero van a ver lo que van a ver»*, und fragte: «Was bedeutet das?»

«Keine Ahnung. Ich spreche nicht Spanisch.» Brighton hüstelte. «Selbstverständlich bezahlen wir Kurtaxen, wenn Sie das meinen.»

«Darf ich das fotografieren?» Valérie holte ihr iPhone aus der Jackentasche.

«Tun Sie, was Sie für richtig halten. Hat der Junge etwas angestellt?»

«Eine rein prophylaktische Massnahme», wich Valérie aus. «Haben Sie das Zimmer, in dem er übernachtete, schon gereinigt?»

«Nein, ich bin zurzeit allein. Meine Mitarbeiter haben Ferien.» Brighton hielt noch immer den Hund auf dem Arm. «Hat er denn etwas angestellt, dieser H.?»

«Ich möchte gern das Zimmer sehen, das er bewohnt hat.» Sie spürte Adrenalin. Womöglich würde sie heute auf eine erste Spur stossen, wenn denn der letzte Gast der Gesuchte war. «Können wir?»

«Was?»

«Ins Zimmer gehen?

Brighton ging mit dem Hund voraus über eine steile Treppe. Auf jedem Absatz waren Teelichter aufgestellt, die am Abend wohl brannten. An den Wänden hingen Engel- und Vogelgemälde. Der Unterschied zwischen den Bildersujets wurde erst bei näherem Betrachten sichtbar. Oben angelangt, stiess Brighton eine Tür auf. «Da hat er geschlafen.»

Was Valérie im Parterre gesehen hatte, setzte sich hier fort – ein zusammengewürfeltes Interieur war es, bunt und im Stil nicht definierbar, doch auf eine seltsame Weise einladend. Lediglich eine geblümte Tapete harmonierte mit dem Vorhang gleichen Musters. Das Bett war ungemacht, jedoch nett anzusehen mit Rüschen und Volants. Der Schrank stand halb offen.

Hier muss die Spurensicherung her, war Valéries erster Gedanke, bevor sie einen Fuss ins Zimmer setzte. Sie nahm Vinylhandschuhe aus ihrer Jackentasche, streifte sie über die Hände und bat Brighton, draussen zu warten.

«Was suchen Sie?»

Valérie enthielt sich einer Antwort. Es war nicht nachvollziehbar, dass die Medien Brighton nicht erreicht hatten. Andererseits war er ein von der Welt Entrückter, dem die Nachrichten womöglich egal waren. Valérie konzentrierte sich auf das Pult, auf dem ein Schreibstift lag, sonst war da nichts. «Ist das Ihrer?» Sie griff danach, hielt ihn in die Höhe und wedelte ihn hin und her.

«Nein. Wir haben keine solchen Kugelschreiber», sagte Brighton und verharrte vor der Tür.

Valérie steckte ihn in einen Asservatenbeutel.

«Sie sind ja gut ausgerüstet», sagte Brighton.

«Ja, das gehört zu unserer Standardausrüstung.» Valérie sah in ein verdattertes Gesicht. «Ich muss Sie bitten, das Zimmer nicht mehr zu betreten. Ich werde ein Polizeisiegel anbringen.»

«Können Sie mich aufklären?»

«Dass ich den Kriminaltechnischen Dienst aufbiete.» Sie räusperte sich.

«Und was ist der Grund?»

«Wir suchen einen Gewaltverbrecher. Möglicherweise haben Sie ihn beherbergt.»

Brighton blieb die Spucke weg. «Dieser … dieser Rucksacktourist?»

«Ist Ihnen nichts Verdächtiges an ihm aufgefallen?»

«Nein, ich war ja auch nicht immer da. Ich musste zwischendurch mal einkaufen gehen. Ich habe ihm einen Schlüssel gegeben, damit er nicht vor der Tür warten musste.»

Brightons Vertrauensseligkeit grenzte an Einfalt und widersprach seiner Aussage, dass er nicht jedermann ins Haus liess. «Können wir noch einmal ins Wohnzimmer gehen?» Valérie schloss die Tür und brachte das Siegel an.

«Selbstverständlich.» Brighton kehrte vor sich hin brummend zurück.

Valérie setzte sich unten an den ovalen Tisch und griff erneut nach dem Gästebuch. «Hat Ihr letzter Gast gesagt, wo sein nächstes Ziel liegt?»

«Nein.» Brighton stellte den Hund endlich auf den Boden. Dieser machte eine Kehrtwendung und verschwand Richtung Küche.

«Was er vorhat?» Valérie blätterte unkonzentriert im Gästebuch. Eine illustre Gesellschaft hatte sich hier eingetragen. Sie stiess auf bekannte Persönlichkeiten aus dem Showbusiness und der Politik und fragte sich, was die hier alle verloren hatten. Am Ende der Welt, das auf einer Weltkarte nicht einmal als Fliegenschiss zu erkennen war.

«Tut mir leid, ich kann Ihnen nicht helfen.»

«Ist Ihnen sonst noch etwas an dem Mann aufgefallen? War er mit einem Auto da?»

«Nein.»

«Haben Sie seinen Ausweis kopiert?»

«Nein, nur kontrolliert. Einen dunkelblauen Reisepass. Er schien mir sauber.»

Sauber. Wie hatte er das beurteilen können? «Und Sie erinnern sich nicht an seinen richtigen Namen?»

«Hören Sie, ich will keinen Ärger.»

«Weshalb glauben Sie, dass Sie Ärger bekommen?» Sie schlug die nächsten Seiten um. Sogar Larissa Cahenzli war hier gewesen, eine Bündner Sportlerin, die sie aus dem Fernseher kannte.

«Wir sind ehrliche Leute, meine Equipe und ich. Ich möchte nicht in etwas hineingezogen werden, das uns schaden könnte.»

Valérie wusste nicht, was sie sagen sollte. Sie ahnte jedoch, dass Brighton ihr etwas verschwieg. «Erinnern Sie sich wirklich nicht an den Namen? Ich meine, er war Ihr einziger Gast.»

«Etwas mit Vidas oder Vides.»

«Benavides?»

«Ja, Benavides, jetzt fällt es mir wieder ein. Enrique war sein Vorname.»

Valérie spürte ihren Herzschlag bis zum Hals. «Sie haben vergessen, ihn für die Kurtaxen einzutragen.» Sie schenkte Brighton ein Lächeln.

Er wandte sich ertappt ab.

«Könnten Sie den Mann beschreiben?»

Brighton kratzte sich am Hinterkopf. «Etwa eins siebzig gross, dunkle Haare, dunkle Augen, hatte, soweit ich mich erinnere, einen indigenen Einschlag, sprach aber perfektes Schweizerdeutsch … ohne Akzent. Das kam mir exotisch vor.»

«Der Kriminaltechnische Dienst wird morgen Ihr Haus auf Spuren absuchen. Ich werde mich wieder bei Ihnen melden.»

«Ohne richterliche Genehmigung?» Brighton sah sie entsetzt an.

«Die werden Sie vorab bekommen.»

Er war da gewesen!

Enrique Lujo Benavides Benziger hatte im Gasthaus Schlössli logiert.

Und er musste noch irgendwo sein.

Valérie kehrte zurück durch den Korridor und warf schnell einen Blick in die Küche, die linker Hand lag. Eine Landhausküche, in der bestimmt aussergewöhnliche Gerichte gekocht wurden. Der Geruch verriet ihr, dass in einer der Pfannen etwas schmorte.

Valérie verliess das Haus mit ein paar seltsamen Eindrücken. Sie zog das Gartentor hinter sich zu. Über die Hauptstrasse fuhr ein Bus. Eine Frau war mit ihrem Kind unterwegs, eine andere sass auf der Treppenstufe vor ihrer Haustür.

Eine idyllische Gegend. Aber war es möglich, unbeobachtet zu bleiben?

Etwas war anders. Bedrohlicher.

Der Audi TT stand verlassen da. Das Autoradio war verstummt. Colin verschwunden.

***

«Jetzt haben wir den Scheiss!» Louis knallte ein Dokument auf den Tisch. Er befand sich bereits im Sitzungszimmer. Neben ihm standen Fabia und Vischer, die ihn überrascht ob seines Wutausbruchs anstarrten.

«Den haben wir doch immer», sagte Fabia und liess sich auf einen Stuhl fallen.

«Aber nicht diesen.» Louis fuhr mit der rechten Hand auf den Papierbogen. «Dieser Ricardo Dini hat Anzeige erstattet, wegen versuchter Tötung.»

«Gegen Frieda Lieberherr?» Fabias Gesicht wurde aschfahl.

«Du weisst, was das bedeutet.»

«Dass ihr eure Aufgabe nicht gemacht habt», sagte Vischer an Fabias Stelle.

«Er wird damit nicht durchkommen», sagte Fabia und steckte sich einen Kaugummi in den Mund. «Frau Lieberherr hat in Notwehr gehandelt.»

«Da bin ich mir nicht so sicher.» Zanetti war unbemerkt in den Raum getreten. «Eine Dosis von zehn Kapseln Benzodiazepin und diese im Kaffee aufgelöst lässt da schon andere Vermutungen zu.»

«Das ist wieder einmal typisch», herrschte Fabia ihn an. «Das Opfer wird zum Täter degradiert. Wie hätte sie sich denn sonst wehren sollen?»

«Indem sie die Polizei ruft.»

«Sie hat uns gerufen», sagte Louis und entsann sich, dass sie eine halbe Stunde später als vereinbart bei Frau Lieberherr eingetroffen waren. Er hatte das gecheckt. Der Fehler lag eindeutig bei ihnen. Das war auch der Grund gewesen, dass er und Fabia sich entschieden hatten, die Frau nicht festzunehmen. Jetzt war also eingetroffen, was er befürchtet hatte. Diese Anzeige würde auch für ihn und Fabia Konsequenzen nach sich ziehen. «Dieser Dini sollte ganz einfach die Schnauze halten.»

«Vielleicht war das nicht mal seine Idee», sagte Fabia. «Seine Familie wird ihm dazu geraten haben.»

«Das sind gerade die Richtigen. Kommen aus Palermo. Machen hier Radau. Mafiosi!» Louis enervierte sich von Neuem. «Sollen die dorthin zurückgehen, wo sie hergekommen sind. Dieses Pack brauchen wir nicht.»

Fabia zwickte ihn in die Seite, deutete auf Zanetti.

«Weiss jemand, wo Valérie ist?», fragte Zanetti. «Ich würde, bevor ihr die Teamsitzung startet, gern noch ein paar Dinge mit ihr besprechen.»

Louis sah ihn herausfordernd an. Folglich hatte Zanetti nicht bei ihr übernachtet, und ein Gefühl der Schadenfreude bemächtigte sich seiner.

«Camenzind», sagte Zanetti, «Sie würde ich auch gern sprechen. Jetzt gleich.»

Louis ahnte, was ihm blühte. Da er im Rang höher stand als Fabia, würde er die Verantwortung tragen müssen. Das Summen seines iPhones erlöste ihn von einem ungewünschten Wortwechsel mit dem Staatsanwalt. Er meldete sich.

«Hier ist Valérie.»

Louis wandte sich ab. «Warum bist du noch nicht zurück?» Sie hatte ihn am Morgen darüber informiert, dass sie auf dem Weg ins Alptal sei. Den Grund hatte er allerdings nicht erfahren. Aber bei Valérie wunderte ihn überhaupt nichts mehr. Sie machte sowieso, was sie wollte.

«Mein Sohn ist verschwunden.»

«Was ist?» Louis glaubte, sich verhört zu haben.

«Colin ist weg. Er hat im Auto auf mich gewartet. Da ist er nicht mehr.»

«Wo steckst du überhaupt?»

«Noch immer in Alpthal. Ich denke, dass wir nun endlich eine Spur haben. Enrique hat hier übernachtet. Wir sollten den Technischen Dienst aufbieten. Gasthaus Schlössli, kennst du es?»

«Schon gehört, soll ein Insidertipp für die Cervelatprominenz sein. Eine verflossene Miss Schweiz soll dort verkehren.» Louis überlegte. «Und du hast deinen Sohn mitgenommen?»

Valérie liess ein Räuspern vernehmen.

Er wandte sich von Zanetti ab und flüsterte: «Verschweigst du mir etwas?»

«Ist Valérie am Apparat?», fragte Zanetti.

«Herr Zanetti will dich sprechen.» Louis wandte sich von ihm ab.

«Sag ihm, dass ich mich bei ihm melden werde», sagte Valérie.

«Sie möchte Sie nicht sprechen», frohlockte Louis und bemerkte nicht ohne Arglist, wie Zanetti leer schluckte. «Sie wird sich aber bei Ihnen melden.» Armer Kerl, dachte er, Frauen sollte man verstehen.

«Ich muss das heutige Briefing verschieben.» Valérie klang aufgeregt. «Ich muss meinen Sohn zuerst finden.»

«Soll ich Verstärkung schicken?»

«Dann mache ich mich lächerlich. Lass es Zanetti nicht wissen.»

«Aye, aye, Sir.» Louis nahm Haltung an. «Ich werde Hilfe veranlassen.»

«Nein, warte noch damit. Ich werde mich wieder melden.» Sie brach die Verbindung ab.

«Was ist mit Valérie?» Zanetti lauerte neben ihm.

«Sie kommt bald zurück.»

Zanetti warf zuerst Fabia, dann Vischer einen Blick zu, bevor er sich an Louis wandte. «Kommen Sie bitte vor die Tür.»

Würde er ihn jetzt in die Mangel nehmen?

«Es wird eine interne Untersuchung geben», sagte Zanetti. «Was in Einsiedeln geschah, hat ein Nachspiel.»

«Nur weil Frau Lieberherr jetzt eine Anzeige am Hals hat?» Louis wollte dies nicht auf sich beruhen lassen. «Man hat nichts gegen sie in der Hand.»

Zanetti reichte ihm ein Formular. «Das ist der Bericht aus

dem Spital Einsiedeln. Sie haben eine Untersuchung durchführen lassen.»

«Ohne richterliche Genehmigung?»

«Der Richter hat sie genehmigt, nachdem ich ihn dazu gebeten hatte. Seit heute Morgen steht fest, dass Ricardo Dini eine Dosis verabreicht wurde, die tödlich hätte sein können. Er hatte eine schwere Medikamentenvergiftung und kann von Glück reden, dass er überlebt hat und relativ schnell wieder auf die Beine gekommen ist.»

«Er hat mir nicht den Eindruck eines Todgeweihten hinterlassen», intervenierte Louis. «So schlimm kann es also nicht gewesen sein.»

«Einsiedeln hat eine chemische Analyse von Mageninhalt, Blut und Urin veranlasst», fuhr Zanetti fort. «Es reicht für einen Haftantrag. Was ist da genau vorgefallen?» Er kniff die Augen zusammen. «Wir müssen Frau Lieberherr vernehmen. Aber Sie werden das nicht tun. Auch Frau Ulrich nicht, die ich bloss als Mitläuferin betrachte. Es war *Ihre* Verantwortung.»

Louis fand keine Worte mehr. Sich gegen Zanettis Anschuldigungen zu wehren hätte nichts gebracht. Trotz ihres beachtlichen Alters hatte Frieda Lieberherr eigenmächtig und vorsätzlich gehandelt. Das ging nicht mehr als Notwehr durch. Sie hatte genau gewusst, was sie tat. Louis hatte die Frau kennengelernt. Sie war eine resolute Rentnerin. Vielleicht hatte sie gedacht, der Polizei einen Gefallen zu tun. Eine Ratte weniger. Wer würde sie schon vermissen? Louis konnte es nachvollziehen. Die Gewalttaten, Überfälle und Einbrüche hatten in den letzten Jahren zugenommen. Die Polizei war unterbelegt. Es war die logische Folge, dass sich die Bürger selber wehrten.

Louis wusste, dass dieser Gedanke nicht rechtens war. Und, hätte er ihn laut geäussert, einen Verweis garantiert hätte. Aber er war auch nur ein Mensch. Zugegeben, ein Hitzkopf. Und manchmal stand er sich damit selbst im Weg.

***

Valérie ging das Trottoir bis zum Schulhaus entlang. Sie hatte ihren Wagen auf dem Parkplatz stehen lassen. Nicht sicher, warum der Alarm nicht losgegangen war. Hatte sie etwa ihren Zweitschlüssel im Handschuhfach vergessen? Sie kehrte um und vergewisserte sich. Der Schlüssel lag dort. Neben ihrer Glock. Grob fahrlässig, dachte sie. Aber für Colin war es kein Kunststück gewesen, den Wagen unbemerkt zu verlassen. Sobald er den Türgriff betätigte, löste sich die Verriegelung. Valérie rief auf seinem iPhone an. Nur die Combox meldete sich. Sie setzte sich hinter das Lenkrad, startete den Motor und zweigte auf die Hauptstrasse ein. Sie fuhr die Strasse ab bis nach Trachslau. So weit konnte er noch nicht sein. Was fiel ihm ein, sich ihr zu widersetzen? Hatte sie sich zu wenig klar ausgedrückt? Vielleicht hätte sie ihn einweihen müssen. Die ganze Wahrheit über diesen Brief erzählen, von den Drohungen. Wie hätte er etwas verstehen sollen, wenn er den Grund nur halbwegs kannte?

Vielleicht hatte man ihn entführt. Valéries Phantasien steigerten sich ins Unermessliche. Der anonyme Brief, der Anruf – das waren Drohungen gewesen, die sie ernst nehmen musste.

War es möglich, dass der Täter sie beobachtete? Waren diese Drohungen von ihm?

Valérie wendete, fuhr zurück nach Alpthal bis zum Gasthaus Schlössli.

Dort stand ihr Sohn und fuchtelte ihr entgegen.

Valérie bremste ab; ihr fiel ein Stein vom Herzen. Sie schwenkte auf das Trottoir ab und hielt ganz an. Die letzte Anspannung wich von ihr.

Sie stieg aus. «Colin, wo zum Teufel hast du gesteckt?»

Er sah unschuldig auf sie hinunter. «Ich musste mal für kleine Buben.»

«Ich habe dir doch gesagt, du sollst im Auto auf mich warten.»

«Dann hätte ich den Beifahrersitz ruiniert.»

Valérie wusste nicht, ob sie ihren Sohn vor Erleichterung

in die Arme schliessen oder ihm eine Moralpredigt halten sollte. «Du hast mir einen gewaltigen Schrecken eingejagt, weisst du das? Das machst du nie wieder. Hörst du. Nie wieder!»

«Warum bist du so hysterisch?»

«Wegen dieses Anrufs, habe ich dir doch gesagt. Und übrigens, warum hast du dein Handy aus?»

«Keinen Akku mehr.» Colin hob schuldbewusst die Schultern. «Bist du schon weitergekommen?»

Valérie reagierte gehässig. «Ich bringe dich nach Zug. Ich kann das hier nicht mehr verantworten. Ich bin im Dienst.»

«Aber wir wollten doch das Haus in Küssnacht ansehen.»

«Colin, das hat nun wirklich nicht Priorität.» Valérie stieg auf der Fahrerseite ein.

«Für mich schon. Emilio ist ein wirklich netter Kerl. Ich mag ihn.»

«Habt ihr euch abgesprochen?»

Das iPhone summte. Valérie meldete sich über die Freisprechanlage.

«Emilio hier.»

Wenn man vom Teufel spricht ...

«Wo steckst du?» Er klang besorgt.

«Ich fahre gerade in Alpthal los. Ich habe das Hotel gefunden, wo unser Verdächtiger vom 11. bis 19. April übernachtet hat. Warte mal ...» Sie stieg aus. Colin sollte das nicht hören. «Es gibt da einen seltsamen Eintrag in einem Gästebuch. Und das Zimmer, das er bewohnte, ist noch nicht gereinigt. Ich werde Schuler aufbieten, sobald ich den richterlichen Beschluss habe. Langsam kristallisiert es sich heraus, dass Gertrud Benziger im Alptal gestorben ist.»

«Wie bist du überhaupt darauf gekommen?»

«Es war letztlich nicht schwer zu erraten. Und manchmal helfen auch Zufälle. Ich war mir sicher, dass Enrique den nicht konventionellen Hotels nachgehen oder sich sogar in einer einfachen Pension einmieten würde.» Valérie zögerte. «Colin ist bei mir.»

«Das trifft sich gut. Wir haben um halb zwölf die Hausbesichtigung.»

***

Einmal musste es sein. Sie hatte Zanetti schon zu lange hingehalten. Und Colin lag ihr ebenfalls in den Ohren. Ob diese Pause sich in den Ermittlungen niederschlug, wusste Valérie noch nicht. Sie hatte sich auf dem Weg zurück nach Schwyz dazu entschlossen, einen Umweg über Küssnacht zu fahren und deshalb in Seewen die Auffahrt zur Autobahn genommen. Colin war vor freudiger Erwartung dermassen überdreht gewesen, dass er ohne zu rebellieren seine Kopfhörer aufsetzte und Musik hörte. Somit war es Valérie gelungen, ungestört ein paar Anrufe zu tätigen.

Ihre Müdigkeit vermochte sie nicht mehr zu verleugnen. Ihre Konzentration hatte nachgelassen. Als sie in Küssnacht aus dem Wagen stieg, wurde sie von Schwindel erfasst. Zanetti erwartete sie bereits auf dem Parkplatz, zusammen mit der Immobilienmaklerin.

«Das ist meine … Frau Valérie Lehmann, und das ist Colin.» Dass er nicht auch noch «mein Sohn» sagte, verwunderte Valérie. «Das ist Frau Strahm.»

Sie schüttelten sich die Hände. Über ihr kantiges Gesicht huschte ein aufgesetztes Lachen. Einstudiert, dachte Valérie, wenn sie sich gegen dieses Haus entschied, würde es ihr vergehen.

Das Haus, von dem Zanetti so geschwärmt hatte, entpuppte sich als Villa direkt am See. Dass sie aber mindestens vierzig Jahre alt und entsprechend unmodern war, hatte er nicht erwähnt.

«Warum ist das Haus zum Kauf ausgeschrieben?», fragte Valérie.

«Die Frau ist gestorben. Der Mann ist im Altersheim», antwortete Frau Strahm. «Die drei Kinder wollen das Haus nicht.»

Sie mussten nachvollziehbare Gründe gehabt haben. «Dann spukt es sicher», flüsterte Valérie, dass nur Colin es hörte.

«Mais alors, Maman …»

Sie betraten das Entrée. Bereits auf der Schwelle wurde Valérie von einem seltsamen Geruch überrascht. «Riechst du das?» Sie wandte sich an Zanetti. «Es riecht streng.»

«Ja bitte?» Frau Strahm blieb stehen. «Wenn Sie Fragen haben, ich bin für Sie da.»

Valérie verneinte. Sie hängte sich bei Zanetti ein. Gemeinsam gingen sie durch die verschiedenen leeren Räume. Im Schlafzimmer blieben sie lange stehen. Der Raum hielt, was Zanetti versprochen hatte. Der Blick auf den See war phänomenal. Auch im Wohnzimmer war er uneingeschränkt auf den See gerichtet. Aber das war auch alles. Das Innenleben wirkte verbraucht, vergilbt und verlebt. Hier war in den letzten Jahren kaum etwas renoviert worden.

«Selbstverständlich könnte man die Villa mit wenigen Investitionen wieder zu einem Bijou machen», sagte Frau Strahm.

«Klar doch. Wie viel, haben Sie gesagt, kostet sie?»

«Dreieinhalb Millionen. Berücksichtigen Sie bitte die ausgezeichnete Lage und den Umschwung.»

«Viel Umschwung bedeutet viel Arbeit.» Valérie schmiegte sich fester an Zanetti. «Dreieinhalb Millionen? Und dann noch eine halbe Kiste für die Renovation?» Sie sah ihn an. «Mit diesem Geld können wir uns ein schönes neues Haus bauen … nach unserem Gusto.»

«*Maman*, hast du das Zimmer gesehen, das meines werden könnte?» Colin kam zügig aus dem Raum hinter der Küche. «Mindestens fünfundzwanzig Quadratmeter. Dann könnte ich endlich ein grosses Bett aufstellen, so zwei mal zwei Meter …»

Valérie tat er ein wenig leid. Sie musste seine Träume zerstören, seine Wünsche auch. Aber das hier war nicht ihr Stil. Zu stark belastet mit negativen Energien. Sie fragte sich, ob Zanetti das nicht spürte.

«Wir müssen uns nicht heute entscheiden», sagte Zanetti und warf Frau Strahm einen Brauen hebenden Blick zu.

«Ich kann Ihnen schon mal die Anmeldung aushändigen.» Frau Strahm übergab ihm das obligate Formular. «Es gibt noch ein paar Kaufinteressenten. Sie sollten sich also baldmöglichst entscheiden.»

«Na dann», sagte Valérie, «lassen wir den andern doch den Vorrang.»

Das Dauergrinsen der Maklerin verschwand und machte einer verdriesslichen Miene Platz.

«Das war nicht gerade nett», beschwerte sich Zanetti, als sie später draussen an seinem Wagen lehnten. Frau Strahm hatte sich kurz angebunden verabschiedet und war in ihren High Heels davongestöckelt.

«Emilio, der erste Eindruck ist immer der entscheidende. Und der war in diesem Haus nicht gut, zumindest bei mir. Hast du das gerochen? Hast du die Wände gesehen? Überall das Schmuddelige? Wir würden uns hier nicht wohlfühlen. Zudem ist der hohe Preis nicht gerechtfertigt.»

«Die schöne Lage am See erhöht den Preis.» Zanetti stiess sich vom Wagen ab. «Ein Versuch war es wert.» Er stellte sich frontal vor Valérie. «Aber ich werde nicht aufgeben. War vielleicht der falsche Zeitpunkt so mitten in einem Fall. Wollen wir wenigstens gemeinsam zu Mittag essen?»

«Dem steht nichts im Weg.»

«Ausser ich», sagte Colin. «Ich sollte heute noch nach Zug fahren.»

«Ich werde dich anschliessend hinfahren.» Valérie boxte ihren Sohn in die Seite. «Fährst du mit mir?»

«Nein, mit Emilio.»

ACHTZEHN

Nach dem Verschieben von gestern Morgen fand die Teamsitzung nun heute statt. Mittlerweile waren die noch fehlenden Resultate aus dem Labor und aus der Rechtsmedizin eingetroffen.

Valérie stand vor der Pinnwand und überlegte, wie sie den heutigen Rapport einleiten sollte. Das Verbreiten der Nachricht um den ermordeten Pater Ferdinand hatte sich in der Zwischenzeit überschlagen. Sogar die Medien waren diesmal schnell gewesen. In der Boulevardzeitung wurde von einem «Blutrausch im Kloster» geschrieben und gleichzeitig die Frage aufgeworfen, ob das die Rache eines Missbrauchsopfers aus den 1960er und 1970er Jahren war. Auch das Kloster Einsiedeln hatte eine dunkle Vergangenheit, was das betraf. Fischbacher hatte eine neue Medienkonferenz bereits in die Wege geleitet. Sie sollte am Abend stattfinden.

Valérie schlug den umfangreichen Ordner auf, in den sie die neusten Berichte eingeheftet hatte. Zuoberst befanden sich die Resultate von Res Stieffel. Er hatte sich beeilt und ihretwegen sogar eine Nachtschicht eingelegt. Es stand nun fest, dass man Pater Ferdinand mit einer Axt enthauptet hatte. Vier Schläge habe der Mörder benötigt, um den Kopf vom Rumpf zu trennen. Das unterschied sich von den beiden ersten Opfern.

«Willst du den Bericht nicht laut vorlesen?», fragte Louis, der sich am andern Ende des Tisches hingesetzt hatte, möglichst weit weg von Zanetti. Das fiel Valérie als Erstes auf. Louis, der ansonsten immer ganz vorne sass.

«Sorry, selbstverständlich.» Sie hatte nicht bemerkt, wie sie in ihre eigenen Gedanken vertieft gewesen war und ihr Team fast ausgeblendet hatte. Sie wiederholte das, was sie im Stillen gelesen hatte, und schloss den Bericht, dass der Benediktussegen wieder auf die linke Brust eingebrannt worden sei. Sie überblickte ihr Team. «Haben wir vorgestern etwas übersehen? Es kann doch nicht sein, dass der Täter sich in Pater Ferdinands Zimmer schleicht, ihn dort tötet und unbemerkt entkommt. Wer ein solches Blutbad anrichtet, hat doch Spuren an sich. Wie steht es um die Tatwaffe? Hat man diese sichergestellt?»

«Nichts dergleichen», meldete sich Schuler. «Er muss die Axt eingepackt und mitgenommen haben.»

«Zusammen mit dem Kopf», wunderte sich Valérie, «der auch diesmal fehlt.» Für sie nicht nachvollziehbar. «Das muss doch jemandem aufgefallen sein.»

«Er ist ein Profi», sagte Louis. «Er trug wahrscheinlich Handschuhe, einen sterilen Anzug, hatte ebensolche Behälter dabei, Plastiksäcke, was weiss ich.» Er schielte zu Schuler hinüber.

«Ich weiss, was du denkst», sagte dieser. «Genau das habe ich mir auch schon überlegt. Es ist alles zu perfekt, als hätte dieses Ungeheuer eine Ahnung von Sterilität und worauf er achten muss. Jetzt können wir nur hoffen, dass er in Alpthal Fehler gemacht hat. Allerdings ...» Schuler griff sich ans Kinn, «... gab es im Zimmer von Pater Ferdinand Schleifspuren, die auf eine Tasche hinweisen. Der Täter muss sie zusammen mit der Axt mitgebracht haben. Möglicherweise hat er darin den Kopf wegtransportiert. Auch Schuhabdrücke konnten wir sicherstellen. Blutige Abdrücke, die vom Zimmer in den Flur wiesen. Irgendwann verschwanden diese, als hätte der Täter auf dem Weg nach draussen seine Sohlen abgewischt.»

«Schrecklich!», rief Fabia. «Das ist alles einfach nur schrecklich.»

«Die Schuhgrösse ist vierzig», sagte Schuler. «Für einen Mann eher klein.»

Valérie sah ihn an. Das Okay des Richters hatte sie bekommen, der Kriminaltechnische Dienst würde nach dem Rapport das Gasthaus Schlössli nach Spuren absuchen. Eine vage Hoffnung, dass etwas gefunden würde, was auf den Täter hinwies, bestand. Sie wandte sich an Louis. «Du hast doch die Sperren aufstellen lassen. Was haben diese ergeben?»

«Einen Megastau in der Nähe sämtlicher Autobahnzufahrten und -ausfahrten. Es betraf den späten Feierabendverkehr. Aufgebrachte Automobilisten und verärgerte Polizisten – das volle Programm. Es gab ein paar Bussen wegen Alkohols und Drogen am Steuer. Zumindest hat sich der Aufwand für unsere Kollegen gelohnt. Doch ohne Beschreibung des Gesuchten war es ein schwieriges Unterfangen.»

Valérie wies auf den Flipchart hin. «Jetzt haben wir eine Beschreibung. Dunkelhaarig mit indigenem Einschlag.» Sie wandte sich erneut an Louis. «Wer sagt uns eigentlich, dass er mit einem Auto unterwegs ist?»

«Als Mitfahrer ... wäre logisch. Solche Typen finden immer eine Gelegenheit zu entkommen.»

«Die Sperren auf den Gehwegen haben auch nichts ergeben», sagte der Kollege neben Fabia. «Die Personenkontrolle dauerte weit über Mitternacht hinaus.»

«Was heisst das?» Valérie gähnte ungeniert. «'tschuldigung.» Ihr Lächeln erreichte nicht alle.

«Dass sich der Mörder noch im Kloster befindet.»

«Hat man das schon gecheckt?»

«Klar», sagte Louis. «Ausser Pater Ferdinand hat vorgestern Abend niemand gefehlt. Auch war niemand zu viel.»

«Wie sieht es mit den Volontären aus?»

Louis liess seine Arme über die Stuhllehnen baumeln. «Alles im grünen Bereich.»

«Hast du die Listen mit den Männern verglichen?», fragte Valérie, die Louis' Vorgehensweise misstraute. Gut möglich, dass er wichtige Details übersehen hatte. Sie heftete eine Notiz an die Pinnwand. «Ich bin mir noch nicht zu hundert Prozent sicher, ob Enrique Lujo Benavides unser gesuchter Mann ist. Alles läuft plötzlich zu glatt ab. Er legt eine Fährte vom Flughafen über das Mövenpick-Hotel ins Gasthaus Schlössli in Alpthal. Er zeigt seinen Pass und tut so, als wäre nichts. Da kommen meine ersten Zweifel auf. Zudem hat er im ‹Schlössli› einen Eintrag im Gästebuch hinterlassen. Ich kann ein paar Wörter in Spanisch, um mich zu verständigen, wenn ich in einem spanischsprachigen Land Ferien mache. Aber weder

Vokabular noch Verständnis reichen für das hier aus.» Valérie tippte an die Pinnwand. «‹*Nadie lo sabe, absolutamente nadie; pero van a ver lo que van a ver.*› – Weiss jemand, was das bedeutet?»

«Niemand weiss es, absolut niemand; aber sie werden sehen, was sie sehen werden», sagte die Polizistin neben Schuler.

«Seit wann sprichst du Spanisch», fragte Louis über den Tisch hinweg und hangelte gleichzeitig nach einem der Buttergipfeli, die wie jeden Morgen in einem Korb parat lagen.

«Meine Mutter kommt aus Madrid. Aber da ich dich und deine oft rassistischen Äusserungen kenne, obwohl du zur Hälfte Thailänder bist, wagte ich es erst gar nicht an die grosse Glocke zu hängen.»

«Ich bin nicht rassistisch», wehrte sich Louis. «Ich bin höchstens patriotisch. Mutter hat genauso den Schweizerpass –»

«Ist das ein Zitat?», fragte Valérie, die einer sich anbahnenden schlechten Diskussion Einhalt geben wollte. «Hat jemand eine Idee?»

«Sie werden sehen, was sie sehen werden», sinnierte Fabia laut. «Wir haben den Benediktussegen auf den toten Körpern gesehen.»

«Das ist nicht logisch», sagte Valérie. «Der Mörder wollte ja nicht, dass man die Leichen findet, zumindest nicht Gertrud Benzigers Leichnam, sonst hätte er weder den Torso noch die Extremitäten an Steinen befestigt.»

«Das ist auch kein Zitat», sagte die Spanisch sprechende Polizistin. «Der Satz ist kryptisch. Es gibt verschiedene Interpretationsmöglichkeiten. Man kann also keine eindeutige Bedeutung herauslesen.»

«Vielleicht will uns der Täter darauf aufmerksam machen, dass wir nicht richtig sehen ... dass alles eine andere Bedeutung hat ...», sagte Fabia.

«Ein unkorrekter Satz, der nichts aussagt», fand dagegen Louis.

«Niemand kennt die Wahrheit, und er sieht etwas, das so nicht existiert, weil wir nur eindimensional denken können.»

War abzusehen, dass Vischer auch seine Interpretation zum Besten gab.

«Ich fasse es nicht», sagte Louis. «Diese Missgeburt gibt uns ein Rätsel auf, und wir sollten es lösen, als ob wir nicht schon genug zu tun hätten.»

«Vielleicht machen wir einen Fehler», sagte Vischer. «Diesen Satz hatte Enrique in ein Gästebuch geschrieben. Er muss davon ausgegangen sein, dass die Polizei ihn nicht liest.»

«Und wenn doch?», fragte Fabia. «Wenn er die Spuren bewusst auf sich lenkt?»

«Wir können uns weiterhin das Gehirn zermartern.» Valérie musste die Diskussionen und Spekulationen im Keim ersticken.

«Falls unser Täter Enrique Lujo Benavides ist», unterbrach Louis sie, «sehe ich noch nirgends einen Grund. Sein Vater hat auf das Ernst-Benziger-Erbe verzichtet. Seinen Kindern steht nichts zu. Welchen Gewinn könnte er für sich beanspruchen? Wo liegt das Motiv?»

«Neid.» Valérie sah durchwegs Beweggründe. «Eifersucht, die Tatsache, dass Enrique in seinem Leben vom Pech verfolgt wurde.»

«Oder Genugtuung», sagte Vischer. «Es geht um Genugtuung. Auch wenn er sich an dem Erbe nicht bereichern kann, so verhindert er zumindest, dass Geld fliesst.»

«Wenn die direkten Erben tot sind, wer bekommt dann das viele Geld?», fragte jemand.

Valérie seufzte. Das stand doch fest. «Die Kirche, das Kloster Einsiedeln», sagte sie und fragte sich im gleichen Atemzug, wo hier die Logik steckte.

«Vielleicht denken wir zu rational», sagte Vischer. «Möglicherweise ist des Rätsels Lösung ganz woanders verborgen.»

«Ich bin dafür, dass wir uns die Mönche und diese Volontäre noch einmal gründlicher ansehen», sagte sie, «auch die Pilger.»

Nach dem Briefing wollte Zanetti sie unbedingt sprechen. Er wartete im Sitzungszimmer, nachdem es alle verlassen hatten. Valérie kehrte zurück.

«Hast du den Haftbefehl betreffend Frieda Lieberherr gelesen?», fragte er.

Valérie schnappte sich ein Gipfeli und liess sich damit auf ihren Stuhl fallen. Sie streckte die Beine über die Tischkante. «Die Frau wurde bereits abgeholt. Wenn du mich fragst, hätten wir noch ein paar Tage damit warten können.»

«Dini hat jetzt einen Anwalt. Der macht ziemlich Druck.»

«Trotzdem, ich verstehe es nicht. Die Dame ist über achtzig.»

«Was nicht vor Torheit schützt.» Zanetti setzte sich Valérie gegenüber. «Der Richter hat eine interne Untersuchung angeordnet und diesen Fall mir übergeben.»

«War es nicht eher umgekehrt?»

«Wie meinst du das?»

«Dass du diese Untersuchung willst?» Louis hatte ihr sein Leid geklagt und was er sich und Fabia mit dem Zuspätkommen eingebrockt hatte.

Zanetti erhob sich wortlos. Er verschränkte die Arme und tigerte zur Pinnwand und wieder zurück zum Tisch. «Ich kann das nicht durchlassen. Ich gehe davon aus, dass auch du das Protokoll von deinen beiden Ermittlern gelesen hast. Da gibt es Ungereimtheiten. Frau Ulrich schreibt, dass sie den Anruf von Frieda Lieberherr schon um sieben Uhr bekommen habe, nachdem diese Christen angerufen hatte. Camenzind dagegen erwähnte halb acht.»

Valérie wischte sich den Mund ab, sagte aber nichts. In einer Stunde hatte sie, zusammen mit Vischer, ein Gespräch mit Pater Markus. Noch hatte man die Mönche und Volontäre sowie die Pilger gebeten, das Kloster nicht zu verlassen. Sie wurden von der Sicherheitspolizei überwacht. Die Leute aus dem Labor hatten den Auftrag, bei den Männern den genetischen Fingerabdruck zu nehmen. Selbst der Abt hatte sich dazu bereit erklärt, obwohl einige Pater diese Aktion als unnötigen Irrsinn betitelten. In der Zwischenzeit hatten auch sie erfahren, dass Pater Ferdinand enthauptet worden war.

«Das ist Amtspflichtverletzung», fuhr Zanetti fort. «Es wird ein Nachspiel geben …»

Valérie war unwohl bei diesem Gedanken. «… und ich als Ermittlungsleiterin werde meinen Kopf auch hinhalten müssen. Das ist es, wovor ich Angst habe. Solche Dinge werden immer unser Leben bestimmen.» Sie nahm die Füsse vom Tisch und griff nach ihrem iPhone. Sie wählte Vischers Nummer, während sie in Zanettis Augen forschte. Als Vischer sich kurz darauf meldete, wies sie ihn auf die Befragung im Kloster hin.

Zanetti küsste sie ins Haar. «Ich will sehen, was ich machen kann. Sehen wir uns heute Abend?»

«Wenn du mich schlafen lässt.» Valérie zog seinen Kopf zu sich herunter und drückte ihm einen Kuss auf den Mund.

***

Die Treppe zum Altar versperrte ein Blumenmeer, aus dem gelbe und weisse Blüten wogten. Der Mönchschor sang das Ave-Maria. Der Eingang zur Klosterkirche war verschlossen. Draussen patrouillierten Polizisten. Sie hatten Valérie und Vischer Einlass gewährt, bevor die Tür erneut abgeriegelt wurde.

Valérie schritt durchs Mittelschiff. Ihr folgte Vischer. Orgelklänge begleiteten den Gesang. Die Messe zu Ehren des verstorbenen Paters war bald zu Ende. Vom Altar her wehte Weihrauchgeruch. Allein durch den breiten Gang zwischen den leeren Bänken zu gehen, hatte etwas Erhabenes. Valérie tat jeden Schritt bewusst, derweil ihr Blick die Seitenschiffe absuchte. An der Kanzel, wo jeweils gepredigt wurde, blieb er haften. Prunk und Kitsch auch hier. Vergoldete Putten schienen durch Zeit und Raum zu schweben. Valérie setzte sich ganz vorne auf die Bank und lauschte dem Chor, der sie, wie schon neulich, faszinierte. Pater Markus trug ein schwarzes Parament. Auch seine Begleiter trugen Schwarz. Nach der letzten verklungenen Melodie sprach er das Schlussgebet. Darauf gab er den Segen.

Als die Pater sich in die Sakristei zurückzogen, erhob sich Valérie. Vischer riet ihr, den Mönchen nicht nachzugehen, sondern die Kirche durch den Seiteneingang wieder zu verlassen. «Auch bei polizeilichen Ermittlungen müssen wir ein wenig Respekt walten lassen», flüsterte er.

«Ich hatte nie vor, in die Sakristei zu gehen.» Noch einmal liess Valérie die Kraft der Kirche auf sich wirken, diese war unbestritten da und fühlbar.

Kaum hatten sie den Ausgang erreicht, vibrierte ihr iPhone. Ein Sicherheitspolizist hielt die Tür auf, liess sie hinaus. Valérie meldete sich.

«Louis am Apparat. Wir sind jetzt in Alpthal, in diesem ‹Schlössli›. Schuler und seine Leute sind da. Die nehmen jetzt das ganze Haus auseinander.»

«Das war so geplant und auch, dass du vor Ort bist. Ich werde nachkommen, sobald ich mir die Pater und alle andern angesehen habe. Wir suchen nach einem Mann mit indigenem Einschlag. Das wird nicht so schwierig sein.» Sie merkte, dass sie ihren eigenen Frust soeben an Louis abgeladen hatte.

Die Mönche beim Mittagessen zu treffen konnte Valérie nicht umgehen. Es war die einzige Gelegenheit, sämtliche Klosterbewohner in einem Raum anzutreffen. Pater Markus hatte seine Bruderschaft eingeweiht. Nicht alle waren mit diesem Vorgehen einverstanden. Sie waren der Ansicht, dass sie vorgestern Abend schon zu lange von der Polizei belästigt worden waren.

«Leider kann ich es nicht umgehen», sagte Valérie. Sie stand am Kopfende des endlos langen Tisches und sah über die Köpfe hinweg. Die Suppe war schon serviert. Man hatte mit dem Essen begonnen.

Mittlerweile hatte Valérie auch die Liste der Neuankömmlinge angesehen und war dort auf einen Namen gestossen, der ihr äusserst verdächtig vorkam. Nicht der Name an und für sich, sondern der Anfangsbuchstabe war ihr aufgefallen. H wie Heinrich. H wie das Kürzel im Gästebuch des Gasthauses Schlössli. Einen Nachnamen gab es nicht. «Kennt jemand unter Ihnen einen gewissen Heinrich?

«Heini», sagte Pater Markus und legte den Suppenlöffel aus der Hand. «Er ist einer unserer Volontäre.» Er sah sich um, suchte die Tischreihen ab. «Weiss jemand, wo sich Heini aufhält?»

Niemand sagte etwas. Entweder war Valérie mit einem verschworenen Haufen konfrontiert, oder niemand wusste wirklich, wo der Verschollene war. «Hat er sich zurückgezogen?»

Am Ende des Tisches streckte ein schmächtiger Jüngling die Hand in die Höhe. «Ich habe ihn seit vorgestern nicht mehr gesehen», gestand dieser. «Er sagte mir, dass er unpässlich sei und sich zurückziehen wolle.»

Valérie ging auf ihn zu. Durch diesen langen Saal mit dem gepflegten Parkettboden und den Stuckaturen an der Decke. «Sie erinnern sich an ihn?»

Eingeschüchtert und blass sah er aus. Seine Lippen wirkten rosa im fein geschnittenen Gesicht, dunkel und tiefgründig seine Augen. «Er fiel mir auf, als er vor ein paar Tagen hierherkam. Ich wollte mich mit ihm anfreunden, schliesslich haben wir dasselbe Vorhaben, dachte ich zuerst. Heini war jedoch unerreichbar in seinem Wesen. Ich habe es akzeptiert, dass er allein sein wollte.»

«Können Sie bitte mit uns kommen? Ich würde Sie gern allein sprechen.»

Der junge Mann suchte Pater Markus' Augen, bevor er sich erhob, den Stuhl ordentlich unter den Tisch schob und mit Valérie das Refektorium verliess.

Draussen wartete Vischer.

«Wie heissen Sie?» Valérie nahm ihren Notizblock zur Hand.

Er nannte seinen Namen. «Ich komme aus Ingenbohl.»

Valérie erinnerte sich an den Namen. Sie hatte ihn auf der Liste gelesen. Auch er hatte sich nicht mit dem Nachnamen eingetragen. Kunststück, dass man die Identitäten nicht fand. «Und Sie sind schon lange hier?»

«Seit drei Wochen.»

«Erzählen Sie mir über Heini?»

«Ich möchte ja nicht petzen, aber ich glaube, er war nicht immer im Kloster. Er ging und kam, wie es ihm gerade passte. Das fiel ausser mir niemandem auf.»

«Wo könnte er gewesen sein?»

«Ich habe ihn nicht verfolgt.»

«Aber Sie hätten das vielleicht melden sollen.» Valérie begriff nicht, wie manche Individuen tickten. Wie eine gesunde Portion Misstrauen fehlen konnte, wo sie angebracht gewesen wäre. Wenn der mutmassliche Täter tatsächlich im Kloster Unterschlupf gefunden hatte, war das ein Leichtes gewesen, unbemerkt zu agieren. Niemand hatte etwas von der Gefahr geahnt, die von ihm ausging. «Als Sie erfuhren, dass man im Schlaftrakt einen Toten gefunden hatte, was ging Ihnen durch den Kopf?»

«Nichts. Ich konnte mir keinen Reim auf etwas machen. Zuerst dachte ich, dass ein Pater altershalber gestorben sei, das ... das wäre normal, oder?»

«Wann haben Sie Heini zum letzten Mal gesehen?»

«Am Montagnachmittag. Er war mit einem Rucksack unterwegs.»

«Er war mit einem Rucksack unterwegs?», fragte nun Vischer.

Der junge Mann sah ihn erschrocken an.

Eine Mimose, dachte Valérie. «Kam Ihnen das nicht ungewöhnlich vor?»

«Nein, auch ich bin manchmal mit einem Rucksack unterwegs, wenn wir zum Beispiel ausserhalb der Gebäude im Garten arbeiten. Im Rucksack trage ich Harke, Schaufel und Spaten mit.»

«Im Rucksack.» Valérie versuchte, es sich vorzustellen. Harke, Schaufel und Spaten.

«Manchmal müssen wir auch eine Axt mitnehmen, wenn wir Sträucher säubern.»

«Und all diese Gerätschaften haben in einem Rucksack Platz?»

«Es ist ein grosser Rucksack. Mein Vater sagte immer, man solle schwere Lasten auf dem Rücken tragen.»

Ein weiser Rat, sinnierte Valérie. «Heini hatte also den Rucksack bei sich. Wohin ging er damit?»

«Ich habe ihn nicht gefragt.»

«Wo sind die Geräte, wenn sie nicht im Gebrauch sind?»

«Im Schuppen bei den Stallungen.»

«Danke, das war's.» Valérie liess ihn zurück in den Speisesaal gehen. Unter der Tür winkte sie Pater Markus zu sich. Er hatte in der Zwischenzeit auch den Hauptgang beendet.

Er erhob sich, kam langsam auf Valérie zu, während er sich mit der Serviette den Mund abwischte. «Haben Sie Ihre Arbeit hier somit beendet?», fragte er und faltete die Serviette zusammen, bevor er sie im Habit zum Verschwinden brachte.

«Ich glaube, wir haben eben erst richtig begonnen», beteuerte Valérie. «Auf dem Klosterareal existiert ein Schuppen, wo die Gartengeräte aufbewahrt werden. Könnten Sie uns zu diesem führen?»

Pater Markus liess einen Rülpser hinter vorgehaltener Hand fahren. «Verzeihen Sie, glauben Sie, dort etwas zu finden?» Wohl war ihm nicht dabei. Valérie sah es seiner Stirn an, über die der Schweiss perlte. «Ja, dann folgen Sie mir.» Der Pater ging voraus, passierte eine Tür, die ins Freie führte und vor der zwei Polizisten standen.

Valérie zeigte ihren Ausweis.

Der Hof lag wie ausgestorben vor ihnen. Sie durchquerten einen Garten und gelangten am andern Ende zu den Ställen. Auch hier patrouillierten Polizisten. Der Zugang zu den Koppeln war mit Flatterbändern abgesperrt. Dahinter standen Schaulustige, ein paar Journalisten mit Fotoapparaten. Auf ihrer Höhe angekommen, wandte einer sich an Valérie. «Können Sie uns schon Genaueres über den Mord berichten?»

Sie winkte ab. «Sie werden demnächst eine Einladung für ein Statement erhalten.»

«Machen Sie es nicht spannend, Frau Kommissarin.» Der

Pressefritz fand sich witzig. Valérie ignorierte ihn und folgte Pater Markus.

«Zwei, drei Sätze zur Lage. Die Nation wird es Ihnen danken.» Er gab nicht auf.

Vischer wies ihn in seine Schranken. «Sie haben doch gehört, was Frau Lehmann gesagt hat.»

Augenblicklich befanden sie sich im Blitzgewitter aller Fotografen.

Valérie beeilte sich. Pater Markus hatte den Schuppen erreicht. Er öffnete die Tür, griff nach einem Lichtschalter und war daran, den Raum zu betreten.

«Warten Sie», bat Valérie, «lassen Sie mich zuerst hineingehen.»

Vischer hielt Pater Markus zurück, derweil Valérie einen ersten Augenschein vom Schuppen nahm. Er wirkte überladen. Jede Wand war mit Regalen verdeckt. Kessel, Töpfe, Giesskannen und Gummistiefel füllten sie aus. Verschiedene Geräte wie langstielige Schaufeln, Besen und Rechen waren daran angestellt. Es roch nach Gras und Torf. Zwei Schubkarren, ein Rasenmäher, Sense und Sichel waren von den übrigen Dingen abgegrenzt. Valérie entdeckte eine Plane. Sie zog Vinylhandschuhe an, bevor sie diese anhob.

Sie stiess einen Laut des Entsetzens aus.

***

Furrenmattsepps Berteli besuchte wie jeden Mittwoch den Friedhof in der Birchlistrasse ausserhalb des Dorfes. Immer zur selben Zeit brachte sie ihrem verstorbenen Ehegatten einen Bund frischer saisonaler Blumen vorbei. Auch heute schälte sie den Strauss aus dem Zeitungspapier, bevor sie die verwelkten Blumen aus der grünen Spitzvase nahm. Sie holte sauberes Wasser, stellte die neuen Blumen ein und steckte die Vase zurück in die Erde. Die verwelkten Blumen wickelte sie ins Zeitungspapier. Diese würde sie später auf dem Kompost entsorgen. Sie beugte sich über den Grabstein und küsste das

Foto ihres Mannes. Bald vierzig Jahre waren es her, seit sie zusammen mit ihren vier Kindern ihn zu Grabe getragen hatte. Sie blieb eine Weile bei ihm. Betete für ihn, dankte im Stillen für die Zeit, die sie mit ihm hatte verbringen dürfen. Sie hatte den Tag zu ihrem Ritual gemacht.

Später, nachdem sie das Grab gegossen hatte, spazierte sie die Gräber entlang, führte Gespräche mit den Toten und erinnerte sich an den einen oder andern, den sie mit ihren fast neunzig Jahren überlebt hatte.

Den Friedhof hatte ein diffuses Licht eingehüllt. Die Sonne war hinter einem milchigen Grauschleier verschwunden. Ein paar Strahlen fanden den Weg durch die Wolken. Ein kühler Wind kam auf. Vielleicht würde es endlich Regen geben, dachte Berteli, der Natur täte es gut.

Sie blieb stehen. Das Grab in der letzten Reihe sah anders aus, als sie es in Erinnerung hatte. Ob der Friedhofsgärtner etwas vergessen hatte? Berteli ging vorsichtig weiter. Sie kannte die Namen der Toten, die hier lagen. Sie kannte die Reihenfolge und wann sie gestorben waren. Sie wusste, wer das Grab der Verstorbenen pflegte und wer es mit der Bepflanzung nicht so ernst nahm. Sie regte sich längst nicht mehr auf, wenn an einigen Plätzen das Unkraut wucherte. Sie erfreute sich an den kleinen Gärten, die mit viel Liebe zum Detail in Stand gehalten wurden.

Sie wusste, wer in diesem Grab in der letzten Reihe lag und dass ein auswärtiger Gärtner jeweils die frische Bepflanzung vornahm, wer den Grabstein von Spuren der Witterung säuberte und das Bild hinter Glas polierte. Berteli hatte nie begriffen, weshalb seine Witwe ihn nicht besuchte. Jetzt war sie selber tot. Sie hatte es in der Zeitung gelesen. Die sonderbare Todesanzeige hatte sie nicht richtig verstanden. Ihre Tochter und der Enkel hatten sie wohl aufgesetzt.

Berteli getraute sich nicht, näher an das Grab zu treten. Doch sie sah es aus der Entfernung. Die Blumen waren ausgerissen, ein Erdhaufen lag obenauf. Sie ging zurück bis zur Kapelle und suchte dort nach dem Friedhofsgärtner, den sie bei ihrer Ankunft gegrüsst hatte. Ob er das Chaos nicht bemerkt hatte?

Da stand er auch schon in seinem grünen Gewand und dem Hut, der ihn vor der Sonne schützen sollte, die nun ganz verschwunden war.

«Haben Sie gesehen, das Grab dort hinten wurde demoliert.» Berteli fuchtelte herum.

Der Gärtner hob den Hut, wischte sich Schweiss von den Schläfen und sah in die Richtung, in die Bertelis Finger wies.

Gemeinsam kehrten sie zum Grab zurück.

«Das ist sonderbar», stellte der Gärtner fest und begutachtete den Erdhaufen. «Riechen Sie das?»

«Ich weiss, es riecht nicht nach verwelkten Blumen ... es ist ein anderer Geruch. Auch wenn ich nicht mehr gut sehe und höre, ist doch meine Nase intakt wie früher. Es riecht ganz fürchterlich.» Berteli hielt die Hände vors Gesicht. «Meinen Sie, da waren Tiere auf dem Friedhof?»

«Es ist das einzige Grab, das so verwüstet aussieht.» Der Gärtner drehte sich im Kreis und sah über die Gräber. «Alle andern sind in Ordnung.»

«Wir sollten die Polizei rufen», sagte Berteli. «Sie haben doch sicher ein Handy bei sich. Wenn wir uns nicht melden, kommen die in der nächsten Nacht vielleicht wieder und verschandeln noch mehr ...»

Der Gärtner bückte sich und versuchte, den Erdhaufen mit seinen blossen Händen auseinanderzuschaufeln. «Da liegt etwas.»

«Lassen Sie es um Gottes willen liegen!» Berteli war es nicht geheuer.

«Was ist das?» Der Gärtner wollte nicht auf ihren Rat hören. «Ein Plastiksack ...» Dann schwieg er.

Berteli sah zu, wie er, aschfahl im Gesicht, nach hinten kippte und neben dem Nachbarsgrab liegen blieb.

***

Der Anruf erreichte Valérie, nachdem sie Schuler und die Hälfte seines Teams ins Kloster bestellt hatte. Im Schuppen hatte sie eine blutverkrustete Axt gefunden, mit der Pater Ferdinand aller Wahrscheinlichkeit nach enthauptet worden war. Davon musste sie ausgehen. Es konnte nur die Tatwaffe sein. Sie liess den Schuppen absperren.

Fischbacher war am Draht. Er klang nervös. «Soeben erhielten wir die Meldung von unseren Kollegen, dass auf dem Friedhof in Einsiedeln ein Grab geschändet wurde», sagte er. «Eine Frau, die jeden Mittwoch die Gräber besucht, hat die Polizei angerufen. Die warten jetzt vor Ort. Sie haben das Grab gesichert. Ich möchte, dass du einen ersten Augenschein davon nimmst, bevor ich den ganzen Polizeiapparat aufbiete.»

«Weiss man, wer dort liegt?»

«Ernst Benziger.»

Valérie spürte den Stich in der Brust so heftig, als hätte ihr soeben jemand ein Messer hineingerammt. «Ich fahre hin.» Sie zögerte. «Hier haben wir wahrscheinlich gerade eine Tatwaffe sichergestellt.»

«Wo?»

«In einem Geräteschuppen beim Kloster. Vischer ist bei mir. Er kann auf Schuler warten. Ich mache mich auf den Weg zum Friedhof.»

Fischbacher teilte ihr die Adresse mit.

Valérie ging zurück über den Hof zum Ausgang und dort direkt zu ihrem Wagen, den sie auf dem Parkplatz beim Paracelsusdenkmal abgestellt hatte. Sie vergewisserte sich, dass ihr niemand gefolgt war. In diesem Moment brauchte sie weder den Katastrophentourismus noch die aufdringlichen Reporter, die sich bereits in Scharen eingefunden hatten. Sie warf einen Blick zurück zur Vorderansicht der Kirche. Noch war der Zutritt ins Innere durch Flatterbänder abgesperrt. Ein bedrohliches Bild, das sich ihr bot.

Bei der Friedhofskapelle wartete Fabia. Mit ihr hatte Valérie nicht gerechnet.

«Fischbacher hat mich aufgeboten», sagte sie und begleitete sie zum Weg, der zu Benzigers Grab führte.

«Weisst du schon Näheres?»

«Nur, dass der Gärtner in Ohnmacht gefallen sei und dass die Ambulanz ihn schon abgeholt habe. Eine Seniorin wartet bei den Kollegen. Sie hat die Polizei angerufen.»

«Wurde das Grab ausgehoben?»

«Nein, ich glaube, nur durcheinandergewühlt. Ich habe es mir noch nicht angesehen. Ich weiss auch nur, was man mir berichtet hat. Bin auch erst angekommen.»

Eine Grabschändung. Valérie kannte solche Bilder. Eine Pietätlosigkeit, die sie aufs Schärfste verurteilte. Wer tat so etwas? Manchmal fragte sie sich, in welcher Welt sie lebte. Mord, Totschlag, Gewaltverbrechen – weder Respekt noch Ehrfurcht vor dem Leben – auch nicht vor dem Tod.

Über dem Grab war eine Plane ausgebreitet, eine Art Zelt. Kein gutes Zeichen. Das, was darin zum Vorschein gekommen war, war nicht für alle Augen bestimmt. Valérie suchte vergeblich nach einem Kriminaltechniker. Die Hälfte von Schulers Team befand sich noch immer in Alpthal, die andere war auf dem Weg zum Kloster. Man hatte auf Valérie gewartet. Sie würde entscheiden, was hier weiter geschah.

Sie begrüsste die Kollegen von der Streife. «Ihr habt das Grab gesichert ... was ist zum Vorschein gekommen?»

«Etwas, das einen Gärtner flachgelegt hat», sagte ein Polizist. «Kein schöner Anblick. Meine Kollegen haben begonnen, die Dinge auszugraben, aber sie haben es nicht zu Ende geführt. Das gehört wohl in Ihre Abteilung. Sehen Sie es sich an.»

Die Luft im Zelt war stickig, grauenvoll – sie kannte den Geruch. Setzte er sich in Haaren und Kleidern fest, brachte man ihn fast nicht mehr los. Selbst nach mehrmaligem Waschen ging er nicht weg. Es war die Erinnerung an den Gestank, die ihr Übriges tat. Der Polizist im Zelt stand da wie der Wächter des Todes. Als er Valérie erblickte, erhellten sich seine Gesichtszüge ein wenig. Er war offenbar froh, nicht mehr länger mit dem schaurigen Fund allein sein zu müssen.

Valérie hielt sich die Nase zu. Geknickte Blumen, aufgeworfene Erde und darin, als lägen sie in einem Krater, drei vorerst undefinierbare Gegenstände. In der Farbe gräulich, rot, hautfarben. Die Formen eher rund.

Nein, sie war nicht abgebrüht. Auch nicht gefühllos. Und hätte man sie täglich mit einem solchen Fund konfrontiert, würde auch das nichts an ihren Empfindungen geändert haben. Die Ordnung stimmte nicht. Das, was ihre Augen sahen, erreichte nur verzögert ihr Gehirn.

Völlig unvorbereitet sah sie sich drei menschlichen Köpfen gegenüber. Sie bemerkte den einen ganz und wusste, dass zwei andere danebenlagen, halb zugedeckt von Erde, in diesen schmutzigen, von Blut verschmierten Kunststoffbeuteln. Sie las auf dem Grabstein den Namen Ernst Benziger und ahnte, dass der Mörder seine Aufgabe noch nicht ganz erfüllt hatte. Aber sie wusste, worum es bei diesem Verbrechen ging.

Sie wusste es.

Schwer atmend verliess sie das Zelt. Fabia stand dort und erwartete ihre Erklärung. Sie vermochte sie nicht abzugeben. Der Fall war nicht gelöst. Der Täter befand sich noch immer auf freiem Fuss.

Die Zeit drängte.

Pascal Benziger war in Gefahr.

Vielleicht auch Colin, wenn sie sich nicht beeilte.

In ihrer Ohnmacht rief sie Res Stieffel an. Sie hatte seine Handynummer, auf der er auch während eines Lehrgangs erreichbar war.

«Habt ihr die Köpfe gefunden?», fragte er. Wollte wie immer witzig sein.

«Wir haben sie gefunden. Sie liegen auf dem Friedhof in Einsiedeln. In einem verwüsteten Grab.»

***

Die Grossfahndung nach Enrique Lujo Benavides Benziger lief auf Hochtouren. Gesucht wurde nach einem eins siebzig grossen Mann mit dunklen Haaren und schwarzen Augen und leicht indigenem Einschlag. Ein Mischblut, hatte Louis verkündet. Seine Mutter sei Peruanerin. Nachdem er dabei gewesen war, wie im Keller des Gasthauses Schlössli ein paar durchgetretene Turnschuhe in der Grösse vierzig gefunden worden waren, war auch er von den letzten Zweifeln befreit, dass es sich bei dem Gesuchten um den Enkel des Baumoguls Ernst Benziger handelte. Die Sohlen der Turnschuhe waren identisch mit den gesicherten Abdrücken aus dem Zimmer des getöteten Pater Ferdinand.

«Er macht Fehler», stellte Valérie fest, die an diesem Abend ihr Team zum Briefing eingeladen hatte. «Er weiss nun, dass wir hinter ihm her sind.» Er musste es schon vor ein paar Tagen geahnt haben, bevor der Drohbrief bei ihr eintraf. Sie war überzeugt davon, dass er von dem Gesuchten stammte, obwohl es bislang keine Abgleiche gegeben hatte. Auf dem Briefumschlag waren lediglich ihre Spuren sowie diejenige zweier Postbeamter gesichert worden.

«Warum hat er die Köpfe ins Grab von Ernst Benziger gebuddelt?» Es war eine Frage, die nicht nur Fabia beschäftigte.

Valérie blickte zu Vischer, der sich mit einem Eintrag in sein blaues Buch beschäftigte. Er sah stirnrunzelnd auf. «Dies versuche ich gerade zu rekonstruieren und vor allem zu verstehen. Möglicherweise hatte er sich als Kind zu seinem nicht existenten Grossvater hingezogen gefühlt. Ich gehe davon aus, dass sein Vater von ihm erzählt hat. Es ist noch nicht bestätigt, wie krank oder labil Alois Benziger war, bevor er starb. Oder habt ihr in der Zwischenzeit etwas über ihn erfahren?»

«Der Schweizer Konsul in Costa Rica hat uns seine Hilfe angeboten», sagte Valérie. Sie hatte noch in der Nacht mit ihm telefoniert. «Er schickt mir elektronisch die Unterlagen, falls er etwas herausfindet.» Sie konnte Vischer allerdings nicht ganz folgen. «Versuchst du gerade, das Profil des Täters zu korrigieren?»

«Nein, herauszufinden, was massgeblich für seine psychopathologische Störung war. Im Gegensatz zu seinem Vater, den man als eher zurückgeblieben beschreibt ...» Vischer wandte sich an Valérie, «... korrigiere mich, wenn dem nicht so ist, aber ich lese es aus den Rapporten. Das geht vor allem aus dem Gespräch mit Maria Benziger hervor ... ist Enrique meines Erachtens intelligent. Die sorgfältige Planung einer Tat, deren Ausführung, ohne Spuren zu hinterlassen, schliesst eine gewisse Intelligenz nicht aus. Nur muss sie in seiner Kindheit und während seines Heranwachsens fehlgeleitet worden sein. Des Weiteren vermute ich, dass er aufgrund der einfachen Verhältnisse und Lebensumstände nach Höherem getrachtet hat. Durch die Sehnsucht nach einem besseren Leben haben sich seine inneren Zerwürfnisse Bahn gebrochen.»

«Dann muss er von seinem Grossvater mit Bestimmtheit erfahren haben», meinte Fabia. «Was er kann, kann ich auch, wird er sich gesagt haben.»

«Möglich», sagte Vischer, dem Valérie ansah, dass er mit Fabias Meinung nicht einig war. «Enrique sah sich wahrscheinlich dazu berufen, sich auf die Spuren seines Grossvaters zu begeben. Doch darüber kann ich nur spekulieren. Als Kind eines drogensüchtigen Vaters und einer Mutter, die den lieben langen Tag in diesem einfachen Strandhaus gearbeitet hat, muss er sich unterfordert gefühlt haben. Sein Vater muss ihm erzählt haben, wie vermögend sein Grossvater war und zu was er es gebracht hatte. Enrique erfuhr auch, warum sein Vater auf ein Erbe verzichtet hatte, und konnte es nicht nachvollziehen. Falls er das Erbe angetreten hätte, wäre es der Familie Lujo Benavides Benziger besser gegangen.»

«Das ist leider alles nicht bewiesen», intervenierte Louis. «Um die Wahrheit zu erfahren, müssten wir ihn zuerst finden.»

«Danke für deine Ausführungen, Henry», sagte Valérie und ignorierte Louis. Sie begab sich zum Flipchart und blätterte auf eine unbeschriebene Seite. Sie nahm den Schreibstift in die Hand. «Fassen wir zusammen: Am 8. April traf Enrique auf dem Flughafen in Zürich ein. Darauf übernachtete er bis am 10. April im Hotel Mövenpick. Vom 11. bis 19. April fand er im Gasthaus Schlössli in Alpthal Unterschlupf. Er hatte dort lediglich ein Zimmer. Gegessen hat er auf jeden Fall anderswo. Gemäss Pater Markus kam Enrique am Dienstag, 17. April, als Volontär ins Kloster. Zwei Tage später fand man die sterblichen Überreste von Gertrud Benziger im Sihlsee. Hier überschneiden sich zwei Tage, denn in Alpthal hat er erst zwei Tage später ausgecheckt. Bleibt die Frage, was er vom 10. bis 11. April getan, wo er allenfalls übernachtet hat. Gut möglich, dass er gar nicht geschlafen hat, sondern mit der Planung seiner Tat beschäftigt war. Wo, wissen wir nicht. Ich überlege mir gerade, wie ein junger Mann, der zeitlebens in Costa Rica verbracht hat, sich hier in der Schweiz so gut auskennt.»

«Er ist ja nicht dumm», sagte Fabia.

«Oder er hat hier einen Komplizen», mutmasste Louis. «Heute, im Zeitalter der digitalen Medien, keine Kunst. Über Facebook und Instagram zum Beispiel kann man wildfremde Leute als Freunde anheuern.»

«Deine Idee ist nicht abwegig», fand Valérie. «Zudem muss er sehr gut Schweizerdeutsch sprechen. Trotzdem möchte ich nicht unbedingt daran festhalten. Ich schätze, er ist Einzelgänger.»

«Aber was ist jetzt mit den Köpfen?», fragte Fabia.

«Ihr habt mich meine Thesen nicht zu Ende ausführen lassen», sagte Vischer. «Wie schon der Ring und die Brandmale belegen, sind ihm sogenannte Signaturen wichtig. Möglicherweise ging er nicht einmal davon aus, dass man die Leichen finden würde. Aber für sein Ego war es massgeblich, dass er diese setzen konnte. Die Enthauptungen sind ein Akt der Wiedergutmachung. Legt er sie ins Grab seines Grossvaters, bedeutet dies, dass er ihm die Trophäen übergibt.»

«Ach du meine Fresse.» Louis kratzte sich am Hinterkopf. «Soll mal einer die Seelenklempner verstehen und –»

Valérie liess ihn den Satz nicht beenden. «Die Köpfe wurden möglicherweise alle zur gleichen Zeit ins Grab gelegt. Gehst du davon aus, dass seine …», sie malte Gänsefüsschen in die Luft, «… Mission somit beendet ist?» Das hätte zumindest ihre anfänglichen Befürchtungen im Keim erstickt.

«Pater Ferdinand, Gertrud Benziger und ihre gemeinsame Tochter Maria waren in den Augen des Mörders der eigentliche Grund für Alois' armseliges Leben gewesen. Sie galt es zu eliminieren. Die Reihenfolge der Morde spielte dabei eine wichtige Rolle. Gertrud hatte sich in die Ehe mit Ernst Benziger geschlichen, davon zumindest geht Enrique aus. Maria war ein Kuckuckskind ...»

«... das nichts dafür konnte», sagte Fabia.

«... und Pater Ferdinand war das Übel überhaupt.»

«Deshalb wurde er erst zum Schluss umgebracht?» Louis verzog sein Gesicht zu einer Grimasse.

Valérie gebot Einhalt. «Zumindest verstehen wir jetzt, was den Täter umtreibt.»

«Gehst du davon aus, dass er seinen Auftrag erfüllt hat?», fragte Fabia.

«Ich bin mir nicht sicher. Möglicherweise hat er seinen nächsten Schlag bereits geplant. Nur dürfte er jetzt noch vorsichtiger sein.»

«Oder er wird noch mehr Fehler machen», sagte Louis. «Mir ist völlig schleierhaft, weshalb diese Kreatur niemandem im Kloster aufgefallen ist.»

«Dank seiner Intelligenz wusste er sich zu tarnen», sagte Vischer.

«Wer ahnt schon ein solch abscheuliches Vorhaben in einem Kloster?», sagte Fabia.

Es klopfte. Die Tür ging auf. Fischbachers Sekretärin schob sich in den Raum. Sie überreichte einem Polizisten ein Couvert. «Dieses wurde soeben vom Briefkurier abgegeben. Es ist aus der Rechtsmedizin.»

«Danke.» Valérie winkte ihr zu. Sie nahm das Couvert entgegen, riss es auf und hangelte nach dem Dokument. «Der Bericht von Res Stieffel zu Pater Ferdinand», sagte sie und überflog ihn. «Todesursache: Herzstillstand nach Enthauptung ...» Sie legte das Dokument zurück. «Bitte lest es selber.»

NEUNZEHN

Sie hatte traumlos und tief geschlafen. Dies verdankte Valérie einer Schlaftablette, die sie sich am Abend zuvor einverleibt hatte. Sie hatte nichts dem Zufall überlassen wollen. Ihr Kopf hatte sich angefühlt, als würde er explodieren. Eine gefährliche Erschöpfung hatte sich angekündigt. Sie kannte das aus der Zeit mit Willy. Die Probleme hatten damals gedroht, sie aufzufressen. An manchen Tagen war sie fast übergeschnappt.

Was nützte es, wenn sie erfuhr, wie der Mörder tickte, was in seinem kranken Gehirn vor sich ging, wenn er nicht gefasst war?

Nach einer kalten Dusche und zwei Tassen Kaffee setzte sie sich an den PC. Sie erwartete den Bericht des Konsuls und atmete erleichtert auf, als sie Oberhofers Mail sah. Er hatte sich wirklich ins Zeug gelegt, was Alois Benziger betraf. Er hatte ihr sogar ein Bild im JPG-Format von Enrique geschickt. So sah er also aus – der mutmassliche Mörder. Fein geschnittene Gesichtszüge mit der unverkennbaren Physiognomie eines Mischlings zwischen Europäer und Südamerikanerin – ein Mestize. Ihm solche Taten zuzutrauen war für Valérie kaum nachvollziehbar. Doch ein Foto, noch in einer schlechten Auflösung, gab nicht viel her.

Sie öffnete den zweiten Anhang, ein PDF, und druckte es aus.

Oberhofer hatte auch Beziehungen zur costa-ricanischen Polizei und zum Krankenhaus Puerto Viejo de Talamanca spielen lassen, wo Alois Benziger die letzten Tage seines Lebens verbracht hatte. Oder wie sonst liess es sich erklären, wie er an den Bericht über Benzigers Todesursache gekommen war? Alois Benziger war infolge einer Leberzirrhose gestorben, verursacht durch übermässigen Alkohol- und Drogenkonsum. Zwei Wochen hatte er im Koma gelegen. Valerie überlegte, dass Alois Benzigers Tod möglicherweise die Ursache für Enriques Gewaltbereitschaft gewesen war. Obwohl der Vater kaum eine grosse Stütze im Leben seines Sohnes gewesen war, musste er dessen Tod als Schock empfunden haben. Er hatte die in seinen Augen Verantwortlichen gesucht und sie umgebracht.

Valérie war sich der Psychologie zu wenig mächtig, um ihre Schlüsse daraus zu ziehen. Auch wenn Oberhofers Arbeit ein wenig Licht in Enriques Leben gebracht hatte, war es ihr nicht möglich, das alles zu verstehen. Sie hatte eine Aufgabe: den Täter zu fassen und ihn somit ausser Gefecht zu setzen. Doch um dies zu realisieren, musste sie ihn kennen.

Genau da scheiterte sie.

Sie hatte keine Ahnung von seinem nächsten Schritt. Möglicherweise war er bereits wieder auf dem Weg zurück nach Costa Rica oder – er befand sich ganz in ihrer Nähe. Unbewusst war sie zu seiner Widersacherin geworden. Wieder einmal musste sie sich eingestehen, dass ein kleiner Zufall, manchmal sogar eine unbedeutende Gegebenheit etwas in Gang brachte, was ansonsten nie zum Vorschein gekommen wäre. Hätte Kälin aus der Birchlimatt den Arm nicht aus dem Wasser gefischt, wäre das Verbrechen unentdeckt geblieben. Die zweite Leiche hätte der Mörder ebenso im See versenkt und Pater Ferdinand sonst wie aus dem Kloster gebracht, um ihn umzubringen.

Enrique war nie darauf aus gewesen, seine Taten der Welt zu präsentieren. Er hatte im Stillen morden wollen, das hatte schon Vischer gesagt.

Valérie erhob sich, ging in die Küche und bereitete sich einen weiteren Kaffee zu. Die Ruhe an diesem Morgen war unwirklich. Zanetti hatte gegen sein Vorhaben in seiner Wohnung übernachtet. Colin befand sich in Zug. Selbst der Tag hatte sich wie zur Ruhe gelegt. Unter dichten Wolken schlummerte er.

Valérie rief Vischer an. Um diese Zeit gab es im Kollegium Schwyz die grosse Pause. Er würde sicher ein paar Minuten zu sprechen sein.

Vischer meldete sich. In seinem sympathischen Basler Dialekt, den sie so an ihm mochte. Nur schon den würde sie vermissen, sollte er sich von der Polizei verabschieden.

«Drei Tote, wobei, wie du vermutest, sein Auftrag erfüllt ist», sagte Valérie, nachdem sie ein paar Floskeln über ihre Befindlichkeiten ausgetauscht hatten. «Drei Morde, die er niemals publik hat machen wollen. Was ist sein nächster Schritt?»

«Er wird sich zur Wehr setzen, denn jetzt fühlt er sich ausgestellt. Seine Taten sind öffentlich geworden. Das wird ihn reizen, weiterzumachen. Ich bin sogar davon überzeugt, dass er seine persönliche Grenze überschritten hat. Möglicherweise endet seine blutige Odyssee mit seinem eigenen Tod.»

«Du meinst, er wird Selbstmord begehen?» Valérie spürte einen Stich in ihrer Brust. «Ich will ihn lebend.»

Daran hatte sie nicht gedacht. Für Enrique gab es nichts zu holen. Weder für ihn selbst noch für seine Schwester Loria oder seine Mutter. Was Alois, sein Vater, verbockt hatte, war für seinen Sohn irreparabel.

«Wo verflixt könnte er sein?», fragte sie vor allem sich selbst. «Noch mehr Überwachung liegt gar nicht drin. Sämtliche neuralgischen Punkte in und um das Kloster wurden gleich nach Auffinden des toten Paters gesperrt. Es ist fast nicht möglich, unbemerkt an diesen Schranken vorbeizukommen. Er muss noch hier sein ...» Es war die logischste Folgerung. Valérie fühlte sich unter Druck. «Henry! Hilf mir! Ich weiss nicht mehr weiter.»

«Ich glaube nicht, dass du die alleinige Verantwortung tragen solltest. Rede mit Louis. Er steht dir sehr nahe.»

«Mit Louis.» Ihm gegenüber hatte sie noch immer zwiespältige Gefühle. Ob es an ihr lag? Colin fand ihn cool. Er vermutete aber auch, dass Louis unter ihrem Scheffel stand. Hatte ihr Sohn einen wunden Punkt berührt? «Ja, vielleicht.» Sie zögerte. «Du hast recht. Ich sollte ihn besser in meine Arbeit, in mein Denken, in meine Ermittlungen einbeziehen.»

«Er wird sonst immer ein Trotzkopf bleiben.» Vischer schniefte. «Behandle ihn als ebenbürtig.»

«Nicht ganz einfach. Er ist in vielfacher Hinsicht ein Kindskopf.»

«Eine ganz normale Reaktion auf deine Überheblichkeit.»

«Henry!» Das hatte sie nicht hören wollen.

«Du solltest dir einmal Gedanken darüber machen», sagte Vischer. «Louis verehrt dich. Lass es zu. Sei ihm Vorbild und lehne dich nicht als Emanze aus dem Fenster.»

Nie hatte jemand so ehrlich mit ihr gesprochen. Henry war ein feiner Kerl, der ihr Problem nicht nur aus Sicht des Psychologen, sondern vor allem aus Sicht eines guten Freundes sah.

«Habe ich dich brüskiert?», fragte er höflich nach.

«Du bist ehrlich. Und ich bin alt genug, um deine Kritik anzunehmen. Vielleicht gelingt es mir sogar, sie konstruktiv umzusetzen.»

«Du bist vor allem stark genug.» Vischer räusperte sich durchs Telefon. «Die Pause ist leider um. Ich sollte zurück zum Unterricht. Sehen wir uns morgen?»

«Morgen? Ja …» Sie war nicht bei der Sache. Sie sah zu den Mythen, deren Konturen in milchigem Grau verschwammen. «Morgen.»

Henry Vischer hatte sie längst durchschaut. Sie musste etwas an sich ändern, wollte sie das gute Arbeitsklima aufrechterhalten. Es war zu viel geschehen in den letzten Tagen. Nicht nur der grauenhafte Fall rüttelte an ihren Nerven, auch die Tatsache, dass sie Privates nicht vom Beruflichen zu trennen vermochte. Wenn sie an einem Fall wie diesem arbeitete, musste sie zudem fähig sein, nicht noch die Probleme anderer auf sich zu laden. Fabia hätte sie niemals so nahe an sich heranlassen sollen. Auf der andern Seite waren ihre Bedürfnisse in den Hintergrund geraten – die Wohnsituation und Beziehung mit Emilio zum Beispiel.

Abgrenzen hiess das Schlüsselwort. Als sie den vierten Kaffee aus der Maschine liess, summte das iPhone. Sie kannte die Nummer nicht und meldete sich.

«Spreche ich mit Frau Lehmann?» Eine Frauenstimme.

Valérie bejahte.

«Ich arbeite im Panorama in Einsiedeln. Ich möchte eine Entdeckung melden.»

Panorama Einsiedeln. Valérie überlegte. Panorama hatte sie schon einmal gelesen. Nur wusste sie nicht, in welchem Zusammenhang. Im gleichen Augenblick fragte sie sich, wie die Frau an ihre Nummer gekommen war. «*Wo* arbeiten Sie?»

«Im Panorama. Dort, wo sich das Rundgemälde befindet. Es stellt die Kreuzigung Christi dar. An der Benzigerstrasse ein paar Meter nach dem Diorama Bethlehem. Sicher kennen Sie die Weihnachtsgeschichte –»

«Worum geht es?», unterbrach sie Valérie. Der Name Benziger löste einen Schauder aus.

«Mein Mann arbeitet bei der Polizei. Von ihm habe ich von den schrecklichen Mordfällen erfahren und dass nach einem jungen Mann gefahndet wird.»

«Haben Sie meine Nummer von Ihrem Mann?» Valérie wollte auf sicher gehen.

«Sie müssen ihn letzthin auf dem Friedhof getroffen haben. Ja, ich habe sie von ihm.»

«Warum ruft er mich nicht selber an?»

«Ich ... es ist so ... der Mann, den Sie suchen, hat vor fünf Minuten das Panorama betreten.»

«Wie kommen Sie darauf, dass er es ist?»

«Ich habe es aus der Zeitung, das Signalement. Ich bin mir sicher, er ist es.»

***

Vor dem Gebäude hatte sich eine Menschentraube gebildet. Die Leute standen Schlange vor der Kasse. Unmöglich, dass Valérie dort ungestört würde hineingehen können. Auf dem Weg hierher hatte sie Louis informiert und alle verfügbaren Kollegen aufgeboten. Lange hatte sie darüber nachgedacht, auch die Sondereinheit zu mobilisieren. Doch schien dies in ihren Augen nicht angebracht.

Keine Alleingänge mehr! Noch hatte sie Fischbachers Befehl in den Ohren.

Sie würde allein hineingehen. Aber vorerst musste sie mit der Kassiererin sprechen, die sie vor einer halben Stunde angerufen hatte. Möglicherweise war der Gesuchte bereits wieder draussen. Und im Angesicht dieser Menschenmasse war es auch für die Frau an der Kasse nicht möglich gewesen, den Ausgang zu kontrollieren.

Valérie blieb in ihrem Wagen sitzen und beobachtete den Eingang. Ein Kleinbus fuhr vor. Ihm entstiegen erneut Besucher. Was war denn hier los? Gab es etwas gratis? Sie entdeckte erst jetzt zwei Polizeibeamte in Uniform. Nicht sehr geschickt, dachte sie und verliess den TT. Sie zwängte sich durch die Leute, entschuldigte sich, wenn sie ihr vorwarfen, vorzudrängeln. Sie erreichte die beiden Polizisten und wies ihren Ausweis vor. «Sind Sie schon lange hier?»

«Eine Viertelstunde», erfuhr sie. «Wir halten hier die Stellung. Die Frau meines Kollegen hat mich angerufen, nachdem sie Sie erreicht hatte.»

«Wurde sonst noch jemand informiert?»

«Daniel Christen von der Einsatzzentrale.»

Für Valérie eine Erleichterung. Fischbacher hatte sie nämlich nicht erreichen können. Christen würde es für sie tun. «Bleiben Sie hier stehen. Ich gehe mal hinein.»

«Wollen Sie nicht warten, bis Verstärkung kommt?»

Valérie deutete auf ihre Glock, die sie im Holster unter ihrer Jacke trug.

«Das könnte riskant sein, wenn er derjenige ist, den Sie suchen. Er hat bereits drei Menschen auf dem Gewissen.»

Das hätte er nicht zu sagen brauchen.

Valérie spürte Adrenalin. Ihr Herz schlug bis zum Hals. Ihre Nackenhaare standen auf. Durch eine Lücke des Besucherstroms sah sie in den Flur hinter dem Eingang und einen Teil der Treppe, die nach oben führte. Sie würde niemals ein Risiko eingehen. Da waren Menschen. Da befanden sich Besucher. Sie würde alle diese Leute zuerst in Sicherheit bringen müssen, bevor sie überhaupt aktiv wurde. Nur wusste sie nicht, was sie erwartete.

Sie drängte bis zur Kasse vor.

«Hey, Sie, das ist unverschämt. Sie können sich wie alle hinten anstellen.» Es war noch die mildeste Form einer Reklamation.

Valérie zeigte erneut ihren Ausweis. «Bitte lassen Sie mich durch.»

«Haben Sie mich angerufen?» Valérie begrüsste die Kassiererin.

Die Stimme am Telefon bekam ein Gesicht. «Frau Lehmann? Ja, ich habe Sie vor *dreissig* Minuten angerufen.» Es klang vorwurfsvoll.

«Wo befindet er sich?»

«Keine Ahnung. Ich weiss nicht, was in der letzten halben Stunde passiert ist. Sie sehen, bei uns ist der Teufel los.

Valérie zeigte ihr das Foto des Gesuchten, das Oberhofer ihr gemailt hatte.

«Ja, das ist er. Eins siebzig gross, dunkelhaarig, mit südamerikanischem Einschlag. Typ Peruaner. Ich war schon mal in Peru, machte eine Rundreise, auch nach Cusco zu den Inkastätten –»

«Ich muss Sie bitten, die Kasse zu schliessen», unterbrach Valérie sie und sah zur Treppe, auf der Leute nach oben sowie nach unten gelangten.

«Das ist unmöglich.» Der Frau stand die Bestürzung ins Gesicht geschrieben. «Wir haben Gruppen, die sich vor Tagen angemeldet haben. Ich kann sie nicht einfach zurückweisen.»

Valérie beugte sich zu ihr hinunter. «Ich bestehe darauf. Ich gehe jetzt nach oben und vergewissere mich, ob sich der Verdächtige noch im Gebäude aufhält.»

«Ist das nicht gefährlich?»

«Genau das meine ich.» Valérie zögerte. «Hatte er einen Rucksack abgegeben?»

«Nein, ich weiss gar nicht, ob er einen bei sich hatte … keine

Ahnung, so gut habe ich nun auch wieder nicht geschaut … ich konzentrierte mich vor allem auf sein Gesicht …»

«Muss man die Taschen und Rucksäcke nicht abgeben, bevor man dort hochgeht?» Valérie verwunderte es.

«In der Regel schon, aber Sie sehen ja, was los ist.» Die Frau seufzte. «Was meinen Sie, wie lange dauert dieser ganze Spuk?»

Die hatte Nerven. «Ich werde Ihnen das Okay für den Einlass Ihrer Besucher früh genug geben.» Valérie winkte die uniformierten Kollegen an ihre Seite. «Ich gehe jetzt dort rein.» Sie zeigte nach oben, wo sich noch immer eine beachtliche Anzahl Leute aufhielt.

Valérie rechnete damit, dass sich der Gesuchte nicht mehr unter den Besuchern befand. Dreissig Minuten waren eine zu lange Zeit.

Eine Sprachdokumentation in Englisch erfüllte den Raum. Die Besucher hatten sich an den Handläufen verteilt. Valérie versuchte, über ihre Köpfe hinweg etwas von den verschiedenen Szenen zu erhaschen, die auf dem Rundgemälde dargestellt waren. Bilder von Jerusalem zur Zeit von Jesus Christus' Tod. Stimmungsvoll die Wände mit der Stadtmauer von Damaskus. Der Sionsberg, das Moabiter Gebirge oder die Bergkuppe Mispa. Mauern in dreidimensionaler Ausführung, Figuren fast in Lebensgrösse und eine Art Bühne verstärkten den Eindruck, sich mitten im Geschehen zu bewegen. Vor der Szene mit den Kreuzen hatten sich die meisten Besucher eingefunden. Das Drama um Jesus' Tod vermochte eine grosse Faszination auszuüben.

Valérie mischte sich unter das Volk. Höchst konzentriert hielt sie Ausschau nach einem etwa Fünfundzwanzigjährigen mit schwarzen Haaren. Nach einem Mann mit südamerikanischem Einschlag. Sie schlüpfte zwischen den Leuten hindurch, wenn sich eine Gelegenheit bot, sah zu den Gemälden, den einzelnen Szenen, den Figuren davor – nichts kam ihr verdächtig vor.

Allmählich leerte sich der Raum. Die Dokumentation, die jetzt in Deutsch lief, klang seltsam hohl. Nach einer Weile hatte sich auch der letzte Besucher nach draussen begeben. Valérie setzte den Fuss auf die erste Treppenstufe. Oben war niemand mehr.

Plötzlich nahm sie eine Bewegung wahr.

***

Pascal Benziger mochte es nicht, wenn man ihn beobachtete. Seit Tagen schon fühlte er sich ausgestellt. Keinen Schritt vermochte er von seiner Wohnung in Pfäffikon zu tun, ohne die Sperberaugen der Observer auf seinem Rücken zu spüren. Sie folgten ihm, wohin er ging. Auch abends nach der Arbeit, wenn er sich mit seinem Freund Marc traf.

Er vertrug es nicht mehr. Nach dem ganzen Leid brauchte er die Polizei nicht, auch wenn sie vermutlich dachte, sie sei unaufdringlich. Er spürte sie nicht nur psychisch, sondern auch physisch. Er musste dem ein Ende setzen. Marc hatte ihn nach Einsiedeln eingeladen für einen Besuch im Panorama. Früher war Pascal an Ostern oft mit Grosi dort gewesen und an Weihnachten im Diorama, das wenige Meter daneben lag.

Er hatte am Morgen früh die Wohnung verlassen, war über den Kellerausgang zum Kleinbus gelangt, der die Gäste von der Zürichseeseite einsammelte und zum Gesamtarrangement gehörte. Pascal setzte sich ganz hinten auf den noch freien Platz. Die neugierigen Blicke der älteren Leute versuchte er zu ignorieren. Alles Rentner, ging ihm durch den Kopf. Die hatten wohl eine Menge Zeit, um sie zu vertrödeln. Er sah nach draussen. Niemand dort, der ihm verdächtig vorkam. Keine Polizei. Offenbar hatte ihn niemand beobachtet. Als der Bus anfuhr, atmete er erleichtert aus. Er hatte sich sehr gefreut, als Marc ihm den Gutschein in die Hand gedrückt hatte. Er wolle ihm etwas Gutes tun, hatte er gesagt, nach allem, was er habe erleiden müssen. Leider habe er selber keine Zeit, um ihn zu begleiten. Wenn er wolle, könnten sie den Ausflug zu einem späteren Zeitpunkt wiederholen. Pascal war froh über diese Abwechslung, die ihm die Trauer ein wenig erleichterte.

Die Reise führte von Pfäffikon nach Siebnen und von dort durchs Wägital nach Vorderthal, wo ein erster Halt eingelegt und ein Znüni gegessen wurde. Pascal blieb im Bus sitzen. Er hatte keinen Appetit. Er liess die letzten Tage Revue passieren. Sie kamen ihm unwirklich vor. Es fühlte sich an, als befände er sich in einem andern Leben, in einem andern Land. Der einzige Trost war Marc. Er gab ihm den Halt zurück, den er jeden Tag von Neuem verlor.

Über die Sattelegg ging es weiter bis hinunter nach Willerzell. Trotz des schlechten Wetters bot die Landschaft um den Sihlsee ein paar schöne Eindrücke. Pascal lehnte sich in den Sitz und betrachtete den See zu seiner Rechten, auf dem ein einsames Boot mit Schleppsignal schaukelte. Ein Fischer warf die Angel aus. Ein friedliches Bild an diesem trüben Tag. Früher hätte Pascal es mit seiner Kamera festgehalten.

Nach dem Viadukt bei der Birchlimatt jedoch drangen andere Bilder in sein Bewusstsein. Er hatte versucht, sie zu verdrängen. Dort unten am Ufer flatterten noch immer Polizeiabsperrbänder und rissen ihn in die brutale Wirklichkeit – er hatte Mutter und Grossmutter verloren. Später auch seinen lieben Freund Pater Ferdinand. Dass er mit ihm verwandt gewesen sein sollte, hatte er nicht geglaubt. Mama hatte ihm nie von ihm erzählt. Die Wahrheit hatte wohl nur Grosi gekannt. Falls er tatsächlich der Enkel eines benediktinischen Ordensbruders wäre, würde das vielleicht eine Story geben! Damit liesse sich eine Menge Geld machen, sinnierte er. Oder er könnte ein Buch darüber schreiben. Es gab Verlage, die lechzten danach, Biografien zu veröffentlichen, und Leser, die nur solche lasen. Pascal wischte sich Tränen aus dem Gesicht. Nein, niemals würde er aus seinem Leid Gewinn schlagen. Lieber würde er sich wie ein Maulwurf in der Erde einbuddeln und nicht mehr zum Vorschein kommen.

Auf dem Klosterplatz hielten sie wieder an, um im Ristorante Vecchia Napoli das Mittagessen einzunehmen. Pascal folgte den Rentnern. Er bestellte Spaghetti all'arrabbiata und liess sich einen Rotwein munden. Er hatte kein Verlangen, sich mit den Leuten zu unterhalten, die mit ihm im Bus gefahren waren. Er wollte allein sein, an Mama denken, an Grosi, an Pater Ferdinand. Und er stellte sich vor, wie alles gekommen wäre, wenn sich Grosi und Ferdinand zusammengefunden und der Orden und die Ordensbrüder ihnen nicht im Weg gestanden hätten, wenn an dieser Geschichte etwas dran war.

Er hatte diese Verbundenheit zu Pater Ferdinand schon immer gespürt. Nur hatte er sich niemandem anvertrauen können – ausser seinem Freund Marc. Allein er kannte seine Geschichte.

Nach dem Mittag fuhren sie weiter zum Panorama, über dessen Eingang ein Kreuz hing. Vor der Kasse standen Leute bis auf den Parkplatz hinaus. Pascal entdeckte zwei uniformierte Polizisten, die sich offensichtlich auf einem Beobachtungsposten befanden. Ob ihre Kollegen sie etwa schon über sein heimliches Weggehen informiert hatten? Wurde jetzt an jeder Ecke auf ihn aufgepasst?

Pascal verliess den Bus und stellte sich im Schatten einer Besuchergruppe an der Kasse auf. Er brauchte nur den Gutschein vorzuweisen, damit man ihm Zutritt gewährte. Er drückte sich nach vorne, zeigte allen sein Geschenk. Endlich stand er vor dem Schalter in einer Flut von Leuten, die sich entrüstet miteinander unterhielten. Sinn und Grund fand er nicht heraus.

«Das Panorama ist vorübergehend geschlossen», sagte die Frau am Schalter.

«Wieso? Ich habe einen Gutschein. Der läuft heute ab.»

«Bitte warten Sie. Das gilt auch für Sie.»

«Ich bin mit dem Bus gekommen ...» Pascal versuchte es mit Charme und Überzeugungskunst. «So lange habe ich nicht Zeit. In einer halben Stunde fahren wir weiter.»

«Tut mir leid. Sie können gern dort drüben einen Kaffee trinken.» Die Dame zeigte unbeirrt Richtung Diorama. «Ich werde die Besucher rechtzeitig informieren, wenn wir wieder öffnen.»

«Was ist denn los?» Pascal gab nicht auf.

Der Besucher neben ihm rempelte ihn an. «Die Polizei ist vor Ort. Es muss etwas geschehen sein.»

***

Instinktiv griff Valérie an die Glock, während sie den Fuss von der Treppe zurückzog. Langsam wandte sie sich nach dem Handlauf um, hinter dem die Szene mit dem Königspalast von Herodes ersichtlich war. Die drei Türme Mariamne, Phasael und Hippikus. Davor eine Kamelkarawane. Nichts Verdächtiges rührte sich. Valérie ging weiter, angestrengt nach allen Seiten blickend. Von unten hörte sie Stimmen. Der letzte Ton der Dokumentation war verklungen. Hier oben war es ruhig. Valérie kam beim Grab Christi vorbei. Sie blickte hinüber zu den Mauern, wo eine Wasserträgerin zu einer Treppe ging. Zwischendurch blieb Valérie stehen, versuchte, in der Stille etwas auszumachen. Hoch konzentriert hielt sie den Atem an.

Später schlich sie am Landhaus von Joseph von Arimathäa vorbei, sah sich mit einer Menschengruppe konfrontiert, die so echt aussah, als wäre sie lebendig. Wieder hielt sie inne.

Sie passierte die Szene mit Judas und gelangte zu einer Häusergruppe und danach behände zu einem Zeltlager, bevor sie die Stadtmauern erreichte. Auch bei der Burg Antonia mit den vier Türmen schien alles normal zu sein.

Doch sie spürte es schon längst. Hier drin war etwas, das nicht der Norm entsprach. Sie ahnte, dass sie nicht alleine war. Sie drehte sich um. Ihr Blick streifte die Wände, über die sich abwechselnd Licht und Dunkelheit ausbreitete. Ein Wechselspiel der Farben.

Es war die Szene mit dem Jesus am Kreuz, die Valérie zittern liess. Dort hing Gottes Sohn zwischen zwei Mördern. Die Sonne hatte sich verfinstert. Mutter Maria und Maria Magdalena knieten am Fusse des mittleren Kreuzes, ihre Köpfe auf den Armen wie festgeklebt. Es war, als hörte man sie weinen und klagen. Davor standen Soldaten, eine Gruppe von Männern diskutierte.

Fasziniert und abgestossen zugleich sah Valérie hin. Etwas an diesem Bild stimmte nicht.

Die Figur links wollte nicht hineinpassen. Halb verborgen zwischen gestikulierenden Schriftgelehrten und einem Felsgebilde bewegte sie sich, kaum wahrnehmbar. Von blossem Auge fast nicht zu sehen. Ein Gesicht war auf sie gerichtet. Zwei schwarze Augen sahen sie an.

Das war kein künstlicher Körper.

Valérie selbst musste ihn entsetzt angestarrt haben, denn plötzlich löste er sich von den Felsen. Er pirschte an dem Gelehrten vorbei und hätte ihn beinahe umgestossen. Valérie riss die Glock auf Augenhöhe. «Stopp! Halt! Polizei! Bleiben Sie stehen!»

Er war es: Enrique Lujo Benavides Benziger. Er, der dort stolperte. Zwischen den Mauern von Jerusalem. Im Heiligen Land des Okzidents. Dort keuchte er um sein Leben zwischen leblosen Körpern und reliefartigen Gebilden, ein Fremder in dieser Szenerie.

Valérie sprang den Handlauf entlang. Sie sah keine Fluchtmöglichkeit für den Täter. Er musste über die Treppe und an ihr vorbei, wollte er das Panorama verlassen. Ein Schatten lenkte sie ab. Instinktiv sah sie zum Treppenabsatz und erkannte Louis.

Alles klar bei dir?, schien er zu sagen, denn er sprach es nicht laut aus. Er hatte seine Glock im Anschlag.

Valérie nickte und widmete sich wieder dem Rundgemälde, der Dreidimensionalkunst, aus dessen Bildsequenz Enrique – verschwunden war.

«Vermaledeit! Er ist mir entwischt.» Für Valérie nicht nachvollziehbar. Erst noch war er dort gegangen, in dieser Kulisse des biblischen Rundumtheaters. Ein Statist, der dieser düsteren Geschichte zusätzlich etwas Morbides verlieh.

«Du hast ihn vertrieben.» Sie steckte die Glock ins Holster zurück.

«Und du warst offensichtlich wieder einmal auf einem Alleingang», zeterte Louis. «Wenn das Fischbacher erfährt …»

«Du bist ja da. Ich habe nur vorsondiert.» Sie wusste, dass es eine Ausrede war. Sie hatte falsch gehandelt. Sie ging zurück zum Handlauf, hinter der sie Enrique zuletzt gesehen hatte. Unmöglich. Der Boden hatte ihn verschluckt. «Los! Wir müssen ihn davon abhalten, dass er das Gebäude verlässt.» Valérie rannte Richtung Treppe. «Fordere du Verstärkung an.» Sie nahm zwei Tritte auf einmal. Unten stiess sie auf die Besucher, die jetzt hinter einer Absperrung auf Einlass warteten. Valérie hetzte zur Kassiererin. «Gibt es einen andern Ausgang als der über die Treppe?»

Die Frau am Schalter reagierte schnell. «Hinter dem Wandgemälde gibt es einen Durchgang.»

«Wo führt er hin?» Valérie wischte sich den Schweiss von der Stirn.

«Hierher.»

«Hierher?» Valérie griff nach dem iPhone. Sie rief Louis an. «Er muss beim Eingang durch, wenn er das Gebäude verlassen will. Wir müssen die Leute zuerst evakuieren, bevor wir etwas unternehmen. Kannst du das in die Wege leiten?» Sie wandte sich wieder an die Frau. «Ich muss Sie bitten, die Kasse zu schliessen und sich im Raum zu verbarrikadieren. Verriegeln Sie die Tür und bleiben Sie drin, bis ich Entwarnung gebe.»

«Und weshalb?» Offenbar glaubte die Frau ihr nicht.

Sie konnte ihr unmöglich ihre Befürchtungen mitteilen, dass sie einen Amoklauf vermutete. Enrique musste sich in der Falle fühlen. Er würde sich zur Wehr setzen und so, wie sie ihn einschätzte, mit allen Mitteln. «Das ist ein Polizeieinsatz. Sie müssen den Befehlen Folge leisten.»

«Tun Sie, was die Kommissarin sagt», meldete sich jemand von den Wartenden. Er drängte die Schlange zurück auf die Strasse. Weitere Polizisten trafen ein. Wo steckte Louis?

Valérie griff ans Holster, zog ihre Glock heraus und schlich Richtung Treppe. Angespannt hielt sie den Atem an. Er muss über die Treppe nach unten. Sie musterte die Tür rechts von ihr. Oder durch diese Tür.

«Ich bin da», hörte sie Louis sagen, der wie aus dem Nichts neben ihr aufgetaucht war.

Die Tür ging einen Spaltbreit auf. Valéries Einschätzung hatte sie nicht getäuscht. Sie hob die Glock und zielte. Louis preschte nach vorn und riss die Tür auf.

Diese Augen! Schwarz und unergründlich.

Enrique stand dort unter dem Türrahmen. Auf dem Rücken trug er einen Rucksack, in der linken Hand eine Axt.

«Legen Sie ganz langsam die Axt auf den Boden», befahl Valérie.

Enrique liess die Axt fallen.

«Und jetzt ganz langsam herauskommen.» Valérie hatte sein Gesicht im Visier.

Für Louis war es ein Leichtes, den Gesuchten zu überwältigen. Enrique liess es fast widerstandslos mit sich geschehen. Louis nahm ihm den Rucksack vom Rücken, riss seine Hände nach hinten und legte ihm Handschellen um. «Enrique Lujo Benavides Benziger. Ich nehme Sie fest wegen des dringenden Verdachts, Gertrud Benziger, Maria Benziger und Pater Ferdinand von Euw getötet zu haben. Alles, was Sie sagen, kann vor dem Richter gegen Sie verwendet werden. Sie haben das Recht zu schweigen.»

Enrique schwieg.

Teilnahmslos liess er sich von den Polizisten abführen.

In der Zwischenzeit war Verstärkung eingetroffen, ein Streifenwagen, eine Gruppe von sechs uniformierten Männern der Sicherheitspolizei. Sie führten Enrique ab.

Valérie steckte ihre Glock ein. Sie lehnte an die Wand auf der Rückseite des Gebäudes und sah zum Himmel mit den dunklen Wolken. Dann schloss sie die Augen.

ZWANZIG

Sie hatte darauf beharrt. Sie wollte die erste Vernehmung mit dem mutmasslichen Täter führen.

Nachdem man Enrique am Nachmittag zuvor abgeführt und nach Biberbrugg gebracht hatte, erwirkte die Staatsanwaltschaft beim Richter einen Haftbefehl. Darauf wurde Enrique in Untersuchungshaft gebracht.

Draussen fiel Regen. Der Frühling hatte sein leuchtendes Gewand abgestreift und einen grauen Mantel übergezogen.

«Das Wetter passt», sagte Valérie auf dem Weg zum Vernehmungszimmer, als ihr Blick einen Moment am Fenster hing, auf das die Regentropfen peitschten, begleitet von einem Wind, der die Temperaturen in den Keller gerissen hatte.

Louis begleitete sie. «Du siehst müde aus. Soll ich …?»

«Du wirst mich vielleicht ablösen müssen.» Sie schenkte ihrem Kollegen ein feines Lächeln. Heute war der erste Tag, an dem sie die gute Zusammenarbeit mit Louis spürte und es zuliess. Gemeinsam hatten sie den Mörder gefasst, auch wenn dieser es ihnen am Ende leicht gemacht hatte.

Enrique wartete bereits im Vernehmungszimmer. Er sass an einem Tisch, die Füsse in Fesseln, die Hände in Handschellen. Flankiert wurde er von zwei Wachmännern. Valérie fand es übertrieben. In ihren Augen würde der Täter ohne Waffe keine Bedrohung für sie sein.

Sie setzte sich ihm gegenüber, grüsste kurz den Protokollführer und bat Louis, sich neben sie zu setzen.

Sie hatte schon mehrere Gesichter von Mördern gesehen, hatte ihre Physiognomie studiert und herausfinden wollen, ob das Schlechte darin zu erkennen war. Brutale Visagen waren unter ihnen gewesen, vernarbte Wangen, zur Grimasse verzerrte Münder und Augen, aus denen der Hass sprühte.

Enriques Gesicht wollte in kein Schema passen.

Vor ihr sass ein junger Mann mit einem Gesicht, das Südamerika und Europa vereinte. Er hatte eine Haut wie Latte macchiato, ein harmonisches Profil und dunkle, geschwungene Brauen, eine gerade Nase und Augen, die wie die hohen Wangenknochen das Indigene durchschimmern liessen. Seine Iriden hingegen waren pechschwarz. Valérie glaubte in Löcher zu sehen, hinein in eine Hölle, die für sie nun spürbar war. In den Augen taten sich Abgründe auf, gewährten Einblick in eine kranke Seele, brachten das Diabolische zutage. Enriques Ruhe täuschte nicht darüber hinweg, dass er äusserst angespannt war. Sprungbereit wie der Wolf, der seine Beute erst umrundete, bevor er zuschnappte und sein Opfer verschlang. Valérie revidierte ihren ersten Eindruck.

Louis installierte das Aufnahmegerät. Valérie war froh um jede Handfertigkeit, die sie bloss von ihrer Aufgabe hätte ablenken können. Noch nie zuvor hatte sie mit einem Dreifachmörder zu tun gehabt, der gleichzeitig ein Einzeltäter war. Noch kannte sie seine Beweggründe nicht, die ihn zu solch grauenvollen Morden verleitet hatten. Es zu erfahren, würde vermutlich viel Zeit in Anspruch nehmen. Es sei nicht nötig, ihn zu vernehmen, hatte Fischbacher gesagt. Für eine Inhaftierung reichten die DNA-Abgleiche völlig aus. Valérie hatte darauf beharrt. Sie wollte es verstehen. Vor allem das Motiv.

Louis gab ihr ein Zeichen.

Valérie nickte. «Ich eröffne die Erstvernehmung mit Enrique Lujo Benavides Benziger im Fall der Tötungsdelikte Gertrud Benziger, Maria Benziger und Pater Ferdinand von Euw. Anwesend sind der mutmassliche Täter wie namentlich erwähnt, Oberleutnant Valérie Lehmann und Leutnant Louis Camenzind.» Sie nannte die Namen des Protokollführers sowie der beiden Wachmänner. «Es ist jetzt elf Uhr vierzig.» Ihre Stimme hielt der Belastung stand, als sie die erste Frage stellte.

«Enrique, Ihrem Reisepass entnehme ich, dass Sie am 25. Mai 1993 in Puerto Limón geboren wurden. Ist das richtig?»

Enrique sah sie an, als würde er sie nicht verstehen. Seine schwarzen Augen wirkten wie aufgepinselt.

Erste Hürde. «Sie sprechen gutes Schweizerdeutsch, hat man mir gesagt. Würden Sie bitte meine Frage beantworten?»

«Ich bin am 25. Mai 1993 in Puerto Limón geboren.»

Geht doch. Valérie tauschte einen Blick mit Louis. «Enrique, Ihnen wird vorgeworfen, dass Sie in der Nacht vom Montag, 16. April, auf den Dienstag, 17. April, Gertrud Benziger umgebracht haben. Sie haben sie aus dem Haus gelockt, bevor Sie sie auf bestialische Weise ermordet und in Stücke zertrennt und die Leichenteile an Steinen befestigt im Sihlsee versenkt haben.»

«Sie hätte niemals auftauchen sollen.» Enriques Gesicht blieb regungslos, während er das sagte.

Valérie versuchte den ersten Kloss hinunterzuschlucken, der sich in ihrem Rachen festsetzen wollte. Sie räusperte sich. «Fünf Tage später töteten Sie Maria Benziger auf eine ähnlich brutale Art und legten sie in der Folge am Ufer des Sihlsees ab.»

«Mir blieb zu wenig Zeit, um sie zu versenken.»

Valérie spürte, wie ihre Nackenhaare in die Höhe schossen. Ein Stromstoss breitete sich über ihren Kopf aus und zog über die linke Schulter Richtung Herz. Kurz suchte sie wieder Louis' Augen. Ihr Kollege hatte den Blick auf den Tisch gerichtet. Offenbar war es auch ihm nicht geheuer.

Valérie vermutete schon jetzt, dass die Vernehmung ihr starke Nerven und vor allem Geduld abverlangen würde. Eine solche Kälte hatte sie noch nie gespürt. Selbst der abgebrühteste Täter, den sie in die Mangel genommen hatte, hatte Emotionen gezeigt. Es war, als funktionierte Enrique bloss, als wäre er eine ferngesteuerte Marionette, als trüge er eine Maske.

Valérie beugte sich mit dem Oberkörper über die Tischplatte. Sie versuchte, in den Augen eine Regung auszumachen. Doch ausser dem regelmässigen Wimpernschlag bewegte sich nichts. «Geben Sie auch zu, dass Sie am Montag, 30. April, Pater Ferdinand in seinem eigenen Zimmer umgebracht und enthauptet haben?»

«Ich hätte nie gedacht, dass es so schwierig sein würde, ihn zu töten. Er glaubte wohl, mich mit dem Kruzifix abzuwehren, deshalb brauchte es mehr als einen Hieb.»

Valérie setzte sich wieder gerade hin. «Ich muss diese drei kurzen, aber prägnanten Aussagen als Geständnis werten.» Wohl war ihr nicht dabei. Enrique hatte auf einen Rechtsbeistand verzichtet. Das, was er soeben gesagt hatte, würde vor Gericht nicht ausreichen, um ihn zu verurteilen. Er konnte diese Aussage widerrufen. Letztendlich würden ihn die Resultate aus der Rechtsmedizin und aus dem Labor überführen. Bis dahin würde sie ihn zumindest in Untersuchungshaft halten können. Sie drückte unter Louis' fragendem Blick die Pause-Taste des Aufnahmegeräts.

«Das kannst du nicht tun», flüsterte Louis ihr zu. «Das ist regelwidrig.»

«Lasst mich mit ihm allein.» Valérie erhoffte sich dadurch, Enriques Vertrauen zu gewinnen. Sie musste erfahren, was ihn dazu getrieben hatte, einen Dreifachmord zu begehen.

«Das solltest du Vischer überlassen», sagte Louis, als ahnte er etwas von ihrem Vorhaben.

«Er unterrichtet am Kollegi», sagte sie. Sie sah zum Protokollführer. «Ich werde dich zurückrufen, sollte mein Gespräch fruchten.»

«Du weisst, dass das nicht legal ist.» Louis verwies sie leise auf die Konsequenzen, während er sich erhob.

Gemeinsam verliessen sie den Raum, nachdem Valérie vorgeschlagen hatte, sich vor der Tür weiter zu unterhalten.

«Ich will das Motiv», sagte sie.

«Das ist nicht dein Job.»

Das wusste sie. Doch sie wollte begreifen, was in diesem kranken Gehirn vor sich ging. Sie sah Louis eindringlich an. «Lasse es mich wenigstens versuchen.»

«Er wird dich emotional zerstückeln. Dass er es physisch kann, hat er bereits bewiesen. Er ist brandgefährlich.»

«Er wird mir nichts tun. Er hat es nicht auf mich abgesehen.»

«Der Drohbrief spricht eine andere Sprache.» Louis hielt sie am Arm. In seinem Griff lag die Angst, die er um sie haben musste. «Noch ist seine Mission nicht erfüllt … in diesem zerstörten Familienzweig gibt es noch jemanden –»

«Pascal … er ist in Sicherheit.» Valérie hatte ihn vor dem Panorama angetroffen. Sie hatte geahnt, dass Enrique seinetwegen vor Ort war. Er musste erfahren haben, dass Pascal nach Einsiedeln fuhr. Oder er hatte ihm aufgelauert und ihn verfolgt. «Er hat unter Aufsicht eines Kollegen im Haus seiner Mutter übernachtet. Fabia ist jetzt bei ihm und auf dem Weg nach Pfäffikon, wo er wohnt.» Valérie griff an die Türfalle. «Ich werde da jetzt reingehen. Und du, Louis, wirst zusammen mit dem Protokollführer und den beiden Wachmännern draussen warten. Sollte ich in Gefahr sein, gibt es noch immer diese Glocke unter dem Tisch. Schon vergessen?»

Sie sah Louis an, dass er aufgab.

«Du hast einen verdammt sturen Kopf. Aber du bist die Chefin. Ich muss wohl klein beigeben …»

«Ein kluger Entscheid.»

***

Fabia hatte Verstärkung mitgenommen. Ein Kollege von der Sicherheitspolizei fuhr den Streifenwagen, während sie mit Pascal auf dem Rücksitz sass. Valéries Bitte, sie möge ihn nach Hause fahren, hatte sie keinen Sinn abringen wollen. Der Mörder war gefasst. Wo drohte noch Gefahr? Manchmal waren Valéries Gedankengänge nicht nachvollziehbar, genauso wenig wie die Gründe, die sie anbrachte. Sie solle Pascal im Auge behalten. Sie wolle zuerst Enrique vernehmen, als ob das eine mit dem andern etwas zu tun hatte. Den frühen Feierabend konnte sie vergessen. Das gemeinsame Nachtessen mit ihrer Familie aufs Wochenende verschieben. Ausgerechnet heute, als Michael versprochen hatte, für sie zu kochen. Andererseits hatte Valérie ihr geholfen, ihr und Olivia, und ihnen eine vorübergehende Unterkunft gewährt.

Fabia drehte den Kopf auf Pascals Seite. Sie hatte ihn am Morgen in Trachslau abgeholt. Betrachtete sie sein Profil, so fiel ihr auf, wie viel Ähnlichkeit er mit dem Trickbetrüger Ricardo Dini hatte. Sie hätten glattweg als Brüder durchgehen können. Pascals Augen jedoch waren schiefergrau. Das bemerkte sie, als er sie traurig ansah. Seine Wangen schimmerten verdächtig. Er musste erst noch geweint haben. Offenbar war er noch lange nicht über den Tod seiner Mutter und seiner Grossmutter hinweg. Er hatte ihr erzählt, dass er die Nacht in Mutters Haus gebraucht habe, um nachdenken zu können.

Was wusste Fabia über ihn? Er hatte zuerst zu den Verdächtigen gehört. Man hatte ihm anhand von nicht vorhandenen Indizien vorgeworfen, seine eigene Grossmutter und danach kaltblütig auch seine Mutter umgebracht zu haben. Dann war er zum Missbrauchsopfer degradiert worden. Zum Grund, weshalb seine halbe Familie hatte sterben müssen.

«Was ist?» Pascal kniff die Augen zusammen. «Sie glotzen mich an, als hätte ich die Pest.»

Fabia schüttelte den Kopf. «Nichts.» Pascal war von jeglichem Verdacht entbunden. Mit Pascal ein paar belanglose Worte zu wechseln, würde nichts schaden. Obwohl sie im Dienst war, sah sie die Fahrt nach Pfäffikon als einen Gefallen und nicht als Pflicht an.

Als sie in Pfäffikon ankamen, hatte sich zwischen ihnen ein unverbindliches Gespräch entwickelt. Pascal wollte sie sogar auf einen Kaffee einladen. Dem sah sie mit Skepsis entgegen. Trotzdem war die Neugier grösser, und sie liess sich überreden. Ihren Chauffeur bat sie, im Wagen zu warten.

«Ich kann ja mal ein paar Verkehrssünder aufstöbern», sagte dieser zum Spass. «Ruf mich an, wenn ich dich wieder abholen soll.» Er verstand wohl nicht, was Fabia vorhatte.

Pascal wohnte in der Nähe der Bahnlinie Zürich–Chur in einem Mehrfamilienhaus, das die besten Zeiten hinter sich hatte. Graue vom Strassenstaub verschmutzte Fassaden machten keinen einladenden Eindruck. Die Gegend wirkte städtisch, fast anonym. Die Leute hier grüssten sich nicht. Das fiel

Fabia als Erstes auf, als Pascal auf der Treppe hintereinander zwei Pärchen begegnete, die weder ihn noch sie eines Blickes würdigten. Auf der zweiten Etage schloss Pascal die Tür auf. Zwei Paar in der Grösse unterschiedliche Turnschuhe standen auf einem Schuhrost, daneben lagen gebrauchte Socken. Fabia trat ein, nachdem sie dies zur Kenntnis genommen hatte. Sie hatte sich schon immer gefragt, wie Homosexuelle so leben. Dass in ihrer eigenen Familie nicht darüber gesprochen worden war, lag nahe.

Ein Männerakt an der linken Wand dominierte den Flur, in dem sich ausser einem Kleiderständer nichts befand. Eine Jacke hing dort. Pascal hängte seine an einen Bügel. Aus der Richtung, in der Fabia das Wohnzimmer vermutete, klang eine soulige Stimme. Es roch nach Räucherstäbchen oder sonst einer undefinierbaren Essenz. Der Weg dorthin führte über einen flauschigen Teppich in der Art, wie man ihn längst nicht mehr als modernes Accessoire verwendete. Im Wohnzimmer setzte sich der Teppich nicht nur auf dem Boden fort. Die beigefarbene Sitzlandschaft, die Ton in Ton mit dem Bodenbelag einherging und auf einem Flauschklotz ihren Höhepunkt fand, zeugte von keinem sehr guten Geschmack. Einen umso exotischeren Eindruck hinterliessen die orangefarbenen und hellblauen Kissen, in denen ein Körper so versunken war, dass man nur die Beine und ein paar nackte Füsse sah.

«Das ist mein Lebenspartner Marc.» Pascal sagte dies voller Stolz, während Fabia zusah, wie sich dieser Marc aus den Kissen schälte und sie anstarrte. Kein netter Blick, ging ihr durch den Kopf. Er war feindselig, auch Pascal gegenüber. Das entging ihr nicht. Möglicherweise war es falsch, dass sie hier stand. Marc hatte sicher eine Aversion gegen Frauen. Sie las aus seinen Augen, dass er weder mit Besuch noch mit Pascal gerechnet hatte.

«Du bist zurück?» Marc hatte eine hohe, fast weibische Stimme, die nicht zu seiner Erscheinung passen wollte. In der Grösse überragte er seinen Freund um Kopflänge. Seine Handbewegung, als er die vom Liegen verwuselten Haare zurückstrich, hatte etwas Brutales an sich. Er trug Trainingshosen der Marke Nike, seinen Oberkörper bedeckte ein hellgraues halbärmliges Leibchen mit der Aufschrift: *«If Harry Potter taught us anything – It's that no one should live in a closet.»* Darunter war Harry Potters unverkennbare Brille abgebildet. Wie es aussah, war Marc erst noch aktiv gewesen. Auf Brusthöhe und unter den Armen zeichneten sich Schweissflecke ab. Auf dem Flauschklotz stand eine Flasche Bier.

Fabia verwendete einen kurzen Gedanken an ihren Mann Michael und seinen Hang zur Unordnung und dankte es dem Herrn, dass er dabei immer gepflegt aussah.

«Was gibt's Neues?», fragte Pascal, und es schien, als bemühte er sich um einen lockeren Small Talk.

Wollte er sich nicht blamieren?

Im Auto hatte er anders geklungen. Da hatte er ihr von seinem Freund Marc erzählt, wie sie sich vor knapp einem Jahr in einem Gay-Club in Zürich kennengelernt hatten und es Liebe auf den ersten Blick gewesen war. Die Situation im Wohnzimmer vermittelte etwas anderes. Die Luft schien unter der Anspannung beider Männer zu sirren.

«Ich dachte, du wärst … in Einsiedeln», sagte Marc irritiert und musterte Fabia. «Und wer ist diese Tusse?»

«Sie ist Polizistin und hat mich nach Hause gefahren. Das Panorama hatte gestern geschlossen wegen eines Polizeieinsatzes. Tut mir leid, aber der Gutschein hat seine Gültigkeit verloren. Ich habe in Trachslau übernachtet. Sorry, dass ich mich nicht gemeldet habe. Aber du weisst, wie sehr mich der Tod meiner Mama beschäftigt. Ich wollte einfach allein sein.»

«Du warst *nicht* im Panorama?», fragte Marc und hinterliess den Eindruck, dass ihn nur dies interessierte. Fabia missachtete er.

«Ich hole uns mal etwas zu trinken», sagte Pascal und machte eine Kehrtwendung Richtung Tür. «Kaffee oder Tee?», rief er Fabia zu.

«Machen Sie sich keine Umstände.» Komische Gesellschaft, dachte sie und entschied sich zum Gehen. Wenn sie

Glück hatte, befand sich ihr Kollege noch vor dem Haus. Sie wandte Marc den Rücken zu und ging in den Flur. Eine Weile blieb sie vor dem Männerakt stehen und sinnierte, dass hier etwas nicht stimmte. Sollten die beiden Männer so verrückt aufeinander sein, wie Pascal es ihr auf der Hinfahrt erzählt hatte, hätten sie sich anders begrüsst. Die Kälte, die von Marc ausging, passte nicht zu einem verliebten Freund. Da war etwas in seinen Augen gewesen, als er Pascal ansah.

Etwas Beängstigendes.

Pascal kam zurück aus der Küche. «Sie wollen schon gehen?»

«Ich glaube, es ist besser.» Fabia wandte sich zur Tür um, nahm die Falle in die Hand und wollte sie hinunterdrücken, als sie hinter ihrem Rücken ein Zischen vernahm. Und bevor sie realisierte, woher es stammte, spürte sie einen Lappen auf Nase und Mund.

Den Geruch kannte sie von irgendwoher. Er war süsslich und vernebelte ihr Gehirn so stark, dass jeder Gedanke wie in Watte versank.

***

Es hatte Überzeugungskraft gebraucht, um auch den zweiten Wachmann aus dem Raum zu weisen. Widerwillig hatte er Enrique zudem die Handschellen abgenommen. Die Fussfesseln hingegen blieben. Eine reine Sicherheitsvorkehrung, wie Valérie einstecken musste.

Sie betrachtete die Hände des Mörders. Er hatte sie flach auf den Tisch gelegt. Zarte, langgliedrige Finger waren es, die Nägel kurz geschnitten und gepflegt. Enriques Auftritt spottete allen Klischees, die sie über Gewaltverbrecher kannte.

«Erzählen Sie mir über Ihre Familie», begann Valérie, nachdem sie den Voicerecorder eingeschaltet hatte. «Sie haben eine Familie … in Puerto Limón.» Zu nett, dachte sie. Ich bin zu nett mit ihm. Louis hätte das nie goutiert. Auch Fischbacher und Zanetti nicht. Sie sass vor einem Mörder und fasste ihn mit Samthandschuhen an. Doch hinter jedem Übeltäter steckt auch ein Mensch. Darin hätte Vischer sie unterstützt. Ein Mensch mit einer kaputten Psyche. Das war wie eine Gratwanderung. Valérie scheute, sie zu gehen. Sie wusste nicht, ob sie hinunterfallen würde und auf welche Seite. «Ich war noch nie in Costa Rica», fuhr sie fort.

Enrique sah sie zum ersten Mal direkt an. Einen Moment lang glaubte Valérie, er würde sie anlächeln. Doch aus seinen Augen sprühte das Gegenteil. Kalt und schwarz bohrten sie sich in ihre Seele. «Ich hätte viel dafür gegeben, früher von dort wegzukommen. Für viele mag das Land fortschrittlich wirken. Es wird demokratisch regiert. Den Menschen dort geht es im Grossen und Ganzen gut.»

Valérie kommentierte es nicht. Sie liess Enrique sprechen in der Hoffnung, er würde Einblicke in sein Leben geben, in seine Kindheit, seine Heimat, seine Arbeit dort.

«Nach der Schule bot sich mir keine Gelegenheit, mich weiterzubilden. Dabei hätte ich so gern studiert. Oder in der Immobilienbranche gearbeitet. Ich wäre gern um die Welt gereist. Meine Eltern waren strikte dagegen. Heini, hat mein Vater gesagt, lerne zuerst einmal Hand anlegen an den Dingen, die sich in deinem Umfeld befinden. Er brauchte für sein Strandrestaurant starke Hände, denn zum Kochen hatte er meine Mutter und eine ehemalige Freundin aus der Schweiz. Ich wusste damals noch nicht, wie tief sein Kopf in der eigenen Scheisse steckte.»

Heini, sinnierte Valérie. Sein Vater hatte ihn Heini genannt. Heini war die Abkürzung von Heinrich und wiederum der deutsche Name von Enrique. Sie sah die Liste des Klosters vor sich, die der Volontäre. An Heini mochte sie sich erinnern.

«Meine Schwester Loria ist bescheiden und nicht sehr gescheit. Sie ging in den Fussstapfen des Vaters. Sie war mit wenig zufrieden und stellte auch an sich selbst keine Ansprüche. Ich spürte schon bald, dass ich das Strandleben, wie Mutter und Vater es lebten, nicht wollte. Ich lechzte danach, mehr über meine Wurzeln zu erfahren. Ein Schweizer Vater, eine peruanische Mutter … dass ich selbst Zentralamerikaner bin, liess ich nie wirklich gelten. Ich stellte mir vor, wie es wäre, in der Schweiz zu leben, dort, wo Vater herkam. Ich wollte meine Grosseltern und Verwandten kennenlernen. Doch Vater war dagegen. Als ich zwanzig war, erzählte er mir im Suff über den Grund, weshalb er den Kontakt zu seinen Eltern abgebrochen hatte.» Enrique hielt inne, als müsste er zuerst seine Gedanken sondieren und sich die Sätze zurechtlegen, die er loswerden wollte.

Valérie liess ihm Zeit. Der Wolf vor ihr war zum Lamm mutiert. Seine feindseligen Augen verloren den Schrecken. Die Stille im Raum war jedoch fast greifbar und unheimlich. Von draussen erreichte sie das Geräusch vom Verkehr. Valérie sah auf die Uhr. Enriques Schweigen hielt an.

«Möchten Sie mir nicht weiter berichten?» Sie musterte ihn unaufdringlich.

Seine Gesichtszüge verhärteten sich wieder. «Vater erzählte mir von seinem Vater Ernst, der ein gut situierter, kluger Mann gewesen war. Er erzählte von seiner leiblichen Mutter, an die er sich leider nicht erinnerte. Nur durch Zufall war er darauf gekommen, dass Gertrud … meine angebliche Grossmutter … nicht seine richtige Mutter war und Maria nicht seine blutsverwandte Schwester …»

«Und was war der Grund, weshalb Ihr Vater auswanderte?»

Enrique schluckte leer. «Mein Vater mochte nicht der Hellste gewesen sein, doch er hat herausgefunden, dass seine Stiefmutter viel Geld ins Kloster Einsiedeln butterte. Er stellte seinen Vater und sagte ihm, was er wusste. Sein Vater schlug ihn daraufhin so heftig, dass er ins Krankenhaus musste. Als er nach Hause zurückkehrte, sprach sein Vater kein Wort mehr mit ihm, und die Stiefmutter liess ihn links liegen, kümmerte sich nur mehr um ihre eigene Tochter. Sie spielten nach aussen heile Familie, daran zerbrach mein Vater. Er gestand, dass er sogar auf das Erbe verzichtet habe. Ich recherchierte über Ernst Benziger und fand allmählich heraus, wie gut es ihm finanziell gegangen war. Während Vaters Stiefverwandtschaft in Saus und Braus lebte, musste Vater in Puerto Limón froh sein, dass er zu essen hatte.»

Das, fand Valérie, war übertrieben. Sie sagte nichts.

«Ich war sauer auf Vater. Wegen zu wenig Geld durfte ich keine Ausbildung machen. Vater ist wegen seiner Pseudofamilie drogensüchtig geworden. In den Drogen sah er den einzigen Ausweg aus dem Schlamassel. Klar hätte er in der Schweiz bleiben können, aber nicht unter diesen Voraussetzungen.»

«Dann reifte in Ihnen der Plan, dass Sie sich an dieser ... Pseudofamilie ... rächen wollten. Wem hätte es einen Nutzen gebracht? Wer einen Erbverzicht unterschreibt, hat kein Recht mehr auf ein Erbe. Hat Ihr Vater Ihnen das nicht gesagt?»

«Ja, ich weiss, er hatte kein Recht mehr.» Enrique funkelte sie an. «Als er an einer Leberzirrhose starb, sah ich es als meine Pflicht an, seine Person zu rehabilitieren. Wahrscheinlich hat es auch sein Herz gebrochen. Die Brut, deretwegen er ein so verzweifeltes Leben hatte führen müssen, sollte kein Recht auf Leben haben ... auch ihre Nachfolger nicht. Ich brauchte zwei Jahre, um herauszufinden, wo sich Gertrud aufhielt und wer der leibliche Vater von Maria war. Als ich erfuhr, dass er ins Kloster gegangen war, war für mich auch klar, weshalb Gertrud dem Klerus so viel Geld zugeschoben hatte. Sie machte es wahrscheinlich wegen des schlechten Gewissens. Um Pater Ferdinand zu finden, brauchte ich etwas länger. Ein Ring, den ich von Vater hatte, wies mich darauf hin. Er hatte ihn seiner Stiefmutter aus dem Schmuckkasten gestohlen. Für mich ein wertvolles Stück ...»

«Und der eingebrannte Benediktussegen war als Zeichen gedacht?», fragte Valérie und musste sich beherrschen, dass ihre Stimme nicht zitterte. Durch ihre Blutbahnen jagte der Puls.

«Das Zeichen meines Rachefeldzuges», bestätigte Enrique. «Ich wollte nicht, dass es publik gemacht wird.»

«Und warum die zerteilte ... Leiche? Warum die Enthauptung?»

«Gertrud hat meinen Vater in Stücke gerissen, sie hat seine Beziehung zu seinem Vater mit Füssen getreten. Sie hat sich in die Familie Benziger eingeschlichen ... vorsätzlich und bösartig, um ihre Missgeburt von Tochter zu ernähren ... und vor allem, um sich an Grossvater zu bereichern ... auf Kosten meines Vaters Alois.»

Valérie fröstelte, je länger sie zuhörte, umso mehr. Vor ihr sass ein Mörder, und er erzählte ihr von sich, als würde er über ein Hobby berichten. Seine Stimmlage war die ganze Zeit gleichbleibend monoton gewesen. «Warum die Köpfe?»

«Ich habe sie meinem Grossvater ins Grab gelegt. Noch im Tod soll er erfahren, dass sein Enkel ... sein richtiger Enkel ... ihn verehrt. Auch wenn ich dadurch nicht reich werden kann, so habe ich Ernst Benzigers Ehre gerettet. Und dieser Pater, der alte Sack, dieser Lügner und Taugenichts, der sich seinen Pflichten widersetzt hat ... der sollte auch noch ein wenig leiden ... Viermal musste ich zuschlagen ... Im Todeskampf hat er mich angestarrt, mit diesen Augen aus Granit. Diese Augen haben mich schon einmal angesehen, sogar angefleht, als ich Maria besuchte ... in Trachslau, wo sie lebte. Ich habe ihr gesagt, dass ich im Auftrag ihres Sohnes Pascal hier sei und er eine Flasche Rotwein brauche. Sie hat mir geglaubt und wohl gedacht, ich sei Pascals Freund. Sie ist mit mir gekommen, in den Keller ... oben in der Wohnung ist es mir zu riskant gewesen. Im Keller ist es ein Leichtes gewesen, sie zu töten. Ich habe sie zuerst bewusstlos geschlagen ...»

«Und die Spuren?» Da waren keine Spuren gewesen. Schuler und sein Team hatten nichts sichergestellt.

«Ich habe Folie mitgebracht ...»

Valérie zitterte wie Espenlaub. Sie versuchte, es sich nicht anmerken zu lassen. Sie wollte diesem Alptraum ein Ende setzen. Trotzdem gab es noch Fragen. «Gertrud Benziger hatte vor ihrem Tod viel Wein getrunken –»

«Ja, den habe ich ihr mitgebracht. Einen chilenischen Rotwein aus der Hinterlassenschaft meines Vaters. Wir haben auf ihren Tod angestossen.»

Valérie spürte Galle hochkommen. Sie riss sich zusammen. «Wie kamen Sie darauf, dass Pater Ferdinand Marias Vater war?»

Enrique kam mit dem Oberkörper über den Tisch, legte seinen Kopf seitlich darauf und sah Valérie von unten her an. «Mein Vater hat mir einen Brief gezeigt, den Pater Ferdinand an Gertrud gesandt hatte. Darin beteuerte er ihr seine Liebe. Die alte Schachtel hat ihn aufbewahrt ...» Enrique liess ein Kichern vernehmen. «Das war ihr Todesurteil, das ihrer Tochter und das des Paters ...»

Valérie liess die Sätze nachwirken. Sie war erschüttert.

Enrique richtete sich wieder auf. «Vergessen Sie alles, was ich Ihnen erzählt habe ... es ist nämlich nicht wahr ... haha ...»

Valérie schloss die Augen. Sie hatte es geahnt, dass er so reagieren würde. Sie musste die Richtung ändern. Sie hielt es nicht mehr aus, wie er mit ihr spielte und sie zu manipulieren versuchte. Zu bildhaft konnte sie sich die Szenen vorstellen. Es tat ihr nicht gut, sich von diesem Mann in den Abgrund reissen zu lassen. Jetzt, als er sprach, als wären die Worte ein Wasserfall, der unaufhaltsam in die Tiefe stürzte. «Wen haben Sie im Panorama gesucht?»

Offensichtlich hatte er diese Frage nicht erwartet. Er überlegte. «Den Letzten dieser Teufelsbrut.»

«Pascal?»

«Ja.» Enrique lehnte sich zurück. «Er ist mir entkommen. Aber es gibt da jemanden, der wird meine Arbeit weiterführen, bis sie erfüllt ist.»

Valérie sprang auf. Der Stuhl kippte nach hinten. Sofort riss jemand die Tür auf. Unter dem Rahmen erschien Louis. Er hatte seine Pistole auf Enrique gerichtet. «Alles klar, Valérie?», fragte er, während er Enrique nicht aus den Augen liess.

Er musste ihr den Schock angesehen haben. Sie hob die rechte Hand. Mit der linken stellte sie den Stuhl auf die Beine. «Alles klar», sagte sie und merkte, wie ihre Stimme bebte.

«Soll ich bleiben?» Louis steckte die Glock ins Holster zurück.

«Du kannst auf mich warten.» Langsam setzte sie sich wieder, nachdem Louis die Tür hinter sich zugezogen hatte.

Valérie atmete heftig aus. «Wer ist es?», fragte sie, obwohl sie es schon längst ahnte.

Enrique quittierte ihren Blick mit einem spöttischen Lächeln. «Ich habe ihn durchs Internet gefunden. Er wurde zu einem guten Freund. Arbeitslos, ohne Perspektiven wie ich. Wir sahen in unserer Aufgabe *die* Erfüllung.»

«Dann hatten Sie die Information von ihm, dass Pascal Benziger auf dem Weg nach Einsiedeln war?»

«Klar. Er lebte schliesslich mit ihm zusammen. Er ist nicht schwul. Aber für mich hat er sich in diese Rolle begeben. Er hat mir die Protagonisten zugespielt. Das Leben ist ein Theater, und das Schicksal führt Regie.»

«Sie waren vom 10. bis 11. April bei ihm?»

«Ja, ich war bei ihm. In dieser Wohnung in Pfäffikon. Pascal befand sich in der Zeit bei seiner Mutter in Trachslau. So war es uns erst möglich, unsere Pläne fertig zu schmieden.» Enriques Augen nahmen die Form von Schlitzen an. «Er wird es beenden, wenn ich nicht mehr dazu in der Lage bin. Dann wird er verschwinden, als hätte es ihn nie gegeben. Ich aber», Enrique legte seine Hände auf die Brust, «werde frei sein. Frei, weil ich das getan habe, was getan werden musste.»

***

Fabia erwachte. Ihr war schlecht. Und schwindlig von diesem Geruch, der noch immer in der Nase hing. Sie griff sich an den Kopf. Er war unversehrt. Sie lag auf einem Bett. Als sie die Augen aufschlug, sah sie an einen Baldachin über ihr. Allmählich kam sie richtig zu sich. Sie setzte sich auf. Die Markisen am Fenster waren heruntergelassen, die Lamellen schräg gestellt. Von draussen drang diffuses Licht. Entweder regnete es, oder die Dämmerung hatte eingesetzt. Sie schwang die Beine auf den Boden, tappte über weichen Teppich bis zur Tür. Sie öffnete diese und gelangte in den Flur, der ihr leer entgegengähnte. Nur der Männerakt an der Wand schien halbwegs zu leben. Auf ihm gedachte sie eine Bewegung wahrzunehmen. Einbildung, sinnierte sie und ging weiter. In der Wohnung war es ruhig. Sie schlich zu der Sitzlandschaft, wo sie ihre Tasche niedergelegt hatte. Sie war noch da. Sie griff hinein, entnahm ihr das iPhone, vergewisserte sich, wie spät es war. Sie erinnerte sich nicht mehr, wann sie hier angekommen war. Sie rief ihren Kollegen an, der sich nach dem ersten Klingelton meldete.

Wie lange hatte sie geschlafen? Wie lange war sie bewusstlos gewesen? Sie hatte einen Filmriss gehabt.

Noch war sie nicht bei der Sache. Man hatte sie betäubt, wahrscheinlich mit Äther. Sie kannte den süsslichen Geruch. Früher hatte Vater die Schweine auf diese Weise narkotisiert, bevor er ihnen mit einem Hammer eines über den Schädel gezogen und sie dann zum Ausnehmen aufgehängt hatte. Nachdem ein Nachbar ihn bei der Tierschutzbehörde verpfiffen hatte, musste er diese Art des Schlachtens einstellen. Eine saftige Busse war die Folge gewesen.

«Hallo?»

«Fabia am Telefon. Bist du noch unten?»

«Seit Beginn. Ich hatte es mir anders überlegt und schrieb einen Bericht, den ich schon gestern hätte abliefern müssen. Bist du fertig?»

«Wie lange wartest du schon?»

«Ist das dein Ernst? Eine Stunde in etwa.»

«Hast du Pascal aus dem Haus gehen sehen? Ihn und einen etwa gleichaltrigen Mann?» Fabia hätte sich die Haare raufen können. «Etwas stimmt hier nicht. Man hat mich betäubt wie ein …», sie erinnerte sich an Vaters Narkosen, «… wie ein Schwein.»

«Bist du okay?», kam es besorgt zurück. «Nein, ich habe Pascal nicht gesehen.»

«Mir ist schlecht. Aber ich komme jetzt runter. Ich muss Meldung erstatten. Pascal ist weg und sein Freund Marc auch. Ich glaube, er war es, der mich ausser Gefecht gesetzt hat.»

Nicht auszumalen, wenn Valérie das erfuhr. Wie konnte sie nur so naiv sein? Sie verliess die Wohnung und stellte unterwegs über die Treppe Louis' Nummer ein. Mit ihm liesse sich besser reden.

Es dauerte länger, bis er sich meldete.

«Hier ist Fabia. Ich bin in Pfäffikon ... in Pascals Wohnung. Ich wollte mich vergewissern, wie er lebt. Zudem hatte ich den Auftrag von Valérie, ihn zu beobachten.» Das Reden hielt sie davon ab, laut ins Handy zu plärren.

«Du wolltest dich vergewissern, wie er lebt?»

«Nicht sehr gut, wie sich nun herausgestellt hat. Er und sein Lover sind abgehauen, nachdem sie mich lahmgelegt hatten.»

«Wie bitte?»

«Frage nicht! Hilf mir lieber.»

«Sie sind also ausgerissen. In guter oder böser Absicht?»

«Das weiss ich nicht. Mir kam es nur so vor, dass dieser Marc sehr überrascht war, als er mich und Pascal sah – vor allem Pascal.»

«Warte mal ...» Louis musste die Hand über sein Mobiltelefon gelegt haben, denn die folgenden Sätze vernahm sie nur bruchstückhaft.

«Hier ist Valérie.»

Valérie! Nein, mit ihr wollte sie nicht sprechen. Trotzdem musste sie es tun. Ihre Schwäche zugeben, ihre falsche Reaktion. «Ich glaube, ich habe Mist gebaut. Pascal ist verschwunden zusammen mit Marc, einem sonderbaren Mann, den er als Lebenspartner bezeichnet. Wenn du mich fragst, ist diese Beziehung nicht ganz koscher.» Fabia erzählte ihren Verdacht, über den sie sich bei Louis schon geäussert hatte.

«Verflixt», rief Valérie aus. «Das war *mein* Fehler. Ich hätte es wissen müssen und dich nicht allein nach Pfäffikon fahren lassen sollen.»

«Ein Kollege von der Streife war mit dabei.»

«Aber du warst allein mit Pascal in der Wohnung?» Es klang nicht erfreut. «Wie kamst du darauf, ihm in die Wohnung zu folgen?»

«Neugierde?» Fabia wusste, dass sie damit nicht punktete.

«Wo könnten die beiden jetzt sein? Pascal befindet sich in akuter Lebensgefahr. Wenn wir ihn in den nächsten Minuten nicht finden –»

«Und warum glaubst du?»

«Enrique hat sein Geständnis mit seiner Begründung unterlegt. Und dass er Pascals angeblichen Freund angeheuert hat. Sie machten gemeinsame Sache. Die Morde allerdings gehen auf Enriques Konto. Marc war nur sein Handlanger. Ich weiss auch nicht, ob er zu einem Mord fähig ist. Ich kenne ihn nicht.»

«Ich habe seine Augen gesehen. Aus ihnen sprach nichts Gutes.» Fabias Puls raste. «Was jetzt?»

«Die Fahndung läuft bereits.»

«Als hättest du einen sechsten Sinn gehabt.» Fabia seufzte. «Gib mir eine Aufgabe. Irgendetwas. Sonst werde ich wahnsinnig.»

«Fahr zurück. Gehe nach Hause. Ich bin mir sicher, Michael und Olivia erwarten dich.» Als hätte Valérie ihre Gedanken gelesen.

«Und Pascal?»

«Bete für ihn, damit wir ihn lebend finden.»

EINUNDZWANZIG

«Sie müssen mir sagen, wo sich Ihr ... Freund aufhält.» Valérie sass erneut Enrique gegenüber. Die Zeit drängte. Pascals Leben hing an einem seidenen Faden.

«Er wird sich in Sicherheit gebracht haben», sagte Enrique selbstgefällig.

«Nachdem er Pascal umgebracht hat?» Valérie ahnte, dass sie Enrique nicht dazu würde bringen können, seinen Mitwisser zu verraten. Sie musste mit stärkerem Geschütz auffahren. Das war jedoch nicht so einfach. Wo hatte Enrique seinen wunden Punkt?

Sie sah auf die Uhr. Es war kurz nach vier. Sie beauftragte den Protokollführer, die Nummer von «Wisis Fonduestube» im elektronischen Telefonbuch zu suchen. Sie selbst suchte auf dem iPhone die Nummer des Schweizer Konsuls in Costa Rica heraus. Oberhofer kannte die Playa Bonita, wo Lita Lujo Benavides lebte und arbeitete. Er würde sie gewiss mit Enriques Mutter verbinden können. Valérie zitierte einen der Wachmänner in den Vernehmungsraum und verliess ihn selbst. Auf dem Weg nach draussen meldete sich Oberhofer mit der gewohnt fröhlichen Art. Das Wetter blieb diesmal aussen vor, nachdem Valérie sofort auf den Kern ihres Anliegens gekommen war. Sie berichtete über die Inhaftierung des Gesuchten und dass es von grosser Dringlichkeit war, seine Mutter ans Telefon zu bekommen. «Ich sehe darin die einzige Hoffnung, einen weiteren Mord zu verhindern», beendete sie ihre Ausführungen.

«Ich kann Sie nicht direkt mit ihr verbinden», beteuerte Oberhofer. «Das wäre zu kompliziert. Aber ich kann sie anrufen und bitten, Sie so rasch als möglich zurückzurufen.»

«So rasch als möglich ist mir zu langsam. Haben Sie eine direkte Nummer von diesem Strandrestaurant?» Valérie spürte, wie ihr die Zeit davoneilte. «Sie waren doch schon einmal zum

Essen dort, nicht wahr? Oder haben Sie ihre private Nummer?»

«Ja, warten Sie mal. Da ist sie. Ich habe die Nummer abgespeichert.»

Nach einer gefühlten Ewigkeit bekam Valérie die Nummer. «Ich danke Ihnen, Herr Oberhofer. Sie haben was gut bei mir.» Sie brach die Verbindung ab. Nicht sehr höflich, wie sie sich eingestehen musste. Aber für Höflichkeiten blieb keine Zeit.

«Ich habe hier eine Nummer», sagte der Protokollführer und reichte Valérie einen Zettel.

Sie verglich. Es war dieselbe Nummer, wie sie sie von Oberhofer erhalten hatte. Wieder einmal war sie zu ungeduldig gewesen. Sie wählte die Nummer.

«Restaurante Wisis Fonduestube, Lita Lujo ...»

Unter andern Umständen hätte Valérie über diese sympathische Ansprache gelacht. Im gleichen Atemzug sinnierte sie, dass sie ganz schlecht Spanisch sprach. *«Un momento, por favor.»* Valérie rannte den Flur entlang bis ins Grossraumbüro. *«Please, hold the line.»* Und im selben Atemzug: «Weiss jemand, wo sich die Polizistin mit spanischen Wurzeln befindet? Sie soll sofort zu mir ins Vernehmungszimmer eins kommen.»

«Ich bin da», kam es schüchtern hinter einem Pult hervor. «Suchst du mich?»

«Ja, Gott sei Dank. Du musst mir helfen.» Valérie erreichte sie ausser Atem. Sie hielt ihr das iPhone entgegen. «Lita Lujo ist am Telefon. Sag ihr, dass ihr Sohn in Untersuchungshaft sitzt ... nein, sag ihr, dass er daran sei, einen Mord zu verüben. Sie muss ihn davon abhalten.»

«Wie heisst ihr Sohn?»

«Enrique.» Valérie spürte Verzweiflung und den Herzschlag, der wie eine Zeitbombe tickte. Während die Dolmetscherin sprach, zog sie sie Richtung Vernehmungszimmer. «Sag ihr, dass sie mit ihrem Sohn sprechen soll. Sag ihr, dass sie sagen soll ... Enrique solle zur Vernunft kommen und mit der Polizei kooperieren. Sag ihr ...» Valérie schwitzte Blut. Sie erreichten den Vernehmungsraum. Enrique sass noch immer am Tisch und starrte auf seine Hände, als würde ihn das hier nicht tangieren. Seine Ruhe brachte Valérie in Rage. Sie war kurz davor, ihn vom Stuhl zu reissen und ihn links und rechts mit einer Ohrfeige aus seiner Lethargie zu prügeln.

Erst als er das iPhone ans Ohr hielt, fühlte sie sich ein wenig besser.

Aufmerksam folgte sie seinem Reden, obwohl sie nicht einmal die Hälfte verstand. Enrique sprach nicht schnell. Sein Spanisch klang anders, als sie es von Spanien kannte, feiner, verspielter, wie ein Singsang.

Offenbar hatte seine Mutter den Nerv getroffen. Danach hörte er nur zu, nickte zwischendurch oder antwortete mit «*Sí*». Als er Valérie das iPhone zurückgab, meinte sie, seinen Willen gebrochen zu haben.

Er schwieg, schloss die Augen, als hörte er in sich hinein.

Doch schon loderte das nächste Feuer auf. Er riss den Mund auf.

Valérie wollte es erst gar nicht darauf ankommen lassen. «Sagen Sie mir, wo sich Ihr Freund aufhält. Wo haben Sie sich mit ihm verabredet?»

«Er ist nicht mein Freund. Zudem wird es zu spät sein.»

Valérie tigerte mit verschränkten Armen um den Tisch herum. Falls Enrique Pascal erwischt und einen weiteren Mord verübt hätte, hätte er sich wahrscheinlich mit Marc getroffen. Wusste Marc, dass Enrique gefasst war? Sie musste davon ausgehen. Pascal würde es seinem Busenfreund erzählt haben. Andererseits hatte Fabia nichts davon erwähnt.

Valérie hielt sich an dieser Möglichkeit fest: Marc wusste nichts. Er würde nach Einsiedeln fahren, um Enrique beim vereinbarten Versteck abzuholen. Sicher war sie sich jedoch nicht. Vielleicht machte sie einen Überlegungsfehler.

Die Zeit drängte. Valérie rief Fischbacher an. «Wir brauchen Verstärkung im Umkreis von Einsiedeln. Möglicherweise hält sich Enriques Komplize dort auf.»

«Ich weiss Bescheid. Louis hat mich benachrichtigt. Ich habe Schilliger mit seinem Gefolge aufgeboten.»

«Die Sondereinheit?» Das fand sie übertrieben.

«Sie befinden sich in der Nähe des Kobibodens», sagte Fischbacher. «Eine Einheit zwischen Diorama und Panorama, die zweite beim Dorfeingang.»

Valérie bedankte sich und wandte sich an Enrique. Sie wies ihm den Haftbefehl vor. «Bis es zum Prozess kommt, werden Sie in U-Haft bleiben.»

Als sie den Vernehmungsraum verliess, sandte sie einen letzten Blick zurück. Dort sass er, der Dreifachmörder von Einsiedeln – ein Mensch, dem man das Böse nur bedingt ansah. Valérie würde nie erfahren, wie es zu diesem Eklat gekommen war. Eines aber war sicher: Enrique Lujo Benavides Benziger würde in die Geschichte eingehen. Vielleicht war es das, was er gewollt hatte.

«Sie haben nichts gegen mich in der Hand», rief er ihr nach.

***

Sie befand sich auf dem Weg zum Parkplatz, wo ihr Wagen stand, als Fischbacher sie auf dem iPhone anrief. «Eine Einheit hat die beiden Männer gesichtet», sagte er ausser Atem. Es hörte sich an, als wäre er rennend unterwegs. «Sie befinden sich bei den Sprungschanzen. Ich werde auch gleich vor Ort sein.»

«Was wollen die bei den Sprungschanzen?» Valérie konnte sich keinen Reim darauf machen. Sie wusste, wo sich diese befanden. Etwas ausserhalb von Einsiedeln an der Strasse, die nach Bennau führte. Sie war schon an ihnen vorbeigefahren. Dort trainierten die Kaderathleten Skisprung und Nordische Kombination von Swiss Ski nebst Spitzenathleten aus anderen Ländern. Sie war die grösste Mattenschanze der Schweiz.

Valérie ging zu ihrem TT. Noch immer war es für sie nicht nachvollziehbar, weshalb Enriques Komplize dorthin gegangen war. Die Anlage schmiegte sich an einen Hang, war übersichtlich und bestand aus einer grossen Sprungschanze sowie drei kleineren Schanzen. Den Sprungturm erreichte man mittels Sessellift und einem Aufzug. Diese beiden Transportmittel waren selten in Betrieb, nur an Tagen, an denen die Skispringer trainierten oder zuoberst auf dem Turm Essen für spezielle Gäste serviert wurde.

Ein unangenehmer Wind fegte über die Landschaft, als Valérie beim Kreisel in die Schnabelsbergstrasse einbog. Auf der Höhe der Bushaltestelle Eschbach entdeckte sie Louis' Kombi sowie zwei Streifenwagen. Valérie fuhr in ihre Nähe. Kaum ausgestiegen, kam Louis auf sie zu. Er trug eine Schutzweste und eine zweite am Arm.

«Ist er bewaffnet?» Valérie nahm die kugelsichere Weste entgegen und zog sie an. Sofort waren diese Bilder da, von ihrem Einsatz bei der Gesslerburg in Küssnacht. Sie war in einen Schusswechsel geraten. Auch damals hatte sie eine Schutzweste getragen, die den ersten Schuss abhielt. Er hätte ihr sonst die Lunge zerfetzt.

«Ein Kollege der Streife meinte, ja», sagte Louis. «Die Typen sind mit dem Sessellift nach oben gefahren. Und müssten jetzt im Lift zur Turmspitze unterwegs sein.»

«Ist der Sessellift in Betrieb?» Valérie äugte nach oben. Sie sah niemanden.

«Siehst du es nicht? Die Sessel bewegen sich. Die Sekretärin von Swiss Ski hat den Lift in Betrieb gesetzt.»

«Wo ist die Dame jetzt?»

«Sie wartet im Skiraum. Sie ist ziemlich durcheinander. Sie sagte, dass sie von dem einen Mann bedroht wurde.»

«Führe mich zu ihr.»

Viel Zeit blieb ihr nicht. Sie traf die Frau vor dem Sekretariat von Swiss Ski an. Sie lehnte dort an der Wand, als müsste sie sich einen sicheren Halt suchen. Ihr Gesicht wirkte wächsern. Die Augen hatten den Glanz verloren. Sie war keine dreissig, mit sportlicher Figur und rassigem Kurzhaarschnitt. Unter anderen Umständen hätte Valérie sie als attraktiv bezeichnet. Doch sie war so durch den Wind, dass alles Schöne von ihr gewichen war. Valérie zeigte ihr die Marke und stellte sich mit Namen vor. «Haben Sie zwei Männer mit dem Sessellift nach oben gelassen?»

«Ich musste … Marc hat mich mit einem Messer bedroht.»

«Sie kennen ihn?» Valérie wechselte einen fragenden Blick mit Louis.

«Marc Keller. Er kommt oft hierher zum Airboarden.»

«Wo befindet er sich jetzt?»

«Sie sind im Lift nach ganz oben.»

«Und der Lift im Turm? Funktioniert der?»

«Gewiss funktioniert der.»

Valérie wandte sich ab und Louis zu. «Was hat er vor?»

«Keine Ahnung.»

«Wir müssen mit dem Sessellift hoch.» Valérie wurde nervös.

«Einige Ihrer Männer sind auch schon unterwegs nach oben», sagte die Frau.

Valérie wandte sich an Louis. «Sind Pascal und Marc mit dem Auto hierhergefahren?»

«Ihren Wagen haben sie vorne beim Buchboden abgestellt. Sie sind unseren Leuten vor die Linse gelaufen. Das nenne ich mal Zufall.»

«Offensichtlich haben diese nicht schnell genug reagiert. So, wie es aussieht, haben die beiden einen ziemlichen Vorsprung.»

«Hat sich dieser Marc mit Enrique bei den Sprungschanzen verabredet?», fragte Louis auf dem Weg zum Sessellift. «Das geht nicht in meinen Schädel.»

«Er kennt sich hier aus. Er hat etwas vor. Ich ahne, was …» Valérie wischte sich eine Haarsträhne aus dem Gesicht, die der Wind verweht hatte. Zügig ging sie zu einer Abschrankung, vor der sie Fischbacher gesehen hatte.

«Hast du Fabia damit beauftragt, Pascal Benziger zu beschatten?» Louis folgte ihr.

«Nein, habe ich nicht. Ich wollte aber, dass sie ihn im Auge behält. Aus einem Instinkt heraus. Aber es war ein Fehler. Ich ahnte, dass Enrique jemanden eingeweiht haben musste.»

Louis hielt Schritt. «Das konntest du nicht wissen.»

Sie sah zurück und schenkte Louis ein Lächeln. «Du hattest recht mit deiner Vermutung, dass der Täter einen Komplizen übers Netz gesucht und gefunden hat.»

«Im Internet gibt es diverse anonyme Plattformen, wo man über seine Neigungen kommunizieren kann. Auch über Mord.» Louis nahm sie sachte am Arm. «Frage mal unsere Spezialisten. Die sind täglich dran, in den dunklen Weiten des Cyperkosmos zu forschen.»

Fischbacher sah nach oben zum Sprungturm. Valérie stellte sich neben ihn und folgte seinem Blick. Erst jetzt entdeckte sie zwei Männer unterhalb der Plattform. Sie bewegten sich neben der Fahrrinne über die Treppe. Sie ahnte Schreckliches.

Fischbacher wandte sich nach ihr um und reichte ihr die Hand. «Sie sind oben bei der Fahrrinne über die Treppe nach unten gestiegen. Sie werden uns nicht entkommen.»

«Wo steckt Schilliger mit seinen Leuten?» Hatte Fischbacher nicht gesagt, dass er ihn aufgeboten hatte?

«Er müsste schon hier sein.»

Valérie schluckte leer. «Er wird ihn töten.»

Fischbacher sah sie irritiert an. «Er hat keine Fluchtmöglichkeit. Er wird nicht entkommen können.»

«Der tickt anders als ein normaler Mensch.»

Valérie fokussierte die Männer, ohne deren Gesichter zu erkennen. Sie wandte sich erneut an Fischbacher. «Hast du kein Fernglas?»

«Nein, wozu auch.»

«Ein Megafon?»

«Im Streifenwagen liegt eines … warum brauchst du ein Megafon?»

«Ich will ihn zur Vernunft bringen.» Sie rief Louis zu sich. «Geh es bitte holen. Aber beeil dich!» Sie kniff ihre Augen zusammen. Aus dieser Distanz war nicht auszumachen, ob Pascal bedroht wurde. Valérie pirschte sich näher an den Aufsprunghügel der grossen Schanze heran. Konzentriert sah sie nach oben. Die Männer kletterten auf der Treppe weiter nach unten. Zwischendurch blieben sie stehen, als suchten sie eine geeignete Stelle, um auf die Fahrrinne zu gelangen. Sie waren wie zwei Zielscheiben. Ein Schuss ins Knie, und Marc würde ausser Gefecht gesetzt. Noch zögerten die Kollegen, die jetzt bei der Startposition auftauchten.

Valérie fragte sich, warum.

Da sah sie es. Marc drückte Pascal etwas in den Rücken, während er ihn weiter nach unten drängte. Aus Valéries Sicht war es dort oben steil genug, um jemanden hinunterzukatapultieren.

Valérie wusste sofort, was Marc vorhatte. Er würde Pascal über die Anlaufbahn stossen. Pascal würde über diese bis zum Schanzentisch rutschen und auf der Aufsprungbahn aufschlagen. Nicht auszumalen, welche Verletzungen er davontragen würde. Valérie hörte sich schreien. «Zum Schanzentisch! Geht alle bis zum Schanzentisch!» Sie selbst rannte vom Auslauf zum Hillsize-Punkt. Ausser Atem gelangte sie zur Aufsprungbahn. Die kugelsichere Weste fühlte sich wie eine Tonne an. Der Blick nach oben liess sie schaudern. Das war schlimmer als eine Klettertour auf den Grossen Mythen. Nicht auszumalen, wenn sie darauf ausrutschte. Während des Hochrennens bemerkte sie die Polizisten, die sich in Bewegung gesetzt hatten und ihr folgten oder von der Seite her zum Schanzentisch unterwegs waren. «Formiert euch! Stellt euch auf! Schaut nach oben!»

Sie würden ihn nicht ganz anhalten können, so doch etwas abfedern. Die Kraft, die von Pascal ausgehen würde, wäre nicht aufzuhalten. Die Verletzungsgefahr für ihre Kollegen war gross. Valérie musste sich entscheiden: den Einzigen opfern oder eine Gruppe von Polizisten für Pascals Leben.

Sie meinte, ihn bereits über die Tischkante fliegen zu sehen, genau als sie bei der Mauer des Schanzentischs angekommen war. Als hätte Marc ihn runtergestossen. Ohne Chance, die Schussrutschung zu bremsen. Eine kurze Zeit dachte Valérie, würde er weiterschweben wie die Skispringer, wenn sie mit fast neunzig Stundenkilometern Anlauf durch die Luft nach unten brausten.

Nichts geschah. Der Himmel über ihr war leer und grau, und der frühe Abend hatte seine Schatten auf der Landschaft ausgebreitet.

Louis kam den Aufsprunghügel hinauf. Er schaffte es nicht zu sprechen und überreichte Valérie schwer atmend das Megafon.

Valérie versuchte noch immer, den Halt auf dem Boden zu bewahren. Auf den rutschigen Fransen der Kunstmatte ein schwieriges Unterfangen, zumal die schwere Weste sie in die Tiefe zu ziehen drohte. Eine einzige ungeschickte Bewegung hätte sie ins Abgleiten gebracht. «Wo befinden sie sich?» Sie griff nach dem Megafon.

«Noch ... etwa zehn ... Meter vom Schanzentisch ... entfernt», keuchte Louis. «Irgendwann ... wird er ... ihn ... runterstossen.»

Valérie vermochte aus ihrer Perspektive nicht zu erkennen, was auf der Anlaufbahn vor sich ging. Sie hob das Megafon an und sprach hinein, in der Hoffnung, Marc würde sie hören. «Hier spricht Valérie Lehmann von der Kantonspolizei. Marc, geben Sie auf.»

Rundherum verstummten die Stimmen, selbst die Geräusche froren ein. Valérie legte ihren Kopf in den Nacken und wartete, ob sich über ihr etwas tat. «Marc, wir können miteinander reden. Machen Sie jetzt keine Dummheiten. Sie sind da in etwas hineingeraten, das Sie so nicht wollten ...»

Neben ihr räusperte sich Louis. «Glaubst du allen Ernstes, der gibt auf?»

Valérie schwieg. Ihr Genick schmerzte vom Hochschauen, ihre Füsse drohten wegzurutschen im steilen Gefälle. Die Kante des Schanzentisches zeichnete sich scharf gegen den Himmel ab. Lange würde sie es in dieser Stellung nicht aushalten. Vier Polizisten standen bei ihr, zum Eingreifen parat, sollte Marc seine Geisel hinunterstossen.

«Marc, geben Sie auf. Lassen Sie uns miteinander reden wie zwei erwachsene Leute.» Über Valérie schoben sich dunkle Wolken ineinander. Plötzlich sah sie zwei Köpfe über der

Kante auftauchen und eine Hand mit einem Messer, das auf Pascals Gesicht gerichtet war. Valérie machte einen Schritt rückwärts und wäre fast gekippt, hätte Louis sie in diesem Moment nicht gestützt. «Machen Sie sich nicht unglücklich. Ich weiss, dass Sie ein guter Mensch sind. Das wollen Sie doch alles nicht.»

Über ihr lachte Marc höhnisch. «Ich habe es ihm versprochen», sagte er mit einer Stimme, die an seinem Verstand zweifeln liess. «Als ich gestern nichts von ihm hörte und er heute Vormittag zu mir kam, wusste ich, dass etwas schiefgelaufen war ...»

Valérie vermisste Vischer. Seinen Rat. Seine ruhige besonnene Art. Ihr Herz pochte gegen die Rippen. Sie durfte das hier nicht vermasseln. «Marc, legen Sie das Messer weg. Geben Sie auf. Lassen Sie Pascal gehen. Er ist doch Ihr Freund.» Sie versuchte, ihn hinzuhalten, und hoffte gleichzeitig, dass ihre Leute von oben her an ihn herankamen. Doch solange das Messer an Pascals Kehle stand, würden sie kein Risiko eingehen. «Marc, ich werde mich persönlich für Sie einsetzen. Sie werden einen guten Anwalt bekommen, das verspreche ich Ihnen. Legen Sie das Messer weg.» Sie übergab das Megafon Louis. Sie versuchte, in den Augen über ihr etwas auszumachen, und hörte Pascal «Ich liebe dich» sagen. Ein letzter verzweifelter Versuch, das Grauen zu beenden. Die Enttäuschung auszublenden. Valérie appellierte an Marcs Vernunft. «Wir haben Enrique gefasst», rief sie. «Er hat drei Menschen auf dem Gewissen. Er wird den Rest seines Lebens im Gefängnis schmoren ... Sie haben noch keinen Mord begangen. Denken Sie an Ihre Familie ... Es wird eine Lösung geben für Sie. Bitte ... geben Sie auf.»

Langsam wich die Kraft aus ihren Beinen, eine Genickstarre machte sich bemerkbar. Resignation kam für sie nicht in Frage. Sie hatte wenig Zeit gehabt, um Marc einzuschätzen. Nie hatte sie den Fokus auf ihn gerichtet. Das war ein Fehler gewesen. Als sie erfahren hatte, dass Pascal mit ihm zusammenlebte, hatte ein Kollege seine Vita geprüft. Er war immer mal wieder arbeitslos gewesen, nachdem er sich mit verschiedenen Jobs über Wasser gehalten hatte. Seine Eltern lebten in Lachen, waren im gleichen Betrieb angestellt. Nichts Verdächtiges. Nichts Aussergewöhnliches.

Marc hatte in ihrem Fall eine Statistenrolle gespielt. Sie suchte seine Augen. «Marc, bitte …» Sie musste es beenden.

Dann ging alles sehr schnell. Jemand riss Marc von der Kante des Schanzentischs weg. Pascal schrie auf.

Valérie rief nach oben. «Alles okay? Pascal?»

«Ich bin okay.» Er hielt sich krampfhaft an der Kante fest.

Ein anderer Kopf tauchte auf. Ein Oberkörper. Ein Kollege. Er gab ihr ein Zeichen. «Wir haben ihn.»

Valérie meinte, Handschellen zuschnappen zu hören. Sie versuchte, sich zu setzen, sah hinunter in die Tiefe, die weit weg schien. Vor ihr lag die Aufsprungbahn so steil und unüberwindbar, dass sie einen Moment lang daran dachte, übermenschliche Kräfte hätten sie da hochgeführt. Sie legte sich zurück, verschränkte die Arme über ihrer Brust und der Weste, die ihr in diesem Moment überflüssig vorkam, und streckte die Beine aus.

Sie liess los. Ihre Gedanken, ihre Vernunft, ihren Instinkt.

Sie rutschte hinunter, auf dieser glitschigen Kunststoffmatte … immer schneller … immer rasanter …

***

Zanetti erwartete sie in ihrer Wohnung. Den Tisch hatte er schön hergerichtet, darauf Kerzen und eine Vase mit Rosen gestellt. Im Eiskübel lag eine Flasche Champagner. Zwei Flûtes standen daneben.

«Haben wir etwas zu feiern?» Valérie warf die Jacke über die Stuhllehne. Sie roch an den Rosen. «Ich hoffe nicht, den gelösten Fall. Mir wäre deswegen nicht nach Feiern zumute. Traurig genug, dass drei Menschen ihr Leben lassen mussten.»

«Mit deiner Beherztheit hast du Pascal Benziger das Leben

gerettet.» Zanetti küsste sie auf die Wange. «Ich habe von deinem Stunt erfahren.»

«Ich liebe die Geschwindigkeit.» Sie lächelte sanft. «Aber selbst deswegen gäbe es nichts zu feiern.»

«Rate mal ...»

«Keine Ahnung, und ich bin ehrlich gesagt nicht mehr sehr aufnahmefähig. Danke für die Rosen ... und stossen wir doch einfach an.»

Zanetti entkorkte die Flasche, füllte die Gläser und reichte ihr ein Glas. «Stossen wir auf das Leben an ... und auf unsere Zukunft. Ich habe ein Haus für uns gefunden. Es liegt zwar nicht direkt am See. Aber an einem Hang. Von dort aus siehst du direkt zum Pilatus.»

Valérie war zu müde, um zu protestieren. «Zum Pilatus.»

«Morgen ist Samstag. Um halb elf habe ich den Termin für eine Besichtigung.»

Glossar

Adelboden – Gourmet-Restaurant in Steinen SZ
Bresaola – luftgetrockneter Rinderschinken aus Italien
Differenzler – Spielvariante mit Jasskarten
Flûte – Champagnerkelch
If Harry Potter taught us anything – It's that no one should live in a closet. – Wenn Harry Potter uns etwas gelehrt hat – niemand sollte in einem Schrank leben.
Jassen – Kartenspiel in der Schweiz
Kollegium/Kollegi – Gymnasium
Löwengang – italienischer Weisswein/Weingut
Refektorium – Speisesaal in einem Kloster

Anmerkung der Autorin

Schreibe doch einmal einen Krimi, der in Einsiedeln spielt, bat mich ein lieber Freund.

Einsiedeln? Klar, da entstehen Bilder in meinem Kopf. Da kommen mir einige Orte in den Sinn. Die Bibliotheken zum Beispiel, das Diorama mit der grössten Krippenlandschaft der Welt, das Panorama mit der Kreuzigung Christi, das Lebkuchenmuseum oder die Metzgerei Walhalla. Auch das Kaffeehaus «Dreiherzen» oder die Schanzenanlage an der Schnabelsbergstrasse. Aber vor allem das Benediktinerkloster und die Kapelle mit der Schwarzen Madonna.

Eine ganze Menge Zutaten, um ein spannendes Krimisüppchen zu brauen. Ich brauchte einen halben Tag in Einsiedeln, um mir den Plot auszudenken. Düster sollte er sein. Ein Schock zu Beginn. Wer meine Schreibweise kennt, wird es mir nicht verargen. Ich spiele gern mit schrecklichen Fällen. Die Wirklichkeit sei oft brutaler, sagte mir ein Polizist.

Der grausame Fall in diesem Roman ist zwar erfunden. Doch er ist nahe an der Realität. Und Mörder dieser Art gibt es tatsächlich.

Aber als Krimiautorin nehme ich mir auch ein paar Freiheiten heraus, die im wahren Leben so nicht existieren. So habe ich mir auch erlaubt, das Kloster Einsiedeln ein wenig anders darzustellen, als wir es kennen.

SILVIA GÖTSCHI
Mattawald
KRIMINALROMAN
emons:

Silvia Götschi
HERRENGASSE
Broschur, 336 Seiten
ISBN 978-3-95451-713-8

«Die Autorin lässt in diesem Krimi wieder ihrer Phantasie freien Lauf und zeigt das beschauliche Schwyz und seine (fiktive) Politikprominenz von einer eher dunklen und abgründigen Seite.»
Anzeiger Luzern

Silvia Götschi
KLAUSJÄGER
Broschur, 336 Seiten
ISBN 978-3-95451-988-0

«Die Autorin kennt sich mit dem Tatort und der lokalen Bevölkerung bestens aus. Wie gewohnt vermischt sie geschickt und mit raffinierter Phantasie Wirklichkeit und eine fiktive Romanhandlung. Für unterhaltsame Spannung ist gesorgt!» Sempacher Woche

Silvia Götschi
MUOTATHAL
Broschur, 320 Seiten
ISBN 978-3-7408-0053-6

Kurz nachdem ein Junge aus Muotathal verschwindet und ein Unwetter die Region von der Aussenwelt abschneidet, findet die Polizei in der Nähe des Höllochs eine Kinderleiche. Doch die Eltern des seit zwei Tagen vermissten Seppli identifizieren sie nicht als ihren Sohn. Wer ist das tote Kind? Valérie Lehmann ermittelt – und kommt einer Wahrheit auf die Spur, die jede Vorstellungskraft übersteigt …

Silvia Götschi
DER TEUFEL VON URI
Broschur, 272 Seiten
ISBN 978-3-7408-0179-3

Eigentlich möchte Schriftstellerin Sophie Mars im abgelegenen Andermatt nur neue Kraft tanken. Doch dann trifft sie in der Schöllenenschlucht auf eine offenbar geistig verwirrte Frau, die behauptet, vom Teufel verfolgt zu werden. Sophie will der Sache auf den Grund gehen und stösst auf ein lange zurückliegendes Verbrechen. Zugleich erhält sie verstörende Drohungen. Fordert der Teufel ein neues Opfer?